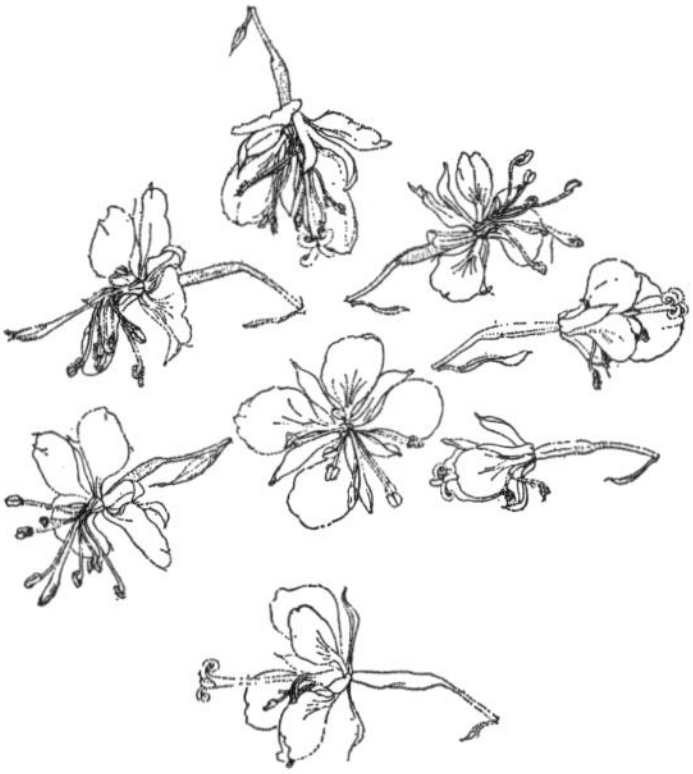

Standing By The River
Text by Toshiko Kanzawa
Illustrations by Yasuo Segawa

First published in hardback by Fukuinkan Shoten Publishers, Inc., Tokyo, 1976.
This paperback edition published by Fukuinkan Shoten Publishers, Inc., Tokyo, 2003.

Printed in Japan

福音館文庫 N-6

流れのほとり

神沢利子 作
瀬川康男 画

福音館書店

もくじ

流れのほとり

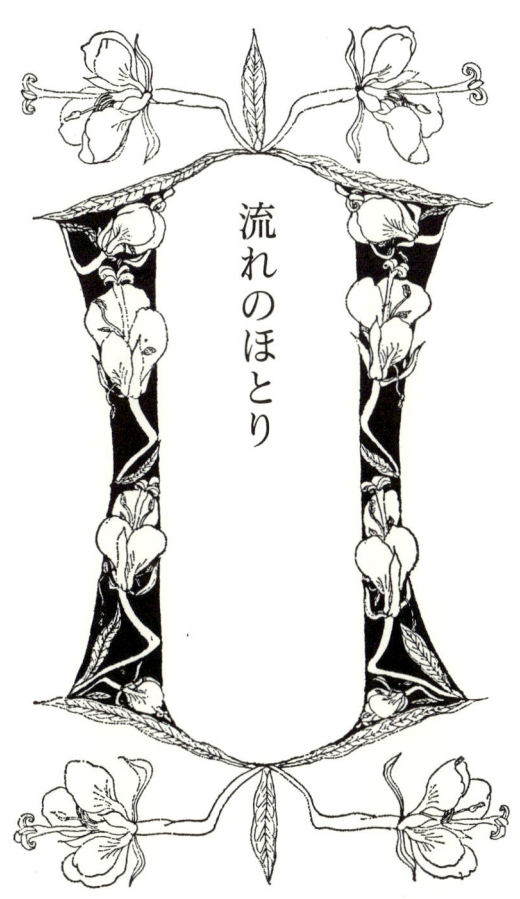

北への旅

汽車がゆれたはずみに、麻子《あさこ》はあごががくんとして目をさました。

もう一度、窓《まど》の縁《ふち》に手の甲《こう》を重ね、あごをのせなおしてみると、汽車は今、どこかの小さな停車場にとまったところらしく、連結器のたてる音が、次々に後方へ振動《しんどう》を伝えていった。外を見ると、停車場の煤《すす》けた三角屋根と、白っぽい風が通りぬけていくひと気ない改札口《かいさつぐち》や、正面を向いた柱時計の振《ふ》り子がゆっくりとゆれている風景は、さっき見たものとまったくそっくりであった。ひょっとしたら麻子《あさこ》は眠《ねむ》ってはいなくて、時間はほんのまばたきする間のことで、汽車はそのまま動かずにいたのかもしれないと思いそうになったほどだった。

「……たっこたぁ、ああーん……」

駅名をよぶ声が、異国《いこく》の鳥の啼《な》き声のようにひびいていく。なんという駅なのかと麻子《あさこ》は思った。

やがて、その声の余韻《よいん》がまだ消えぬうちに汽車は動きだした。駅の柱時計も、かわいたプラットホームに咲《さ》くストックに似《に》た紅《くれない》の柳蘭《やなぎらん》も、プラットホームに立つ長靴《ながぐつ》の漁師《りょうし》らしい男のすがたも、窓枠《まどわく》の中に占《し》めた位置をゆるやかに変えはじめ、斜《なな》めにうすく削《そ》がれたようになって消えると、夏草の土手がそれにかわった。とがった草の葉先が汽車にこすれてははねかえった。

車窓《しゃそう》の風景はいつも見なれたものであった。汽車が海べを走るときだけ子どもたちは声をあげたが、やがてそれにもなれると、だれもかれも単調な景色に倦《う》みはじめていた。昨日《きのう》と今日《きょう》に続く旅であった。どこまでも続く夏草の原と、小暗《おぐら》い蝦夷《えぞ》松《まつ》の林、そして、山火事の痕《あと》をとどめる焼け焦《こ》げた棒杭《ぼうくい》と化した山林が、入れかわり立ちかわり現《あらわ》れては消えていくのが、同じフィルムをぐるぐるまわしつづけているようだ。

麻子《あさこ》たちの家族は、昨日《きのう》、それまで住んでいた村をでて汽車にのった。かあさんとお手伝いのふじさんのほか、小学五年生の至《いたる》と四年生のみどり、二年生の麻子《あさこ》に五つの保《たもつ》という子ども連れでもあったので、昨日《きのう》は途中《とちゅう》でおりて早めに宿をとり、今日《きょう》また北への旅を続けている。

麻子《あさこ》のとうさんは炭坑《たんこう》の技師《ぎし》で、二年前の一九二九年、北海道の炭坑《たんこう》から――日露《にちろ》戦役後、日本領《りょう》となった――南樺太川上炭坑《みなみからふとかわかみたんこう》に転任《てんにん》し、さらに家族をのこしたまま、奥地《おくち》の内川《ないかわ》へ赴任《ふにん》していた。とうさんの勤《つと》める三井鉱山《みついこうざん》の手で、長らく封鎖《ふうさ》されていた北部炭田を開発することになったからだ。採掘《さいくつ》はやっとはじまったばかりで、出張所《しゅっちょうじょ》も仮《かり》ずまいなら人手もまるきりなかったのだが、この夏休み中に家族を呼《よ》びよせる相談がまとまって、麻子《あさこ》たちは今、内川へ行く途中《とちゅう》なのだった。

中学生の拓《たく》にいさんはサッカーの猛練習《もうれんしゅう》で、寄宿舎《きしゅくしゃ》で仲間たちと合宿したまま帰ってはこない。それに夏休みもあと三日でおわるのだ。至《いたる》やみどりたちは、北海道から転校してなれたばかりの学校を、また変わることをいやがったけれど、麻子《あさこ》はちがう。山にかこまれた盆地《ぼんち》のような村から外へでられるというだけで、心がはずむのだった。

「内川はまだ電気がひいてないから、夜は石油らんぷをともすんだ。川には鮭《さけ》がのぼってくるし、野原はツンドラの苔《こけ》でふわふわしていておもしろいぞ。縞《しま》りすや雷鳥《らいちょう》がいるし、自動車で黒狐《くろぎつね》をひきそうになったこともある」

と、とうさんはいう。

とうさんは、三月に一度くらいしか家に帰ってはこない。それほど遠い村なのだ。そんな内川に近づいているはずなのに、同じ景色だなんておかしいと思う。ちがう、ちがうと、ひとりで首をふっていたのだが、さっきからへんに落ち着かないのは、そのせいばかりではなかったのだ。

(どうしてだろ。汽車、さっきと反対のほうへ走ってる)

窓《まど》を向いていたんだから……と、麻子《あさこ》は考える。

(右のほう、たしか、こっちへすすんでいたのに、いつのまにか逆《ぎゃく》のほうへ走ってるんだ)

なんど確《たし》かめてもそう思う。

(大変だ、これがほんとうなら、汽車は逆《ぎゃく》もどりしてしまう。絶対《ぜったい》に内川へなんか行くわけはない)

汽車が道をまちがえたのかと、麻子《あさこ》は急に不安になって車内を見まわした。が、乗客たちは、みな平然と新聞を見たり談笑したりしていて、心配そうなそぶりのひとは見あたらなかった。かあさんといえば、顔の上にハンカチをひろげて、座席《ざせき》にもたれて眠《ねむ》っているようすだったし、ふじさんは着物の袖口《そでぐち》から血色のよいふとい肘《ひじ》までむきだして、やわらかくとけて、へばりついたグリコの薄紙《うすがみ》をはがすのに苦心していた。弟の保《たもつ》は座席《ざせき》の上にあぐらをかいて、ふじさんの手もとをのぞきこんでいる。そして、みどりと至《いたる》は、向き合ってハンカチとりのあそびに夢中《むちゅう》だった。だれひとり、汽車があべこべの方角をさして走っているなど、思いもしていないらしかった。麻子《あさこ》はつらいほど胸《むね》が固くなってきて、かすれた声でみどりにいった。

「あのう、ねえってば……みどりちゃん、ちょっと、へんだよ、この汽車」

みどりは通路に足をひろげて立ち、上体を前後にふって拍子《ひょうし》をとりながら、至《いたる》の捧《ささ》げるようにしたハンカチを、抜《ぬ》きとるすきをねらっている。至《いたる》が麻子《あさこ》のことばに、ふと、気をそらした瞬間《しゅんかん》、流れの魚をつかむようにすばやくハンカチをすくいあげ、やっと、みどりはふり返った。

「え？　今、なんていったの。あこ」

「この汽車、さっきと反対のほうへ走ってるんだよ。ねえ、さっきはあっちへ行ってたでしょう。それなのに今はこっちだもの、どうする？　線路をまちがえたのかもしれない。内川へ着かないよ。へんなとこへ行っちゃうよ」

「ばかね、なにをいってるの」

「ほんとだもの。ねえ、どうするの」

麻子《あさこ》は泣きそうだったが、

「そんなことないよ。あこは、ねぼけてるんだよ」

うすい唇《くちびる》をなめただけで、みどりはとりつくしまもなかった。かわりに至《いたる》が教えた。

「それさ、なんかの思いちがいだよ。錯覚《さっかく》っていうだろ。ほら、汽車が動いて、外の林は動かないのに、汽車にのってる人間には、山や林が動いているように見えるだろ。心配しなくてもいいんだよ」

そういってくれるのに、まだへんだとはいいにくくて、麻子《あさこ》はわからないままことばをのみこんだ。

ふたりは、また、ハンカチとりに熱中し、麻子《あさこ》は心細かった。窓《まど》の縁《ふち》におでこをのせてうつむいていると、汽車の振動《しんどう》がおでこから体の奥《おく》のほうへ伝わっていく。爪先《つまさき》までひびいてくる。

ずっでんでん、ずっでんでん。

規則《きそく》正しい音がくり返しくり返しているのが、目的地へ麻子《あさこ》を運ぶ音のようにも、永遠《えいえん》におりるところなく汽車がめぐりつづける音のようにも聞こえる。

(あたし、もっとちっちゃいとき、汽車にのってた)

と、麻子《あさこ》は思う。学校へ入る前だった。

(北海道の札幌《さっぽろ》から樺太《からふと》へ来たとき……それから、もっとむかしも……)

むかしむかし……と、麻子《あさこ》は思う。二年生の麻子《あさこ》のおぼえているむかしは、たかだか何年前かしれたものだが、それは何年という時間の枠《わく》の外にある、「むかし」のように思われるのだ。

周囲の風景はなにひとつおぼえてはいずに、そこだけ茫《ぼう》と明るい中に、たぶん、かあさんにだろう、抱《だ》かれている麻子《あさこ》がいて、みどりがいて、それよりも鮮《あざ》やかに銀色白髪《しらが》のおばあちゃんが、ちんまりすわって西瓜《すいか》をたべていた。窓枠《まどわく》も窓《まど》の外の景色も、いっさいが乳色《ちちいろ》の靄《もや》にぼやけているのに、なぜか、そこはまちがいなく「汽車の中」なのだ。それを証明《しょうめい》するなんの手だてもないのだが、それは「汽車の中」だった。しかし、そういうと、みどりはわらいだす。

「そんなことある？　汽車の中で西瓜《すいか》たべたりしたことないよ。それに、いったいだれよ。その白髪《しらが》のおばあちゃんって」

そして、麻子《あさこ》は、とうさんのほうのおばあちゃんも、かあさんのほうのおばあちゃんのことも、まるでおぼえていないうえに、麻子《あさこ》たちのおばあちゃんはふたりとも、汽車にのったことなどなかったらしいのだ。

「幽霊《ゆうれい》？　そのおばあちゃん」

みどりの小さく粒《つぶ》のそろった歯が、きれいにひかるのをながめて、麻子《あさこ》は無念さをこらえる表《ひょう》情《じょう》になる。

(だって、あたし、おぼえてるんだもの)

だが、それには説得力がない。みどりときたら、たった二年ちがうだけのことで、ずいぶん、むかしのことを知っているのだ。九州の海べの家。いつも波の音がしていたその家でくらしていたとき、至《いたる》と蟹《かに》をつかまえたり、バケツに砂《すな》を入れては庭に運んだこと。とうさんの留守《るす》に、かわいがっていたひよこを剃刀《かみそり》で手術《しゅじゅつ》しちゃったこと……。

かあさんは相づちをうっては、声をあげてわらう。

「いつかとうさんが、鶏《にわとり》が皮膚病《ひふびょう》みたいに毛が抜《ぬ》けて困《こま》ったときね、剃刀《かみそり》で切ってヨードチンキを塗《ぬ》ったのを見てたんだね。そのとおりにしたもんだから、かわいそうにひよこはヨードチンキだらけになって、よろよろしてたの」

いつもその話がでるたび、至《いたる》は女の子のように耳を薄桃色《うすももいろ》に染《そ》めて恥《は》ずかしがり、みどりは反対に黒い目をきらきらさせる。麻子《あさこ》は口がだせない。その世界からしめだされている。こう、くり返すだけだ。

「あたし、知らないんだもの。うまれてなかったもん」

すると、「あら」と、みどりがいう。

「あんた、うまれてたよ。ただ、あかんぼうだったの」

うまれていたのに、なにもおぼえていないなんて、よけい腹立《はらだ》たしくて麻子《あさこ》は断言《だんげん》する。

「ちがうの。うまれてなかったんだってば！」

みどりは肩《かた》をすくめて、秘密《ひみつ》っぽく至《いたる》と目くばせする。ふたりは小さなときからコンビで、いつだって仲がいいのだ。一番上の拓《たく》にいさんは至《いたる》より三つ上で、これは別格《べっかく》なのだ。拓《たく》はしばらく、秋田のおじいちゃんの家で育ったそうだから……。

色白で女の子みたいな至《いたる》と、色が浅黒くてひきしまった肢体《したい》のみどりとは、顔だちも気性《きしょう》もまるで似《に》たところはないのに、果実とそれを受けた萼《がく》のように、どこかぴたっとつながっているようだ。

（双子《ふたご》みたい）

と、麻子《あさこ》は思う。麻子《あさこ》と保《たもつ》とではそうはいかない。

窓《まど》の縁《ふち》におでこをのせて目をつぶっていると、汽車の音がだんだん遠くなって、どこか地上をはなれた知らない時間の中を走っていくようだ。

不意に、汽笛があたりの空気を引き裂《さ》いてひびき、ごおーっという音とともに、生温《なまあたた》かい風が首すじの上を吹《ふ》き過《す》ぎた。汽車がトンネルに入ったのだ。油煙《ゆえん》のにおいが顔にまつわりつき、窓《まど》から吹《ふ》きこむ煤煙《ばいえん》をまともに受けて、首をひっこめながら麻子《あさこ》はせきこんだ。

「窓《まど》、しめなきゃ」

至《いたる》が窓《まど》にとびつき、ガラス戸をおろそうとした。がたぴしとするだけでおりないのにいらだって、顔を赤くしながらやっとひきおろすと、みどりが、もう次のガラス戸の端《はし》に手をかけて待っていた。至《いたる》が一方の端《はし》を持ち、ふたりいっしょにひきおろすと、今度はぴしゃっとしまった。乗客たちが後ろを向いて窓《まど》をがたがたさせている間に、ふたりは次から次に、開いた窓《まど》を敏捷《びんしょう》にしめていった。麻子《あさこ》は呼吸《こきゅう》の合ったふたりに見とれる思いだ。

黒煙《こくえん》が窓《まど》から渦巻《うずま》いて流れこみ、通路のほうへゆっくりとひろがってうすれていった。車室の天井《てんじょう》に灯《ひ》がともった。ガラス窓《まど》に卵《たまご》の黄身のようなあかりが一列に連なって映《うつ》り、すぐに消えた。汽車はもうトンネルをぬけていた。

噴《ふ》きあげた蒸気《じょうき》が、外の空気で冷やされてたちまち小さな水滴《すいてき》となって、ガラスをくもらせていた。窓《まど》ガラスのまん中へんから靄《もや》がうすれるように透《す》けてきて、山火事で焼け焦《こ》げた山々が、地獄《じごく》の針《はり》の山さながら、黒焦《くろこ》げの墓標《ぼひょう》に似《に》た無数の柱を山肌《やまはだ》に突《つ》き刺《さ》したまま、ゆっくりと地平を回転していった。草原を紅《くれない》の柳蘭《やなぎらん》が狐火《きつねび》のように流れていき、麻子《あさこ》は窓《まど》にもたれて、またすこし眠《ねむ》った。

二度目に麻子《あさこ》が目をさましたとき、汽車は目的地、樺太《からふと》鉄道の北端《ほくたん》、南新問駅《みなみにいといえき》に近づいていた。ふじさんは座席《ざせき》にあがって網棚《あみだな》の荷物をおろし、至《いたる》が受けとろうと手をのばしていた。かあさんは背《せ》すじをのばし、とんとん腰《こし》をたたき、ながながと座席《ざせき》に寝《ね》てしまった保《たもつ》を起こしていた。どやどやとひとが立ちあがり、みどりは手《て》さげの中を改め、席のまわりに散らかった空き箱や紙屑《かみくず》を拾いながら麻子《あさこ》を見た。

「ねぼすけ、起きたの。もう着くんだから。眠《ねむ》ってたらおいていくよ」

麻子《あさこ》はまたもや、どきっとして、まさかと立ちあがったが、通路にはもう下車するひとびとがならんでざわめいていた。汽車はやがて停車場にすべりこみ、かあさんは窓《まど》からプラットホームをうかがったが、人ごみの中にいても首だけ抜《ぬ》きでて背《せ》の高い、とうさんのすがたは見あたらなかった。

トランクをさげたふじさん、荷物をかかえてくたびれた格好《かっこう》のかあさん、麻子《あさこ》たちの一行がつながって改札口《かいさつぐち》をでると、胡麻塩《ごましお》頭の陽《ひ》焼けした男が緊張《きんちょう》した表情《ひょうじょう》で近づいてきた。

「杉本《すぎもと》さんの奥《おく》さんでありますか。内川《ないかわ》からお迎《むか》えにきた志尾《しお》であります。所長さんが手ばはなされないので、かわりにきたす」

志尾《しお》さんは一瞬《いっしゅん》、がっかりしたようすのかあさんにはおかまいなく、無骨《ぶこつ》な手でトランクをもぎとった。

「ハイヤーば待たしてありますから、どうぞ」

「それは……お世話さま。このとおり大勢ですから、よろしくおねがいしますよ」

停車場の前に箱型の自動車が二台とめてあり、助手らしい少年がそばに立っていた。

「おう、荷物入れてけれや」

志尾《しお》さんは少年にトランクをわたし、ふじさんたちのかかえた荷物をあごで示《しめ》した。

樺352

「奥《おく》さんもあんちゃん方もお疲《つか》れでありましたか。もうちょっとの辛抱《しんぼう》でありますが。さ、さ、どうぞ」

うながされて、先頭の自動車にかあさんと至《いたる》がのりこみ、みどりがのるより早く麻子《あさこ》はかあさんのとなりに体をくっつけてすわった。

「後ろのほうがすいてるす」

志尾《しお》さんが、ふじさんと保《たもつ》ののりこんだ自動車にみどりを押《お》しこんだ。大型の自動車なので、荷物を入れても中はじゅうぶんあいている。

「ドア、しっかりしめておかねば。道がわるいから、がたんこがたんこゆれるはずみに、外さおっぽりだされたら大変すからな」

志尾《しお》さんは中をのぞきこんで、ふじさんにひとこと注意してから、ばたんとドアをしめた。もどってきた志尾《しお》さんを見て、至《いたる》は運転手席の後ろから小さな補助席《ほじょせき》をひきおろして腰《こし》かけ、後ろの席をあけた。

「あんちゃ、わし、そこんとこでいいす」

いいすといいながら、志尾《しお》さんは麻子《あさこ》のとなりにどしんと腰《こし》をおろし、その振動《しんどう》でやせっぽの麻子《あさこ》は、ぴょんととびあがってびっくりして志尾《しお》さんを見た。志尾《しお》さんは麻子《あさこ》には目もくれず前をにらんで、

「ならば、これから内川さ向かいます。運転手さん、えらく待たせてしまったな。さ、出発して

けれ。大事なお客さんだで、あまりぶっとばさねぇでな」

と、あとのほうは運転手にいった。

助手が背《せ》をかがめて自動車のクランク棒《ぼう》をぐるぐるまわし、エンジンのかかったところで助手席にとびのった。せまい道は白くかわいて砂埃《すなぼこり》が舞《ま》いあがる。馬方《うまかた》があわてて荷馬車を道の端《はた》へ寄《よ》せて自動車をよけている。志尾《しお》さんはまだ硬《かた》くなって前を見ていた。志尾《しお》さんの息がたばこくさくて、麻子《あさこ》は息をつめていたが、だんだんかあさんのほうへずり寄《よ》っていった。自動車にゆれてげっそりした顔の、かあさんの白粉《おしろい》をつけた鼻のわきに煤《すす》がついている。

「あら」

と、麻子《あさこ》は見るなり、指をなめてごしごしふいてあげた。

「なにをするの。あこちゃん」

かあさんがこちらを向くのとほとんど同時に自動車が激《はげ》しくゆれた。はずみをくって麻子《あさこ》はかあさんの頰《ほお》に指を突《つ》きたててしまい、「いたいっ」と、ふたりとも顔をしかめた。麻子《あさこ》がかあさんの上に倒《たお》れた体を起こしてみると、汚《よご》れはかえってひろがって、かあさんは狸《たぬき》みたいな顔になってしまっている。麻子《あさこ》は体をうかして、志尾《しお》さんから見えないように気をつけながら、

「ハンカチでふいたらいい」

と、小声で注意した。かあさんはまるい懐中鏡《かいちゅうかがみ》をとりだしてのぞき、「まあ」とあきれたが、すぐハンカチを唾《つば》で湿《しめ》らせ熱心に顔をふきはじめた。麻子《あさこ》は、せっかくきれいだと思っているかあ

さんのへんな顔を、志尾《しお》さんに見せたくない。それなのに、かあさんは顔をふきながら、平気で志尾《しお》さんにたずねるのだ。

「内川まで、あとどのくらいでしょう」

志尾《しお》さんがもごもごしているので、運転手がかわって答える。

「まんず十里ってとこだべかな。ここから先は鉄道がなくて、北緯《ほくい》五十度の半田沢《はんだざわ》の国境《こっきょう》まで、軍用道路が一本つっ走ってるだけす。内川はその途中《とちゅう》にあって、ハイヤーで行くか、冬だば馬橇《ばそり》で行くしかねぇす。奥《おく》さんもあんちゃん方もこちらはじめてすか」

「んだ」

と、志尾《しお》さんがかわってうなずく。

「馬よりはハイヤーのほうがなんぼか早く着くべな。馬は途中《とちゅう》で水のましたり、餌《えさ》くわしたり、はあ、汗《あせ》ふいたり休ませたりして行くべ。それに、春など、牝馬《ひんば》と牡馬《ぼば》とすれちがったりしたら、歯むきだして、首あげて、尻《けつ》あげていないてよ。どしてどして、道行くどこか、相手のほうさ行きたがって、手綱《たづな》ひいても鞭《むち》でぶってもいうことききかねぇもんな。だども、ハイヤーだば心配ねぇべさ。ぶっぶー、オーライ、それでおわりだで、すぐ内川さ着くべよ。な、大将《たいしょう》」

大将《たいしょう》とよばれて、志尾《しお》さんはかあさんに遠慮《えんりょ》しながら、「ん、ん」とうなずき、運転手は陽気にしゃべりつづける。

「ハイヤーでもなんだな。中さ奥《おく》さんみてぇな美人がのってたら、そうもいかねぇかな」

「なんだ、馬といっしょにして失礼でねぇすか」

志尾《しお》さんがあわて、かあさんは思わず口をおさえてわらいをかみころしている。自動車は軍用道路という名前だけりっぱな道、もちろん、舗装《ほそう》もしていないでこぼこ道を走りつづけ、それこそ馬みたいに跳《は》ねあがったりするので、麻子《あさこ》たちは天井《てんじょう》にいやというほど頭をぶつけたり、ころげたりした。

かあさんは引越《ひっこ》しの準備《じゅんび》をはじめて以来の疲《つか》れのうえに、車酔《くるまよ》いするたちなので青ざめて、ときどき胸《むね》をおさえてはいたが、運転手がおもしろいことをいってはわらわせるので、ついついわらい声をたててしまうのだ。運転手は原始林の中で熊《くま》のでた話をし、

「それから、おっがなくて、そこ通るたび、ぶーぶー警笛《けいてき》ば鳴らしづめよ」

と、分厚《ぶあつ》い肩《かた》をすくめてみせたりした。

「このへんにも熊《くま》がでますか」

至《いたる》がたずねた。志尾《しお》さんは首をふって、

「心配ねぇす。ハイヤーと相撲《すもう》とりにでてくる熊《くま》は、まんず、どこにもいねぇす」

「じゃ、馬があぶないですか」

「そら、そんときの熊《くま》の気持ちしだいだべさ」

運転手がまぜ返した。

「ぼく、馬橇《ばそり》にのったこと、ないんです」

至《いたる》のことばに志尾《しお》さんは口調を変えた。

「あんちゃん、馬お好きですか。所長さんは馬さのって、ときどき炭坑《やま》さ行かれます。皐月《さつき》は栗《くり》毛《げ》のいい馬すよ。所長さんちの裏《うら》さ馬小屋ば建てて、わし、その世話をしてるす。馬はおとなしくて役に立つ、なかなかめんこい動物すよ」

「えっ」

と、至《いたる》も麻子《あさこ》もおどろいたが、かあさんはめんくらって、

「まあ……馬をねえ……」

と、嘆息《たんそく》した。いくら引越《ひっこ》しなれているとはいっても、四人の子どもをつれての家移《うつ》りの万端《ばんたん》をかあさんにまかせ、出迎《でむか》えにも来ないとうさん。まあ、とうさんはそんなひとだし、子どもたちだってとうさんが来なくとも平気なのだからと思って来たのに、とうさんがまあ、馬を飼《か》ってたなんてなにも聞いてはいなかった。なんだって好きなことをするひとなんだから……。それにまあ、このひと、会社のひとかと思ったら馬丁《ばてい》さんだなんて、と、かあさんはあきれ、それでも家族と別れてくらす男ばかりの生活では、馬ぐらい飼《か》っていても、とも思うのだ。

だが、子どもたちはちがった。

「馬にのれるの？」

少年らしくさけんだ至《いたる》の耳が、みるみる赤く染《そ》まっていくのを、後ろから見て麻子《あさこ》は（いいなあ、にいさんは！）とうらやましく、でも、すぐに、

はまなす

(あたしだってこれから、馬に草をやったり、人参《にんじん》をやったりすることができるんだ。鼻にだってさわらしてもらうもの)

そう思い返すと、今までの長い長い車内での不安もいらだちも、いっぺんに消えるようであった。

二台の自動車は林をぬけ、海べを走った。そこで自動車をとめ、麻子《あさこ》たちはまるくふくらんだ灰緑色《はいみどりいろ》のオホーツク海をながめ、砂浜《すなはま》で波と追いかけっこをして、すこしあそんだ。磯《いそ》の香《か》はなまぐさく、海には流木が浮《う》いているだけであったが、麻子《あさこ》たちはめずらしくて興奮《こうふん》していた。

自動車にもどり、ふたたび走りだすと、原野は赤いはまなすの花や、百合《ゆり》や萱草《かんぞう》の花が草の中に顔をのぞかせ、どこにかくしていたかと思われるほどさまざまな高山植物の花々が次々に現《あらわ》れて、麻子《あさこ》は、自分たちのがたごとゆれる自動車が、お花畑に迷《まよ》いこんだ二匹《ひき》の虻《あぶ》のように思われた。

夏の空はつきぬけるほど高く、果てしなくひろく、まちがいなく遠くへ来たのだと、麻子《あさこ》は自動車の振動《しんどう》に合わせて体をゆすっていた。

はじめての川

自動車は林をぬけ、小さな牧場を過《す》ぎ、いくつかの坂を越《こ》えた。

「九十五《きゅうじゅうご》の坂を越《こ》えたら、内川《ないかわ》す」

と、志尾《しお》さんがいう。九十五とは、九十五も坂があるというのか、そのあたりの土地の名をいうらしかった。

自動車が暴《あば》れ馬のように跳《は》ねるので、のっているものは前にのめるかと思えば、天井《てんじょう》に頭をぶつけたりする。志尾《しお》さんの膝《ひざ》にころがったり、ひっくり返ったり、麻子《あさこ》は長旅のあとでもあり、さすがに生きた心地《ここち》がしなかった。むかむかして思わず胸《むね》をおさえた。すると、これも青い顔をしたかあさんが、麦わら帽子《ぼうし》をぬいで胸《むね》にあてて受けなさいと手まねでいう。濃《こ》い空色のリボンのついた麦わら帽子《ぼうし》は、内川行きのために買ったばかりなのだ。これに吐《は》くなんて！　麻子《あさこ》は、いや、とかぶりをふる。口を結んでがんばっていた。そのうちに軒《のき》の低い家がぽつぽつ見えはじめたと思うと、志尾《しお》さんが腰《こし》をうかした。

「それ、それ、その先のがんぴの木のとこ。黒い門のとこさ着けてけれや」

最後のとどめをさすように、自動車が、ゆれてとまった。麻子《あさこ》は前の座席《ざせき》にいやというほどあごをぶつけて涙《なみだ》がでたが、恥《は》ずかしいのでじっと我慢《がまん》する。かあさんが細い声でいう。

「ひどかったね、あこちゃん。さあ、もういいの。おりましょう」

道の左側に樺《かば》の木が二本、風に葉をそよがせている。その葉陰《はかげ》の煤《すす》けた平家《ひらや》からとびだしてきた詰衿《つめえり》の男が、

「お待ちしてたところす」

と、自動車をのぞきこんだ。至《いたる》と志尾《しお》さんが荷物をかかえており、志尾《しお》さんは男に顔を寄《よ》せてたずねた。

「山村さん、所長さんはどこす？」

するると、山村さんは曖昧《あいまい》に首をふって、

「それが……測量《そくりよう》の衆《しゆう》と山奥《おく》のほうさ行かれたきりで。早くもどるとはいっていられたども……」

「なら、まだ帰ってられねすか」

志尾《しお》さんは申しわけなさそうに、かあさんの顔をうかがったが、かあさんはさりげなくうなずいただけだ。まあまあ、いいでしょう、とうさんがここでみんなを待ってなくてもと、かあさんは思っている。子どもたちをひきつれてここまで来てしまったのだから。これからは、いつでもとうさんに会えるし、そうですとも、いいたいこともいつだっていえるのだから……。

自動車からおりたのに、まだ体がゆれているようで、麻子《あさこ》はかあさんのくたんとなった帯のお太鼓《たいこ》につかまっていたが、とうさんがいないと聞いて、ほっとする。なにしろ、とうさんとは一年以上も別れてくらしていたのだ。改まって会うのはなんだかきまりがわるいのだ。自動車からおりたまま、かあさんは門柱にかけた表札《ひょうさつ》を見ている。

(あら、ここにも表札《ひょうさつ》がある)

前に住んでいた家にもこれと同じ、「杉本正雄《すぎもとまさお》」ととうさんの名をかいた表札《ひょうさつ》がかけてあったので、麻子《あさこ》は一瞬《いっしゅん》、妙《みょう》な気がした。それから、なるほど、麻子《あさこ》たちと別れていた二年間、とうさんはここでくらしていたのかと納得《なっとく》する。

ここは川上《かわかみ》村の丘《おか》の上の社宅《しゃたく》とちがって、埃《ほこり》っぽい道端《みちばた》の煤《すす》けた家だ。道に向かってつきだしたブリキの煙突《えんとつ》も、それをささえる木のはしごまで、一様に汚《よご》れて黒ずんでいるが、屋根をおおう樺《かば》の木の緑は、なんと涼《すず》しそうなのだろう。

「奥《おく》さん、上さあがって、楽にして休んでください。さあさ、あんちゃん方も、どうぞ」

山村さんが助手たちと、家に荷物を運び入れながらいう。

「運転手さん方も、一服《いっぷく》したらどうす」

運転手たちは、もう、ランニング一枚《まい》の裸《はだか》になって、風に吹《ふ》かれながらたばこを吸《す》っている。


「ここがあたしたちの部屋だね」

前に送った荷物が着いたらしく、机《つくえ》や本箱や見覚えのある玩具《おもちゃ》の箱が、雑然《ざつぜん》と積みあげてある玄関《げんかん》わきの部屋をのぞいて、みどりがいう。

「あたしの机《つくえ》、こんなとこより窓際《まどぎわ》がいいのに」

机《つくえ》を動かそうとして、その上にたくさんの箱がのっているので、あきらめて、窓《まど》を見る。

「ねえ、あこちゃん、カーテンもかえなくちゃ」

白いキャラコのカーテンを引こうとして、みどりは急に、「きゃっ」とさけぶ。カーテンの裾《すそ》から、四つの目が部屋をのぞきこんでいたのだ。すとん、と下にとびおりる音がして、窓《まど》にへばりついていたらしい子どもたちが逃《に》げだした。

陽《ひ》焼けした裸《はだか》の背中《せなか》に、みどりがいう。

「のぞいたりして、だれ」

だが、子どもたちは板塀《いたべい》の下をもぐって、あっというまに消えてしまった。

「まったく、びっくりしちゃう」

みどりは、窓《まど》から首をつきだして、まだ怒《おこ》っている。が、その間に麻子《あさこ》もまた、みどりのそばから逃《に》げだすことにする。まごまごしていると、着いたそうそう、机《つくえ》の位置を変えるのを手伝ったり、部屋の片《かた》づけをさせられることになりかねないからだ。

保《たもつ》の声がしている台所へ行くと、流しのそばで、保《たもつ》がポンプを動かしていた。背《せ》がとどかないので、ポンプの柄《え》にとびついて蛙《かえる》のように跳《は》ねている。暗緑色の錆《さ》びたポンプは、そのたびにしゃっくりするような音をたて、筒口《つつぐち》からどっとこぼれる水が、しだいに細まりながら琺瑯《ほうろう》の洗《せん》面器《めんき》に落ち、そこから流しにあふれでている。

「洗《あら》ってもいい？　保《たもつ》ちゃん」

琺瑯《ほうろう》の洗面器《せんめんき》に窓《まど》の外の樺《かば》の緑がちらちらゆれている。麻子《あさこ》は洗面器《せんめんき》に両手をひたした。指先から冷気が体じゅうにしみわたる。

薄桃色《うすももいろ》の爪《つめ》のまわりに、めだかの卵《たまご》のように透《す》きとおった小さな泡《あわ》がいくつもひかっている。この水は地面の下にかくれていたのだ。暗い地面の下の水の世界ってどんなふうだろうと麻子《あさこ》は思う。暗い冷たいところで、水はちろちろ流れてるのだろうか。それとも、じっと息をひそめてだれかの呼《よ》ぶのを待っていたのだろうか。錆《さ》びたポンプのおじいさんが、ぜいぜいのどを鳴らしながら、いったいどうやってこの水を呼《よ》びだしたのか、麻子《あさこ》はふしぎでならない。手のひらを返して、今度は水をすくってみた。ふたつの手のひらの作ったくぼみに、水は泉《いずみ》のようだ。こんな水の中で小鳥は水浴びするのだと思う。

顔を洗《あら》うとき、至《いたる》たちは洗面器《せんめんき》に顔をつっこむようにしてぶるぶる洗《あら》うけれど、麻子《あさこ》はうまくできない。いつもしぼったタオルで顔をふくだけだ。でも、思いきってやってみる。両手と顔をいっしょに動かして、ぶ、ぶ、ぶ、ぶ、ぶと、声をだす。目はぎゅっとつぶったままだ。二度三度、水を不器用にはね散らしながら、ぶ、ぶ、ぶと夢中《むちゅう》でやってみる。水は麻子《あさこ》の顔にぴたっと吸《す》いつき、それから滴《しずく》になって落ちていく。

奥《おく》の二間続きの座敷《ざしき》では、かあさんや志尾《しお》さんたちがくつろいでいた。せんべいを盛《も》った皿や、サイダーの壜《びん》やコップのならんだテーブルをかこんで、志尾《しお》さんははじめて会ったときより、かなり雄弁《ゆうべん》になっている。

「内川は、はあ、まんずごらんのとおりの村だども、川向こうと川のこちら側とに一軒《けん》ずつある店で、たいがいの物はまにあうす。米味噌《みそ》醤油《しょうゆ》に荒物雑貨《あらものざっか》、呉服物《ごふくもの》、文房具《ぶんぼうぐ》なんでも売ってるす。豆腐屋《とうふや》は、へえ、これも平井《ひらい》さんと龍《りゅう》さんとこと二軒《けん》もあるすよ」

そして、窓際《まどぎわ》では山村さんが至《いたる》としゃべっている。

「すると、一番上のあんちゃんが拓《たく》さんで、豊原《とよはら》の中学すか。至《いたる》さんは今、何年すか」

「五年です。みどりが四年で、麻子《あさこ》は二年、保《たもつ》は来年学校です」

ふむふむと、山村さんはうなずいている。

「自動車でこちらさ来るとき、学校の前通ったはずだども、門が見えねかったすか。内川小学校では、わしとこの娘《むすめ》が先生してるすよ。男《おとこ》先生ばかりじゃ、裁縫《さいほう》教えるのにどうにもなんねって」

「学校、近いですね。来週からはじまるんでしょう」

と、至《いたる》がいう。

麻子《あさこ》は座敷《ざしき》へ来るなり、学校と聞いてびっくりしてしまう。そういえば夏休みは八月十四日でおわるのだった。ここの小学校もそうなのかしら。もう、二学期がはじまるのだろうか。

麻子《あさこ》はなんだか胸《むね》が熱くなる。引越《ひっこ》しのしたくでこの月はがたがたしどおしだったのだ。やっとここに着いて、これからゆっくりあそべると思っていた。そうだった、志尾《しお》さんのいっていた馬にだってのせてもらうつもりだったのに、もう学校だなんて。麻子《あさこ》は窓《まど》に寄《よ》って、外を見た。

雑草《ざっそう》の茂《しげ》った裏庭《うらにわ》の向こうに、高くのびた唐黍《とうきび》畑が続いていて、そのかなたに連なる丘《おか》には、柳蘭《やなぎらん》の花が点々と紅《あか》い。川上村の丘《おか》の上は同じような家がずらりとならんでいたのに、ここはなんとひろびろしているのだろう。見わたして、麻子《あさこ》はどきっとした。唐黍《とうきび》畑の濃《こ》い緑の重なりの向こうに、曇《くも》り空の色をしたトタン屋根と、格子《こうし》のはまった小さな窓《まど》が見えたのだ。

ひょっとしたら、あれが志尾《しお》さんの話していた馬小屋かもしれない。いや、きっとそうにちがいないと思う。

「おじさん」

と、麻子《あさこ》はふり返ったが、志尾《しお》さんはこちらを見てくれない。かあさんと医者の話をしている。あまり夢中《むちゅう》なので、口をはさむきっかけが見つからない。

（いいんだ。あたし、ひとりで見にいくもの）

靴《くつ》をはいて家の裏《うら》へまわった。草の茂《しげ》った裏庭《うらにわ》をよぎると、唐黍《とうきび》畑は麻子《あさこ》の背《せ》よりはるかに高く、そこだけ、ひと足先に秋が来ているように、さわさわ風に吹《ふ》かれていた。ところどころ、藁《わら》苞《づと》の納豆《なっとう》のかたちに斜《なな》めにつきでた唐黍《とうきび》の先端《せんたん》から、赤くちぢれた毛がたれて生きもののようにふるえている。畑の横手を通り小屋の前にでると、にわかに風がにおった。馬のにおいだと麻子《あさこ》は思う。

小屋の横に積みあげた馬糞《ばふん》の山に、陽《ひ》が白くひかっている。小屋の戸はあけ放たれていて、内部は暗い。左側にふとい丸太が一本、横にわたしてあるのが見えるだけだ。小屋の前の土は踏《ふ》み固められて、土間のようになめらかだ。空き地には馬をつなぐ棒杭《ぼうくい》が一本立っていて、小判型《こばんがた》の大きなブラシが釘《くぎ》にかけてある。馬がどこにいるのか暗くてわからない。それに中に入るのもすこしこわいのだ。麻子《あさこ》は入り口から右に寄《よ》ったところに、すこしはなれてしゃがんでみる。ここなら馬が見えるかもしれないと思う。

あたりはしんとしずかで、なんの物音もしない。馬糞《ばふん》の小山を吹《ふ》いてきた風が、麻子《あさこ》のおかっぱを吹《ふ》いていく。馬はほんとうにこの中にいるのだろうか。とうさんがのってでかけたのではないだろうか。麻子《あさこ》は腰《こし》をうかしてしゃがみなおす。こんなところにしゃがんでいると、おしっこをしているとまちがわれるかもしれない。けれど、麻子《あさこ》は動けない。馬小屋の暗がりから、今にも馬が現《あらわ》れてきそうだ。息をつめていると、不意に、がたり、と音がした。

麻子《あさこ》は心臓《しんぞう》をたたかれたようにびくりとする。自分の心臓《しんぞう》の鼓動《こどう》だけが全世界の音のように聞こえる。暗がりに目をこらしていると、水でぬらした写し絵がだんだん透《す》けてくるように、ほの白い鼻づら、額《ひたい》にかかるたてがみ、そろえた二本の前足が浮《う》かびあがってきた。

やっぱり、馬はいたのだ。馬はさっきから動かずに立ちつくしていたのだ。そして、暗がりから麻子《あさこ》をじっと見ていたのかもしれないのだ。しだいにたしかな輪郭《りんかく》を浮《う》きださせてきた馬の体は、深い紫《むらさき》の艶《つや》をおびてひかっている。不意に馬がなにかをふるい落とすように、首をふった。たてがみがゆれ、あおむいたまま麻子《あさこ》は思わず口をあけた。すると、口の中にも風は吹《ふ》きこんできて、麻子《あさこ》は満足している自分を感じていた。

夏休みはおわった。

引越《ひっこ》しのしたくと子どもをつれての長旅にぐったりしたかあさんには、まだ、新しい家での片《かた》づけがのこっていた。

そこで、とうさんが子どもたちをつれて学校へ行くことになった。麻子《あさこ》はずいぶんひさしぶりにとうさんとならんで歩く。こんなことはめったにないことだった。とうさんの足に合わせるため、麻子《あさこ》はときどき、小走りになる。とうさんの踏《ふ》みだすひと足は、ゆうに麻子《あさこ》の四倍はありそうだ。学校へ行く子どもたちが、麻子《あさこ》たちをじろじろ見てはささやきあっている。麻子《あさこ》はとうさんのかげにかくれて、いちばん気になってることを、思いきってたずねた。

「ここの学校にも、階段《かいだん》、あるの？」
「階段《かいだん》？　どうしてだ」
とうさんはへんな顔をする。赤黒いとうさんの顔が、おかしさをこらえたように見える。口髭《くちひげ》がゆがんで見えるのが、麻子《あさこ》には気に入らない。それに横のみどりや至《いたる》に聞かれるのもいやで、口をつぐんでしまう。

前にいた川上小学校では、どういうわけか講堂《こうどう》が丘《おか》の上にあって、生徒たちは朝礼のはじまる前に、長い長い階段《かいだん》をのぼって、講堂《こうどう》に集まらなくてはならなかった。けれど、やっとのぼった講堂《こうどう》で、おしっこがしたくなったらどうしよう。麻子《あさこ》はそう思うと、そわそわと落ち着かなくなる。どうにもたまらないほど不安になって、階段《かいだん》をかけおり、お便所へ走りこむ。それからまた、大急ぎでのぼる階段《かいだん》の長く果てしないこと……。もう、だれひとりのぼるひとのない階段《かいだん》。のぼるうちに息が苦しくなってくる。いくら急いでももう遅刻《ちこく》にきまっている。上と下に果てしなく続く階段《かいだん》の中途《ちゅうと》に立ちどまると、心細さがこみあげてくるのだった。と、はるかな奈落《ならく》の底から足音がひびいてくる。一歩一歩、確実《かくじつ》に近づいてくるそれは、麻子《あさこ》をつかまえにきた鬼《おに》なのかもしれない。逃《に》げようとしても膝《ひざ》ががくがくして動けない。ぎゅっと手をにぎりしめている麻子《あさこ》のそばにせまってくる足音。それは平然と麻子《あさこ》を追いこしていく校長先生だ。

今ごろ、行くなんてと、先生の目が眼鏡《めがね》の奥《おく》から麻子《あさこ》を射《い》すくめる。そして、決して速度をゆるめずに行ってしまう。二年生のちびの足では先生に追いつくことさえできず、やっと、講堂《こうどう》の入り口に着いたときは、とっくに二度目のベルが鳴りひびき、朝礼がはじまっているのだ。全校生徒が気をつけをしているところへ、麻子《あさこ》はうなだれて入っていかなくてはならない。

一年生のときから、そうだった。いくら先におしっこをすませていても、思いだすまいとしても、かならず不安になるのだった。そんな遅刻常習犯《ちこくじょうしゅうはん》の妹を持ったことを、至《いたる》もみどりも情《なさ》けながっている。でも、いくらしかられ、あいそつかされてもどうにもならないのだった。ひとりぼっちの階段《かいだん》、さわさわ鳴る窓《まど》の外の冷たい草の葉ずれや、奈落《ならく》から吹《ふ》きあげるような風を思うたび、麻子《あさこ》は学校へ行くのがいやになってしまうのだ。だから、引越《ひっこ》しはうれしいくらいのことだった。

今度の学校には階段《かいだん》はないだろうと思う。ほんとうに、お寺さんのように、あんなばかみたいに長い階段《かいだん》は……。

そして、とうさんにつれられて行った学校は、志尾《しお》さんのいうとおり村の南にあった。だが、あったといえるのかどうか。小学校のひろい運動場の片隅《かたすみ》に、棟上《むねあ》げをするばかりの平家《ひらや》があって、大工がとんとん、金槌《かなづち》の音をひびかせているだけで、ほかには階段《かいだん》どころか、校舎《こうしゃ》らしいものは、どこをさがしても見あたらなかったのだから。

運動場にばらばらとならんだ子どもたちが、ものめずらしそうに麻子《あさこ》たちきょうだいをながめている。生徒たちと向き合って、四人の先生が立っている。その中のふとった色の浅黒い先生に近づいて、とうさんが挨拶《あいさつ》した。

「わたしが校長の石井《いしい》です」

と、ふとった先生がいう。麻子《あさこ》たちが転校してくることは、もう話してあったらしく、すぐに受持の先生に、三人は子猫《こねこ》みたいに分けられた。先生は四人、これで全部なのだ。至《いたる》は眼鏡《めがね》の男の黒田先生。みどりは小柄《こがら》な女の先生、きっと、あの山村さんの娘《むすめ》のきよという先生なのだ。麻子《あさこ》は坊主《ぼうず》頭のまだにいさんのように若《わか》い石川先生の組だ。先生は麻子《あさこ》を二年生の女の子の列につれていき、背丈《せたけ》を見くらべて、

「辰子《たつこ》に利枝《としえ》、ちょっとでて」

と、ふたりの間に肩《かた》をつかんで入れて、

「まあ、そんなとこだな」

と、うなずく。赤いちぢれっ毛の利枝《としえ》は、ふりむいて恥《は》ずかしそうに目をぱちぱちさせた。色白でそばかすのある辰子《たつこ》は、姿勢《しせい》よく胸《むね》を張《は》って立っている。髪《かみ》を一本に結んでいるのが、まるで棍棒《こんぼう》のように衿首《えりくび》からつきだしていた。

前からひとりふたりと数えてみると、麻子《あさこ》は前から五人目で後ろに三人いるから、二年の女の子は全部で八人らしい。右側は一年の女の子と男の子が二列にならび、左側は二年の男の子らしかった。こちらも丸坊主《まるぼうず》の陽《ひ》焼けした洟《はな》たらしばかりだ。じろじろとこちらを見ているのは、ひょっとしたらこの間、窓《まど》からのぞいてた子かもしれない。

校長先生と立ち話していたとうさんは、一度、こちらを見てから、運動場を大股《おおまた》によぎって

帰っていった。麻子は目の端で、とうさんの後ろすがたが校門をでて柳蘭の花の中を遠ざかっていくのを見ていた。

「川さ行くべ、先生、泳ぐべ」

「行くべや、な、なったら！」

われに返ると、石川先生をかこんで子どもたちがさわぎたてていた。

「待て。一時間目、いや、二時間目がおわったらだぞ」

先生の声がおわらぬうちに、もうかけだす子もいて、

「おい、ならんでいく！　一年が先だ」

先生の声が追いかける。

校庭にならんでいた生徒たちは、三、四年、五、六年、高等科と、それぞれの先生とともにあちこちに分かれていき、麻子《あさこ》たちは校門をでた草むらを、トロッコの通る線路に沿《そ》って北のほうへ歩いていった。勉強道具のほかに画用紙大のうすい板片《いたきれ》をかかえて歩いていく。あざみの花や柳蘭《やなぎらん》が咲《さ》いている草むらを歩いていくと、川の音がしてきた。

「さあ、ここらでいいべ」

先生が立ちどまり、樺《かば》の木の下に腰《こし》をおろす。

「一年生はこっち、二年生は右だ」

そこで、子どもたちはふたつに分かれて草むらに自分の席をきめる。かかえてきた板片《いたきれ》の一枚《まい》

をおしりの下に敷《し》き、一枚《まい》を膝《ひざ》の上にのせる。つまり、これが携帯用《けいたいよう》の椅子《いす》と机《つくえ》というわけだ。けれど、麻子《あさこ》はそんな便利なものを持っていない。草を踏《ふ》んで寝《ね》かせた上に、そっと腰《こし》をおろす。草の葉が足にふれてちくちくする。みんなは国語の読本《とくほん》を板の上に開く。二学期はどこからはじまるのだろう。麻子《あさこ》が前の子の読本《とくほん》をのぞきこもうとしたとき、

「これ」

いきなり横から、板片《いたきれ》がつきだされた。

「これ、やるよ」

辰子《たつこ》だ。黒い大きな目で怒《おこ》ったようにいう。

「いいの？　もらって」

「うん、わしんちに、なんぼでもあるから」

辰子《たつこ》はそっけなくいう。へえ、こんないい板がなんぼでもあるなんて、すごいと麻子《あさこ》は感心する。膝《ひざ》に板をのせて、読本《とくほん》を開く。

「二年生は巻《まき》三の二十、ささ舟《ぶね》だな。みんな声をださないで読んでろ。一年生はどこまでやったか、だれか答えられるひと、手あげて。おい、新三《しんぞう》、なにしてる」

と、先生がいう。新三《しんぞう》とよばれた額《ひたい》の右上に禿《はげ》のある子は、シャツのポケットに入れたかな蛇《へび》をのぞいていたのだ。二年生は本をひろげて読んでいる。声をださないでといわれたのに、一字一字、

「日、の、光が、や、わ、ら、か、に、さ、し、て、小川、の、水は、き、れ、い、に、す、き、と　お、っ、て、い、ま、す」

と読んでいる子もいた。利枝《としえ》は、後ろを向いて、今度はゆっくり麻子《あさこ》を観察するつもりらしい。男の子たちは半分、川に気をとられている。流れの音にまじって水あそびしているらしい子どもたちの喚声《かんせい》が聞こえてくるからだ。ちびの男の子が、そっと川をのぞいてきて、報告《ほうこく》する。

「武《たけし》のあんちゃんがいたぞ。五、六年だ。泳いでるの」
五、六年なら、至《いたる》にいさんもいるかもしれない。麻子《あさこ》もそわそわと落ち着かなくなって腰《こし》をうかすと、ぶーんと虻《あぶ》がとんでくる。
「虻《あぶ》だよ。刺《さ》されるよ」

女の子たちがさわぎだした。ついと、辰子《たつこ》が立ちあがって、読本《とくほん》で虻《あぶ》をひと打ちにする。のびあがった拍子《ひょうし》に辰子《たつこ》の、青い浴衣《ゆかた》で作ったらしいズロースのおしりが丸見えになり、

「すげえ、すげえ格好《かっこう》！」

と、男の子がはやす。辰子《たつこ》は死んだ虻《あぶ》をつまんで、その子の頭の上へ、ぽいと放り投げてやる。

「二年生、うるさいぞ、しずかにして！　富男《とみお》、そこにすわっとれ。おい、司《つかさ》に喜《き》八郎《はちろう》、みんな、ちゃんと読んだのか」

先生がこちらを向き、

「はい」

司《つかさ》とよばれた大柄《おおがら》な男の子が姿勢《しせい》を正して答え、

「はーい」

と、みんなも答える。

二時間目は唱歌で、オルガンなしで一年も二年もいっしょにうたをうたう。

そして、三時間目はいよいよ体操《たいそう》だ。みんな服をぬぎすて、勢いよく川へとびこむ。

麻子《あさこ》は今まで川へ入ったことがない。川上村でも川へ行ったことがなかったから、きらきらひかって、あとからあとから流れてくる川に目を見張《みは》ってしまう。西の山のほうから流れてきた川は、すこし先でゆるやかにまがってから、ゆっくり橋のほうへ流れていく。

「橋の下は深いから行ったらいかんぞ」

と、先生がどなっている。橋の下から空が見え、遠く蝦夷松《えぞまつ》の林が見えている。川はあの林の向こう、もっともっと先まで流れていくのだろう。

けれど、麻子《あさこ》の立っている川原からは、川の流れる源《みなもと》も、流れる果ても、ふたつながらどちらも見えないのだった。川は麻子《あさこ》の目の前で、ちらちらゆれるひかりの帯のように流れていくだけだ。男の子たち裸《はだか》になって水しぶきをあげ、スカートをまくりあげて、膝《ひざ》まで川に入っている女の子もいる。おさげをちょんまげのように頭の上に跳《は》ねあげてとめ、ズロースのままでばたばたしていた子が立ちあがってさけんだ。

「おいでよう。あんたもおいでよ」

辰子《たつこ》だ。あたしを呼《よ》んでる？

麻子《あさこ》は思いきって川原に靴《くつ》をぬいだ。

（あたしも川へ入ろう）

短い靴下《くつした》をぬいで水に足を入れた。川底の小石が、足の裏《うら》にくすぐったくふれる。川水が足首の上をぐるっととりまいて流れていく。ひと足、ふた足、麻子《あさこ》はスカートをたくしあげながら、川の中へ入っていった。うす緑の透《す》きとおった水が、あとからあとから流れてきて、二本の足の間を流れ、麻子《あさこ》のまわりはちらちらゆれる水だけになり、世界じゅうがきらきらひかり、しぶきをあげているようだった。

「おいでよう」

辰子《たつこ》は川の中に両手をついて、足をばたばたさせている。両手で歩いているのだが、まるで泳いでいるように見えるのだ。

呼《よ》ばれても麻子《あさこ》は声がでない。透《す》きとおった水がふくらんだりちぢんだりしながら、下流へ下流へ小やみなく移動《いどう》していく。体がふうわり浮《う》きあがって、波といっしょにさらわれていきそうな心細さだ。わらっている辰子《たつこ》や水しぶきをあげている子どもたちの動きが、活動写真かなにかのように急に遠々しく見える。岸べも辰子《たつこ》たちもすべてが自分から遠のいていくようだ。助けてとさけびたいのをこらえて、やっとのことで岸へもどった。目の前の川が銀色にひかりながら茫《ぼう》とかすんでくるのと反対に、流れの音がにわかに激《はげ》しく聞こえだしていた。麻子《あさこ》はひとり、そうやってしゃがんだまま、川に向かって口をあけていた。

利枝《としえ》たちは水のひいたあとの砂地《すなじ》を裸足《はだし》でとんとん踏《ふ》んでいた。一年の子も二年の子もまるで踊《おど》るように踏《ふ》んでいる。おさげがぴょんぴょん跳《は》ねた。餅《もち》つきのように砂《すな》はぺたんぺたん粘《ねば》って、つやつやひかってくる。川水をそそいで、また踏《ふ》みつけた。みんなは砂《すな》がつやつやひかって、なめらかになるのを見て、踊《おど》る儀式《ぎしき》をとりやめる。まわりにしゃがんで、いっせいに泥《どろ》をまるめはじめた。ひどく真剣《しんけん》な顔で手のひらを動かしているのだ。

麻子《あさこ》がそばへ行くと、利枝《としえ》がだまって席をあけてくれた。

「あたしもしていい？」

「いいよ。ねえ、みんな？」

と、二年生の幸《さち》がいう。麻子《あさこ》は手のひらに泥《どろ》をのせてまるめはじめる。鰈《かれい》のようなやせた手、ぷっくりふくれたかわいい手、小さな手や、いろんな手が泥《どろ》をまるめている。それぞれの手から、ひらべったいのやまるいのや、ゆがんだものやら、たくさんのまんじゅうが数限《かぎ》りなくうまれてくるのは、なんとおもしろいことだろう。麻子《あさこ》はすぐに夢中《むちゅう》になった。まるめたまんじゅうをそばの砂《すな》の上におくと、ひとりがぺたんと木の葉を押《お》しあてる。木の葉をとると、木の葉の型がきれいにつく。

「みよちゃん、これにも葉っぱ押《お》して」

幸《さち》がまんじゅうをさしだす。一年生のみよは、ひとつひとつ木の葉を押《お》し、はがすたびに満足そうな声をもらす。みよはねえさんのおさがりらしい洋服の、長すぎる裾《すそ》が汚《よご》れないようにたくしあげているので、ズロースをはいていない青いおしりが見えている。男の子はみなズボンをはいているけれど、ここの学校の女の子は、みんなズロースをはいているというわけではないらしいのだ。麻子《あさこ》はすこしびっくりする。麻子《あさこ》がそんな格好《かっこう》で外へでたら、かあさんにしかられるし、みどりや至《いたる》がひどくいやがるにちがいないけれど、みよの青いおしりはとても涼《すず》しそうだ。

川原には子どもたちのぬぎすてたシャツが、陽《ひ》に白くひかって、ときどき風にひらひらしていた。すこしはなれたところにせきれいが来ていて、長い尾《お》を上下に動かしながら、子どもたちを注意しているようにも見え、また、まるで知らんふりをしているようにも見えた。小石には舟虫《ふなむし》がはい、茂《しげ》った草の間から、ばったがぴょんと跳《は》ね、いそがしくあっちへとび、こっちへとびして見えなくなる。麻子《あさこ》たちの頭の上を、ついーと蜻蛉《とんぼ》がとんでいく。

まんじゅうをまるめていると、川原の石ころや、せきれいや、たくさんの虫や魚や動物たちも、こうした手のひらからうまれてきたように思えてくる。泥《どろ》んこのまんじゅうは八月の風とひかりの中で、ぴかぴかにひかっていた。リズムを持ってまるめてまるめる手のひらの中から、あかんぼうだってぽかぽかうまれてくるかもしれないと思う。

しゃがんで一様に泥《どろ》んこをまるめている女の子たちのおくれ毛を風が吹《ふ》いていく。すこしあけた幸《さち》の口の端《はし》から、透《す》きとおった唾《つば》が細い水飴《みずあめ》のようにたれて、はずんで切れそうになりながら、また下へのびていく。

川原には子どもたちの声がわんわんとひびいているくせ、まるでしずかなようだ。ときどき、わあっと声をあげて、男の子たちが押《お》し寄《よ》せ、あっというまにまんじゅうを踏《ふ》みつぶして逃《に》げていく。

「富男《とみお》さん、だめでねぇの」

「喜《き》八郎《はちろう》、今度やったらきかねぇから」

そのたびに利枝《としえ》や幸《さち》はくやしがってどなりつけるのだが、また、けろりとまんじゅうをまるめはじめる。どうしてそんなにけろりとできるのか、麻子《あさこ》はびっくりする。けれど、いつのまにか自分も夢中《むちゅう》でまんじゅうをまるめているのだ。小鳥がこわされてもこわされても卵《たまご》をうみつづけるように、女の子たちは性《しょう》こりもなくまんじゅう作りに熱中していた。

不意に、ピリ、ピリ、と笛が鳴った。

「集まれ、一年生も二年生も川からあがってこい」

先生が呼《よ》んだ。

「おーい、あがってこいよ。つつみが来るぞう」

「つつみが来るぞー。早く来い」

みんなが口に手をあててさけび、裸《はだか》ん坊《ぼう》たちがざぶざぶ川からあがってきた。辰子《たつこ》も髪《かみ》の毛からぽたぽた、滴《しずく》をたらして、シャツをかかえ、ぬいだ下駄《げた》をかかえて土手にかけあがった。

「一年生はいるか。二年生はみんないるか」

先生はひとりひとりを確《たし》かめている。

「新三《しんぞう》がいないぞ。どこだ」

「さっき、富男《とみお》と水ぶっかけっこしてたべ」

「もぐりっこしてたべさ」

「いや、ちがうぞ。かな蛇《へび》ぼっかけて向こうさ行ったぞ」

「おい、みんな、新三《しんぞう》をさがせ」

「おーい、新三《しんぞう》よう、小西よう。つつみが来るぞ、集まれー」

土手の上に、一年も二年もならんだのに、まだ、新三《しんぞう》だけが見えないのだ。体格《たいかく》のいい司《つかさ》を先頭に二年の子が、草むらをわけて新三《しんぞう》をさがしにいく。陽《ひ》がかげって、風がひゅうと吹《ふ》いてきた。樺《かば》やななかまどの木の葉が白い葉裏《はうら》を見せ、ざわざわと音をたてた。川岸のひときわ高い樺《かば》の木の上から、いっせいに小鳥がとびたった。

つつみが来る？　つつみとはなんだろう。麻子《あさこ》にはわからない。

「新ちゃんたらどこさ行ったべ。つつみが来たら、みんなひっさらっていくのに」

幸《さち》がいう。

「ずっと前だども、つつみ来るの知らなくて大急ぎで逃《に》げたとき、わしの下駄《げた》もあんちゃんの帽子《ぼうし》もさらわれたよ。あんちゃんなんか足とられておぼれそうになって、橋の向こうさ流されて、やっとのこんで助かったんだもの」

「いきなり、ごおーってうなって来るべさ。どしたってこしたって、おっかねぇから！」

利枝《としえ》も茶色い目をまるくしていう。鼻の頭に汗《あせ》が吹《ふ》きでている。

んだ、んだ、と女の子たちはうなずきあい、麻子《あさこ》ひとりがわからないのだ。

つつみ、つつみさん？

それはたぶん、髭《ひげ》づらのおっかない山男のような気がする。そいつが川であそぶ子どもたちを追い散らすのか、反対に河童《かっぱ》のように、足をつかんで渦《うず》の中へひきずりこもうとするのだろうか……。それでもおかしいと麻子《あさこ》は思う。ここにいるのは子どもだけではない。ちゃんとしたおとなの先生もいるのに。だけど、石川先生は髭《ひげ》もはえていない若《わか》い先生なのだ。やはり鬼《おに》のようなつつみには、かなわないのかもしれない。

「つつみだぞー」

「つつみが来るぞー」

子どもたちの声がこだまになってひびき、新三《しんぞう》のすがたはまだ見えなかった。

「先生、新三《しんぞう》どこさも見えねえぞ」

遠くで司《つかさ》がさけんでいる。みんなはしだいに不安になり、のびあがって川原をのぞいたり、林の向こうを透《す》かして見たりしていたが、不意に、

「新三《しんぞう》が来た！」

と、富男《とみお》がさけんだ。土手の南側のなかまどの木のかげから、禿《はげ》の新三《しんぞう》が顔を斜《なな》めにかしげ、

にやりとわらって現《あらわ》れたのだ。

「あんた、どこさ行ってたの。みんなしてさがしたんだよ」

幸《さち》になじられても、新三《しんぞう》は別に恐縮《きょうしゅく》したふうでもなく、曖昧《あいまい》なうすわらいをうかべながらしきりに唇《くちびる》をなめていた。木苺《きいちご》をとっていたのか、シャツのポケットがふくらんで、赤く染《そ》まっている。

「おーい、新三《しんぞう》が見つかったぞ。もどってこいよう」

さがしにいっていた子どもたちが、息をはあはあさせて、かけもどってきた。

「こいつ、どこであそんでた。このたくらんけ！」

司《つかさ》が新三《しんぞう》にとびかかりそうにするのを先生が制《せい》した。が、先生の細い目もつりあがって見える。先生は新三《しんぞう》に注意し、やっと全員そろったところで学校へ帰ることになった。草を踏《ふ》んで、みんなは歩きだす。

突然《とつぜん》、ごおーっ、という地鳴りがした。

つつみだ！

みんなは一瞬《いっしゅん》、足をとめる。ふり返った富男《とみお》の顔が、ぱっと輝《かがや》いた。富男《とみお》たち男の子は、ぱらぱらとかけもどって、川をのぞこうとした。

「こらっ、もどらんか！」

先生が富男《とみお》の衿首《えりくび》をつかむ。麻子《あさこ》は立ちすくんだままだ。

ごおーっ、ごおーっ、という地鳴りがしだいに大きくなり、ごおごおという川音に変わった。子どもたちの顔は奇妙《きみょう》に輝《かがや》いていた。恐《おそ》ろしそうにも見え、うれしそうにも見える。

いったいなにがおこったのか、麻子《あさこ》には見当もつかない。けれど、たった今、川ではなにかがおこっているのだった。

なかまどの木の影《かげ》をこまかく砕《くだ》きながら、ちらちらゆれていた川、ひかりの帯のようなあの川が突然《とつぜん》、なにものかに荒《あ》らされている。なにかが川を犯《おか》し、暴《あば》れまわっているのにちがいなかった。

つつみ

内川《ないかわ》に来てとうさんとくらすようになってからも、麻子《あさこ》はまだすっかりとうさんになじむことができないでいた。ときどき、とうさんがまったく見知らぬ男に思われることがあるのだ。

毎朝、子どもたちは村の南の小学校へ通い、とうさんは学校とは反対側の会社へでかけた。会社といっても橋のたもとの小さな出張所《しゅっちょうじょ》では、小使いの山村さんのほか、三、四人が事務《じむ》をとったり測量《そくりょう》の仕事をしているだけだ。内川炭坑《たんこう》は出張所《しゅっちょうじょ》の横を流れる川の上流に近い山奥《やまおく》にある。炭坑《たんこう》へでかけるとき、とうさんはよく馬にのってでかけた。

日曜日の朝、いちばん早く起きたつもりの麻子《あさこ》が、顔を洗《あら》いに台所へ行くと、とうさんの大きな体がもう流しの前を占領《せんりょう》していた。勢いこんでかけてきた麻子《あさこ》は、とうさんの背中《せなか》にぶつかりそうになってやっと立ちどまった。

とうさんは背《せ》をのばし、右手にコップを持ったまま顔をあおむけて、のどの奥《おく》で水をころがすあのがらがらという音を遠慮《えんりょ》なくひびかせていた。麻子《あさこ》の目の前に浴衣《ゆかた》からつきでた二本の足が見え、とうさんの指はスリッパからはみだしていた。根もとのくびれた親指に黒い毛がつんつんとはじけている。めずらしいものを見るようにながめていると、いきなり、とうさんが腰《こし》をまげたので、麻子《あさこ》は突《つ》きとばされたかたちであわてて横にしりぞいた。

とうさんは前にかがみこみ、流しに顔を近づけて水をはいた。それから片手《かたて》でポンプを動かして水を汲《く》み、顔を洗《あら》いはじめた。両肘《りょうひじ》を激《はげ》しく前後に動かし、またしても、ぶるぶると、鼻と口の双方《そうほう》からもれる声とともに、しぶきが床《ゆか》にとび散った。幅広《はばひろ》い背中《せなか》が振動《しんどう》し、やがてひとゆれしてとうさんは上体を起こした。顔にタオルを押《お》しあてたまま、前後に首をふるので、ぬれた髪《かみ》がばさばさタオルにかぶさる。うなずくように首をふりつづけるとうさんは、とうさんというよりなにか別の生きもののようだ。

つつみ……？

麻子《あさこ》は思いがけなくうかんだ考えにどぎまぎして、とうさんがタオルをはずすのがこわい。もし、ほんとにそうだったら……。のどがひりついて麻子《あさこ》は動けない。こわいのにそれとは反対に目はとうさんに吸《す》いつけられていた。麻子《あさこ》の目の前でタオルがじょじょにずらされ、かくされていたふたつの目が現《あらわ》れ、それはまぎれもない二重瞼《ふたえまぶた》のとうさんの目だ。麻子《あさこ》を見て、や？　という表情《ひょうじょう》になり、そのままゆっくりと顔をぬぐいながら、流しからはなれた。

「はい、どうぞ。あっこちゃん」

その声に麻子《あさこ》は突然恥《とつぜんは》ずかしさがこみあげてきて、自分がまっ赤になるのがわかる。

（早く、早くとうさんがあっちへ行ってしまえばいいのに……）

だが、とうさんはそんな麻子《あさこ》には無頓着《むとんちゃく》なようすで顔をふき、あごの下から首すじをぬぐいながら、黒光りした板の間《ま》をみしみしさせて、やっと台所をでていった。

麻子《あさこ》はほっとしてポンプの柄《え》をにぎった。背《せ》のびしてポンプの柄《え》を高くあげ、力をこめてひきおろした。もう一度背《せ》のびして柄《え》をおなかの下へおさえこみ、ひと息におろした。ポンプがきしみ、筒口《つつぐち》から水があふれでた。ぎこぎこ、水を汲《く》むと、気持ちがやっと落ち着いてきた。水は冷たくてとてもなめらかだ。麻子《あさこ》は口に水を含《ふく》んだ。口を結ぶと水は閉《と》じこめられた沼《ぬま》のようだ。ほの暗い洞窟《どうくつ》の中に銀色の水がひたひたと満ちているのだ。沼《ぬま》は薄桃色《うすももいろ》のやわらかな天井《てんじょう》を映《うつ》し、のどの入り口にランタンのようにつりさげられた小さなさくらんぼをも映《うつ》しているのだろうかと思う。

上を向いて麻子《あさこ》はうがいをしようとしたが、息をつめようとすると、かえってせきこんで水をはいてしまった。顔を洗《あら》うのもへたなら、麻子《あさこ》はうがいもうまくできないのだ。はきだした水は銀色にひかりながら、流しのトタン板の上をすべり、ゆっくりと排水口《はいすいこう》に流れ落ちていく。

（どうしてだろう。口からでる水は透《す》きとおっているのに、下からでるおしっこには、なぜ色がついているのだろう）

麻子《あさこ》はいくども口をすすいでは水をはいた。唾《つば》をはいてはつくづくながめた。

（涙《なみだ》だって、そう……唾《つば》だって透《す》きとおっているのに……）

唾《つば》は流しの上に、まあるく落ちてつぶれたままだ。

午後、とうさんが馬小屋から皐月《さつき》をひきだして、ブラシをかけてやるのを、麻子《あさこ》たちはそばで見ていた。

皐月《さつき》は杭《くい》におとなしくつながれていた。明るい陽光の下で馬の体全体が輝《かがや》いて見えた。

「額《ひたい》と鼻が白いだろう。ごらん、足も四本とも白いだろう。こういう馬はいい馬なんだ」

至《いたる》が妹たちに教えた。

馬の腹《はら》には力がみなぎっていて、ブラシをかけられるたび、ひろい草原を雲が走るように翳《かげ》ったり輝《かがや》いたりした。血管の浮《う》きでた首すじに虻《あぶ》が来てはとまり、そのたびに緊張《きんちょう》した皮膚《ひふ》がぴくりと動いた。皐月《さつき》の睫毛《まつげ》になかばおおわれた目はしずかに前方を見つめ、きっかりと空に立てた三角形の天幕《てんまく》のような耳の内側にも、睫毛《まつげ》と同じ濃《こ》い栗色《くりいろ》の毛が逆立《さかだ》って密生《みっせい》していた。

麻子《あさこ》が馬小屋のわきに茂《しげ》る禾本科《かほんか》の雑草《ざっそう》を引き抜《ぬ》いてさしだすと、皐月《さつき》は首をまげ確《たし》かめるように鼻づらを寄《よ》せ、いきなり草をくわえこんだ。ひっぱられて麻子《あさこ》ははっと手をはなし、ばらばらと草が地に落ちた。馬は顔を前に向け、上下のあごを動かし、草をたべはじめた。薄桃色《うすももいろ》の奇《き》妙《みょう》にやわらかな感じのあごが一定のリズムで動くごとに、機械のような確《たし》かさで草が、ず、ず、ずと口の中へたぐりこまれていった。馬の口の端《はし》に白い泡《あわ》がたまってひかっている。みどりが落ちた草を拾って馬にさしだした。

「やらして、今度はぼくにやらして」

保《たもつ》が両手で草を引き抜《ぬ》いて、ばらばら土のこぼれるのもかまわず、馬に近づいていった。

「あぶないぞ」

至《いたる》が手をのばすと同時に、保《たもつ》が悲鳴をあげてとびのいた。音高く馬が放尿《ほうにょう》したのだ。ほとばしる尿《にょう》が地面にぶつかり、はじけ、泡立《あわだ》つ水がみるみる地面にひろがっていった。

「やられたな、保《たもつ》」

とうさんが、これも予期しなかったらしく、後ろにさがって苦笑した。

「おしっこかけられちゃった。ぼくの顔にかけられちゃった」

保《たもつ》はてれた赤い顔でとびまわり、みどりのブラウスにわざと顔をこすりつけようとして、みどりに突《つ》きとばされ、今度は麻子《あさこ》の胸《むね》にどしんとぶつかってきた。麻子《あさこ》はよろけて、突《つ》きとばすどころか反対に保《たもつ》の頭を両手でぎゅっと抱《だ》いてしまった。すべってころんだらそれこそ大変だ。麻《あさ》子《こ》の足もとまで泡立《あわだ》つビールのような液体《えきたい》が流れ、おおばこの葉のまわりで小さな渦《うず》を作っているのだった。

「馬のしょんべん、つけちゃった」

保《たもつ》は腕《うで》の中で、麻子《あさこ》を見て上唇《うわくちびる》をなめ、にやっとわらった。

「保《たもつ》、よさないか」

至《いたる》がしかったが、保《たもつ》ははしゃいでなおもはやしたてながら畑のほうへ逃《に》げていった。

ブラシをかけおえてから、とうさんは馬を歩かせ、馬にのって空き地をひとめぐりした。馬はきびきびと動き、顔をふりあげてはいくども馬銜《はみ》をかみなおした。そのたびに白い歯と桃色《ももいろ》の歯茎《ぐき》が見えた。ひきしまった前足に続く肩《かた》の筋肉《きんにく》が盛《も》りあがって輝《かがや》いていた。空き地をひとめぐりしてからとうさんがたずねた。

「至《いたる》、どうだ、のってみるか」

さっきから心をうばわれたように馬を見ていた至《いたる》は、さっと顔をあからめた。「よし」とうなずいてとうさんは馬からおりた。

「さあ、のりなさい」

とうさんが手のひらをさしだしてうながした。五年生の至《いたる》はまだ鐙《あぶみ》に足がとどかないのだ。手のひらに足をかけ、思いきって上体をうかせ、次に鐙《あぶみ》に足をかけて、もう一度はずみをつけてやっと馬にまたがる。とうさんののったあとでは至《いたる》のすがたはひどく小さく見えた。緊張《きんちょう》した至《いたる》が目を見開いて唇《くちびる》をかんでいるのが、今にも泣きだしそうな顔に見えた。

「いいか、手綱《たづな》はこう持って、強く引きすぎてはだめだ。右へまがるときは、こう、左の足で馬の腹《はら》を軽く押《お》しつける。左へまがるときはその反対だ。わかったな」

とうさんは轡《くつわ》をとり、馬上の至《いたる》を見まもりながら歩きだした。ゆっくりと空き地をまわってから、唐黍《とうきび》畑の横を通り、裏庭《うらにわ》をぬけ、表の通りへでていった。歩くたびに高いしりが輝《かがや》いてゆれ、馬は長い尻尾《しっぽ》をいさぎよく左右にふっていたが、馬上の至《いたる》はどこか不釣合《ふつりあい》に小さく、不安定に浮《う》きあがって見えた。

「麻子《あさこ》ちゃんよう、麻子《あさこ》ちゃんものせてもらうかい」

志尾《しお》さんがバケツに水を汲《く》んで、馬小屋の床《ゆか》をみがきだした。

「馬、蹴《け》らない?」

「とうさんがついてるべ。だども、馬はひとを見てるからな」

「あこちゃん、行ってみよう。小さいにいさん、どこまで行ったかしら」

みどりが麻子《あさこ》の手をひっぱった。ひっぱられて麻子《あさこ》は、実をもがれて葉だけになった唐黍《とうきび》畑がさわさわ音を立てている、すこし冷《ひ》いやりした小道をかけだした。

だが、とうさんたちは遠くまで行ったのか、なかなかもどってこなかった。門のところへでては表を見ていたみどりが、ふりむいた。

「あこちゃん、帰ってきたよ」

蹄《ひづめ》の音がして、馬にのった至《いたる》がもどってきた。とうさんが轡《くつわ》をひいて、

「どう、どう」

と、声をかけた。皐月は首を癇性らしく斜めにまげ、しゃくるようにふりながら、門から入ってきた。大きく開いた鼻孔《びこう》から息を吹《ふ》きながら、足踏《ぶ》みをして南向きに位置を変えた。

「どこまで行ってきたの、小さいにいさん」

声をかけた麻子《あさこ》が思わずはっとしたほど、至《いたる》は青ざめていた。手綱《たづな》を固くにぎりしめた至《いたる》のとがった肩《かた》が、空間に貼《は》りついたようだ。麻子《あさこ》はとうさんを見あげる。鳥打ち帽《ぼう》をかぶったとうさんの赤黒い顔は妙《みょう》にいかつく小鼻がふくらみ、口髭《くちひげ》がゆがんで見えた。無言で至《いたる》から手綱《たづな》をとりあげ、樺《かば》の木に巻《ま》きつけ、至《いたる》を下からかかえあげた。馬上の空間からペリペリと音を立ててはがされるように、至《いたる》はとうさんの腕《うで》の中でたたまれたように小さくなり、うなだれて地上におりた。

「どうかしたの?」

みどりがたずねた。とうさんはシャツのポケットからたばこをとりだし、一本抜《ぬ》いてくわえた。至《いたる》はまっすぐ立っている。その影《かげ》が地に棒《ぼう》のように落ちている。

「至《いたる》は……」

と、とうさんは煙《けむり》を口からはきだした。

「とうさんの注意を聞いてなかった」

「ぼくは……ちがいます」

至《いたる》は顔をあげ、けんめいに抗議《こうぎ》した。

「ぼくはただ……あの、川を見たときに、くらっとなって……」

さっと、とうさんの顔色が変わった。

「男がいいわけをいうな！」

とうさんの手が激《はげ》しく鳴った。至《いたる》はよろめいて頰《ほお》をおさえた。荒々《あらあら》しく踵《きびす》を返し、とうさんの後ろすがたが大きくゆれながら裏《うら》へと遠ざかっていった。あっというまのことであった。秋の日の空気をぴりっと引き裂《さ》いて、とうさんは去り、至《いたる》は頰《ほお》をおさえたままだ。

「至《いたる》ちゃん」

かけよったみどりに、至《いたる》はくるりと背中《せなか》を向けた。その背中《せなか》がいっしんにこらえている。なにがあったのかわからないが、とうさんがあんなに怒《おこ》るなんて、麻子《あさこ》は胸《むね》が固くなる。至《いたる》は泣いているのかもしれなかった。

至《いたる》の顔をこっそりのぞこうとした、麻子《あさこ》の目が、皐月《さつき》の目とぴたりと合った。麻子《あさこ》の頭よりも高い空間から、皐月《さつき》はこちらを見ていた。窓《まど》から不意にのぞかれたようなかくしようのないのぞかれ方で、麻子《あさこ》は狼狽《ろうばい》した。ひどくあらわな目つきで、皐月《さつき》に見られてしまった自分を、そして、至《いたる》を、感じ、はっとうろたえたが、馬はもう栗色《くりいろ》の睫毛《まつげ》をふせ、首を正しく前に向けていた。

「馬はひとを見てるからな」

志尾《しお》さんはそういったが、それはひとを見分けるというのか、ひとの内部にまで入りこむまるで暴力的《ぼうりょくてき》な視線《しせん》をいうのか、麻子《あさこ》は息が苦しかった。あの日、しゃがんで馬小屋の中を見ていた自分が馬を見ていたのではなく、あの乾草《ほしくさ》と馬糞《ばふん》のにおいの入りまじったふしぎな暗闇《くらやみ》の中から馬に見られていたのだと感じたように、皐月《さつき》は今の出来事を見、また、麻子《あさこ》の知らない橋の上での小さな事件《じけん》をも見ていたのにちがいないのだ。

至《いたる》の肩《かた》に手をかけ、みどりがなにかいっていた。至《いたる》は急に肩《かた》をふるわせて泣きだした。激《はげ》しくしゃくりあげる至《いたる》の前で、皐月《さつき》は姿勢《しせい》をくずさず、しずかに立っていた。

今日《きょう》、学校は昼前でおわりだ。

麻子《あさこ》はかあさんにたのまれて、出張所《しゅっちょうじょ》へとうさんの弁当《べんとう》を届《とど》けにいった。橋のたもとの出張《しゅっちょう》所《じょ》の四枚《まい》続きのガラス戸の引き戸をあけると、中はがらんとして留守《るす》だった。とうさんの机《つくえ》に弁《べん》当《とう》をおいて外へでた。

戸をしめて、ふと見ると、橋の欄干《らんかん》から女の子がひとり、身をのりだして川をのぞきこんでいた。橋桁《はしげた》に両足をのせ、両手で欄干《らんかん》をかかえこむようにしてのびあがって見ている。麻子《あさこ》よりも小さい子だ。体を折りまげているので、橋を歩くひとには、その子の長すぎるスカートの下から、むきだしのおしりが見えてしまう。色あせたスカートが帆《ほ》のようにひるがえるとき、おしりから背中《せなか》まで風《ふ》が吹きぬけ、なつめ色の背中《せなか》と衿首《えりくび》のすきまに空が見えた。その子の足もとには黒犬がすわっていて、その子のはく弾力《だんりょく》の失《う》せたゴムの短靴《たんぐつ》とまったく同じように、すこし、白っぽくかわいて、風《ふ》に吹かれながら橋の外をながめていた。

麻子《あさこ》が近づくと、その子は橋の外側につきでた橋板の上に茂《しげ》った草を、爪先《つまさき》でつついてぱらぱらと土を落としていた。細かな土塊《つちくれ》は橋から下へ落ちていき、川波にのまれて消えるか、あるいは、風に吹《ふ》きとばされて一瞬《いっしゅん》のうちに見えなくなってしまった。その子は身をかがめて、欄干《らんかん》の間から手をのばして、外側に咲《さ》いた濃紫《こむらさき》の小花を手折《たお》った。たんぽぽに似《に》た紫《むらさき》、、、のにがなの花はすこしほおけて、白い綿毛《わたげ》をつけていた。

女の子は草をつかみ、いきなり川へ投げこむと、急いで反対側の欄干《らんかん》から下をのぞきこんだ。黒犬が女の子に続き、麻子《あさこ》も下流の側へまわって川をのぞきこんだ。川はいつものようにおだやかに流れ、橋の下からひかる水をくりだしていた。やがて、波の上にふわりと横たわったかたちで、草が流れてきた。草はぬれて半分気を失ったふしぎな生きもののように、浮《う》き沈《しず》みしながらしだいに遠くへ流れ去っていった。女の子はふたたび向こう側へかけていき、同じ動作をくり返し、麻子《あさこ》は風と雨にさらされて薄《うす》ねずみ色をした欄干《らんかん》をかかえて、流れるものを待っていた。女の子はあわただしく橋の上を往《い》き来《き》して、息をつめて、自分の投げた草がふたたび現《あらわ》れるのを待った。そうして、草が橋の下からふわっと浮《う》かびあがるように現《あらわ》れると、ほっとため息をつくのだった。

前髪《まえがみ》がのびて眉《まゆ》から目の半分までをかくしているその子の横顔は、あ、と、麻子《あさこ》ははじめて気がつく。一年生のみよだ。なんだ、みよちゃんだと、麻子《あさこ》は親しみをこめてわらいかけた。みよも、はじめて麻子《あさこ》に気づいたらしく、おずおずと麻子《あさこ》を見返してから、はにかんだわらいをうかべた。

「ねえ、川原へ行ってあそばない？　また、泥《どろ》んこでおまんじゅう作ろうよ」

「ふん」

と、みよはうなずくのだが、茶色い髪《かみ》の毛が風に吹《ふ》かれて、みよの顔をかくしてしまい、髪《かみ》の毛のもつれたすきまから、みよはとがった口を動かしていう。

「きれいな石があるよ。上流《かみ》さ行けば黄銅鉱《おうどうこう》も拾えるし……。わしね、木の葉の型のついた石を持ってるんだ」

おーどーこー？

麻子《あさこ》にはなんのことかわからない。それに木の葉の型のついた石とは？

みよが泥《どろ》まんじゅうに木の葉をぺたぺた貼《は》りつけていたのを思いだし、麻子《あさこ》は、

「じゃ、みよちゃんは石にも……」

木の葉の型をつけることができるのか、まさかと、麻子《あさこ》はみよを見つめた。髪《かみ》の毛の間からみよの目は魚のようにひかっていた。

「みいよー、みいよー」

だれかがみよを呼《よ》んだ。橋の向こうにかっぽう着を着たやせた女があかんぼうを抱《だ》いて立っていた。

「そんなとこにぼっ立ってなにしてる、みよ。忠義《ただよし》の守《も》りしろっていわれたべさ」

びくっとして、みよはふりむき、

「タダ、さっきよく寝《ね》てたよ」

「ばかたれ、早く来て守《も》りしろってば」

女がどなった。

「行くってば、かあちゃん」

みよは悲しい声をはりあげ、あきらめて橋の上をかけていった。スカートが風にひるがえり、スカートにくっついていた紫《むらさき》の小花が吹《ふ》きとんだ。黒犬がのっそりと身を起こし、けだるい足どりでみよのあとを追っていった。

川へ行ってみよう。

麻子《あさこ》は欄干《らんかん》から手をはなした。

橋のたもとの出張所《しゅっちょうじょ》と向かい合って、白いペンキの消防番屋《しょうぼうばんや》が立っていた。灯台に似《に》たその鐘《しょう》楼《ろう》の上を、見張《みは》りのひとがぐるぐるまわっていた。今は山火事のいちばん多い季節なのだ。番屋の横の猫柳《ねこやなぎ》の林をわけていくと、しなやかな枝《えだ》が、ぱしぱしと顔にあたった。林をすこし行くと、いつか学校のみんなと来た川岸にでた。土手の草の上をすべりおりると、そこが川原だ。漬物石《つけものいし》のように大きな石や、ゆがんだものや、長細いもの、さまざまな石が陽《ひ》に白くひかっていた。

木の葉の型のついた石などいったいどこにあるのだろうか。麻子《あさこ》は石をしらべて歩いたが、きりがないのだ。下駄《げた》をはいてきたので、足がころころして歩きにくい。素足《すあし》になった。足の裏《うら》に石がなじんできて土踏《つちふ》まずにぴったりと石の肌《はだ》がふれて、ようやく安堵《あんど》する。いろんな小石の中からあさりに似《に》た白いまるい石をひとつ拾った。ポケットに入れてふと見ると、今度は大きな石のかげに、湖のようにひかっている青い小石を見つけた。思わず手をだして拾いあげると、つ、つーと、石の上をとかげが走った。とかげは石とまったく同じナイフの刃《は》の色をしていたので、動きだすまでわからなかったのだ。麻子《あさこ》は、とかげが石と石の間にもぐりこんでしまうのを見とどけてから、ひっこめた手をのばして青い石を拾いあげた。それはすべすべした偏平《へんぺい》な小石で、石けりの玉にちょうどよさそうだった。

みがいたら、まるで宝石《ほうせき》のようになるにちがいないと麻子《あさこ》は思った。爪先《つまさき》で石を蹴《け》るときの石のすべりや、石と石のぶつかるときのさわやかで身のひきしまる音を想像《そうぞう》し、麻子《あさこ》は帰ってみどりに見せようとポケットにしまいこんだ。

ぴゅう!

不意に麻子《あさこ》の四、五メートル横をかすめて小石がとび、水に落ちた。はっとするまもなく続いて小石は川へ落ち、はずんだ勢いでさらにもう一度、水に落ちる。

ぎょっとしてふりむくと、土手の上に男の子がならんで石を投げていた。

「おい、今、三つ切ったの見たか」

「勇《いさむ》ちゃんはやっぱりすごいや」

甲《かん》高い声が聞こえる。少年たちは石で水面を切ってあそんでいたのだ。麻子《あさこ》をねらったのではないらしい。

先頭の青シャツの少年が土手をかけおりると、続いてばらばらと四、五人がかけおりてきた。その中に二年生の喜八郎《きはちろう》がいた。喜八郎《きはちろう》は運動会のときにかぶる赤い帽子《ぼうし》をかぶっていた。よれよれになって黒ずんだ赤帽《あかぼう》をいつも頭からはなさないので、どこにいてもすぐわかった。喜八郎《きはちろう》は麻子《あさこ》がそこにいるのを知っているくせに、麻子《あさこ》を見ないようにしていた。

少年たちは川原に立ち、腰《こし》をひねってぴゅんぴゅん小石を投げはじめた。二つとび、三つ跳《は》ねて小石が落ちるたびに、どっと歓声《かんせい》をあげた。麻子《あさこ》は上流のほうへ行こうか、それとも帰ろうかと腰《こし》をうかした。

そのとき、突然《とつぜん》、ひとりが喜八郎《きはちろう》の体を押《お》してきて、麻子《あさこ》のそばにどんと突《つ》きとばした。喜八郎《きはちろう》は石の上にころげて、立ちあがった麻子《あさこ》の足にぶつかった。「いたっ」さけぶと、喜八郎《きはちろう》は首をねじまげ、白目をむいて麻子《あさこ》を見あげた。ひどくまのわるい表情《ひょうじょう》で洟《はな》をなめあげ、それから猛然《もうぜん》と跳《は》ねおきて、相手にむしゃぶりついていった。

「おう、なしておればころばした」

喜八郎《きはちろう》は唾《つば》をとばし、いくども相手をなぐりつけた。ふたりは組み打ちになり、喜八郎《きはちろう》は馬乗りになって相手をしめあげる。下の子は顔をまっ赤にさせて跳《は》ね返し、土手にかけのぼりながら大声でわめいた。

「なしてって、喜八郎《きはちろう》、おめえ、あっちさ行きたかったんだべ」

「なにをこく」

喜八郎《きはちろう》は馬のようにしりを跳《は》ねあげて追いかけた。帽子《ぼうし》がふっとんで、土手からころげ落ち、草の間でとまった。

「喜八郎《きはちろう》、やれやれ、ぶっ倒《たお》せ」

ほかの子がはやした。年上の少年たちはけしかけたりわらったりしながら、ふたりのあとに続いて土手をのぼっていった。最後に青シャツの少年が、草むらから喜八郎《きはちろう》の帽子《ぼうし》を拾いあげて、ちらっと麻子《あさこ》をふり返った。勇《いさむ》とよばれていた子だ。丸顔のきかん気らしい大きな黒い目が、麻子《あさこ》を見て、なにかいいかけて口を動かしたが、そのまま土手をかけのぼっていった。シャツの背《せ》のかぎ裂《ざ》きが三角形に風にあおられ、勇は、背鰭《せびれ》を立てた海の魚のように見えた。草むらのほうで、まだ追いかけあっている喜八郎《きはちろう》たちの声がひびいてきた。

それが遠のき、やっとしずけさがかえってきた。川の向こうで鶏《にわとり》を呼《よ》ぶ声が聞こえる。あかんぼうの泣き声が川面《かわも》をわたってひびいてきた。みよは弟の忠義《ただよし》を背中《せなか》にくりつけて、守《も》りをしているのかもしれない。そうだ、みよにも青い石を見せようと思う。ポケットに手を入れると、小石はどこに行ったのか消えていた。どこに落としたのか、あわててさがすが見あたらない。もしかしたら川の中だろうか。麻子《あさこ》は川をのぞいて見た。水の底は苔《こけ》のような色をした石ばかりだ。不意に、水がゆれて、ぴぴっと動いたような気がした。

顔を近づけてのぞきこむと、また、ぴぴっと動いた。水の色と同じような小さな沙魚《はぜ》が泳いでいるのだった。よく見ると、沙魚《はぜ》は一匹《ぴき》ではなく、二匹《ひき》も三匹《びき》もいた。頭でっかちのこの小魚は、石や水とそっくり同じ色をしているので、動きだすまでわからなかったのだ。

さっきはとかげがいたと麻子《あさこ》は思う。麻子《あさこ》は、自分をとりかこむ自然の中にたくさんの生きものがひそんでいるのに、どきどきする。まわりの世界が突然《とつぜん》動きだし、見も知らぬ生きものたちが、今にも躍《おど》りだしそうな気がした。

と、そのとき、麻子《あさこ》はどこか遠くでも、自分といっしょに、だれかが身ぶるいしたような気配を感じた。かすかな音がしだいしだいに雷鳴《らいめい》のようなとどろきに変わり、かなたの森や石塊《いしくれ》の果てまでが、こちらめがけていっせいにおそいかかってくるような恐怖《きょうふ》が麻子《あさこ》をとらえた。ふりむくと、盛《も》りあがる濁流《だくりゅう》が、川幅《かわはば》いっぱいに押《お》し寄《よ》せてきていた。

夢中《むちゅう》で土手へ向かって逃《に》げだした。足がもつれて走れない。川音が激《はげ》しくなり、耳の中が嵐《あらし》のようにごおごお鳴った。ようやく土手にかけあがったが、膝《ひざ》をついて、ず、ずーっとすべり落ちた。

「あぶないぞ」

土手の上からだれかがさけんだ。ただっとかけおりてきた少年が、麻子《あさこ》の腕《うで》をつかんでひきあげた。ひきずられて麻子《あさこ》は土手の上にのめるように腕《うで》をついた。動転して麻子《あさこ》は口がきけない。息をはずませているだけだ。もう、濁流《だくりゅう》はそこまで押《お》し寄《よ》せていた。盛《も》りあがった濁流《だくりゅう》はきらめく川におそいかかり、たちまち川原へ躍《おど》りあがり、激《はげ》しくぶつかりあってしぶきをあげた。渦巻《うずま》く水の中に麻子《あさこ》の下駄《げた》が浮《う》かびあがり、くるりと回転したかと思うとすぐに見えなくなった。

風がさーっと冷たくなり、麻子《あさこ》は自分をとりまいているのが、さっきの少年たちだとはじめて気づいた。ありがとうと、口を動かしたが声にはならず、(でも……どうしたの、これは?)と、せいいっぱいさけびだしたくて、だがやはり、唇《くちびる》がわなないただけであった。

「知らなかったのか、つつみが来ることを」

青いシャツの少年が麻子《あさこ》を見おろしていった。麻子《あさこ》をひきあげたのは敏捷《びんしょう》な勇だったのだ。

「あぶないからと、だからおれ、さっきいおうと思ったんだ」

勇がものをいいたげにして立ち去ったのは、麻子《あさこ》に注意をうながすためであったのだ。だが、それよりも、つつみと聞いて、麻子《あさこ》は愕然《がくぜん》とする。

「つつみだって? これが?」

思わず破《やぶ》れた笛のような声が口からとびだした。

「そうさ。上流《かみ》で堤《つつみ》を開くんだ。午前と午後に一回ずつ。だからその時間には川に入ってはいけねえって、先生もいってたべ」

そうだったのか。麻子《あさこ》は瞬時《しゅんじ》にして変貌《へんぼう》した川をながめた。

ひかる帯のようにおだやかな川は、今、荒《あ》れくるう濁流《だくりゅう》と化してしぶきをあげ、まがりくねった上流のかなたから、伐《き》りだされたばかりの蝦夷松《えぞまつ》やとど松《まつ》の原木が、浮《う》き沈《しず》みしながら流れてきた。木は激《はげ》しくぶつかりあい、ゆっくり回転しながら押《お》し寄《よ》せ、下流へと流れていく。おびただしい木の片《きれ》や、はがれた木の皮がすきまをうめ、荒々《あらあら》しい木の香《か》が激《はげ》しく鼻をついた。

「この木は……」

いったいなにごとかとおどろいている麻子《あさこ》に、少年たちが教えた。

「山で伐《き》った木を、川で流すんだ」

「川で流す？」

「んだ。川で流して敷香《しすか》の町さ運ぶんだ」

「敷香《しすか》の町って？」

「ありゃ、なんにもわかんねぇんだな。おまえ、この川どこさ行くと思ってんだ。山じゃねぇだろ。敷香《しすか》の町だ。学校の山さのぼって見てみろ。川の向こうは海だ。海さでるとこに敷香《しすか》の町があるんだよ」

少年たちは麻子《あさこ》がなにも知らないのにあきれたようすだった。はじめは村の子でない麻子《あさこ》によそよそしかったのが、この頼《たよ》りない女の子を助けてやったことに優越感《ゆうえつかん》に似《に》た一種の気安さを感じたらしく、口々に教えてくれた。

「知らねぇでいたら、杉本《すぎもと》、おめえ、今ごろ、材木で頭割《わ》られてたぞ」

喜八郎《きはちろう》がおどかすようにいった。が、まったく、そうだった。逃《に》げるのがひと足遅《おく》れていたら、たとえ泳げてもあぶなかったのだ。あの木にあたったら、ひとたまりもなく死……ぬ。

麻子《あさこ》は川から吹《ふ》きあげる風に、さーっと頬《ほお》が冷たくなっていくのを感じていた。

「おめえとこのあんちゃんもよ、こないだ、あぶなかったべさ。おら見てたども、あんちゃん、馬から落ちて川さ墜落《ついらく》するとこだったぞ」

喜八郎《きはちろう》が続けた。そうだったのかと、馬上の至《いたる》の緊張《きんちょう》した、だが不安定な後ろすがたがよみがえり、ゆらぐ馬の背《せ》に自分をささえることだけでけんめいになっていた至《いたる》が、橋の上から突然《とつぜん》おそいくる奔流《ほんりゅう》を見たときの恐怖《きょうふ》が自分のことのように思いやられた。

重心を失って倒《たお》れかかった至《いたる》を、欄干《らんかん》の際《きわ》であやうくささえたとうさんの腕《うで》。

自信を失って手綱《たづな》を持てない至《いたる》。しかりつけるとうさんの顔がぐるぐる濁流《だくりゅう》と重なって渦《うず》のように回転し、そしてその渦《うず》の中から皐月《さつき》の目が浮《う》かびあがり、麻子《あさこ》は息を整えた。

雪の来る前

やがて来る雪の前ぶれのように柳蘭《やなぎらん》の綿毛《わたげ》が野山にとびかい、風が急に冷たくなった。

運動場の隅《すみ》に建ちかかっていた校舎《こうしゃ》が完成し、麻子《あさこ》たちはもう戸外の授業《じゅぎょう》をやめた。新しい校《こう》舎《しゃ》は教室が四つあって、一年と二年は同じ教室で勉強するのだ。雨の日の朝礼は細長い廊下《ろうか》で行われたが、たいていは前と同じく運動場にならんだ。どちらにしても麻子《あさこ》にとってうれしいことに、新しい校舎《こうしゃ》には、長くも短くもまったく階段《かいだん》がなかったのだ。

相変わらず休み時間には裏山《うらやま》の木苺《きいちご》をたべたり、運動場のはずれの、水飲み場になっているちょろちょろ川に草の葉の笹舟《ささぶね》を流したり、あそぶことはたくさんあった。

学校から帰れば帰ったで、あそびが待ちかまえていた。村の道路にはいつも子どもたちがあふれていた。陣地《じんち》をきめて敵味方《てきみかた》、すきを見ておそう陣《じん》とりや、鬼《おに》ごっこ。また、男の子らは棒切《ぼうき》れをふりまわしてかけまわり、パチンコで小鳥をねらい、女の子たちはうたいながら毬《まり》をついたりした。夏の間は夜がふけても月夜のように明るい白夜が続いたが、このごろはさすがに日ぐれが近くなった。

夕ぐれはどこからやってくるのだろう。川の向こう、北方にそびえる敷香岳《しすかがたけ》の山裾《やますそ》のあたりから、川の下流にはるかにひろがるツンドラの野から、蝦夷松《えぞまつ》やとど松《まつ》の林から、夕ぐれはいつのまにかしのび寄《よ》ってくる。気がつくと、家も垣根《かきね》も鶏小舎《とりごや》も、薄《うす》ねずみ色の夕闇《ゆうやみ》につつまれて、追いかけあう子どもたちの背中《せなか》も、鼻先も一様にぼやけてくる。すべてのものが輪郭《りんかく》を失って、すこしずつすこしずつ夕闇《ゆうやみ》に溶《と》かされていく中で、自分たちのあそぶ声だけがいっそう透《す》きとおって聞こえてくるのだった。そのうちひとつの家にあかりがともる。と、やがて、あちこちの家でも石油らんぷに灯《ひ》をともしはじめる……。

麻子《あさこ》の家では、日の明るいうちにらんぷの火屋《ほや》をみがき、部屋ごとのらんぷに石油を満たし、黒く焦《こ》げた芯《しん》を切りそろえておくのが、ふじさんの新しい仕事になっていた。

「内川《ないかわ》へ来てから仕事がふえた」

といいながら、ふじさんは窓際《まどぎわ》にらんぷの火屋《ほや》をならべ、ひとつひとつていねいにみがいた。ときどき、子どもたちが手伝った。火屋《ほや》の内側の煤《すす》けた部分をよくふいて、それから、ほおっと息を吹《ふ》きかけてはみがくのだ。火をともすと、らんぷはオレンジの炎《ほのお》をだいて、それだけで満ちたりているように見えた。炎《ほのお》の中にうす青い山が見え、その下に石油をたたえた緑のガラスの容器《ようき》は太古の湖に似《に》ていた。炎《ほのお》は火屋《ほや》の上部からも逆《さか》さまに映《うつ》り、ふたつの炎《ほのお》は向き合って燃《も》えるのであった。

　らんぷからとりはずした火屋《ほや》は、口の長いやさしい壺《つぼ》のかたちをして、その肩《かた》のあたりに四角い窓《まど》と青空を映《うつ》していた。そしてよく見ると室内の風景が絵葉書のように映《うつ》っていたり、また、どうかすると、ふくらんだ火屋《ほや》の両側には、そっくり同じ風景が、片側《かたがわ》だけ逆《さか》さに映《うつ》っていることもあった。

　持ちあげると、すうすう風の通る筒《つつ》に顔を近づけて、みどりがいう。

「あこちゃん、おかしいよ。西洋の小人《こびと》みたい」

　火屋《ほや》のふくらんだところに、鼻ばかり大きくて額《ひたい》とあごのない顔が映《うつ》る。ほんとうにそれはガラスの火屋《ほや》の中に住む小人《こびと》のようでもあった。そこに映《うつ》るさまざまの景色は、自分のまわりの世界とまったく同じすがたでありながら、まるで見知らぬ世界のように思われてならなかった。

　麻子《あさこ》の家の左どなりは床屋《とこや》で、入り口に飴《あめ》ん棒《ぼう》のような看板《かんばん》がついていた。四枚《まい》続きのガラス戸の中は、表からもよく見えた。夜にはらんぷの下で、白布《はくふ》をかけた客が椅子《いす》にすわっていた。等間隔《とうかんかく》に天井《てんじょう》からつるされた三つのらんぷが、正面と側面の鏡に映《うつ》り、たくさんのらんぷを一時にともしたように見えた。

だが、昼間は店はいつも冷《ひ》いやりと明るく、それはやはり壁面《へきめん》の大部分を占《し》める鏡のせいでもあるらしかった。鏡の前にすえられた三台の椅子《いす》に、三人がすわることはまずなかった。働き手は白粉《おしろい》を塗《ぬ》った首すじから背中《せなか》が見えるほど衣紋《えもん》をぬいた庇髪《ひさしがみ》のおばさんと、猫背《ねこぜ》で無口なおじさんのふたりだけであった。

おじさんは、釘《くぎ》にかけたベルト状《じょう》の革砥《かわと》を左腰《こし》のあたりでひきしめるように持ちながら、よく剃刀《かみそり》を研《と》いでいた。どこか遠いところをながめているおじさんの目つきとは無関係に、剃刀《かみそり》は革《かわ》砥《と》をしなわせて往復《おうふく》した。そのたびに鋼《はがね》と革《かわ》のこすれる音がした。

前の村では床屋《とこや》が遠かったので、麻子《あさこ》たちはかあさんに散髪《さんぱつ》してもらった。みどりは癖《くせ》のない素直《すなお》な髪《かみ》だが、麻子《あさこ》は小さいときは蒸《む》しタオルで癖直《くせなお》しをしても、すぐ、くるくると髪《かみ》が巻《ま》きあがって困《こま》った。今はまっすぐな黒い髪《かみ》だが、ひどく厚《あつ》いので鋏《はさみ》で切りそろえるのに苦労だった。髪《かみ》がすむとうつむかされ、衿首《えりくび》を剃《そ》られる。シャボンを塗《ぬ》りつけて剃《そ》るその痛《いた》さといったらなかった。ぞりぞりと毛を剃《そ》るとき、こらえてもこらえても涙《なみだ》がでた。散髪《さんぱつ》というと、麻子《あさこ》はどこかへ逃《に》げたくなった。だが、ここはすぐとなりなのだ。それに床屋《とこや》の娘《むすめ》のふっくら色の白い房子《ふさこ》は、麻子《あさこ》たちのあそび友だちなのだ。

「となりに行ってらっしゃい」

そういわれて、麻子《あさこ》もみどりも「須藤理髪店《すどうりはってん》」とかいた字がはげかかったガラス戸をあける。至《いたる》と保《たもつ》があとから来ることをつけて、ふたりはそれぞれ、椅子《いす》にまねかれる。

革張《かわば》りの重々しい円形の背《せ》もたれと肘掛《ひじかけ》のある椅子《いす》には、顔剃《そ》りのための小さな枕《まくら》と足乗せの台までついていた。背《せ》のびして腰《こし》かけたおしりを、ずらせて奥《おく》に落ち着かせると、麻子《あさこ》は椅子《いす》に沈没《ちんぼつ》した。白布《はくふ》をかけられ、鏡に映《うつ》った顔を見て、麻子《あさこ》は、あ、と思う。その顔は当然そこに映《うつ》るだろうと思いこんでいた自分の顔と、すこしちがった。こんなはずはないと思う。鏡の中のやせっぽちのちびの子の濃《こ》すぎる眉《まゆ》も、切れの短いどんぐり目も、麻子《あさこ》の気に入らなかった。鼻も大きな口も、ひとつひとつが不調和で……へんだな、あたし、ほんとにこんな顔だったのかしら。

自分の顔なんて鏡に向かうときしか見ないのだから、麻子《あさこ》は自分の顔をよく知らないのかもしれなかった。気に入るように修整《しゅうせい》して考えていたのかもしれないのだ。麻子《あさこ》は失望し、当惑《とうわく》してとなりを見た。となりの椅子《いす》のみどりは、きゅっと口を結んでまっすぐ鏡を見つめていた。

みどりちゃんはきっと、鏡とそっくりなんだ。でも、あたしは……鏡がおかしいんだ。居心地《いごこち》わるくすわっていると、鏡の中でも疑《うた》ぐり深そうにこちらをじっとうかがっている。角度を変えたらすこしはいいかもしれない……。未練がましく鏡を見たまま顔を横に向けようとすると、おばさんが癇性《かんしょう》らしく、鋏《はさみ》を鳴らしていった。

「じっとして、麻子《あさこ》ちゃん。動いたら耳を切ってしまうよ」

しかたない。麻子《あさこ》は自分の顔を見ないことにした。

大きな鏡には道を行くひとが映《うつ》った。麻子《あさこ》の後ろを、帽子《ぼうし》をかぶっただれかが過《す》ぎ、荷車が横ぎった。不意にゴム毬《まり》がとんで消え、あとから追いかける子は、(あ、ふうちゃんだ)と思う。

車も房子《ふさこ》も、麻子《あさこ》の後ろにかくれて、体の一部分だけが見えたと思うと、鏡の縁《ふち》にさっと現《あらわ》れ、やがて、となりの鏡にとび移《うつ》って消えた。

「これでいいかねえ」

　おばさんはおかっぱの右と左の長さを見くらべながら、足乗せの台をまたいで鏡をふさいだ。前髪《まえがみ》を櫛《くし》でそろえ、銀色の鋏《はさみ》を目の高さに水平にかまえて、麻子《あさこ》の顔をうわめづかいにのぞきこんだ。おばさんの皮膚《ひふ》はなめらかで透《す》きとおっていた。あんまり顔が近いので麻子《あさこ》は息をつめた。でもすぐにこらえきれなくなって、そうっとはく。しずかに長い時間をかけてはく。額《ひたい》の下でしゃきしゃき、鋏《はさみ》が音をたてる。鋏《はさみ》はぴったり額《ひたい》につけられているので冷たかった。おばさんは櫛《くし》を動かし、鋏《はさみ》を持ちなおす。ふと、その目が寄《よ》り目になった。麻子《あさこ》はおばさんが発光するひらめのように思えてこわかった。息をつめているうちに、いつかしだいに自分まで寄《よ》り目になってくる。寄《よ》り目になると、いつもは気のつかない鼻の頭が丘陵《きゅうりょう》のように見えた。ゆるやかな丘陵《きゅうりょう》の稜線《りょうせん》は白桃《はくとう》のようにけむっていた。車窓《しゃそう》から見る山さながら、あるときは右側に、あるときはまた左側に見え、幻《まぼろし》のように透《す》きとおっていた。

　前髪《まえがみ》をおわって、おばさんはシャボンを泡立《あわだ》てはじめた。そのすきに、麻子《あさこ》は片目《かため》をつぶって鼻を見た。すると、鼻は片側《かたがわ》に岩壁《がんぺき》のようにそびえていた。幻《まぼろし》の白桃《はくとう》のやわらかさは失《う》せて、いかにもがんこに自分を主張《しゅちょう》していた。そのくせ、反対側の目をつぶると、鼻はつぶった側にさっと移動《いどう》した。かわるがわる目をつぶってみて、まるで折り紙のだまし舟《ぶね》みたい、と麻子《あさこ》はおかしくなった。

鼻はそこにあり、それを見ている自分は自分の内側にいるはずだけど、いったいどこにいるんだろう。胸《むね》かしら。ひとは脳《のう》の働きで考えたり動いたりするんだと、小さいにいさんはいうけれど……。でも、じっとこうして考えているとき、脳《のう》が動いている気はしない。口の中でことばをならべているのはわかるけど、と麻子《あさこ》は思う。考える自分は体のどこにいて、どんなかたちをしているのやら、まるでわからなかった。死ぬとき、体から抜《ぬ》けだすという人魂《ひとだま》のようなかたちかしら。

麻子《あさこ》はこわくなって、また寄《よ》り目になって考えこんでしまった。

「ただいま」

表から、房子《ふさこ》が帰ってきた。房子《ふさこ》はゴム毬《まり》をかかえたまま、鏡の中の麻子《あさこ》を見て、けげんな顔になり、やがて、ぷっと吹《ふ》きだした。しまった、見られちゃったと、麻子《あさこ》は情《なさ》けない表情《ひょうじょう》になった。房子《ふさこ》は口をおさえてわらっている。

「どうしたんだい、ふうこ」

おばさんがシャボンのカップを持ったままふり返った。

「だってさ、麻子《あさこ》ちゃんたら……」

といいかけて、房子《ふさこ》はまだわらいがとまらなかった。しかたなくうつむいて麻子《あさこ》ものどの奥《おく》ですこしわらう。

「まったくわらい上戸《じょうご》なんだから」

おばさんが、片手《かたて》を枕《まくら》にかけて椅子《いす》のレバーを引き、ゆっくり椅子《いす》を倒《たお》した。麻子《あさこ》は椅子《いす》とともにあおむけになり、やっと、ほっとした。前髪《まえがみ》を手のひらで額《ひたい》の上にかきあげて、シャボンを刷毛《はけ》で塗《ぬ》りながらおばさんがいう。

「まあ、おでこがもじゃもじゃだよ」

おばさんはしなやかな指で剃刀《かみそり》を持ち、顔剃《そ》りにかかった。それがおわり、椅子《いす》がふたたび起きあがり、鏡の自分と対面するとき、麻子《あさこ》はまたまた、とまどってしまう。薄《うす》ねずみ色の産毛《うぶげ》を剃《そ》られて、麻子《あさこ》の顔はたちまち秋晴れのように一変して、今度はなんだか気恥《きは》ずかしいのだ。

「べっぴんさんになったね」

おばさんは天瓜粉《てんかふん》をはたき、頬《ほお》を両の手のひらにはさんで化粧水《けしょうすい》をすりこんでくれる。そして、麻子《あさこ》は店をでる。衿首《えりくび》が冷《ひ》やっとするので首をすくめ、ひとに顔をあわせるのが気恥《きは》ずかしい。


とうさんが東京に出張《しゅっちょう》して留守《るす》が続いた。とうさんのいない家の中には、どことなく気安い空気がただよった。

ふじさんは鼻うたをうたいながら茶碗《ちゃわん》を洗《あら》い、かあさんは座敷《ざしき》で三味線《しゃみせん》をひいたりした。そして、ときどき、薪割《まきわ》りなど手伝いにきていた志尾《しお》さんまで、のんびりあがりこんで、漬物《つけもの》をつまみながら、世間話をしていったりした。

「至《いたる》さん、馬さのらねぇすか」

志尾《しお》さんは至《いたる》をさそいだし、馬にのせて学校の運動場まででかけた。

「はじめにおっかながったらいけねぇす」

と、志尾《しお》さんは教えた。

とうさんにしかられ、自信を失った至《いたる》は、とうさんの前へでるたびに声がふるえた。至《いたる》はあれからも馬にのるたびに、緊張《きんちょう》しすぎてはかえって平衡《へいこう》を失った。運動場をいくめぐりもして、志《し》尾《お》さんはとうさんの留守《るす》の間に、至《いたる》を上達させたいらしかった。

そして、それはそれなりに効果《こうか》があったらしく、とうさんが東京で買った童謡《どうよう》のレコードや、童話の本など、子どもたちのたのんだおみやげを持って帰ってきたとき、至《いたる》はもう、ひとりで村はずれまででかけたり、志尾《しお》さんといっしょに、九十五の坂のある牧場へ牛乳《ぎゅうにゅう》をもらいにいくようになっていた。

冴《さ》えた秋の日には、遠景がきわだって鮮《あざ》やかに見えた。

山も林もくっきりと浮《う》きでて、風景は遠近感を失い、ひどく平明なものになっていた。空を流れる雲の一片《ひとひら》だけが、川に落としたハンカチのように、水にもまれてぬれた色をしていた。

からん、からん、からん。

学校では、教室の窓《まど》から体をのりだすようにして、石川先生が鐘《かね》をふっていた。白いシャツの腕《うで》が振《ふ》り子のように大きくゆれていた。

一年生から三年生までの子どもたちは、校門をでて、家に帰る途中《とちゅう》であった。

からん、からん、からん。

まだ鐘《かね》の音がひびいていた。

門をでて、角田《つのだ》医院の白いペンキの塀《へい》の前まで来たころ、まっすぐな道の向こう、消防番屋《しょうぼうばんや》の前あたりに、ひとだかりが見えた。

「なんだべ」とかけだす子どもたちのあとについていくと、いちはやくニュースを聞きつけた子どもが、向こうからふりむいてさけんだ。

「おーい、馬がよう、番屋の横さころげ落ちたんだとよう」

よくひびく声は勇《いさむ》らしかった。えっ？　と、子どもたちはどよめき、いっせいにかけだしていた。小石を拾って垣根《かきね》の上の猫《ねこ》をねらっていた喜八郎《きはちろう》も、それを聞いてあわててかけだした。だが、喜八郎《きはちろう》はかけだす前に、ちらっと麻子《あさこ》の顔を見ることを忘《わす》れない。

まさか、皐月《さつき》では……

麻子《あさこ》は顔を見られたことで、どきっとする。至《いたる》はまだ学校だったし、馬も皐月《さつき》かどうかはわからなかった。どきっとしたことにあわてて、麻子《あさこ》はいっそううろたえた。思わず自分もかけだしていた。やっと、番屋の前についた。立ちどまると走っていたときよりも息がはずんだ。ひとびとは道の端《はた》から下をながめて、がやがやとしゃべっていた。

「トラックにたまげてころげ落ちたんだべや。そこの山火《さんか》注意の看板《かんばん》さ、ぶつかって、はあ、首の骨《ほね》ば折ったんだよ」

「車も大事だが、馬ば殺しちゃ、どうもこうもなんねぇな」

あとから来た辰子《たつこ》が、

「杉本《すぎもと》さんてば、速いんだ」

と、いいながら、

「ねえ、馬見たの、どこ？」

と、ひとの間にもぐりこんでいった。麻子《あさこ》はやっと、息をついて、辰子《たつこ》の後ろからのぞきこんだ。

橋のたもとから猫柳《ねこやなぎ》の林へおりる土手の土が、荒々《あらあら》しくえぐれていた。土手の真下に「山火注意」と朱《しゅ》の大文字のかかれた三角柱の看板《かんばん》が立っていて、馬はその下に倒《たお》れていた。馬の体にはむしろがかけられていたが、その下からぶざまにつきでた褐色《かっしょく》の足は、輓馬《ばんば》のものであった。異様《いよう》に見えるほど大きな球節《きゅうせつ》の毛は、汚《よご》れたモップのように蹄《ひづめ》にかかり、その片方《かたほう》の前足は不安定にすこし持ちあがっていた。

皐月《さつき》では、なかった……。

むしろの下からはねずみ色をした古い瓜《うり》のような鼻先がのぞき、なかば開いた口から、おどろくほど分厚《ぶあつ》い桃色《ももいろ》の舌《した》がたれていた。麻子《あさこ》の目はその舌《した》に釘《くぎ》づけになった。

「あれ、麻子《あさこ》ちゃんでねぇの。まあ、ランドセルしょったままで」

肩《かた》をつかまれふり返ると、山村さんのおばさんの黄ばんだ顔が麻子《あさこ》を見おろしていた。

「こんなもの、見るもんじゃねぇのよ」

そういいながら、おばさんは顔を近づけ、いくらかうわずったかすれ声でいった。

「洗濯《せんたく》してたらば、馬のいななく声がして、でっかい音がしたと思うと、馬車ひきがどなって、なにごとがおこったべと思ってとびだしたんだよ。そのときゃ、もう、下にころげ落ちてたんだ」

おばさんはたしかに集まった子どもたちに聞かせたかったのにちがいなかった。子どもたちはたちまち、おばさんに質問《しつもん》した。

「はじめから見てたの、おばさん」

「んだよ。荷車やっとこ引きあげて、馬車ひきは、車いためる、馬死なす。よっぽど腹《はら》あんばいわるかったんだべさ。所長さんがでていって、なんだかんだなだめてつれてったよ」

おばさんは唇《くちびる》の端《はし》にわいてくる唾《つば》を手の甲《こう》でぬぐった。皐月《さつき》でなかったことの安堵《あんど》と、はじめて死んだ馬を見た心のたかぶりが、麻子《あさこ》を無口にさせた。

馬車ひきの制止《せいし》も聞かず、棒立《ぼうだ》ちになった馬。車輪が道からはずれ、荷車がかたむくと同時に積荷がどっと片側《かたがわ》にかしぎ、その勢いで荷車もろとも転落する馬。

その光景が見えるようであった。

「じょうぶな馬、死なしてもったいねぇこんだ」

おばさんがくり返した。

「こんなものは見ねぇほうがいいよ、麻子《あさこ》ちゃん」

だが、麻子《あさこ》は見てしまったのだし、子どもたちはさけんだ。

「馬、でっけえべろだしてるぞ」

「わ、でっけえ！」

子どもたちの声はひどくうれしそうにひびいた。みんなは舌《した》をだしあった。

「見ろ、見ろ、おれのまねできねぇべ」

喜《き》八郎《はちろう》がふりむくと、いきなり長い舌《した》で鼻の頭をなめた。喜《き》八郎《はちろう》の舌《した》の先はとがって、三角のかたちをしていた。舌《した》の裏《うら》があらわになり、紫色《むらさきいろ》の筋《すじ》がぴんと張《は》って見え、目をむいた喜《き》八郎《はちろう》は奇妙《きみよう》に蛙《かえる》に以《に》ていた。

橋をわたる辰子《たつこ》と利枝《としえ》たちと別れて、麻子《あさこ》は道をもどった。来るときとは反対にぼんやりと歩いていった。白くかわいた道には、荷車に塗《ぬ》ったグリースがところどころに落ちてどす黒い汚点《しみ》のようにかたまっていた。

死んだらあんなふうになるのだろうか。

さくさくと音をたてて草をかみ、泥《どろ》んこ道を歩き、荷車をひき、「この道産子《どさんこ》めが！」と、どなられたり、ぶたれたりしただろう馬。かけたり、いなないたり、尻尾《しっぽ》で虻《あぶ》をはらったりしたにちがいない馬が、まるでゴムの袋《ふくろ》のように横たわっていた。

馬の中からは、たしかになにかが失《う》せていた。それはいったいどこへ行ってしまったのだろう。

死んだら……だれでもみんなああなるのだろうか。馬の、それのように、麻子《あさこ》の口の中いっぱいに舌《した》が際限《さいげん》もなくふくれあがるようで、麻子《あさこ》は息がつまりそうになった。

翌日《よくじつ》の夕方、麻子《あさこ》の家に大皿に山盛《も》りの肉が届《とど》けられた。玄関《げんかん》でかあさんの「まあ、まあ」と礼をいう声がしていた。

それからふじさんが葱《ねぎ》や豆腐《とうふ》を買いに走り、家の中は急に活気づいた。さっそく、すき焼きの用意がととのえられ、思いがけないご馳走《ちそう》にみなはじゅうぶん満足した。

だが、その二、三日後に、あれは馬肉だったと聞かされ、至《いたる》も麻子《あさこ》もぎょっとして顔を見合わせた。橋のたもとで死んだ馬を見にいったのは、麻子《あさこ》だけではなく、至《いたる》もこっそり見ていたのだ。

「生きている牛や豚《ぶた》なんてたべられないでしょう。肉屋さんで売ってる肉はみんな殺した肉だよ。あの馬は殺したんじゃないし、死んだ肉、たべたって平気じゃない？」

みどりのいうことはほんとうにそのとおりだけれど、至《いたる》はあの舌《した》のことを思いだしているんだと、麻子《あさこ》は思う。

眉根《まゆね》を寄《よ》せて、ぐっとのどのつまった表情《ひょうじょう》の至《いたる》に、保《たもつ》はなぐさめるつもりで教える。

「小さいにいさん、うんこしてなかったの。まだなら、しといでよ。そしたらでちゃうから。いやなら早くだしたらいいよ」

そうだった。至《いたる》は吐《は》きそうになっているのだが、口から吐《は》くにはもう遅《おそ》すぎた。馬の一部分だったあの肉片《にくへん》は、腹《はら》の中におさまって、今は麻子《あさこ》や至《いたる》の体のどの部分かをめぐる血の滴《しずく》になっているのかもしれなかった。

麻子《あさこ》と至《いたる》は見つめあい、ふと、目をそらした。

「じょうぶな馬、死なしてもったいねぇ」と、山村さんのおばさんはいった。死んでしまった馬をすこしでももったいなくないようにするために、ひとびとはたぶん、思いつくだろうことをしただけにちがいなかった。

夕食後、

らんぷのともる子ども部屋にふとんを敷《し》きつめると、そこはもう子どもたちだけの世界だった。

ふとんの上につっ立ち、

「めっけんぼうの倒《たお》れ方!」

ひと声さけんで至《いたる》が倒《たお》れた。すると、次々にみどりも麻子《あさこ》も保《たもつ》も、まねをしてばたりばたりと倒《たお》れた。

めっけんぼうの倒《たお》れ方。

それは体を垂直《すいちょく》にして倒《たお》れる瞬間《しゅんかん》まで姿勢《しせい》をくずさず、つまり、棒《ぼう》のように倒《たお》れるやり方であった。中学に行った拓《たく》にいさんがはじめたもので、拓《たく》は後ろへ倒《たお》れたり、横へ倒《たお》れたり、友だちと雪の上で倒《たお》れっこして、得意で弟たちに教えたのだ。だが、至《いたる》よりみどりのほうがじょうずに倒《たお》れた。みどりは体操《たいそう》やダンスが得意なのだ。足をおどろくほど高くあげたり、足を開いてぴったり床《ゆか》にすわることができた。麻子《あさこ》などはとてもまねができない。

「見ててよ。ほら！」

みどりは気をつけの姿勢《しせい》をした。それからじょじょに体を横に倒《たお》し、もうこらえきれないところまでくると、思いきりよく、ばたんと、倒《たお》れた。その勢いで、そろえた両足がはずんでとびあがった。みどりの切りそろえたおかっぱが、一瞬《いっしゅん》、宙《ちゅう》に躍《おど》るのがすてきだと麻子《あさこ》は思う。

「めっけんぼうの倒《たお》れ方！」

「めっけんぼうの倒《たお》れ方！」

めっけんぼうとはなんのことか麻子《あさこ》たちにはわからないが、みんなはあきずにくり返した。らんぷに頭をぶつけないように気をつけながら、くり返した。何度目かのとき、みどりは突然《とつぜん》、

「花木《はなき》！」

とさけんで、胸《むね》をおさえ、体をねじってばったり倒《たお》れた。そして、なんと、みどりは顔を麻子《あさこ》のほうへ向けて、口をゆがめてわらってみせたのだ。

「いやだ。みどりちゃん」

それは、ついこの間、川向こうの芝居《しばい》小屋にかかった花木のぼる一座《いちざ》の興行《こうぎょう》で、花木の倒《たお》れるしぐさだ。内川《ないかわ》のひとたちにおなじみのこのスターは、男のくせに首までまっ白に白粉《おしろい》をつけて

いた。やくざにつれ去られた恋人《こいびと》を追いかけて、あべこべに短刀で刺《さ》されてしまうのであった。

胸《むね》をおさえ、膝《ひざ》をつき、やがてばったりと倒《たお》れるとき、花木は片頬《かたほお》でわらってみせた。見物客が、

「花木……」

と、声をあげ手をたたいた。

悲しい場面なのに花木がなぜわらうのか、麻子《あさこ》にはわからなかった。舞台《ぶたい》の上につったらんぷの火影《ほかげ》で、まっ白に塗《ぬ》った顔と濃《こ》い眉《まゆ》と紅《あか》い唇《くちびる》の、この世の男らしからぬ装《よそお》いの花木のわらいは、体の裂《さ》け目から不意にのぞいた肉のように奇妙《きみょう》になまなましく恥《は》ずかしかった。

「花木！」

とさけんで、今度は麻子《あさこ》が倒《たお》れるまねをした。

「花木！」

と、また、みどりが倒《たお》れ、ふたりとも夢中《むちゅう》でわらいころげた。保《たもつ》がすぐにまねしてさわぎだした。

「花木、花木！」

みどりも麻子《あさこ》ももうくたびれて、ごろりとふとんの上に寝《ね》たままなのに、調子にのった保《たもつ》はまだふざけて、

「あこ、おまえ、花木好きなのか。あいつ、にやけてるってふじさんがいってたぞう」

麻子《あさこ》に枕《まくら》を投げつけた。すると、それまでだまっていた至《いたる》が立ちあがり、らんぷの芯《しん》を細くした。それから、火屋《ほや》をかしげて、

た。

「もう、寝《ね》ろ、みんな」

と、怒《おこ》った声でいい、らんぷを吹《ふ》き消した。石油のにおいが部屋にただよい、闇《やみ》が押《お》し寄《よ》せてきた。

しばらく静寂《せいじゃく》が続いた。

そのうち、すうすう寝息《ねいき》が聞こえだし、麻子《あさこ》もうとうと眠《ねむ》った。それもしばらくのことで、おなかの上にいきなり保《たもつ》がどしんと足をあげた。麻子《あさこ》は手さぐりで足をつかんで、わきへおろした。それからすこしはなれて寝《ね》ると、口の中でなにかわからない寝言《ねごと》をいいながら、保《たもつ》が麻子《あさこ》の胸《むね》にさわった。末っ子の保《たもつ》は長いこと、かあさんに抱《だ》かれて寝《ね》ていたので、今でも、夜中にかあさんとまちがえてみどりや麻子《あさこ》の胸《むね》にさわろうとするのだ。くすぐったいし、気持ちわるいので、なるべく、保《たもつ》からはなれて寝《ね》るのに、保《たもつ》は部屋じゅうをころげてどこへでも行くのだ。

「いやだったら」

麻子《あさこ》は保《たもつ》の手を向こうに押《お》しやった。

おっぱいをさがしたってあるわけがないのに。みどりちゃんだってありはしない、と思う。だが、ほんとうはおっぱいはかあさんにもないのだ。かあさんのお乳《ちち》は至《いたる》までとまってしまった。みどりから下はミルクで育った。そしてまるくふくらんでいたかあさんの乳房《ちぶさ》は、男のひとのようにひらたくなってしまったのだから。保《たもつ》はのんだこともない乳房《ちぶさ》にどうしてさわりたがるのかわからなかった。麻子《あさこ》が背《せ》を向けると、保《たもつ》が後ろから抱《だ》きついた。足をまげてくの字になった麻子《あさこ》のおしりは、保《たもつ》のおなかの上に腰《こし》かけたようになって、温かかった。くの字とくの字はじょうずに重なりあって、冬の夜などはこうして寝《ね》るのがいちばん温かかった。

暗い夜の中で、すうすうという寝息《ねいき》を聞いていると、不意に子犬のことを思いだした。うまれてまのないあの子犬たちも、きょうだいたちと上になり下になりして、声にならない息をはき、母犬の乳房《ちぶさ》をさがしていた。

まだ夏のころ、豆腐屋《とうふや》の文夫《ふみお》と幸《さち》がボロ布《ぬの》にくるんだものをかかえて、番屋の向かい、出張所《しゅっちょうじょ》の横の土手をおりていくのを麻子《あさこ》は見た。追いかけると、文夫《ふみお》はボロ布《ぬの》をめくって見せた。籠《かご》にうまれてまのない六匹《ひき》の子犬が、背《せ》の上に足をのせたり、おなかの下に鼻をつっこんだりしあってうごめいていた。つるつるした毛がまるでぬれたようにひかって、むきだしな裸《はだか》のように見えた。目の上が瘤《こぶ》のようにふくらんで、大きすぎるほど見開いた目もどこかぎごちなく、外界となまだなれないあかんぼうのむきだしな感じであった。

文夫《ふみお》が無雑作《むぞうさ》に子犬をつかんで流れに浮《う》かべるのを、橋脚《きょうきゃく》につかまりながら麻子《あさこ》は見ていた。うす緑の水の中で子犬たちは一様に乳房《ちぶさ》をさがすように鼻をのべ、前足を動かし、青い目を見開いたまま、ゆっくりと下流へ流れていった。十匹《ぴき》うまれた子犬のうち四匹《ひき》のこして、あとは流されたのだ。

うまれたばかりで目は見えないのだという。無心に開いた目も乳房《ちぶさ》をさぐる足も、それは自分のおかれた状況《じょうきょう》がまったく理解《りかい》できないまま、だからこそ子犬たちはなんの恐怖《きょうふ》もなく流されていったのだった。そして、あの子犬たちは、麻子《あさこ》たちの生きているこの世界よりも、彼《かれ》らがそこからでてきた、うまれない前の世界に多く属《ぞく》していたから、そこへ帰っていくような自然さであったのだ。

暗い中では目をあけてもつぶっていても同じようだ。麻子《あさこ》は自分がひろいひろい草原にいるのか、どこかの知らない洞窟《どうくつ》の中にいるのかわからなくなって、気が遠くなるようだ。だが、すうすういう寝息《ねいき》は、至《いたる》やみどりや保《たもつ》たちの寝息《ねいき》にちがいないのだ。保《たもつ》のおなかも胸《むね》も、ぴったり麻子《あさこ》に寄《よ》りそって、温かい体温が伝わってくる。

でも……ひょっとしたら……

まさか、あたしは子犬じゃない。目をあけているのに見えないあの子犬じゃない、と、麻子《あさこ》は思った。じっと闇《やみ》の中で息をこらしていた。

ストーブと毛糸

樺《かば》、ななかまど、はんのき、つりばな、あらゆる木がいっせいに落葉しはじめた。
日がな一日、落ち葉は降《ふ》りつづけ、世界じゅうがからからという落ち葉のかわいた音の中にあるようであった。いたいほど澄《す》んだ空に、黄の、紅《くれない》の、さまざまな木の葉が降《ふ》りそそぐかと思えば、たちまち、突風《とっぷう》がそれらおびただしい落ち葉を吹《ふ》きとばした。大空に舞《ま》いあがり　舞《ま》い散り、落ち葉は天と地をあきることなく循環《じゅんかん》した。

その空をつぐみがわたり、黄連雀《きれんじゃく》の群《む》れが鳴きつれてわたった。鳥たちはななかまどの赤い実をついばみ、すぐ南へととびたっていった。ラッパのような声で呼《よ》びかわしながら、白鳥の群《む》れがわたるのもこのころであった。白鳥は北から訪《おとず》れ、この部落から、東の海に続く多来加湖《たらいかこ》に羽を休め、仲間たちと相つれてふたたび南へと旅立つのであった。この土地は、わたり鳥たちが冬を越《こ》すには寒さがきびしすぎた。わたり鳥たちは羽を休め、餌《えさ》を補給《ほきゅう》するために立ち寄《よ》るだけであった。

戸数六、七十戸あまりの小さな部落は、大地にへばりついた一片《いっぺん》の苔《こけ》のようであった。部落の上には、ただただ、限《かぎ》りもない大空がひろがっていた。落ち葉が舞《ま》いとび、鳥たちの群《む》れていく原野の空を、雲が走り、ひゅうひゅうと風がうなった。風はまるで地の果て、空の果てから吹《ふ》いてくるようであった。

志尾《しお》さんは毎日、馬小屋の前で薪《まき》を割《わ》っていた。斧《おの》をふりおろすごとに、薪《まき》はぴしっとかわいた音をたて、ふたつに割《わ》れてとんだ。脂《やに》がつよくにおった。薪《まき》はたばねて軒下《のきした》に積み、空き地にも砦《とりで》のように積みあげられた。

「夜、風の音聞くと、いけねぇす」

脂《やに》のついた軍手をぬぎ、ふじさんのいれた番茶をすすりながら、志尾《しお》さんがいった。

志尾《しお》さんの頬《ほお》ひげは銀の針《はり》のようにひかっていた。馬小屋の鐙《あぶみ》や、馬銜《はみ》や手綱《たづな》をかけた板壁《いたかべ》と、秣《まぐさ》切りのおかれた床《ゆか》。そのつきあたりの小部屋に、志尾《しお》さんは寝起《ねお》きしていたが、家族はどこにいるのか麻子《あさこ》は知らなかった。内地に娘《むすめ》がいると聞いたような気もするが、そんな独《ひと》りぐらしの男が、この地方ではめずらしくなかったのだ。風の音がいけねぇという志尾《しお》さんを、麻子《あさこ》はびっくりして見つめた。風を聞くとどういうふうにいけないのか、具体的にはなにを指《さ》すのかはわからなかったが、おとながそんなことをいうなんて、思いがけなかったのだ。
ふじさんは、ときどき、うたをうたった。そのうたは、

「行こかもどろか　オーロラの下を
ロシアは北国　果てしらず……」

というのだったり、

「流れ流れて　落ちゆく先は
北はシベリア　南はジャバよ」

というような、いずれも心細くさびしいうたばかりであった。
麻子《あさこ》たちはらんぷの消えた夜の床《とこ》で木枯《こがら》しが吹《ふ》きすさぶ音を聞くとき、いつか子犬のようにきょうだい抱《だ》き合って寝《ね》てしまうのだった。ときどき目をさますと、かあさんやふじさんたちが聞いているのか、雑音《ざつおん》まじりのラジオの音が、大きくなったり小さくなったりして聞こえてきたりした。かあさんたちがまだ起きていると知って、麻子《あさこ》はすこし安心して目をつぶるのだった。

しかし、あの、風に身も魂《たましい》もさらわれていきそうな恐《おそ》ろしさはおとなにはわからないものだと思っていたのに、志尾《しお》さんの横顔は、冗談《じょうだん》をいっているようにも見えなかった、それが麻子《あさこ》をいつまでも落ち着けない気持ちにさせた。

初雪が根雪に変わるのには、ほんのわずかな日を数えるだけでよかった。

小さな部落はたちまち、雪に埋《う》もれた。

朝方、目をさますと、ふとんの衿《えり》が白く凍《こお》り、掛《か》けぶとんの上にもうすく霜《しも》が降《お》りたようになっていた。子どもたちが起きだす前に、ふじさんがストーブを燃《も》やしてくれる。鼻がつんと痛《いた》いような寒さがすこしずつやわらいで、やがて、みごとな羽根模様《はねもよう》を浮彫《うきぼ》りした窓《まど》ガラスに水滴《すいてき》がたまり、部屋は暖《あたた》かくなるのだ。ふじさんは、湯をわかし、凍《こお》りついたポンプの上からいく杯《はい》もお湯をそそぎこんだ。暗緑色の錆《さ》びたポンプは、もうもうとした湯気の中でまるで蒸気機関車《じょうききかんしゃ》のようにきしみながら動きだすのであった。

麻子《あさこ》たちは湯たんぽのお湯をあけて、顔を洗《あら》った。湯たんぽの口からこくこくとあふれでる湯は、湯気こそあがっていたが、おおかたはぬるくさめていて、薬缶《やかん》の湯を加えなくてはならなかった。家にはひとの数だけの湯たんぽが必要だった。ストーブの上で湯たんぽはひとつずつ湯気をあげ、こぽこぽと沸騰《ふっとう》してくるのに栓《せん》をしめて袋《ふくろ》に入れ、各自のふとんの足もとに入れられた。

だが、とうさんは特別であった。とうさんだけは湯たんぽがふたつ入り用だった。奥座敷《おくざしき》のとうさんのふとんは、敷《し》きぶとんを三枚《まい》も重ね、ダブルのらくだの毛布《もうふ》をシーツがわりに敷《し》いたうえに、同じものを上にもかけ、掛《か》けぶとんを二枚《まい》かけるのだ。とうさんのふとんはそばのかあさんのふとんよりも一段《いちだん》高いので、まるでひとりだけベッドで寝《ね》ているようなのだ。

「どうしてとうさんは湯たんぽをふたつも入れるの」

保《たもつ》がたずねると、かあさんは答えた。

「体が大きいと、湯たんぽひとつじゃたりないんだよ。足ばかりじゃなく腰《こし》のへんにも入れるの」

なるほど、そうかもしれなかった。それにしても、とうさんは寒がりなのだ。ぎちぎち鳴る革《かわ》の上着を着て馬にまたがるすがたは、まるで、寒さを知らぬ男のように雄々《おお》しいのに、麻子《あさこ》はふしぎだった。しかし、食事のときもひとりだけ宿屋のような朱塗《しゅぬ》りのお膳《ぜん》でご飯をたべ、上等のふかふかの毛布《もうふ》――それは子どもたちの、どことなくおしっこのにおいのしみついた毛布《もうふ》とはまるきりちがっていた――をかけ、ふとんにうまっていびきをかくとうさんは、まるで馬賊《ばぞく》かなんかの頭領《とうりょう》めいて見えた。

川はすでに凍《こお》りついていた。

橋の上にも雪がつもり、欄干《らんかん》が膝《ひざ》の高さになった。この間まであんなに下に見えた川原や土手も雪がつもって、白いふとんをのべたようにすぐそこに見えた。男の子たちは橋から土手へとびおり、川原へころげて喚声《かんせい》をあげた。そうして、彼《かれ》らの先頭に立ってまっ先にとびこむのはいつも勇《いさむ》だった。勇は欄干《らんかん》の上に直立し、

「わが独立守備隊《どくりつしゅびたい》は、敵《てき》を一挙《いっきょ》に潰滅《かいめつ》せんとす。突撃《とつげき》！」

と、銃剣《じゅうけん》を突《つ》きあげる格好《かっこう》に両手をあげる。学生帽《ぼう》をまっすぐかぶった勇の耳は鱈子《たらこ》のように赤かった。

「突撃《とつげき》！」

勇がとびおりると、続いて喜《き》八郎《はちろう》や新三《しんぞう》や司《つかさ》や、四年生や五年生の子どもたちもとびおりるのだった。みなは腰《こし》まで雪に埋《う》もれて声をあげ、まぶしい雪の中を泳ぐようにして暴《あば》れまわったり、堅雪《かたゆき》を踏《ふ》んで橋にもどって、とびこみを続けたりした。

ときどき、その中に犬がまじった。犬たちも子どもたちといっしょにかけまわり、そのそばでいかにも興奮《こうふん》したらしく吠《ほ》えたてるのだった。

「あれ、新ちゃんの格好《かっこう》、蛙《かえる》みてぇだね」

とか、

「ほら、勇ちゃんたらあぶね、司《つかさ》ちゃんがねらってるよ」

と声をあげ、女の子たちは橋にならんで、川原ではじまった雪合戦を見物しあった。喜《き》八郎《はちろう》も新《しん》三《ぞう》も麻子《あさこ》の組の二年生だ。三年生の勇はみんなを子分のようにひきつれていた。そして麻子《あさこ》は

やっぱり勇のほうばかり見てしまう。

至《いたる》はボーイソプラノのきれいな声だが、勇はもっとふとくて元気な声だ。唱歌の時間、となりの教室でうたう声の中で、勇の声はすぐわかるくらいよくひびく。それになんといってもさっそうとしているのだ。そう思うのは麻子《あさこ》だけではないらしく、勇がなにかするたびに、女の子たちはわあっと声をあげるのだった。

女の子のうちには彼《かれ》らのまねをして川原へとびおりる子もいた。それは消防《しょうぼう》番屋の娘《むすめ》の初枝《はつえ》だ。初枝《はつえ》はいつも、番屋の鐘楼《しょうろう》にのぼり、棒《ぼう》を伝って猿《さる》のように下まですべりおりてあそんでいるそうだった。初枝《はつえ》はだれよりも勇敢《ゆうかん》にとびおりた。スカートが落下傘《らっかさん》のようにひろがり、次の瞬間《しゅんかん》、雪につっこみ、両手をつく。だが、そこに喜八郎《きはちろう》がいたのだ。背中《せなか》をどやされ前のめりに倒《たお》れた喜八郎《きはちろう》は、まっ赤になった。

「こんちくしょう。おてんば！　この男女《おとこおんな》！」

喜八郎《きはちろう》は唾《つば》をとばし、猛《たけ》りくるって初枝《はつえ》にうちかかった。だが、初枝《はつえ》のほうが断然《だんぜん》つよいのだ。初枝《はつえ》は負けずに喜八郎《きはちろう》を組みふせ、新三《しんぞう》たちが喜八郎《きはちろう》に味方して、八方から組みつき、初枝《はつえ》を雪に埋《う》めてしまった。

「喜八《きはち》！　おぼえてろ。やい、蛸《たこ》！」

初枝《はつえ》は悪態《あくたい》をつき、狂暴《きょうぼう》になった男の子たちは、川原に来た女の子を片端《かたはし》から押《お》し倒《たお》した。それを見て、橋の上から女の子たちが助けにかけつけ、倒《たお》れた子の手をひっぱって逃《に》げだす。のこった子はいっせいに雪玉を投げて、追いかける敵《てき》から味方を援護《えんご》するのだった。みどりが投げる、久代《ひさよ》が投げる。そして、房子《ふさこ》や麻子《あさこ》はせっせと玉を作ってわたすのだ。

女の子たちの投げる玉は、たいてい遠くまでとばないのに、目を見張《みは》って、きゅっと口を結んだみどりが投げる玉は、次々に男の子の肩《かた》や背中《せなか》に命中した。ひとつなどは勇の頭にぶつかって、帽子《ぼうし》がぬげとんだ。女の子たちが歓声《かんせい》をあげた。見ていると胸《むね》がすいた。

麻子《あさこ》はわくわくして、自分も投げたくなる。力をこめて投げてみるが、麻子《あさこ》の玉はだれのものよりもいちばんとばない。情《なさ》けないほどすぐ目の前でぷすんと雪に沈没《ちんぼつ》してしまう。雪玉を二つ三つかかえて、橋のたもとからかけおりて、猫柳《ねこやなぎ》の林から下めがけて、えいっ、えいっと、放り投げる。わあっと、勇たちが土手をかけのぼってきた。あわてて逃《に》げだすはずみに堅雪《かたゆき》を踏《ふ》みぬいて腰《こし》まで雪に落ちこんで、あっ、と雪に顔をふせてしまった。

「やったな」

「いくぞ、女郎《めろう》」

司《つかさ》が新三《しんぞう》が、口々にさけんで麻子《あさこ》をとびこえていく。勇のまっ赤な顔が、長靴《ながぐつ》が、麻子《あさこ》をとびこえ、橋のたもとへかけていく。

わっと橋の上からみどりたちの喚声《かんせい》があがった。ほてった顔をあげると、戦場は橋に移《うつ》り、逃《に》げていくみどりたちを追って、男の子たちがさけびながら橋をわたり、川向こうへかけていった。

最後の三、四人のすがたが消えると、もう人影《ひとかげ》は見えなかった。麻子《あさこ》は雪の中にとりのこされた。足を引き抜《ぬ》こうとするのだが、足が動かない。雪は腰《こし》のへんまでびっしり、麻子《あさこ》を埋《う》めているのだ。力をこめていくども体をゆすった。やっと、足を引き抜《ぬ》くと、また、ずぶりと沈《しず》んだ。風が急に冷たくなったようで、ほてっていた頬《ほお》が寒くなった。みんなはどこへ行ってしまったのだろう。雪まで輝《かがや》きを失い、青みをおびた灰色《はいいろ》に変わっていた。土手の上に猫柳《ねこやなぎ》のとがった枝《えだ》先《さき》ばかりが、つんつんとのびていた。いつか馬のぶつかった山火《さんか》注意の三角柱が、やはり半分、雪に埋《う》もれて立っている。麻子《あさこ》は雪に両手をつき、やっと、膝《ひざ》を堅雪《かたゆき》の上についた。そのとき、不意に左手の雪の上に、ふわりと人影《ひとかげ》が立ちあがった。雪まみれの長い髪《かみ》の毛を肩《かた》までたらしたその子の顔は、蒼白《そうはく》で、まるで、幼《おさな》い幽霊《ゆうれい》じみて見え、麻子《あさこ》は自分の体がふるえているのがわかった。

突然《とつぜん》、犬の吠《ほ》える声がして、橋のほうから黒犬がかけてきた。犬は激《はげ》しく尾《お》をふり、その子の長いスカートをくわえた。その子はよろめいて倒《たお》れ、犬をしかった。

みよちゃんだ、と、麻子《あさこ》にはわかった。黒犬はみよの顔をなめ、みよは犬をしかりながら犬の首を抱《だ》いたまま、雪の上をころげた。みよと犬とじゃれあっているように見えた。もうみよは孤《こ》独《どく》な幽霊《ゆうれい》ではなかった。麻子《あさこ》は目をそらした。膝《ひざ》をついて起きあがり、ゆっくり橋のほうへのぼっていった。

川原や路上で、子どもたちの雪合戦の続く日、おとなしい至《いたる》は、女の子をいじめるあそびや喧《けん》嘩《か》には加わらなかった。同じ組の幹夫《みきお》や孝志《たかし》たちと、スキーにのって川岸をすべっていったりした。

学生帽《ぼう》の下に白い毛糸の耳掛《みみか》けをした至《いたる》は、栗色《くりいろ》のスキーをはいて山じゅうをすべった。至《いたる》たち少年はほんの小さなときからスキーをはいて育ったので、木の切り株《かぶ》などは、片足《かたあし》をあげて、ひょいひょいよけながらすべったり、勢いをつけて兎《うさぎ》のようにとびこえたりするのだった。

だが、至《いたる》のようなスキーを持っているものはほんの数えるだけで、子どもたちのほとんどが、木を削《けず》って作った手作りのスキーをはいていた。たいてい父親か年長の兄たちが作ってやるのだが、六年生ぐらいになれば男の子たちは、けっこう、自分たちで作りあってもいた。まず、白木を削《けず》り、先を湯にひたしておいて、しなやかになったところをまげて、反《そ》りをつけるのだ。ズボンの古い革《かわ》ベルトの端《はし》をちょん切って、つっかけサンダルのように釘《くぎ》で打ちつけ、それに紐《ひも》を結《ゆ》わえたりして留《と》め金のかわりにしていた。学校へ行くとき、子どもたちはスキーをはいていかなければ、橇《そり》をひいていった。橇《そり》も手作りのもので、司《つかさ》のように大工のとうさんが作ってくれた、いかにもがっしりした大きなものから、みかん箱を打ちつけた小さなものや、さまざまな橇《そり》があった。

「行ってまいります」

毎朝、至《いたる》はスキーにのって学校へでかけ、至《いたる》だけではなく、みどりも麻子《あさこ》もオーバーの上にランドセルを背負《せお》い、スキーをはいて学校へ行く。

麻子《あさこ》は去年まではサンダルのように爪先《つまさき》をつっかける小さい子用のスキーだったが、今年はみどりのおさがりの金具のついたスキーだ。これなら革《かわ》ベルトで長靴《ながぐつ》の踵《かかと》をしっかり留《と》めることができた。至《いたる》もみどりもストックをひと突《つ》きすると、もうずっと遠くまですべっていってしまう。麻子《あさこ》はいつもばたばた追いかけてはすべるのだが、遅《おく》れて、けっきょくはとなりの房子《ふさこ》や豆腐屋《とうふや》の幸《さち》といっしょになって学校へ行くのだ。

夏のころ、ほんのすこしの休み時間にも夢中《むちゅう》で木苺《きいちご》を摘《つ》んだ丘《おか》が、今は雪すべりの子でいっぱいだった。スキーや橇《そり》の子どもたちが雪煙《ゆきけむり》をあげてすべっていた。雪だるま作りに雪合戦に、運動場には子どもたちの声がわんわんはずんでいた。

室内ではストーブをかこんで、女の子たちが編《あ》みものに熱中していた。二本針《ばり》や四本針《ばり》で編《あ》むそれらは、色さまざまな古毛糸による腹巻《はらまき》や靴下《くつした》のたぐいで、どれもこれもいいあわせたようなだんだら縞《じま》をしていた。

麻子《あさこ》の家でも、かあさんやふじさんは、古くなったセーターを編《あ》みなおしたり、五人の子どもたちの正月用のセーターを編《あ》むのにいそがしかった。みどりも残り毛糸をもらって、鉤針《かぎばり》で人形の上着や帽子《ぼうし》を編《あ》んでいる。なにも編《あ》めないのは麻子《あさこ》だけだ。麻子《あさこ》は指で毛糸の輪を作り、中から次々に輪を引き抜《ぬ》いて、くさりを編《あ》むことしかできない。だが、くさりはいくら編《あ》んでも長くなるだけで、なんのかたちにもならないのだ。

「ほら、メリーちゃん、できたよ」

みどりは編《あ》みあげた帽子《ぼうし》を西洋人形のメリーちゃんにかぶせる。ピンクの帽子《ぼうし》は、ばら色の頬《ほお》をしたメリーちゃんによく似合《にあ》った。麻子《あさこ》は、わっと声をあげ、

「あたしのキューピーさんにも編《あ》んで」

とたのんだが、みどりはなかなかうんといってはくれない。なにしろ、みどりはボール箱のおうちの中に、みゆきちゃんにチャー子にあやちゃんと三人も人形を寝《ね》かせているのだ。そのどれもにひとつずつ編《あ》まなくては冬じたくがすまないのだ。赤いちゃんちゃんこを着て、おなかもおしりも丸出しのキューピーさんは、順番《じゅんばん》が来るまで、メリンスのおふとんに寝《ね》かされることになった。それでも、キューピーさんはおなかがですぎていて、ふとんが持ちあがって、座《ざ》ぶとんをのっけたようだ。すうすうして寒そうで気になった。

みんなが編《あ》んでるので、麻子《あさこ》もなにか編《あ》みたくなった。

「毛糸ちょうだい。毛糸ちょうだい」

とたのんだが、きれいな色の残り毛糸は、みんな、みどりがしまいこんで、麻子《あさこ》にはくれないのだ。かあさんにしつこくねだって、とうとう、毛糸を買ってもよいことになった。麻子《あさこ》はうれしくて、さっそく、村一番のよろずやの折手《おりて》商店へかけていった。

鍋《なべ》や釜《かま》や荒物《あらもの》をならべた台の奥《おく》が、肌着《はだぎ》や呉服物《ごふくもの》の棚《たな》だ。色とりどりの毛糸を前に、麻子《あさこ》は胸《むね》がわくわくして困《こま》った。ストーブのそばで、長靴《ながぐつ》の男たちと世間話をしていたおばさんが、ふとった体をゆさゆさ させて近づいてきた。

折手商
塩
たばこ
たばこ

「毛糸かい。なにを編《あ》むの」

かっぽう着の上にもんぺをはいたおばさんは、眠《ねむ》たそうな細い目でたずねた。麻子《あさこ》はとっさに返事ができない。小さな声で、

「あのう……衿巻《えりまき》」

と答える。衿巻《えりまき》なら、目を増《ふ》やしたり減《へ》らしたりしないので、やさしいと思ったからだ。

「どれにしたの」

どれにしたらいいのか、毛糸はどれもこれも温かでしあわせそうな色をしていた。あれこれ迷《まよ》って、ようやく、うすい紫《むらさき》の毛糸にきめた。ところが、どのくらいと聞かれて、またまた答えられないのだ。

「衿巻《えりまき》なら、半ポンドもあればじゅうぶんだべさ。これだけ持って帰る？　多かったら返してくれればいいから。じゃ、帳面につけとくよ」

おばさんは麻子《あさこ》の持ってきた風呂敷《ふろしき》をひろげて毛糸をつつんでくれた。それはまあ、びっくりするほどの量なのだ。麻子《あさこ》はこんなに買っていいのか、すこし心配になった。でも、包みを腕《うで》に抱《だ》くとふわふわと温かい。これ全部が自分の毛糸だなんて、外へでてもひとりでに頰《ほお》がゆるむ。笑顔になるのを無理におさえると、口のへんがこそばゆかった。

途中《とちゅう》まで帰ると、ちらちら雪が降《ふ》りだし、麻子《あさこ》は、あ、と空を見あげた。空はくもっているのに茫《ぼう》と明るくて、その奥《おく》の奥《おく》の見えない高みから、雪ははじめは無数の点のように見え、地表近

くなってからやっと白くひかりながら落ちてくるのであった。あとからあとから噴水《ふんすい》が吹《ふ》きこぼれるようにたえまなく湧《わ》いてくるのだ。世界じゅうがふしぎな音楽に満たされているようだった。細かな雪は麻子《あさこ》の顔に胸《むね》に降《ふ》りかかり、麻子《あさこ》は包みを抱《だ》きしめてかけだした。雪は汚《よご》れた地表を新しく埋《う》めていき、ふわふわの毛糸は胸《むね》の中で子兎《こうさぎ》のように温かであった。

半ポンドも毛糸を買った麻子《あさこ》は、かあさんやみどりにあきれられたが、ことのなりゆきで麻子《あさこ》は衿巻《えりまき》を編《あ》むのだといい張《は》った。

「編《あ》めないくせに」

「編《あ》めるもの」

「じゃ、編《あ》んでごらん」

みどりとのやりとりのすえ、麻子《あさこ》はふじさんに教わり教わり、衿巻《えりまき》を編《あ》みはじめた。いちばんやさしいガーター編《あ》みなのに、目を落としたりほどいたり、すこしもはかどらなかった。なんべんもやりなおすので、毛糸はすぐにうす汚《よご》れてしまった。

あくる日、学校で手さげ袋《ぶくろ》から毛糸をだすと、女の子たちの間に嘆声《たんせい》がもれた。

「新しい毛糸でねぇの。それ」

辰子《たつこ》などはまるでとがめる目つきだった。友だちみんなの持つ古毛糸にくらべて、それはあんまりふっくらとして色鮮《あざ》やかでありすぎたのだ。

「編《あ》めるの、あんた」

「うん」

麻子《あさこ》は編《あ》み針《ばり》を持つ手がよけいぎこちなくなった。手もとにそそがれるみんなの視線《しせん》がいたくて、ストーブのせいばかりでなく顔がほてった。編《あ》み目をまちがえてはすくいなおし、途方《とほう》にくれて息をついた。

そのとき、一、二年の教室に入ってきた久代《ひさよ》がのぞいて、いきなり編《あ》みものをとりあげた。久《ひさ》代《よ》は内川《ないかわ》に一軒《けん》しかない写真館の子で、みどりの友だちだった。

「麻子《あさこ》ちゃん、それじゃだめだよ。わたしが編《あ》んでやるよ」

久代《ひさよ》はさっさと続きを編《あ》みはじめた。みるみる三センチ、四センチと衿巻《えりまき》は長くなり、そこから段《だん》をつけたように鮮《あざ》やかな色になった。麻子《あさこ》はほっとしたような、半分つまらないような気持ちでそれをながめていた。

そうして、そのとき限《かぎ》り、麻子《あさこ》の毛糸はもっと大きい子たちの手から手へわたって、たまにもどるかと思えば、またすぐ持ち去られた。薄紫《うすむらさき》の毛糸はもう麻子《あさこ》の手のとどかぬところで、くるくるまわりつづけ、知らない場所で、しだいに衿巻《えりまき》らしくかたちを整えていったのだ。ほんとうにあの毛糸が麻子《あさこ》のものだったのは、あの雪の日、毛糸をかかえてかけて帰ったほんのひとときだけだった気がした。毛糸は、だが、たくさんの子どもたちをぞんぶんに堪能《たんのう》させたらしかった。

編《あ》みものをとりあげられ、ストーブのそばにいても麻子《あさこ》はすることがなくなった。ストーブのまわりにはぬれた手袋《てぶくろ》や長靴《ながぐつ》がさかんに湯気をあげ、毛糸のにおい、熱したゴムのにおいがした。

ほかの子は相変わらずだんだら縞《じま》の靴下《くつした》を編《あ》んでいるのに、麻子《あさこ》はなにもできない自分にため息がでてくる。ちぢれっ毛の利枝《としえ》も、霜焼《しもや》けの手をした幸《さち》も、授業《じゅぎょう》中は蚊《か》の鳴くような声しかださない花代《はなよ》も、せっせと編《あ》み針《ばり》を動かしている。まるでちっちゃい主婦《しゅふ》のようなまじめな顔をして……。まだあかんぼうの弟や妹たちの靴下《くつした》を編《あ》む彼女《かのじょ》たちは、まったく、編《あ》みかけの靴下《くつした》をひっぱってながめるそぶりさえ自信に満ちていた。

麻子《あさこ》は編《あ》みものをする気も、外であそぶ気もなくなった。ストーブのそばにすわって、ぼんやり火の番をしている。火力がおとろえたと思うと、焚《た》き口のブリキの掛《か》け金《がね》をはずして、のぞきこむ。

ストーブの内部はいつも明るい橙色《だいだいいろ》をしていた。外の世界とかかわりなく炎《ほのお》がゆらめき、黒煙《こくえん》が渦巻《うずま》いていた。また、薪《まき》はしずかな熾《おき》になって息づいていることもあり、焚《た》き口から風が入ると、白い灰《はい》がはがれるようにふわりと崩《くず》れるのだ。雪のついた白樺《しらかば》をくべると、薪《まき》はじゅうじゅうと泡《あわ》を吹《ふ》き、やがて、樹皮《じゅひ》がぱちぱちとめくれあがる。ストーブの内部はいつもお祭りのようで、見ているとあきなかった。

ブリキ製《せい》の薪《まき》ストーブの上には金《かな》だらいがさかんに湯気をあげていて、そのまわりに遠慮《えんりょ》がちに小石がならべてあった。辰子《たつこ》たちはときどき、あちちっとさけびながら、餅《もち》のようにその小石をひっくり返していた。小石はどれも卵《たまご》くらいか、もっと小さな石けりの玉くらいの大きさで、子どもたちはその石を袋《ふくろ》に入れたり、布《ぬの》でつつんだりして体につけるのだ。辰子《たつこ》などは小石を三個《こ》も持っていて、所在《しょざい》なさそうな麻子《あさこ》に、一個《こ》かしてやるといってくれた。木綿《もめん》の端切《はぎ》れでおくるみのようにくるんだ小石を手のひらにはさむと、ほっかり温かさが伝わってくる。辰子《たつこ》はセーターの衿《えり》をはだけて、胸《むね》の奥《おく》に小石の袋《ふくろ》を押《お》しこんだ。そばかすのある鼻にしわを寄《よ》せて、くくっとわらった。

「温けえよ。杉本《すぎもと》さんもしてみるべし」

そこで、麻子《あさこ》もセーターをまくりあげ、おなかに小石をしまいこんだ。授業《じゅぎょう》中も、おなかのそこだけ温かだ。

算術《さんじゅつ》の時間、石川先生は、まず自分が細い目をつぶってみせ、目をつぶったまま、教壇《きょうだん》の上を行ったり来たりしていう。

「さあ、これから足し算の暗算をする。二年生は目をつぶって、膝《ひざ》に手をおく」

それから、やっぱり目をあけないでいう。

「新三《しんぞう》、どこ見てる。よそ見すな。先生は目をつぶっていても、お前たちがなにをしてるかわかるからな。みんな姿勢《しせい》よくして、背中《せなか》しゃんと立てて、いいな。なら、三……四……五……一……」

先生はゆっくり数を読みあげる。ひとつずつ足してゆくのだが、つい、おなかに気をとられてうっとりしているうちに、わからなくなってしまう。こっそり、おなかに卵《たまご》を抱《だ》いているような気がしている。自分が赤いとさかの牝鶏《めんどり》のような、それとも、とうさんが猟《りょう》にでてはとってくるまっ白な雷鳥《らいちょう》の、かあさんどりになったような気がしてくる。足の先はじんじんするし、頬《ほお》だって痛《いた》いように冷たいのに、おなかのひとところだけ、ほわっと温かくてしあわせな気分だ。麻子《あさこ》は鳥のようにうすく目をあけたりしめたりしていた。

「はい、はい」

と、富男《とみお》や幸《さち》が手をあげているのに、麻子《あさこ》は答えがわからない。

「つぎ、もう一度。やさしいからあわてずに考えて。指を折ってもいいぞ」

先生はくり返す。

「二……六……三……四……」

そうして、麻子《あさこ》はやっぱりわからない。ストーブの中のゆらめく炎《ほのお》のように、明るい橙色《だいだいいろ》の目の内側にころんとまるい卵《たまご》がころがり、それが二つになったり、三つにふえたりするのを見ているだけだ……。

そのうちにやっと衿巻《えりまき》ができあがった。それはいかにもたくさんの手で編《あ》みつがれたように、あるところは編《あ》み目がきつく、あるところは反対にゆるすぎたりした。もどってきた衿巻《えりまき》に房《ふさ》をつけながら、

「まるで模様編《もようあ》みみたいだね。だけど、あこちゃんひとりじゃ、こんなに早くはできあがらなかったべさ」

ふじさんは麻子《あさこ》をなぐさめるような、からかうような目つきをした。そして、淡《あわ》い紫色《むらさきいろ》の衿巻《えりまき》

は、それからの冬の日々、麻子《あさこ》のちぎれそうに痛《いた》い耳や、唐辛子《とうがらし》みたいに赤くなるかわいそうな鼻を守ってくれたのだった。

激《はげ》しくふぶく日が続いた。

吹雪《ふぶき》は空と地の見さかいなく荒《あ》れくるい、ひとびとの視界《しかい》をうばった。

至《いたる》もみどりも麻子《あさこ》も、しっかりかたまって前こごみになって歩いていく。目もあけてはいられなかった。雪はぴしぴしと顔に打ちつけ、いくども雪に埋《う》もれたり、風にとばされそうになったりした。

吹雪《ふぶき》のひどい日は学校が休みになった。朝から外のようすを見ながら、ランドセルをかけたりおろしたり、耳を澄《す》ましている。やがて、消防《しょうぼう》番屋で鳴らす半鐘《はんしょう》の音が風に吹《ふ》きちぎられて、ときどき、ふっととだえてはまた鳴りひびいてくる。

「やあ、休みだ！」

至《いたる》もみどりも麻子《あさこ》もほっとして、ランドセルを放りだす。そして、かあさんもふじさんもほっとひと安心するのだ。

吹雪《ふぶき》の日、辰子《たつこ》たち美幌《びほろ》部落の子らは、よく遅刻《ちこく》した。山道を一時間以上も歩いて通う子どもたちにとって、激《はげ》しい吹雪《ふぶき》は遭難《そうなん》と死につながっていた。辰子《たつこ》の兄で、至《いたる》と友だちの幹夫《みきお》は、ひとなつっこい目をしたやさしい少年だったが、幹夫《みきお》と辰子《たつこ》はほかの子が欠席するときも、決して休まなかった。

「雪穴《ゆきあな》を掘《ほ》って、あんちゃんと風のおさまるのを待ってたんだよ」と、辰子《たつこ》はけろりとして話したりした。辰子《たつこ》の綿入《わたい》れの木綿《もめん》の手袋《てぶくろ》や、長靴《ながぐつ》の中には赤い唐辛子《とうがらし》が入っていたりした。

激《はげ》しかった吹雪《ふぶき》がやむと、うそのようにからりと晴れた日が続いたりした。そして、風のない日、澄《す》みきった青空から、雲母《うんも》のようにきらきらひかりながら、雪片《せっぺん》が音もなく舞《ま》い落ちることもあった。

冬の交通機関は橇《そり》が唯一《ゆいいつ》のものであった。乗合馬車のかわりに、乗合馬橇《ばそり》の溜《た》まりができ、ひとは馬橇《ばそり》にのって遠方へでかけた。旅人をのせた馬橇《ばそり》が、鈴《すず》を鳴らして部落を通過《つうか》することがあった。馬は鼻から白い息を吹《ふ》き、首を上下にふりながら、ひと足ひと足、雪を踏《ふ》みしめてすすんでいく。馬のあごからは小さな氷柱《つらら》がさがっていることもあった。

馬のひく箱型の橇《そり》にはふとんがのべられ、まるで、移動《いどう》する寝台《しんだい》のように部落の中を過《す》ぎていった。その寝台《しんだい》には母親と子どもが寝《ね》ていることもあったし、男と女がならんで寝《ね》ていることもあった。髪《かみ》の上にも、ふとんにもうっすら雪をかぶって橇《そり》にゆられていくふたりは、夫婦《ふうふ》なのか他人なのかわからなかった。凍《こお》りついた顔でうすく目をつぶっているのだった。子どもたちは橇《そり》を追いかけ、ながながと寝《ね》ている男や女たちに雪玉を投げつけたり、橇《そり》の後ろにぶらさがって、わめいたりした。

橇《そり》は凍結《とうけつ》した川の上をも走った。

夏、つつみを切って上流から流された丸太は、馬橇《ばそり》に積まれて河口《かこう》の町へ運ばれるのであった。川は、四季を通じて伐《き》りだされた原木を運ぶひとすじの道であったのだ。この純白《じゅんぱく》の道は、川の上で交差する軍用道路同様、橇《そり》のあとが二条《にじょう》、鋼《はがね》のようにひかって続き、ところどころ馬の尿《にょう》が黄色く雪を溶《と》かしていた。


冬休みはもうすぐであった。

豊原《とよはら》の中学校の寄宿舎《きしゅくしゃ》にいる拓《たく》にいさんから手紙がついた。かあさんがセーターと肌着《はだぎ》を送った返事なのだ。

拓《たく》の手紙は空腹《くうふく》な中学生らしく食べもののことが多かった。同じ年ごろの女学生の寄宿舎《きしゅくしゃ》では毎日おやつがでるというのに、中学校の寮《りょう》では週に三回、あんパンかせんべいがでるだけなのだ。拓《たく》は先輩《せんぱい》の命令で寮《りょう》を抜《ぬ》けだし、鯛《たい》焼《や》きを買って帰る途中《とちゅう》、ばったり舎監《しゃかん》の先生に会って冷や汗《あせ》をかいた話をおもしろく書いていた。

「なにしろ、かくそうにも風呂敷《ふろしき》包みから湯気があがり、たまらないにおいがたちのぼってくるのでよわりました。が、舎監《しゃかん》のおじいちゃんは、にやにやして見のがしてくれました。同じ舎監《しゃかん》でも教練の鈴木《すずき》先生だったら一大事。たちまちビンタ！　そして停学です。来年からぼくも教練を習うのかと思うとゆううつです。捧《ささ》げ銃《つつ》の姿勢《しせい》がわるいと、寮《りょう》の飯《めし》にもありつけなかった先輩《せんぱい》がいます。でも、その先輩《せんぱい》は、内緒《ないしょ》だけど……へっぴり腰《ごし》は生まれつきの体つきなのですから気の毒です」

拓《たく》はさらに、旭《あさひ》ガ丘《おか》のふもとの原でした兎狩《うさぎが》りのことを知らせ、その日の兎汁《うさぎじる》の味をたたえ、期末試験がおわったこと、冬休みに帰省するのをたのしみにしている、至《いたる》やみどりたちになんのおみやげを買おうか、外出日を待っていると兄らしく結んでいた。

「大きいにいさん、帰るとき馬橇《ばそり》にのってくるの？　おみやげいっぱい持って？」

保《たもつ》がさけび、

「鈴《すず》鳴らして、サンタクロースみたい！」

みどりも麻子《あさこ》も目を輝《かがや》かせた。

「そうだよ。とうさんが南新問《みなみにいとい》の停車場まで迎《むか》えにいくのだって」

と、かあさんはうなずいた。かあさんは粗《あら》い格子《こうし》の毛布《もうふ》で、馬の防寒着《ぼうかんぎ》を縫《ぬ》い、糸で目のところの穴《あな》のまわりをかがっていた。

「これがそのときのお馬さまの晴れ着なの。うちのお馬さまのたてがみは、ゾリンゲンの鋏《はさみ》で切り、子どもの髪《かみ》はそこらのやすものの鋏《はさみ》だし……。ほんとうに、とうさんは馬となると夢中《むちゅう》だからね」

かあさんはうまれてはじめて縫《ぬ》う馬の防寒着《ぼうかんぎ》に閉口《へいこう》していた。それは、とうさんの指図《さしず》で、耳と目をだす穴《あな》をあけ、背《せ》にすっぽりかぶせるもので、どこの馬のものよりハイカラでなくてはならないのだった。馬に新調の防寒着《ぼうかんぎ》を着せ、鈴《すず》のついた革帯《かわおび》をかけ、毛皮の帽子《ぼうし》に革《かわ》の上着を着て、とうさんは橇《そり》を馭《ぎょ》していくのだろう。橇《そり》は乗合橇《そり》の実用一辺倒《いっぺんとう》とちがって、緑に塗《ぬ》ったすこし小型のもので、ロシアの活動写真にでもでてきそうなものなのだ。

なにごとによらず、好きかってなことを通すのはむかしからのことだ。橇《そり》を作らせ、馬に上等の毛布《もうふ》で防寒着《ぼうかんぎ》を縫《ぬ》わせ、革《かわ》の鞭《むち》をぱちぱち鳴らして、とうさんはカチューシャにでも会いにいきそうだった。

今度は、息子《むすこ》を迎《むか》えにいくのだからいいのだけれど……。

かあさんは、志尾《しお》さんにまかせず、自分で知らない村へ帰ってくる息子《むすこ》を迎《むか》えにいく、というとうさんをうれしく思うとともに、ほんのすこし心の底で恐《おそ》れていた。拓《たく》は秋田のおじいちゃんの家で、長男というだけで別のお膳《ぜん》で食事をし、なにをするにも至《いたる》とはちがった扱《あつか》いをうけ、あまやかされて育ったのだ。だから気むずかしく癇癪《かんしゃく》持ちになったのだと、かあさんは今でも思っていた。わがままはひとり息子《むすこ》で育ったとうさんだけでたくさんだった。とうさんまで拓《たく》を別扱《あつか》いにしないでほしいと思う。拓《たく》はますますむずかしい年ごろになるし、拓《たく》が寮《りょう》に入ってから、至《いたる》が目に見えてのびのびしているのが、かあさんにはわかるのだ。至《いたる》は拓《たく》にいつも命令され、へまをしてはしかられる役をひきうけていた。

そうして、かあさんの思いとはよそに、麻子《あさこ》は拓《たく》にいさんの帰省が待ちどおしかった。麻子《あさこ》にとって大きいにいさんは子ども部屋を支配《しはい》するひとであった。拓《たく》は弟妹を集めて、とうさんやかあさんの部屋から、大切にしまってあるお菓子《かし》をいかにうまくとってくるか、計画をさずけた。サッカーを教えたのも、アイスホッケーのまねごとを教えたのも拓《たく》だった。拓《たく》は、真顔で、

「綿《わた》一貫匁《かんめ》と、鉄一貫匁《かんめ》とどちらが重い？」

とたずね、さあ、と考えこむみどりや麻子《あさこ》たちをさんざんからかったりした。ときどき額《ひたい》に青筋《あおすじ》をたてて怒《おこ》りだすことはあっても、大きいにいさんは麻子《あさこ》たちにとって、新しい知識《ちしき》をそなえた尊敬《そんけい》する年長者であり、都会のにおい、知らない中学校の荒々《あらあら》しく活気に満ちた世界を伝えるひとでもあった。

拓《たく》にいさんを待つ子ども部屋に、志尾《しお》さんが伐《き》ってくれた蝦夷松《えぞまつ》のツリーがかざられた。緑の枝《えだ》に綿《わた》を敷《し》き、金銀の星や、ボール紙で作った小さな洋館や、サンタクロースの人形がつるされた。らんぷのゆらめく火影《ほかげ》に、その影《かげ》は空にそびえる巨大《きょだい》な木のようにあやしく浮《う》かびあがり、その下に寝《ね》ころぶと、雪の中で野宿しているような気がした。かあさんは黒い革《かわ》表紙の聖書《せいしょ》を持っていたが、神さまの話はしなかった。そして、麻子《あさこ》たちも善《よ》いことも悪いこともすぐ見透《みす》かされそうな神さまより、馴鹿橇《となかいぞり》でプレゼントを配るというサンタクロースを歓迎《かんげい》したかった。それにしても、煙突《えんとつ》から家の中へ入るというサンタクロースは、細く折れまがったブリキの煙突《えんとつ》を、いったいどうやって通り抜《ぬ》けるのか、ふしぎでならなかった。

窓《まど》から見るツンドラの原野、凍《こお》った川の果ての平原と、北方に見える針葉樹《しんようじゅ》の森深く、馴鹿《となかい》が棲息《せいそく》していたのを、そのとき麻子《あさこ》は知らなかった。馴鹿《となかい》は苔《こけ》をあさって移動《いどう》し、彼《かれ》らには人間の

定めた国境《こっきょう》などというものはなかったから、山脈の続く北緯《ほくい》五十度線のかなた、ソ連領《りょう》の北樺太《きたからふと》と、日本領《りょう》の南樺太《みなみからふと》との間を思うまま往《ゆ》き来《き》していた。これら野生の馴鹿《となかい》はめったに人里へは近よらず、見かけるものはすくなかった。

しかし、雪原を、凍河《とうが》の上を、鈴《すず》を鳴らして走る馴鹿橇《となかいぞり》を見ることはできた。そして、橇《そり》にのるのは赤い服のサンタクロースではなく、オロッコ族やヤクート族とよばれる樺太《からふと》先住民のひとたちであった。彼《かれ》らは馴鹿《となかい》を飼《か》い、その多くは森林で天幕《てんまく》生活をいとなんでいた。そして、麻子《あさこ》は、自分たちのそんな身近に馴鹿《となかい》の棲《す》むことも、そのようなひとびとの存在《そんざい》することも知らなかった。

そればかりでなく、友だちの辰子《たつこ》やみよや喜《き》八郎《はちろう》や勇《いさむ》たちの家族や、その生活についてさえ、なにも知らなかった。とうさんが手をつけている日本でもめずらしい露《ろ》天掘《てんぼ》りの炭坑《たんこう》のこと、世の中のこと、九月の柳条湖《りゅうじょうこ》事件《じけん》に端《たん》を発した満州事変《まんしゅうじへん》が、日本をどう変えていこうとしていたかなどということは、もちろん、知るはずもなかった。

麻子《あさこ》の関心事は、今、クリスマスと拓《たく》の帰省のことであった。そして、馴鹿橇《となかいぞり》でかけてくるサンタクロースに会うことはできないにしても、拓《たく》にいさんの帰省の日は確実《かくじつ》にせまっていた。麻《あさ》子《こ》たちはにいさんに返事をかいた。そうして、「にいさんの持って帰るのはどんなおみやげかたのしみにしています」と、二重丸をつけて投函《とうかん》した。

きれんじゃく

からすの子

学校の丘《おか》からは海が見えた。

川の流れるほう、東にひろがる原野には蝦夷松《えぞまつ》の林がするどい切っ先を空へ向けて立ち、海はその向こうに白墨《はくぼく》で直線をひいたように見えた。風にのって汽笛の音がひびく日は、船のマストが数えられ、晴れた日には、多来加湾《たらいかわん》をいだく北知床《きたしれとこ》半島の島影《しまかげ》が幻《まぼろし》のように浮《う》かんで見えたりした。

だが、今は雪が大地をおおい、川は流れをとめていた。地上のすべての水が凍《こお》りつき、海もすでに結氷しはじめていた。港へ来る船は間遠《まどお》になり、砕氷船《さいひょうせん》がわずかに訪《おとず》れるだけであった。そうして、いよいよ港は閉《と》ざされた。

かあさんは、この年最後の船便で運ばれた青ものや、そのほかの食料品をどっさり買いこんで床下《ゆかした》の室《むろ》に貯蔵《ちょぞう》した。内川《ないかわ》へ来るとき、砂糖《さとう》や味噌《みそ》やせんべいのたぐいまで一斗《いっと》缶《かん》にいく缶《かん》も運んできたのだが、生《なま》ものはそうもいかなかった。よろず百貨をあつかう折手《おりて》商店でも、いつも品物がそろっているわけではなく、入荷の知らせを聞いて買いにいくことが多かった。魚は氷に穴《あな》をあけて釣《つ》る川魚のほかは、棒鱈《ぼうだら》や身欠《みが》き鰊《にしん》や塩鮭《しおざけ》のたぐいが主で、食肉類はまったくとぼしかった。

そこで、かあさんは郵便配達《ゆうびんはいたつ》の平《へい》さんにたのんで、となり村からときどき肉を買ってきてもらっていた。平《へい》さんは毎日、九十五の坂を越《こ》えて内路《ないろ》村の郵便局《ゆうびんきょく》まで往復《おうふく》していたのだ。村のひとは内川で手に入らないちょっとしたものを買うときは、みな、平《へい》さんにたのんでいた。黒い鞄《かばん》をかけて、たのまれた荷物をさげて、平《へい》さんが部落にもどる間に、肉は申し分ない冷凍《れいとう》肉となってかあさんのもとに届《とど》くのであった。

かあさんはふぶいて交通のとだえがちな冬のために、もっと食料がほしかった。おなかをすかして帰省する拓《たく》のために、久しぶりで家族そろって迎《むか》える正月のためにも肉がほしかった。たまたま、豚《ぶた》の飼料《しりょう》にする残飯を集めにくる豚飼《ぶたか》いの柳《りゅう》さんが、まるごと一頭買うならつれてくるという。そこで、かあさんは保《たもつ》を山村さんにあずけることにして、子どもたちが学校へでかけた間に、豚《ぶた》を屠《ほふ》ることになった。

前庭に祭壇《さいだん》のような台をすえ、犠牲《いけにえ》の豚《ぶた》は屠殺《とさつ》された。流れる血は湯気をたてて金《かな》だらいにあふれ、たちまち、鴉《からす》が鳴きたて、犬どもが吠《ほ》えたてた。屠殺《とさつ》の免許《めんきょ》を持つ支那《しな》料理屋の用《よう》さんが皮をはぎ、骨《ほね》をはずし、肉を切りわける間にも、鴉《からす》たちは四方から臓物《ぞうもつ》をねらっておそいかかった。肉は量られ、さっそく約束していた出張所《しゅっちょうじょ》や、角田《つのだ》医院、郵便局《ゆうびんきょく》、駐在所《ちゅうざいしょ》、消防《しょうぼう》番屋、金沢《かなざわ》旅館などあちこちに分配された。が、それにしても一頭分の肉なのだ。かあさんとふじさんは、のこった肉を必死になって塩漬《しおづ》けにした。血は煮凝《にこご》りのように固まっておいしいのだと、用《よう》さんは頭も骨《ほね》も皮もまとめて持ち帰った。

血に染《そ》まった雪はスコップですくって川へ運び、氷穴《こおりあな》から捨《す》てたので、麻子《あさこ》たちが学校から帰ったときは一応《いちおう》、片《かた》づけられたあとであった。しかし、近所の犬どもは落ち着かずに吠《ほ》えていたし、鴉《からす》たちはなまぐさいにおいののこる前庭から立ち去らずにいた。屋根や木の枝《えだ》から首をかしげて麻子《あさこ》を見ていた。雪の上を歩いていた一羽《わ》などは、なにかを点検《てんけん》するような無遠慮《ぶえんりょ》な目つきで麻子《あさこ》を見、麻子《あさこ》はたじろぎ、身を細めるようにして、雪を掻《か》いて急にひろくなった前庭を息をつめてよぎった。

家に入ると、どことなく空気がざわついていて、かあさんと志尾《しお》さんが室《むろ》に樽《たる》を運んでいるらしかった。運びおえてやれやれと、はしごをのぼってきたかあさんもふじさんも、頬《ほお》を紅《あか》くして奇妙《きみょう》に輝《かがや》く目をしているのだ。

「ただいま」

あとから帰ったみどりが、

「なに？　この鴉《からす》？　ひとのことじろじろ見るの」

と、長靴《ながぐつ》の雪を足踏《ぶ》みして落としながらいう。

「あたしのことも見てたよ」

麻子《あさこ》はさっそく、みどりにつげた。

「へんな声で鳴かなかった？」

みどりは家にあがり、ランドセルをはずして、

「鴉《からす》がいやな声で鳴くとお葬式《そうしき》があるんだよ。吉田《よしだ》さんのおとうさんが死んだとき、屋根の上でずいぶん鳴いたの聞いたって」

まじめな顔になった。麻子《あさこ》はどきっとした。

「鴉《からす》、うちの屋根にいたね。だれかが死ぬの？　そんなの、鴉《からす》がどうして知ってるの」

「どうしてか知らないけど、そういうよ」

麻子《あさこ》は無遠慮《ぶえんりょ》なさっきの鴉《からす》の目つきが気になった。

あれは知ってるぞという目つきなんだ。あの鴉《からす》、なにを知ってるんだろう。お葬式《そうしき》がでるぞといってるのか。

麻子《あさこ》は心配で、かあさんに聞きにいった。

「鴉《からす》が鳴くとひとが死ぬって、ほんとう？　お葬式《そうしき》があるってみどりちゃんがいうよ」

かあさんは台所で手を洗《あら》っていた。ふりむいた頬《ほお》はまだ、ぽっと紅《あか》かった。かあさんは麻子《あさこ》の顔をのぞきこんだ。

心配しなくてもいい。お葬式《そうしき》はもうすんだのだ。死んだのは豚《ぶた》なのだ。とうさんもあんたちもだれひとり死なせたりはしないから……だが、そうかあさんは口にはださず、麻子《あさこ》の手をとって、幼稚園《ようちえん》の子のように手をふりながら、低い声でうたいだした。

「からす　なぜ鳴くの
からすは山に
かわいい七つの子があるからよ」

台所の戸をがらりとあけて、外から保《たもつ》が帰ってきた。

「七つの子があるからよー」

保《たもつ》は自分もどなって、かあさんと麻子《あさこ》の間に割《わ》りこんできた。かわいい七つの子！

保《たもつ》は数え年七つなので、そのうたが気にいっているのだ。そして、早生まれの麻子《あさこ》は去年が七つだった。去年はそのうたが自分のことのように思ったのに……。

麻子《あさこ》は口をあけていばってうたっている保《たもつ》が、あかんぼじみて見える。自分の七つをゆずってあげた気がするのだ。麻子《あさこ》は保《たもつ》と手をつないで声を合わせた。

「かわいかわいと　からすは鳴くの
かわいかわいと　鳴くんだよ」

鳴きたてていたあの鴉《からす》たちの巣の中にも雛《ひな》たちが餌《えさ》を待っていたのかもしれない。自分が食料を集めるのも麻子《あさこ》たち五羽《わ》の雛《ひな》のためということになるのだろう、と、かあさんは思った。

そして、一羽《わ》だけ巣をはなれていた拓《たく》が帰ってくるのは、もう二日後にせまっていた。

二学期の終業式は十二月二十五日だった。小学校も中学校も同じ日から冬休みに入った。北国では夏休みが短かった分だけ、冬休みが長かった。お休みは一月二十日まで続くのだ。

通信簿《つうしんぼ》をもらって朝のうちに麻子《あさこ》たちは学校から帰るのだ。遠い美幌《びほろ》部落から通ってくる辰子《たつこ》たちとは、もうしばらく会えないだろう。でも、お正月にでもこちらへでてきたら、あそびにきてねと、麻子《あさこ》は指きりをする。辰子《たつこ》はこの学校で最初に口をきいた友だちだ。すてきな板を麻子《あさこ》にくれたり、ストーブで温めた石ころだって、気まえよくかしてくれるのだ。それになにしろ、辰子《たつこ》のにいさんの幹夫《みきお》は至《いたる》の仲よしなのだから。

「冬休みの間、みんな風邪《かぜ》をひかないように。元気であそぶのはいいが、むちゃなことをして怪《け》我《が》をしないように」

と、校長先生は運動場にならんだ全校生徒にいう。

「橋からとびおりるものがいるが、土手のほうはいいが、橋のまん中へんはあぶない。川は凍《こお》っているのだから、怪我《けが》ではすまなくなる。大きい生徒はじゅうぶん注意して、小さい生徒がまねをしたりしないように気をつけなさい」

麻子《あさこ》は三年生のほうを見る。麻子《あさこ》たちのとなりの列にならんでいる勇《いさむ》は、大きな目を先生に向けたまま、平気な顔をしていた。勇の頬《ほお》も首すじも雪焼けでまっ黒だ。勇の背中《せなか》を後ろの子がついた。勇はまっすぐ前を向いたまま、後ろへ手をまわしてその子の指をつかんでねじった。

「いてぇっ」と、その子はさけび、勇は知らん顔をしている。教室に入り、先生から通信簿《つうしんぼ》をもらい、冬休みの宿題が一日一ページずつ書いてある冬休み帳をもらって、子どもたちは家へ帰った。

学校が変わって心配だった通信簿《つうしんぼ》も、なんてことはない、至《いたる》もみどりも乙《おつ》がひとつだけで、麻《あさ》子《こ》はなんと全甲《ぜんこう》なのだ。

その日の朝、子どもたちの枕《まくら》もとにあったクリスマスの贈《おく》りものは、至《いたる》がハモニカ、みどりは裁縫箱《さいほうばこ》の中に刺繍糸《ししゅういと》や小布《こぬの》も入ったひとそろいで、麻子《あさこ》は、花模様《もよう》のゴム毬《まり》。保《たもつ》は玩具《おもちゃ》のピストルだったが、中には星のような金米糖《こんぺいとう》が入っていた。

贈《おく》りものはもらったが、もうひとつ、麻子《あさこ》たちは待っていた。サンタクロースは夜の、いつのまにやってきたのか、だれにもわからなかったが、今夜、帰ってくる拓《たく》にいさんと、にいさんの持ってくるおみやげを、みんなは胸《むね》おどらせて待っていた。

馬橇《ばそり》で帰るにいさんは赤い服でもなく、黒い金ボタンの外套《がいとう》を着た中学生なのだ。それでも、サンタクロースのように大きな袋《ふくろ》をかついでくると、かあさんは断言《だんげん》した。

「おみやげ持って？」

と、麻子《あさこ》も保《たもつ》も目をまるくしたが、

「見ててごらん。かあさんへのおみやげがいちばん大きな袋《ふくろ》だから」

と、かあさんは自信ありげに答えた。そうとも、拓《たく》が持って帰るのはたぶん、山のような洗濯物《せんたくもの》だろうとかあさんは思っていたのだ。

そして、いよいよ夕方になった。腹《はら》ごしらえをしてからとうさんは、停車場まで拓《たく》を迎《むか》えにいくことになった。

ストーブにはさっきから湯たんぽが、こぽこぽとわきたっていた。湯たんぽを馬橇《ばそり》に運び、後ろ座席《ざせき》のふとんの中に二個《こ》つつみ入れ、もう一個《こ》は馭者台《ぎょしゃだい》の足もとに入れた。とうさんは耳覆《みみおお》いのついた革帽子《かわぼうし》の紐《ひも》をあごの下で結び、革《かわ》の上着を着こんで馭者《ぎょしゃ》台にのった。その膝《ひざ》をかあさんが毛布《もうふ》でしっかりくるんだ。

皐月《さつき》が鼻を鳴らし、棒《ぼう》のような白い息をはいた。

「行ってらっしゃい」

馬橇《ばそり》のぐるりでみんなが声をあげた。橇《そり》がきしみ、馬の革帯《かわおび》にならんだ鈴《すず》がいっせいに音をたてた。とうさんの橇《そり》は門をでて、雪あかりの道をかけていった。

鈴《すず》の音がじょじょに遠ざかり、麻子《あさこ》たちは身ぶるいした。空は晴れていた。このところ雲ひとつない日が続いていたのだ。こんな日のほうが、しばれるのだ。体の骨《ほね》がみりみりいうとかあさんはいう。夏、麻子《あさこ》たちが自動車でゆられてきた道を、とうさんは橇《そり》で往復《おうふく》するのだ。中学校の終業式を終えてすぐ汽車にのったとしても、鉄道の終着駅まではかなりの時間がかかる。単線であったし、旧式《きゅうしき》の汽車は雪にはばまれ、ときどき途中《とちゅう》でとまったので、時間表はあてにならず、定刻《ていこく》より遅《おく》れて着くのが普通《ふつう》であった。汽車からのりつぐのが馬橇《ばそり》なのだ。馬は途中《とちゅう》いくどか休ませなくてはならなかった。汗《あせ》をぬぐい、水や飼葉《かいば》をあたえ、馭者《ぎょしゃ》もまた湯たんぽを温めなおし、熱いうどんをすすって元気をつけて出発するのだった。早く着いても九時ごろかとかあさんは思う。

　柱時計ばかりながめて、かあさんは落ち着けなかった。至《いたる》は今朝《けさ》もらったクリスマスの贈《おく》りもののハモニカを吹《ふ》いているし、みどりはそばでお手玉をしている。ストーブにどんどん石炭をくべるので、ストーブは風の中で獣《けもの》が吠《ほ》えるような音をたてて燃《も》え、部屋の中は汗《あせ》ばむほどだ。

「にいさん、どこまで来ただろう」

　ハモニカをやめて、至《いたる》がたずねる。

「橇《そり》にのったころかねえ。それとも泊岸《とまりぎし》あたりで休んでいるか」

と、かあさんが答える。雪は降《ふ》っていないだろうか。とうさんは馭者台《ぎょしゃだい》で風をうけて、眉毛《まゆげ》も髭《ひげ》もきらきらと凍《こお》りつきながら馬橇《ばそり》をすすめ、長旅の拓《たく》はふとんの中でゆられゆられて青ざめているかもしれない。とにかくひどい道だった。自動車でさえあんなにゆれたのだからと思う。とにかく帰ったらいちばん先に体を温めて、ご飯をたべさせて、お風呂《ふろ》に入れてやらなくては……。

だが、とうさんはいつまでも帰らないのだ。部屋が温かいので、麻子《あさこ》は目をあけていようと思っても、ついとろとろと眠《ねむ》くなった。不意に鈴《すず》の音がひびき、はっと目をさます。と、至《いたる》が首をふる。

「あの鈴《すず》はちがうよ。よその橇《そり》だ」

そうかしら。麻子《あさこ》は耳を澄《す》ます。風の音にまじって遠くからこちらへ近づいてくる鈴《すず》の音……そして、それはかあさんやみどりが目を見つめあっている間に、家の前を通り過《す》ぎ、遠ざかっていくのだ。ほうっとかあさんが息をつく。

ストーブの燃《も》える音と、ガラス戸が風にがたがた鳴るだけで、夜はしずかだった。時おり、表を通るひとの話し声や、歩くたびにきゅっきゅっと雪のきしむ音が聞こえ、やがてそれも聞こえなくなる。保《たもつ》は待ちくたびれて寝《ね》てしまい、さっきまですわっていた志尾《しお》さんも台所にひきあげてしまった。時計はもう九時をとうにまわっていた。

「遅《おそ》いねえ」

かあさんはみどりのお手玉をとって、自分も三つじょうずにあやつりながら、急に心配そうな声になった。

「森で熊《くま》がでないかねえ。いつか志尾《しお》さんがいってたね。冬ごもりしそこなった熊《くま》が橇《そり》をおそう話」

自分で口にだしてしまって、かあさんははっとする。自動車で来たとき、車の両側にそそりたつ原始林の中で、急に陽《ひ》が翳《かげ》り、冷え冷えしたことを思いだす。その深い森の中で熊《くま》に出会ったら……。そして、至《いたる》ははっと、秋の日の橋のたもとから土手へ落ちて死んだ馬車馬の桃色《ももいろ》の舌《した》を思いだしていた。熊《くま》にぶつかって棹立《さおだ》ちになる皐月《さつき》、谷間へところげる橇《そり》が、トラックにおどろいて転倒《てんとう》した荷馬車と重なった。

麻子《あさこ》もまた、熊《くま》と聞くとぎょっとする。みどりたちが三年のとき習った国語の読本《とくほん》には、熊《くま》に会って死んだふりをして助かった話があったけれど、うまく死んだふりができるだろうか。死んだふりをしてもきっと、熊《くま》にはわかってしまうだろう。そして、たべられたらどうしよう。こないだ、鴉《からす》が鳴いたのは、ああ、やっぱりだれかのお葬式《そうしき》なんだろうか。三人の胸《むね》をかすめた不吉《ふきつ》な想像《そうぞう》を、みどりが明るい声で打ち消した。

「あんなに鈴《すず》を鳴らしていくんだもの。熊《くま》なんかでてこれないよ。森の中じゃ、ずいぶん遠くから鈴《すず》がひびくでしょ」

それから、あら、と、首をかしげ、

「鈴《すず》だよ、ほら！」

みんなははっと耳を澄《す》ます。

しゃんしゃんしゃん、
遠く夜の中から橇《そり》の鈴《すず》がひびいてくる。だんだん力強く大きくひびいてくる。

「うちの橇《そり》だ！」

至《いたる》の顔が、そしてみんなの顔がぱっと輝《かがや》く。至《いたる》が外へとびだす。かあさんが立ちあがり、目をさました保《たもつ》がねぼけ声でさけぶ。

「火事だって？　どこへ行くの？」

馬のいななく声がして、今度ははっきり、橇《そり》のきしむ音が聞こえ、

「どうよ、どう、どう」

とうさんが馬をとめているらしかった。

麻子《あさこ》は長靴《ながぐつ》をはくのももどかしく外へでた。風が吹《ふ》きつけ、一瞬《いっしゅん》、体がすくんだ。暗い大空に星が恐《おそ》ろしいほどぎらぎら輝《かがや》いていた。前庭に橇《そり》はとまっていた。雪の上に馬と橇《そり》の黒ぐろとした影《かげ》が浮《う》きでて、皐《さ》月《つき》の全身から激《はげ》しく湯気がたちのぼっていた。カンテラをさげた志《し》尾《お》さんがもう出《で》迎《むか》えていた。

「お帰りなさい」

みんなは橇《そり》にかけより、馭者台《ぎょしゃだい》からとうさんが雪の上におり立った。後ろの席からむっくり人《ひと》影《かげ》が起きあがった。ひょろりと背《せ》の高い拓《たく》にいさんだ。馭者台《ぎょしゃだい》から靴《くつ》をはいて続いておりる。

「お帰り、坊《ぼう》や。寒かったろう」

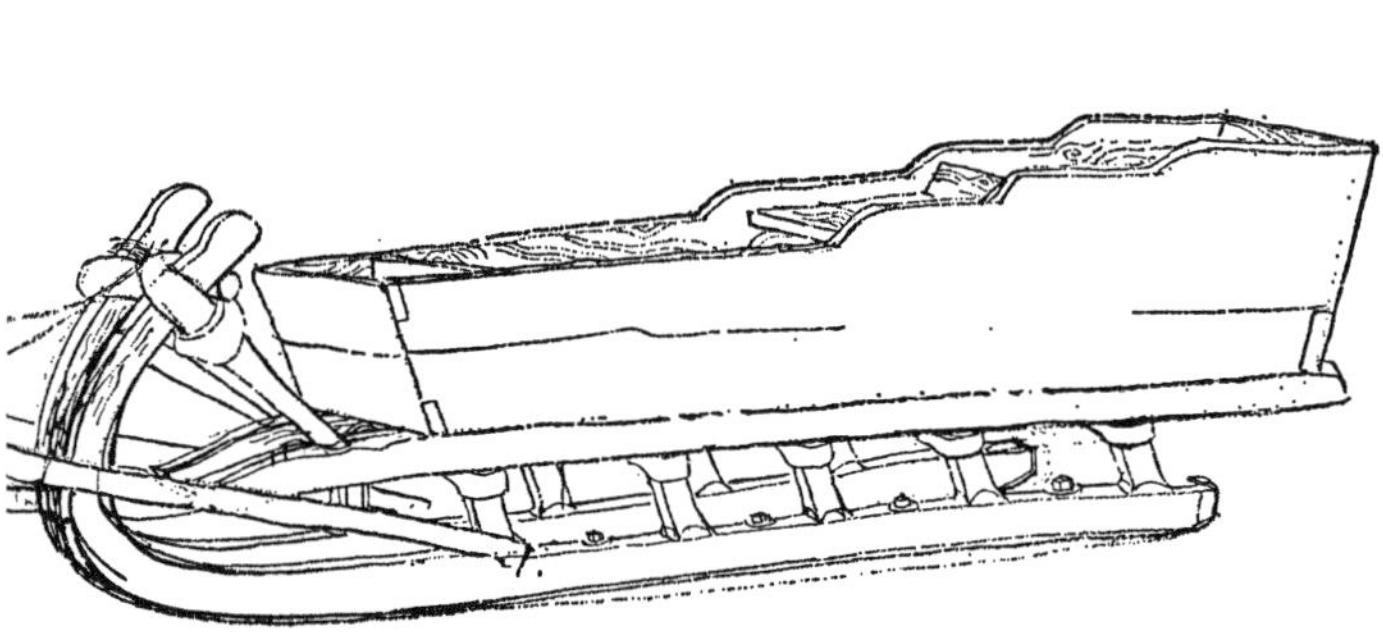

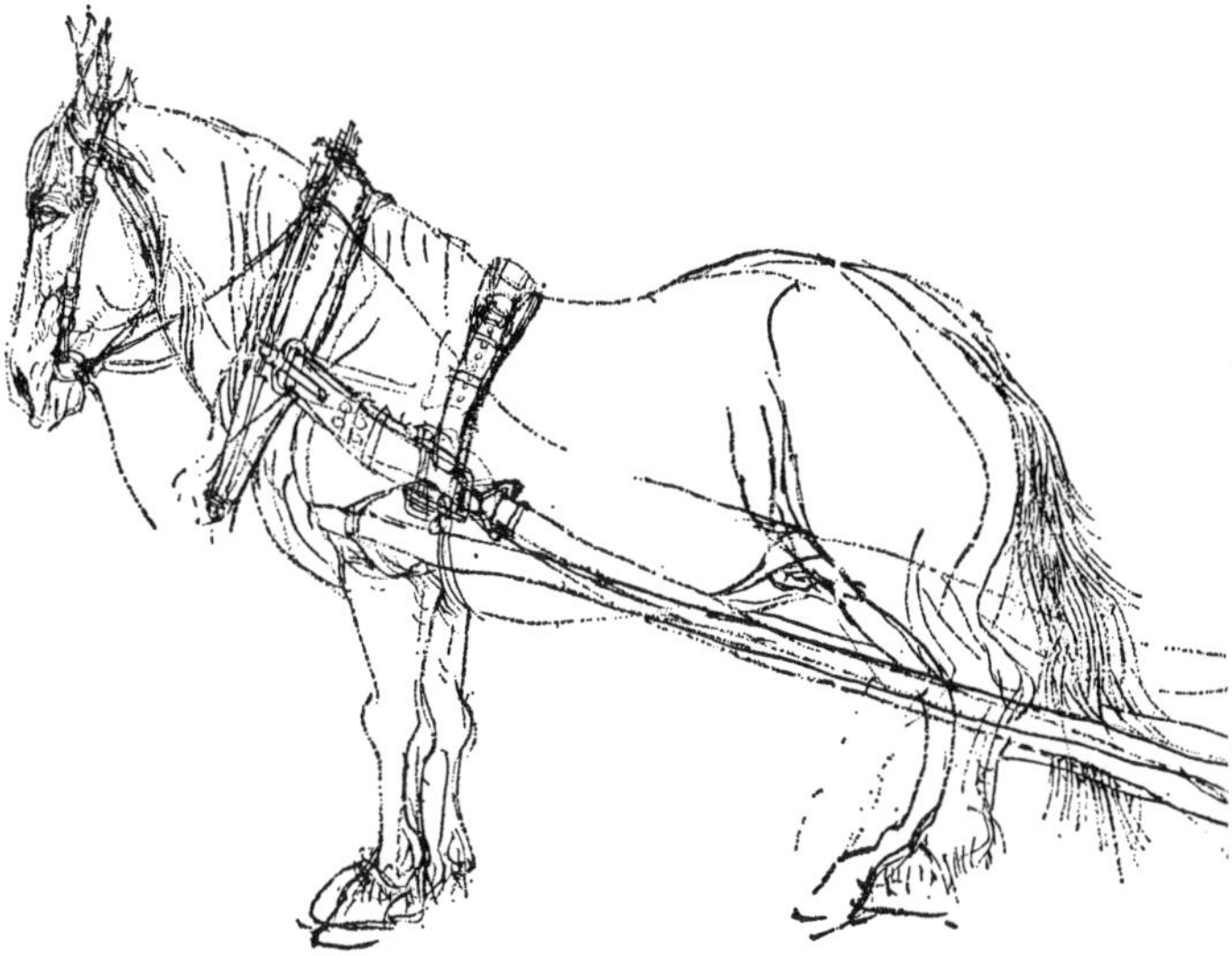

かあさんがすこしうわずった声でいう。拓《たく》はのどの奥《おく》でなにかいったが、カンテラのひかりがとどかないので、表情《ひょうじょう》はわからなかった。裸足《はだし》でとびだした保《たもつ》は、至《いたる》におんぶされて、

「お帰り、坊《ぼう》や」

と、かあさんのまねをした。志尾《しお》さんはカンテラを白樺《しらかば》の枝《えだ》にかけ、大きなバスタオルのような布《ぬの》で、皐月《さつき》の汗《あせ》をぬぐいとった。

「よし、よし。よく行ってきた。ゆるくなかったべ。汗《あせ》、よくふいてな。風邪《かぜ》ひいたらどうもなんねぇでな。すぐ休ましてやるぞ」

志尾《しお》さんは皐月《さつき》をいたわり、とうさんはあとを志尾《しお》さんにまかせて家に入った。大きなリュックをさげ、みんなに守られるようにして、拓《たく》も家に入った。

「さあさあ、とうさん、ご苦労さまでした。早くストーブにあたって」

部屋の戸をあけてかあさんがいう。外から入ると家の中はむっとするほど暖《あたた》かだ。だが、とうさんは部屋の入り口に仁王《におう》さまのようにつっ立っていた。革帽子《かわぼうし》の頭が鴨居《かもい》につかえていた。赤黒い顔がこわばって、氷細工のようにちかちかひかる眉毛《まゆげ》や口髭《くちひげ》が、いかめしく見えた。

とうさんは、そこでひと息入れてから、息をはいて部屋に入った。ゆっくり足をまげてあぐらをかいた。拓《たく》は金ボタンの外套《がいとう》が短くなって不似合《ふにあ》いなほど、足が長くなっていた。これも不器用に足を折ってすわったが、口をすこしあけたまま、凍《こお》りついた顔をしていた。長い間、寒気《かんき》にさらされて感覚がもどってこないのだ。

「さあ、熱い番茶でも、まずのんでから」

かあさんがわきたつ湯をそそいで焙《ほう》じ茶をいれた。こうばしいにおいがただよった。両の手のひらで湯呑《ゆの》みをつつむようにして、父と息子《むすこ》が茶をすすった。そして、やっと、すこしずつ表情《ひょうじょう》がやわらいで、拓《たく》はわらい顔になった。

「やっと、とけてきたな」

とうさんが頰《ほお》をなで、みんなはほっとしてわらいだした。髭《ひげ》もとけ眉《まゆ》に結んだ氷もとけると、それまで凍《こお》りついていたのか洟《はな》もとけだすらしく、とうさんも拓《たく》にいさんも洟水《はなみず》をすすり、いくども洟《はな》をかんだ。

「前に行った橇《そり》が谷で横倒《よこだお》しになってな。手をかして引きあげたりしたが、こちらはまあ、無事で来たよ。途中《とちゅう》で寒いのでうどん食ってきたが、それで遅《おそ》くなったよ」

とうさんはこともなげにいったが、麻子《あさこ》はびくっとした。

「あぶないこと」

かあさんも至《いた》もはっとしたが、拓《たく》にいさんが、声変わりのしたふとい声で催促《さいそく》した。

「うどん一杯《ぱい》じゃ、腹《はら》へって、腹《はら》へって」

「はいはい。拓《たく》ちゃんはけんちん汁《じる》が好きだったわね」

かあさんは熱いけんちん汁《じる》と、豚肉《ぶたにく》を焼いて運んだ。拓《たく》はたちまちおかわりをし、麻子《あさこ》たちはそのたべっぷりをたまげて見物した。

「寮《りょう》生活も二年目だから、だいぶなれたろう」

とうさんも汁《しる》を一杯《ぱい》すすりながらたずね、拓《たく》にいさんは、「は」と答えた。

「おまえはサッカーしてたんだな。秋の試合は負けたそうだが、ずっと練習してるのか。とうさんはボートはよくやったもんだ。今は馬と鳥射《とりう》ちぐらいしかできんが、スポーツをしてると体がちがってくるからな」

とうさんは機嫌《きげん》がよかった。拓《たく》は豚《ぶた》をたいらげ、ポテトサラダの皿を空《から》にし、鮭《さけ》と玉葱《たまねぎ》の酢漬《すづ》けも、きらきら氷のかけらのひかる白菜漬《づ》けもなにもかもたべつくし、とうさんのことばに、「は」と答えていた。問われるたびに肩《かた》を張《は》って、「は」「は」と答える拓《たく》にいさんはいかにも中学生らしくたのもしく見えた。一学期より成績《せいせき》もあがったので、とうさんは満足らしかった。

「よくたべたねえ、坊《ぼう》や。あんた、朝から汽車だったの？　はじめてこんな遠くまでひとりで大変だったたねえ」

かあさんがみんなに茶をすすめながらいう。湯呑《ゆの》みを配りながら、かあさんの目は急にまた成長した息子《むすこ》にだけそそがれ、

「ああ」

と、拓《たく》にいさんは破《やぶ》れたように声をだした。

「でも、いっしょに帰るやつがいるんだよ。敷香《しすか》にも内路《ないろ》にも寮《りょう》の先輩《せんぱい》がいたから。それに一年生なんかはしゃいじゃって、修学旅行《しゅうがく》みたいだった」

拓《たく》にいさんは一重瞼《ひとえまぶた》の目を細めてかあさんを見た。

「おいしいかい。坊《ぼう》や」

麻子《あさこ》はかあさんが坊《ぼう》やとよぶのを聞いているのが、妙《みょう》に恥《は》ずかしい。保《たもつ》のことならともかく、いちばん大きいにいさんを坊《ぼう》やだなんて……。だが、それはかあさんにとってはじめての息子《むすこ》、拓《たく》がうまれたときよんでから、そのまま口癖《くちぐせ》になってしまったのだ。かあさんは拓《たく》以外の子どもを決して坊《ぼう》やとはよばないのだから。

拓《たく》にいさんはバンドをゆるめて、弟たちの顔を見まわした。さあ、そろそろだと、麻子《あさこ》は思う。麻子《あさこ》も保《たもつ》もさっきからふくらんだリュックの中が気になっていたのだ。拓《たく》はリュックをひき寄《よ》せ、中からいくつも包みをとりだした。本にはさんだ成績《せいせき》通知表をとうさんにわたし、とうさんは開いて見てうなずいた。

「今度もがんばれよ」

「は」

と、にいさんは答えて、至《いたる》に細長い小さな包みをわたす。

「割《わ》れなかったろうな。おい至《いたる》、あけてみろ」

「おみやげかい。ありがとう」

それは三枚《まい》のガラス板を組み合わせたプリズムで、ガラス板の継《つ》ぎ目は黒いアスファルトのようなもので固めてあった。中に桃色《ももいろ》の水が入っていた。万華鏡《まんげきょう》のようにのぞくと、

「横から見るんだ」

という。三角のとがったほうを上にして横からのぞくと、桃色《ももいろ》の夕やけの世界が見えた。しずかでふしぎに華《はな》やかな桃色《ももいろ》の中に、小さく、くっきり浮《う》きあがったあれは二本の枝角《えだづの》だ。「あっ」と至《いたる》は声をあげた。プリズムを目からはずして壁《かべ》を見る。至《いたる》の正面は西側の窓《まど》だ。窓《まど》の上、高い壁《かべ》にかけてある二本の角。あれだ。あれはこの間、とうさんが持って帰った馴鹿《となかい》の角だ。至《いたる》は角を見あげた。

「あれが映《うつ》ってたのか」

「どうだ。上下に角度をずらして見るとおもしろいぞ。いろんなところが映《うつ》るんだ。ひかりの屈《くっ》折《せつ》だ。おまえ、五年だろう。もう学校で習ったんだろう?」

拓《たく》は大きいにいさんらしくいう。

「それにしてもおまえ、ちっとものびないな。みどりのほうが大きいんじゃないか」

「あら、至《いたる》ちゃんのほうが三センチも高いよ」

みどりが急いで答える。

「えーと、みどりにはこれだ。しおりにしとけば安かったんだけど」

拓《たく》がだしたのは千草糸で編《あ》んだ小さながま口だ。赤地に桃色《ももいろ》の矢羽が編《あ》みこまれていた。

「これ買うとき、友だちに冷やかされたんだぞ、おれ。妹だっていうのに……」

とうさんとかあさんがわらった。みどりはうれしそうにがま口をあけたりしめたりしている。

さあ、今度はあたしだと、麻子《あさこ》は目を見開いてなにがでるか待ちもうける。去年は一年生だったから、折り紙と紙風船しかもらえなかった。それに去年は近かったので、にいさんはしょっちゅう、土曜になるとうちへ帰ってきたのだった。今年は二年生だ。なにをくれるのかしら。だが、

「ぼくのは？」

待ちきれなくなって保《たもつ》がさけび、

「保《たもつ》か」

拓《たく》にいさんは、まっ赤な顔をしている保《たもつ》をふりむいた。

「おまえ、このごろ、ちゃんと便所で小便してるのか。おれといっしょの部屋で寝《ね》る間、石炭入れに小便するなよ。石炭が凍《こお》ったり、ストーブが臭《くさ》くなったら、外で小便させるぞ」

顔をのぞきこまれて、保《たもつ》は、「し、しない」と、どもってだまりこむ。夜中におしっこに起きるのが、寒いし暗いし、保《たもつ》はついずるをして、ストーブの横においてある石炭入れにおしっこをして寝《ね》てしまうのだ。麻子《あさこ》は、ときどき現場《げんば》を見て声をあげるのだが、保《たもつ》ときたら、怒《おこ》られると、そのまま方向を変えて麻子《あさこ》におしっこをかけかねないのだ。大きいにいさんにこういわれては、保《たもつ》も困《こま》った顔になり、みんなはわらった。麻子《あさこ》もわらったが、やはりおみやげが気になってもじもじした。

保《たもつ》がもらったのは桃太郎《ももたろう》のお面で、いちばんあとに麻子《あさこ》にわたされたのは、ままごと道具のひ

とそろいだった。小さなお釜《かま》もまな板も包丁《ほうちょう》もそろっていた。引越《ひっこ》しのときに、お釜《かま》も包丁《ほうちょう》もなくしてしまっていたので、麻子《あさこ》はうれしかった。なくしたことをどうしてにいさんは知ってるのだろうと、麻子《あさこ》は感心した。この日は家族のみんなにとって、たのしい日だった。

麻子《あさこ》たちはクリスマスの贈《おく》りものをもらったうえに、にいさんのおみやげをもらったのだ。そして、小さなサンタクロースのように、弟妹に贈《おく》りものを配ったにいさんは、とうさんから缶切《かんき》りや錐《きり》など七つ道具のおさめられたナイフをもらった。山登りなどに使うナイフは、拓《たく》が前からほしがっていたものだった。うす暗いらんぷの灯《ひ》で風呂《ふろ》に入り、寝間着《ねまき》に着かえて拓《たく》は子ども部屋にひきあげた。

子ども部屋にはふとんが敷《し》きつめられ、至《いたる》もみどりももうふとんの中に入っていた。至《いたる》とみどりの間に、拓《たく》のふとんが敷《し》かれていた。足を入れると湯たんぽが温かかった。

（ああ、帰ってきた）と、拓《たく》は思った。

大きいにいさんの拓《たく》は、弟や妹たちがかけまわり、泣きわめくわが家を、なんどうらめしく思ったかしれない。自分の部屋がほしい、ひとりで勉強できたらどんなにいいだろうと思った。たまに友だちの家へ行き、しずかだと天国へ来たような気がしてうらやましかった。ひとりっ子や大きな家に住む友だちが妬《ねた》ましいほどであった。その思いを拓《たく》はしばらく忘《わす》れて、温かい気持ちになっていた。拓《たく》は立ちあがり、らんぷの火屋《ほや》を持ちあげた。芯《しん》を細め、吹《ふ》き消そうとしたとき、眠《ねむ》っていたとばかり思っていたふとんの中の顔が、いっせいに目を開いて拓《たく》を見あげた。

「大きいにいさん、おやすみなさい」

「にいさん、おやすみなさい」

「おやすみなさい」

「おや、す、み、なさい」

次々に、至《いたる》、みどり、麻子《あさこ》に保《たもつ》が挨拶《あいさつ》した。

「うん。おやすみ」

拓《たく》はあかりを吹《ふ》き消した。四つの顔が消えた。手さぐりでふとんをかけ、久しぶりに寮《りょう》の固い寝台《しんだい》ではなく、たたみの上に敷《し》かれたふとんの上に、拓《たく》はながながと手足をのばした。


次の日、拓《たく》は朝早くからもう、スキーで部落の端《はし》から端《はし》まですべってきたらしかった。

「おまえたち、ねぼすけだな。北辰寮《ほくしんりょう》では五時半に起きて、まっ暗なうちから掃除《そうじ》するんだぞ。星がぴかぴかひかってるんだ。至《いたる》も中学に入るのに、今みたいじゃだめだぞ。先輩《せんぱい》にどやされるし、要領《ようりょう》わるいやつは飯《めし》食うひまもないぞ」

拓《たく》にいさんは弟たちにいった。

「内川《ないかわ》の部落ってなんだ。スピードをだしたら、あっというまに通り過《す》ぎてしまう。なんにもないところだな」

「ぼくたち、学校から距離《きょり》を計ったんだよ。門から、うちの前までが五百メートルだ。川向こうのはずれの原《はら》さんのうちの前まで、ちょうど一キロなんだ」

「一キロしかないんだものなあ」

拓《たく》はあきれた顔だった。けれど、一キロというのは麻子《あさこ》にとってはずいぶん遠い気がするのだ。川向こうはせいぜい、材木屋の利枝《としえ》の家までしか行ったことがない。それから先はだんだん、家がまばらになってさびしくなった。麻子《あさこ》の組の女の子、原一枝《はらかずえ》がおばあさんと住んでいる小さな小屋は、ずいぶん遠い村はずれだと思っていたのだ。

「おい至《いたる》、飯《めし》食ったら、川から左へまがって山のほうへ行ってみよう。おれのスキーの雪を落として、ワックス塗《ぬ》っておけ」

拓《たく》は至《いたる》に命令し、至《いたる》はかしこまって、「は」と答えた。

白線を巻《ま》いた中学の帽子《ぼうし》をかぶって、背《せ》の高い拓《たく》がスキーにのっていくと、ひとがふり返った。中学生はこの部落にはひとりもいないのだ。中学校でスキーは冬の体操《たいそう》の正課だった。拓《たく》はいつも学校から近くのスキー場へ行ってはすべった。行き帰りの道はスキー行軍の練習になったから、平地をすべるのもなれていて速かった。大股《おおまた》にばたばたかけてストックをつくと、みるみるすがたが小さくなっていく。そんなにいさんを誇《ほこ》らしく思いながら、至《いたる》は息をはずませて追いかけた。

にいさんたちがでかけたので、麻子《あさこ》たちは家のまわりであそぶことにした。前庭の雪を集めて、雪の椅子《いす》とテーブルを作ってままごとをした。小さな木のふたのついたお釜《かま》にも、赤いお皿にも、雪のご飯に雪のおかず。松《まつ》の葉っぱを散らして麻子《あさこ》とみどりがご馳走《ちそう》を作ると、となりの房子《ふさこ》も向かいの薬屋のたけも集まってきてお客さんになった。

「あんたんち、あんちゃん帰ってきたね？　スキーにのって向こうさ行ったよ」

雪の椅子《いす》に腰《こし》かけて、たけがいう。

「あんちゃん、背《せ》が高いねえ」

みんなは感心したようにいう。

「うん。これね、おみやげにもらったの」

ままごと道具をさして、麻子《あさこ》はいう。

「これ、折手《おりて》さんに売ってないもの。そうだべと思った」

と、房子《ふさこ》がいう。そこへ、

「鬼退治《おにたいじ》だ！　桃太郎《ももたろう》だぞ！」

お面をかぶった保《たもつ》が、ストーブの灰《はい》を落とすデレッキをふりあげてやってきた。

「だめ！」

とみんな総立《そうだ》ちになったが、保《たもつ》はデレッキでみんなを追い散らし、ご馳走《ちそう》をめちゃくちゃにはらい落とす。デレッキをとりあげようとしても、保《たもつ》は手《て》かげんなしにふりまわすので、たたかれるととても痛《いた》いのだ。

「ばか！　保《たもつ》のばか！　やめなさい」

みどりがどなり、麻子《あさこ》がさけんだ。

「にいさんが帰ってきたよ！」

えっ？　とみどりは表を見、すぐにうなずいて声を合わせた。

「大きいにいさん、帰ってきたよ！」

保《たもつ》は一瞬《いっしゅん》ひるんだ。にいさんに見つかったらしかられる！

そのすきに、みどりはデレッキをとりあげた。

「見つからないうちに、さっさとうちへ入んなさい！」

保《たもつ》は逃《に》げだし、みどりと麻子《あさこ》は顔を見合わせてわらいだした。もちろん、にいさんたちはまだ帰ってこないのだった。

ぺったん、ぺったん、
餅《もち》をつく音が星空にひびく。
今夜は麻子《あさこ》の家の餅《もち》つきで、馬小屋の土間に臼《うす》をおいて、志尾《しお》さん山村さん、会社の若《わか》い鈴木《すずき》さんが加わって、かわるがわる餅《もち》をついた。あたりには湯気がもうもうとたちこめて、ひとつつくたび、床《ゆか》も柱もびりびりふるえた。皐月《さつき》の丸太の柵《さく》のまん前でやるのだから、馬はとても寝《ね》るどころではない。首をのばし、白い鼻息を吹《ふ》きながら、ときどき、いなないたりした。あねさんかぶりの山村さんのおばさんがこねどりをし、つきあがった餅《もち》は、つきあたりの部屋でかあさんとふじさんがのした。

みどりも麻子《あさこ》も餅《もち》つきを見物したり、のすのを見たりいそがしい。やがて、女たちはすわって鏡餅《かがみもち》を作り、小さな丸餅《まるもち》を作りだした。みどりも麻子《あさこ》もその中にまじって餅《もち》をまるめた。だが、麻子《あさこ》のまるめた餅《もち》は小さすぎたりいびつだったりして、お盆《ぼん》にならべてもすぐにわかった。まっ白な餅《もち》なのに、どことなく川原で作った泥《どろ》まんじゅうじみてしまうのだ。とうさんと拓《たく》にいさんたちは、のし餅《もち》を外へ運びだし、雪の上にならべた。今夜も空はすごいほど晴れて星が輝《かがや》いている。凍《し》みる晩《ばん》だ。星空の下でさっきまで湯気をあげていた餅《もち》は、すぐに固く凍《こお》ってしまう。唐黍《とうきび》畑のあたりに、餅《もち》はいく枚《まい》も敷《し》きつめられた。胡麻《ごま》餅《もち》、黒豆《くろまめ》の餅《もち》、砂糖餅《さとうもち》、蓬餅《よもぎもち》、たくさんの餅《もち》は凍《こお》ってしばれ餅《もち》になって、雪のとけだす五月ごろまでみんなをたのしませてくれるのだ。しばれ餅《もち》は焼くといつもつきたてのやわらかさで、かびることなどはまったくなかった。

「どうだ。拓《たく》、おまえもついてみろ」

とうさんが拓《たく》を見た。

「拓《たく》さん、つけるかな」

鈴木《すずき》さんが杵《きね》を拓《たく》にわたした。拓《たく》はすこし赤くなり、足を踏《ふ》んばって杵《きね》を持ちなおした。

「それっ」

と声をかけられ、拓《たく》は餅《もち》をつきだしたが、みんなのようにはリズムがとれず、力いっぱいつくのだが、音も冴《さ》えないのだ。それでもなんとか、そばからはやされながらしばらくついたが、とうとう杵《きね》を持ったままよろけて前へのめった。その格好《かっこう》に思わずみんながわらった。

至《いたる》も麻子《あさこ》も吹《ふ》きだした。拓《たく》は臼《うす》に首をつっこむ格好《かっこう》で下を見ていたが、顔をあげた。自分もおかしくなってわらっていたのだと思っていた麻子《あさこ》は、にいさんの顔が蒼白《そうはく》なのに、はっと、口をおさえた。拓《たく》にいさんは杵《きね》をはなした。その手がふるえていた。

「至《いたる》！」

わらったのは至《いたる》だけではない。みんななのに、拓《たく》の目は至《いたる》をにらんでいた。至《いたる》は立ちすくみ、志尾《しお》さんが拓《たく》にいさんの肩《かた》をたたいた。

「やっぱし、あんちゃんすなあ。よくつけたす。なれたもんでも、この杵《きね》あつかうにゃ呼吸《こきゅう》があって、若《わか》くて力ばかりでもうまくいかねぇもんす。さあ、一服《いっぷく》して」

志尾《しお》さんは拓《たく》を腰《こし》かけさせ、杵《きね》についた餅《もち》を指でぬぐった。

「ほら、うまそうな餅《もち》だべや。おい、皐月《さつき》、おまえの宿借り賃《ちん》に、ひとつ、拓《たく》さんのついた餅《もち》たべさしてやるべ」

餅《もち》はチューインガムのようにのびて、なかなか切れない。それを折って皐月《さつき》の口に入れてやった。立ったままながめていた皐月《さつき》は、いきなり餅《もち》をつっこまれ、歯に粘《ねば》りつくのか、突然《とつぜん》、歯茎《はぐき》をむきだして続けざまにわらうような表情《ひょうじょう》をした。

「皐月《さつき》がわらった！」

みどりが声をあげ、志尾《しお》さんもわらった。が、拓《たく》だけは青い顔をして肩《かた》をとがらせてだまっていた。

こうりんたんぽぽ

冬休みはおわった

　竹林のない樺太《からふと》では門松《かどまつ》はなく、松だけの七五三《しめ》飾《かざ》りが雪に埋《う》もれた家々の戸口にかけられ、風のない日は青空の下で、追羽根《おいばね》の音がひびいたりした。

　正月、一家そろって屠蘇《とそ》を祝《いわ》い、とうさんは上機嫌《じょうきげん》であった。年賀《ねんが》の客は拓《たく》を見て、

「はあ、大きいあんちゃんすか。これはこれは」

と挨拶《あいさつ》し、そのたびに拓《たく》はまぶしそうな目になり、あわてて膝《ひざ》をそろえた。

　子どもたちとめったにあそぶことのないとうさんが、百人一首を読みあげ、カルタをとったりした。ひらがなで下《しも》の句《く》ばかりかかれた取り札《ふだ》は、どれもこれも同じようで麻子《あさこ》にはわかりにく

かった。それでも、「天《あま》つ風《かぜ》」と読みあげるとすぐに、「をとめのすがた」をさがすように、じきお得意ができた。が、それもとうさんたちがとりやすいように、わざと麻子《あさこ》の前にならべてくれるからだった。

保《たもつ》は「大江山《おおえやま》」と読みだす小式部内侍《こしきぶのないし》のうたと、「百敷《ももしき》や古き軒端《のきば》のしのぶにも」という順徳院《じゅんとくいん》のうたをおぼえた。百敷《ももしき》というのは、もちろん、ズボンの下にはく股引《ももひ》きのことだと、保《たもつ》も麻子《あさこ》も思っていたのだ。どちらにしても百人一首はとうさんが一番だった。上《かみ》の句《く》を読みかけたところで、ぱっぱっととってしまうので、いつも読み手にまわされた。まるで相撲《すもう》の呼《よ》びだしのように、ながながとひっぱりながら、秋田なまりの声で、「ももーすきやぁー」と、読みあげるのであった。

そして、子どもたちは子ども部屋で別のカルタをとったりした。それは『少年倶楽部《くらぶ》』の付録で、「らくだは砂漠《さばく》をわたる船」とか、「ぬれ手で電灯さわるは危険《きけん》」というような文句《もんく》で、らくだや電灯の絵がかいてあったから、小さい子でもすぐにわかった。至《いたる》やみどりや麻子《あさこ》たちの友だちが、かわるがわるやってきてはカルタをとった。拓《たく》にいさんはカルタを読んでくれ、トランプの手品をしてみんなに見せてくれたりした。

美幌《びほろ》部落から辰子《たつこ》がにいさんの幹夫《みきお》とつれだってあそびにきた。黒い学生服の幹夫《みきお》と、空色の衿巻《えりまき》をした辰子《たつこ》は、肩《かた》の雪をはらって部屋にあがった。

「至《いたる》さんのあんちゃん？」

幹夫《みきお》は明るい茶色の目を見張《みは》って、拓《たく》にうやうやしくおじぎをした。兄にならって辰子《たつこ》もかしこまって頭をさげると、固く一本に編《あ》んだおさげが躍《おど》りあがった。

拓《たく》にいさんはさっそく、新しいゲームをみんなに教えた。画用紙を切り抜《ぬ》いた人形に、厚紙《あつがみ》のスキーをはかせたものをすべらせるのだ。至《いたる》に持ってこさせたスキーの片方《かたほう》を、窓枠《まどわく》に裏向《うらむ》けに斜《なな》めに立てかけて、そりかえった頂上《ちようじよう》に人形をのせた。

「いいか、見てろよ」

人形のスキーの片側《かたがわ》を、たてかけたスキーの裏《うら》に浅く一筋《ひとすじ》に彫《ほ》られた溝《みぞ》にそわせて、「いくぞ」と、手を放した。紙の人形は手を前に折りまげ、腰《こし》をかがめたまま、あっというまに滑降《かっこう》し、床《ゆか》に着陸してぷいと横を向いてとまった。「わあっ」と、みんなは歓声《かんせい》をあげた。

「さあ、自分の人形を作れ。これからスキー大会だ」

拓《たく》にいさんの声にみんなは画用紙を切り抜《ぬ》き、それぞれの選手たちを作った。雪めがねに黄色のセーターは至《いたる》で、髭《ひげ》をはやしたのは幹夫《みきお》、ピエロのように鼻もほっぺたも、赤いクレヨンで塗《ぬ》りつぶしたのは辰子《たつこ》の人形だ。だんだら縞《じま》のセーターのみどり、潜水夫《せんすいふ》のように頭から青一色の保《たもつ》。自分と同じ薄紫《うすむらさき》の衿巻《えりまき》をした麻子《あさこ》の人形と、さまざまの人形が、次から次に風にあおられ、よろけそうに傾《かたむ》いたりしながら、すべりおりた。はじめからおっかなびっくり、へっぴり腰《ごし》ですべるのや、向こう見ずに勇敢《ゆうかん》に滑降《かっこう》して、中途《ちゆうと》から空中へ跳《と》びだして墜落《ついらく》するものやら、紙人形の選手たちは床《ゆか》でぶつかりあい、いくどもみんなをはらはらさせながらレースを続けた。

「次はジャンプ競技《きょうぎ》だ」

拓《たく》にいさんは画用紙でジャンプ台を作り、スロープの中途《ちゅうと》に画鋲《がびょう》でとめた。

「ジャンプできるべか」

幹夫《みきお》はぽかっと口をあけて、拓《たく》にいさんを見あげ、にいさんはうなずいた。

「どの選手がうまいか、至《いたる》、ものさしで計れ」

そうしてまあ、ほんとうに人形たちは次々にジャンプに挑《いど》み、みごとに転落したり、平気で下まですべりおりたりした。そして、至《いたる》も麻子《あさこ》も選手たちがふらつくたびに、声をあげて気づかい、応援《おうえん》した。こうして終始、成績《せいせき》のよかったお髭《ひげ》君と、だんだら縞《じま》君が表彰《ひょうしょう》されて、スキー大会は幕《まく》を閉《と》じた。

「さあ、みんな、みかんたべろよ」

拓《たく》にいさんがお盆《ぼん》のみかんを、みんなの手にわたした。夢《ゆめ》からさめたように辰子《たつこ》がいう。

「ああ、おもしろかった……。杉本《すぎもと》さんとこ、いつでもこんなにしてあそぶのかい」

「はじめてだもの。スキー大会なんて」

麻子《あさこ》もまだ胸《むね》がわくわくしているのだ。それにしても、にいさんはなんておもしろいあそびを知ってるのだろうと思う。やっぱり中学生だからだろうか。

「いいなあ。至《いたる》さんは……」

幹夫《みきお》は憧《あこが》れをこめた目で、至《いたる》を見、拓《たく》にいさんを見あげた。

「え？」

至《いたる》が問い返すと、うなずいて、

「あんちゃんがいるんだもの。勉強だってなんだって教えてもらえるべさ」

「幹夫《みきお》あんちゃんの上に、生きてたらまだふたりもあんちゃんがいたはずなんだよ。あかんぼのとき死んだんだけど、幹夫《みきお》あんちゃん、女のわししかきょうだいいないの、つまらねぇんだべさ」

辰子《たつこ》がはきはきと説明し、幹夫《みきお》は手のひらのみかんをころがしながらくり返した。

「いいなあ……いいあんちゃんがいて」

至《いたる》は赤くなり、どぎまぎしたように拓《たく》をぬすみ見た。拓《たく》はなにかいいたげに、口を動かした。

そのとき、どどーっと音をたてて屋根の雪が窓《まど》の庇《ひさし》をなだれ落ち、一瞬《いっしゅん》、部屋が暗くなった。拓《たく》にいさんは、つと立ちあがり窓《まど》へ歩み寄《よ》った。窓《まど》の下になだれた雪が小山を作り、雪の反射《はんしゃ》と逆光線《ぎゃっこうせん》の中で、拓《たく》にいさんの頭がけむるようにぼやけて、にいさんの表情《ひょうじょう》はわからなかった。

「どどーんって、ゆれたね」

保《たもつ》がさけんだ。が、拓《たく》にいさんは答えず、だまって凍《こお》りついたみかんをストーブにのせた。じりじりとみかんの皮の焼けるにおいが室内にただよった。にいさんが突然不機嫌《とつぜんふきげん》になった理由がわからず、みんなは不安になった。めいめいの手のみかんの皮をむいたが、みかんに味はなかった。

じりじりとみかんは焼け、にいさんはみかんをつかんでひと口かじった。かすかに眉根《まゆね》を寄《よ》せ、にいさんはみかんだけを見つめていた。

「暗くなると困《こま》るから、おれ、もう、うちさ帰るから」

もじもじと幹夫《みきお》が腰《こし》をうかし、辰子《たつこ》もあわてて手さげにみかんをつめこんだ。幹夫《みきお》と辰子《たつこ》を門まで送って、麻子《あさこ》たちは家へもどった。肩《かた》をつぼめて家へ入り、ガラス戸をしめた至《いたる》は、いつもの泣きだしそうな目をしていた。


かあさんは毎日の料理に頭をひねっていた。

「今日《きょう》は餃子《ぎょうざ》にしようね」

かあさんは台所でメリケン粉《こ》をこねる。いくども押《お》したり、つかんだりしてこねたものに濡《ぬ》れぶきんをかけておいてから、肉にとりかかる。室《むろ》の豚肉《ぶたにく》をストーブのそばでとかしてから、まな板にのせ、包丁《ほうちょう》でとんとんと細かくたたくのだ。

麻子《あさこ》もみどりもかあさんの手もとをじっと見つめている。とんとんとん、とんとんとん、塊《かたまり》のままの豚肉《ぶたにく》はていねいに細かく刻《きざ》まなくてはミンチのようにはならないのだ。できあがった肉に葱《ねぎ》のみじん切りをまぜ合わせ、下ごしらえすると、今度はメリケン粉《こ》をもう一度こねて、耳たぶのやわらかさのものをちぎって、手のひらでうすくのばすのだ。

「かあさんはじょうずだねえ」

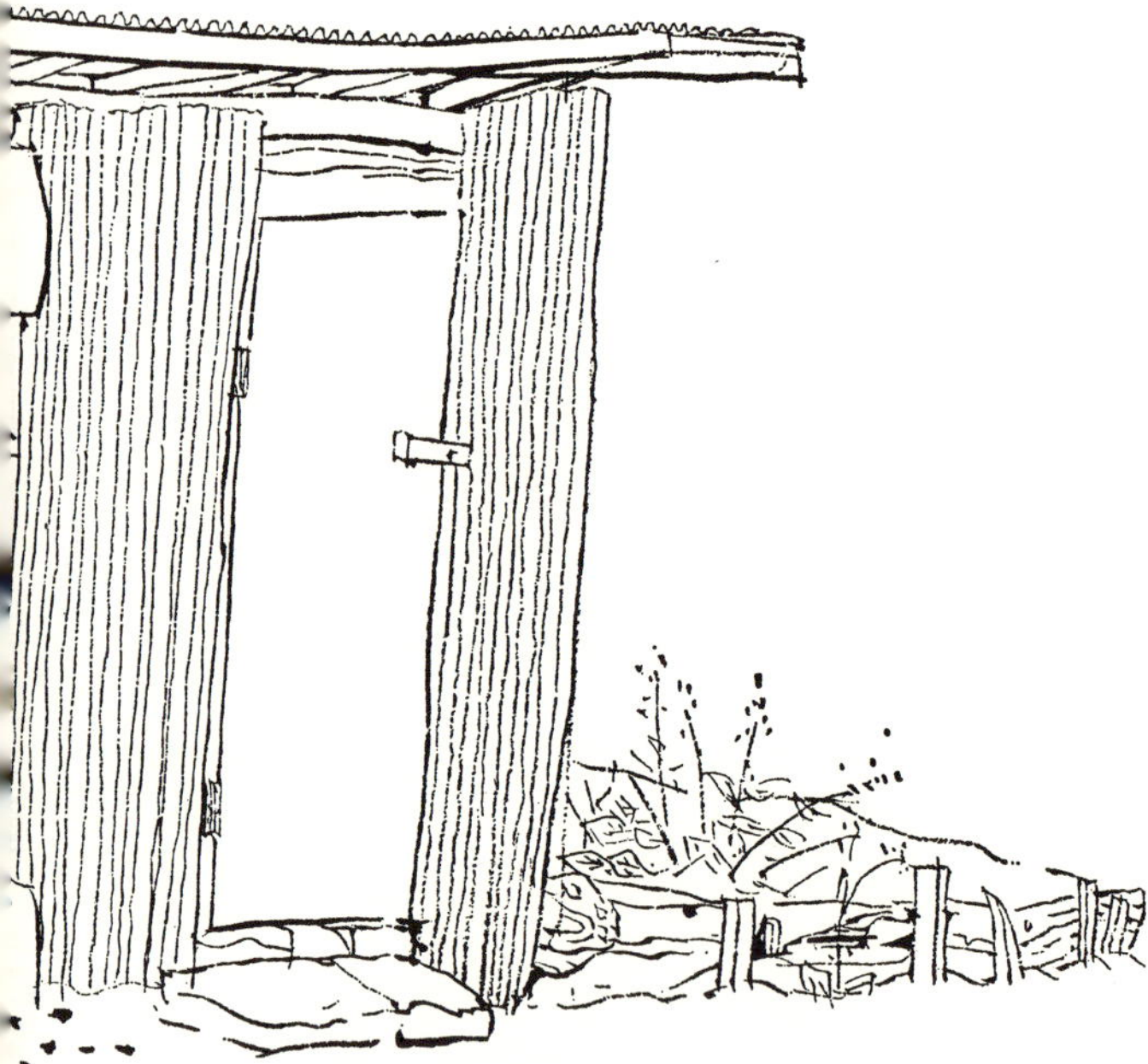

石炭小屋

まるくのばした皮に肉をつつみこむ指先を見ながら、みどりがいう。

「そうだよ。かあさんのは本場じこみだからね」

かあさんは皮をつまんで襞《ひだ》をよせながらいう。みどりも麻子《あさこ》も、手のひらにメリケン粉《こ》の塊《かたまり》をすこしもらってのばしてみるのだが、厚《あつ》いところやうすいところができて、どうもうまくいかない。かあさんはかこんだ子どもたちに話して聞かせる。

「むかし、支那《しな》の炭坑《たんこう》にいたときおぼえたんだよ。あちらで至《いたる》もみどりもうまれたんだよ」

「でも、ぼく、支那《しな》のことあまりおぼえてない」

と、至《いたる》がいう。みどりもあかんぼうだったから、おぼえているのは拓《たく》だけなのだ。

「支那《しな》、支那《しな》っていうけどね、九州のおじいちゃんは、かあさんたちが支那《しな》へ行くといったら、そりゃあ、うらやましがりなさったもんよ。おじいちゃんは支那《しな》が好きで一度行きたいと思ってなさったの。むかしのおじいちゃんのお友だちは、みんなそう思っていたらしいよ。支那《しな》は李白《りはく》や陶淵明《とうえんめい》や、えらい詩人の国で、絵も書もむかしからそれはりっぱなものがあったから、憧《あこが》れの国だったんだよ。おじいちゃんも詩人だったからね」

「ふうん」

みんなはふしぎな顔になった。

「詩人って、あのう……」

「そう、かあさん、学校で先生に、大隅《おおすみ》さんのおとうさんは詩人だから、おとうさんにこのとこ聞いてきなさいなんて、国語の時間にようやいわれて、友だちが、まあ、とうらやましがったけどねえ。北原白秋や西条八十《さいじょうやそ》のようにハイカラな詩人じゃなくて、有名な詩人でもなかった。詩といっても漢詩《かんし》なんだから。おや、あこちゃん、皮が破《やぶ》けて肉が見えてるよ。継《つ》ぎをあてなけりゃ」

かあさんは、麻子《あさこ》の手の中をのぞいて注意し、話を続けた。

「おじいちゃんは体が弱かったのでね、むかしは長男は兵隊にとられないということになってたから、家老さんの家から大隅《おおすみ》の家に養子に来たんだって。おじいちゃんは煉瓦《れんが》山の青髭《あおひげ》しゃんとよばれていたの。北京《ぺきん》段通《だんつう》を敷《し》いた座敷《ざしき》にすわって、ひとりでお茶を点《た》てたり、詩をかいたりしてなさった」

みどりと麻子《あさこ》は顔を見合わせた。グリムのお話の青髭《あおひげ》は、荒《あ》れたお城《しろ》に住む人食《ひとく》い鬼《おに》なのに、おじいちゃんの青髭《あおひげ》しゃんは裃《かみしも》を着た侍《さむらい》の息子《むすこ》で、段通《だんつう》などという支那《しな》の敷物《しきもの》を敷《し》いた上でお茶を点《た》てているなんて、どうにも奇妙《きみょう》でならないのだ。

九州でうまれてそこで娘《むすめ》になって、数え年十九でとうさんと結婚《けっこん》してから、とうさんについて、支那《しな》から北海道、樺太《からふと》までよくまあ転々としてきたものだとかあさんは思う。とうさんのことで、子どもたちにはいえない苦労をしてきたかあさんにとって、うまれた故郷《こきょう》の話はやはり温かくなつかしいのだった。

「おじいちゃんは支那《しな》へ発《た》つかあさんたちを見送って、詩をかいて送ってくれたんだよ。おじいちゃんはラッコの毛皮の帽子《ぼうし》をかぶって、鹿《しか》の革《かわ》の袋《ふくろ》に眼鏡《めがね》を入れて、詩の会へでかけなさったものだった……」

「秋田のおじいちゃんは……」

不意に拓《たく》がさえぎった。

弟たちの後ろで、拓《たく》はいらいらしたようにストーブをのぞいたりしていたのだが、声変わりしはじめたかすれ声でいった。

「いってたよ。杉本《すぎもと》のひいおじいさんはえらいひとだったって」

突然《とつぜん》しゃべりだした息子《むすこ》がなにをいいだすのか、かあさんはとまどった。

「秋田のうちにあったよ。ひいおじいちゃんのかいた絵や、書や、むずかしい字でかいた日記なんかが。かあさん」

(この子は……わたしをとがめているのだろうか。実家の話をしすぎたのか、もっと、秋田の、杉本《すぎもと》のこの家のことを話せといっているのか……)

きらきらひかる目をした拓《たく》を見つめ、かあさんは不意に寒くなった。

自分の腕《うで》にかかえていたはずの雛《ひな》の一羽《わ》が、いつのまにかするりと腕《うで》を抜《ぬ》けでて立っているのに、かあさんははじめて気づいた思いだ。雛《ひな》はやせてはいたが、まぎれもなく若《わか》い牡鶏《おんどり》であった。若《わか》い牡鶏《おんどり》、杉本《すぎもと》の家の長男の拓《たく》は首をあげ、非難《ひなん》し、挑戦《ちょうせん》するような目をこちらに向けて、立っているのだった。

麻子《あさこ》は、かあさんと拓《たく》にいさんがすくんだかたちで向き合っているのを見ると、不安になった。にいさんはたびたび知らないひとになるような気がする。にいさんの中に知らないだれかが住んでいるようだ。そしてかあさんにもそれがだれなのかわからないのだと思われた。麻子《あさこ》の手のひらの中で餃子《ぎょうざ》はやわらかくつぶれてしまっていた。

冬休み帳を一日一日かくのが、麻子《あさこ》たちの宿題だった。

麻子《あさこ》は一ページが一日分の宿題をまとめてやってしまったのでのんきだったが、五年生になると問題もむずかしいので、至《いたる》はまだ、しのこしていた。拓《たく》にいさんのおさがりの机《つくえ》に向かって、至《いたる》は宿題を片《かた》づけなくてはならなかった。そして、拓《たく》にいさんは至《いたる》のそばにすわり、その勉強を監督《かんとく》した。にいさんがいるだけで至《いたる》はこちこちになり、問題が頭に入らなくなるらしかった。いつまでももじもじしている至《いたる》に、にいさんはいらいらして鉛筆《えんぴつ》でこつこつ机《つくえ》をたたいたりした。

「どうだ。ここはこうじゃないか」

とうとう、説明しだし、「やってみろ」とうながすのだが、至《いたる》はだまっているだけだ。よるべない表情《ひょうじょう》でなにかかきだすが、すぐやめてしまう。

「わからないのか」

にいさんの声が荒《あら》くなり、至《いたる》はうつむいてしまう。頭をこづかれ、至《いたる》は洟《はな》をすすりあげた。

みどりは横の机《つくえ》で、鉛筆《えんぴつ》ばかり削《けず》りながらときどき、にいさんのほうをうかがい、麻子《あさこ》はお手玉をしながら、息をつめているのだった。あんな声をださなければいいのに、小さいにいさんだって横にすわっていられたら、かえってわからなくなってしまうと麻子《あさこ》は思う。でも、こわくてとてもそう口にはだせないのだった。

にいさんが中学から帰ってきたとき、子ども部屋ににいさんの机《つくえ》はなかった。

「この机《つくえ》……」

拓《たく》にいさんは自分の荷物をどしんと、机《つくえ》にぶつけた。それはこの間まで拓《たく》の使っていた机《つくえ》なのに、至《いたる》の本や帳面が積まれていた。おまえが使ってるのかと問われる前に、答えなくてはと、至《いたる》はあわてて、

「かあさんが使っていいといったから……」

と、口ごもった。

「中に入ってただろう。おれの……」

至《いたる》は引きだしをあけて、にいさんのものだけ整理してつめられたものを見せた。

「拓《たく》ちゃん」

声を聞きつけて、奥《おく》からかあさんが顔をだした。

「それねえ」

と、かあさんは屈託《くったく》のない声でいった。

「あんたはここにいないほうが多いのだから、至《いたる》ちゃんにおさがりにしてやってね。内川《ないかわ》へ来る

とき、手伝いのおじさんとこにひとつ机《つくえ》をやってしまったの。ほんとうはもうすぐ保《たもつ》ちゃんもいるのだったけどね。荷物が多くてごたごたしてたから。拓《たく》ちゃんは座敷《ざしき》のほうのテーブルで勉強してちょうだい」

「ああ」

拓《たく》にいさんはちょっと眉根《まゆね》をよせた。

「拓《たく》ちゃんが中学へ入る前は大変だったね。みんなまだ小さくて、わあわあがやがやうるさくて、屛風《びょうぶ》でかこって屛風《びょうぶ》の中で勉強してたねえ。そうだったんだよ、至《いたる》ちゃん」

申しわけなさそうに至《いたる》がうなずき、拓《たく》にいさんは目をそらした。

そして、にいさんの机《つくえ》は、やはり、子ども部屋にはないのだった。本箱にはにいさんの好きな『子供《こども》の科学』や、原田三夫《はらだみつお》の星の本などのかわりに、『少年倶楽部《くらぶ》』やのらくろの漫画《まんが》や、妹たちのイソップや支那《しな》童話集やグリム童話の本がならんでいるのだ。にいさんは子ども部屋に寝《ね》ころんで、英語のリーダーを読んだり、『少年倶楽部《くらぶ》』をぱらぱらめくったりした。

ときどき、「番茶！」と、みどりに命令したり、「至《いたる》、スキーに行こう」と、とび起きたりした。

また、あるときは、

「一本稽古《けいこ》つけてやるから、でろ」

と外へでて、棒《ぼう》切《き》れの刀で剣道《けんどう》の型を見せ、

「ぞんぶんに打ちこんでこい」

とさけび、おずおず刀をかまえている至《いたる》に打ちこませ、あとは、あべこべに、

「お面、お面、お面、お胴《どう》、お小手《こて》！」

と、息もつがさず打ちすえた。至《いたる》は体をすくめ、顔をそむけて手向かうことさえできないでいた。

それは中学校で拓《たく》自身が上級生たちにやられていることを、そっくり演《えん》じているのかもしれなかった。だが、そんな光景は麻子《あさこ》たちを恐《おそ》れさせた。麻子《あさこ》たちにも、拓《たく》にいさんは至《いたる》にいさんにひどすぎると思われた。ときにはおとなしい至《いたる》がかわいそうで、ときにはいくじなしに見えて、はがゆかった。

「本箱を作るから、至《いたる》、釘《くぎ》を持ってこい」

ある日、にいさんは板片《いたきれ》を切り、組み合わせて釘《くぎ》を打ちつけた。一方の端《はし》をおさえていた至《いたる》を、おさえ方がわるいとどなりつけ、雪の上に突《つ》き倒《たお》した。玄関《げんかん》の戸にころげて頭を打ち、どうした拍子《ひょうし》か至《いたる》は鼻血をだした。ふらりと起きあがった鼻から血が条《すじ》をひいて、至《いたる》は袖《そで》で顔をぬぐった。

「だめ、至《いたる》ちゃん、上向かないと。あこちゃん、脱脂綿《だっしめん》もらってきて。かあさんにいってきてよ！」

みどりが至《いたる》にかけよった。麻子《あさこ》がすくんだままおろおろしていると、「早く」とせかし、突然《とつぜん》、拓《たく》にいさんをにらんだ。

「ひどいよ。にいさんは！」

みどりはにいさんにむしゃぶりついて、向かっていった。

「弱いものいじめだ。至《いたる》ちゃんばかりやっつけて！」

拓《たく》にいさんの顔が燃《も》えた。にいさんはみどりの肩《かた》をなぐりつけ、首根っこを雪の上にぐいぐいと押《お》しつけた。ほっぺたが雪でこすれ、みどりは泣くまいと顔をねじまげた。麻子《あさこ》は、勇敢《ゆうかん》なみどりに気おされ、自分もいっしょにとびかかって、みどりちゃんを救わなくてはと思うのに、足が動かないのだ。


みどりはにいさんの手をはねのけ、いくどもころがっては雪まみれになった顔でさけんだ。

「帰れ！　にいさんなんか、豊原《とよはら》へ帰れ！」

……その日、拓《たく》にいさんはひとりでスキーをはいてでかけたまま、いつまでたっても帰ってこなかった。

「内路《ないろ》の友だちのところへ行くといってたけど、そういってた？　にいさん」

かあさんは心配そうに麻子《あさこ》たちにたずねた。

「豊原《とよはら》へ帰ったかもしれないよ」

みどりは濃《こ》い眉《まゆ》を動かさずにいいきった。雪でこすった頰《ほお》が赤くなっていた。麻子《あさこ》はみどりに感心し、それでも拓《たく》にいさんがどこへ行ったか心配だった。

麻子《あさこ》はにいさんがこわかった。

がっしりした大きな体と赤黒い顔を持つとうさんは、やはり、こわいひとだった。麻子《あさこ》の知らない部分のほうがはるかに多いこの男のひとは、だが、おとなの男のたのもしさを持ち、麻子《あさこ》には守られている安心があったのだ。だが、にいさんはちがった。おとなと変わりないほど背《せ》ののびたにいさんは、麻子《あさこ》たちにとってもっとも親しい存在《そんざい》であるかと思えば、あるときは途方《とほう》もなく遠いひとのように感じられた。ときとしてにいさんをおそう憂鬱《ゆううつ》や、はげしい癇癪《かんしゃく》がとらえがたかった。

拓《たく》にいさんはほんとうに豊原《とよはら》へ帰ったのかもしれない。麻子《あさこ》は気になって保《たもつ》にたずねた。このちびの弟は、話し相手には幼《おさな》すぎていつもはばかにしているのだけれど、至《いた》りやみどりには、なんだかたずねるのがはばかられた。

「へえ、なしてさ」

保《たもつ》はけげんそうに問い返し、麻子《あさこ》は、

「あのう、あのう……」と、いっしょうけんめいで考える。そして、わかったと思う。

「あのね、寄宿舎《きしゆくしや》の部屋には、十もベッドがあるといってたでしょ。机《つくえ》も本箱も十あるって。そいでね、ここの子ども部屋には、にいさんの机《つくえ》がないけど、あっちへ行けばあるんだよ。ちゃんと、にいさんの机《つくえ》がひとり分」

そうにちがいなかった。

風の音がしていた。ガラス戸が鳴り、ストーブの煙突《えんとつ》がゆれて煤《すす》が舞《ま》い散った。窓《まど》の外の裸《はだか》木々が激《はげ》しくゆれている。日はもう暮《く》れていた。

風に吹《ふ》かれ、背《せ》の高い拓《たく》にいさんが九十五の坂を越《こ》え、白い雪原をひたすらすべっていくすがたが目にうかんだ。まるで活動写真の場面のように悲壮《ひそう》で、そしてもの悲しかった。もう、子ども部屋のひとではない拓《たく》にいさんを、麻子《あさこ》は感じていた。

至《いたる》が、門まででては帰りを待っていたにいさんは、夜になってやっと帰ってきた。紫色《むらさきいろ》に凍《こご》えた顔をして、家に入ると、

「凍傷《とうしょう》になるよ。まあ、遅《おそ》くなって」

かあさんはしかりつけ、すぐに熱いうどんを用意してやった。

「それで、今まで、そのお友だちのところにいたの」

「ああ、泊《と》まってけといわれたけど帰ってきた。そいつ、十六日に帰るんだって。ぼくもそうすることにしたよ」

「だって、まだ冬休みはあるのに」

「本が読みたくなったし」

拓《たく》は頰《ほお》をこすりこすり、切れ長な一重瞼《ひとえまぶた》の目でかあさんを見た。

「どうしてだい。おじいちゃんたちは本が好きで、詩をかいたり絵をかいたりしたというのに、うちにはちゃんとした本がなにもないなんて」

「そうだね。とうさんが好きじゃないから」

そうだった。かあさんは不意をつかれた顔になった。詩も小説も読ませてもらえず、活字といえば押入《おしい》れの襖《ふすま》の下貼《したば》りのものさえ、むさぼり読んだ娘《むすめ》のころが思いだされた。とうさんが好き

でないだけでなく、自分もそんなことは忘《わす》れていたのだ。かあさんは口をつぐんだ。

「友だちのとこには、すごい画集や文学全集を持ってる家があるんだ。そいつの家には大学へ行ってるにいさんがいて、そいつ、英語でも数学でもみんなの知らないことを知ってるよ……いいあんちゃんがいるんだなあ」

「いいあんちゃん？」

みどりが問い返した。

「そうだ。幹夫《みきお》くんがいってたろう。いいあんちゃんといっただろ」

拓《たく》はことばをきり、思い返したように続けた。

「今夜な、星がすごくきれいなんだ。まるで北風がみがいたみたいだ。星のきらきらひかる下をスキーですべるのは、いい気持ちだよ」


拓《たく》にいさんは一月十六日、わが家を発《た》った。

未明に馬橇《ばそり》の用意がされ、この間と同じく湯たんぽの入った橇《そり》に、拓《たく》はふとんをかぶってすわった。雪が激《はげ》しく降《ふ》りつけ、ふとんの上にすぐにつもった。

志尾《しお》さんが停車場まで送ることになり、とうさんから細々《こまごま》と注意をうけていた。

「坊《ぼう》や、風邪《かぜ》をひかないようにね。舎監《しゃかん》の先生や室長さんによろしくいうんだよ」

かあさんは橇《そり》をのぞきこみ、麻子《あさこ》たちはのびあがって、にいさんの顔を見ようとした。

「さよなら、にいさん」

「にいさん、さよなら」

至《いたる》の声はボーイソプラノでうたう学芸会の独唱《どくしょう》のときのように、澄《す》んで泣いているようにふるえていた。かあさんの背《せ》から保《たもつ》がどなった。

「また、おみやげ持ってくるんだよ。にいさん」

橇《そり》の中から、にいさんは、「おう」と答え、「元気でな」と、手をふった。皐月《さつき》の防寒着《ぼうかんぎ》の具合をなおしたり、橇《そり》の調子をしらべたりしていたとうさんは最後に拓《たく》をのぞきこんだ。

「がんばれよ、拓《たく》」

「あ」と、ふとんから顔をだしかけた拓《たく》の上に、ふとんをひっぱってかぶせてやった。早くもふとんにつもっていた雪が、さらさらとこぼれた。

そして、橇《そり》は動きだし、降《ふ》りしきる雪の中を鈴《すず》の音とともに遠ざかっていった。

おうちごっこ

陽《ひ》ざしが暖《あたた》かくなると屋根の雪がとけはじめ、軒《のき》の氷柱《つらら》を伝ってしたたりおちる滴《しずく》の音が、ぴたぴたぴたと終日ひびき、まるでどこかそこいらで犬が水をのんでいるような音がしていた。

青空を映《うつ》して白銀《しろがね》のように輝《かがや》いていた氷柱《つらら》の輪郭《りんかく》がしだいにやせていき、やがて、ぼそりと抜《ぬ》け落ちて雪に突《つ》き刺《さ》さる。家の横手にうずたかく積みあげた石炭殻《がら》の山が、雪がとけるごとにどさりと陥没《かんぼつ》し、そのたびに石炭殻《がら》が崩《くず》れ落ちた。

往来《おうらい》の雪消《ゆきげ》水《みず》は道のわきにスコップで掘《ほ》られた溝《みぞ》へ流れこみ、次々に水量《すいりょう》を増《ま》し、やがて音をたてて川へと流れ落ちる。ザラメのような堅雪《かたゆき》は水を含《ふく》んできらきら輝《かがや》き、樺《かば》の芽はもうほの紅《あか》かった。冬の間、その股《また》や枝《えだ》の上に雪をのせていた木々は、洗《あら》われたようにすがすがしく、青空の下に枝《えだ》をのばしていた。

まだ早春のそのようなある日、

みどりと久代《ひさよ》に麻子《あさこ》と幸《さち》は、手に手にスコップや籠《かご》を持って、下内川《しもないかわ》へ福寿草《ふくじゅそう》を掘《ほ》りにでかけた。豆腐屋《とうふや》の幸《さち》の家と産婆《さんば》さんの家の間を東へまがると、その先が下内川だ。この曲がり角には馬《ば》頭観世音《とうかんぜおん》を刻《きざ》んだ石がたっていて、その先には流送人夫や伐採夫《ばっさいふ》たち山子《やまご》の元締《もとじ》めをしている孝志《たかし》の家や、馬車ひきの佐藤《さとう》さんの家があった。

麻子《あさこ》たちはその間をぬけ、家並《な》みのはずれたところから、川寄《よ》りの畑へ入りこんだ。畑といっても今は一面の雪の原で、野原も畑も区別がつかない。冬のころのきしきし凍《こお》った堅雪《かたゆき》とちがって、春先の雪は水気を含《ふく》んでやわらかく、いくら注意深く歩いても、ずぶっずぶっと埋《う》もれてしまう。おっかなびっくりついていくと、久代《ひさよ》が立ちどまり、幸《さち》をふり返った。

「去年、ここいらで、福寿草《ふくじゅそう》たくさんとったべさ。ね、幸《さっ》ちゃん」

「うん、フレップは九十五のツンドラのほうさ行かねぇとないけど、福寿草《ふくじゅそう》は下内川だよ。それからねえ、雪がとけたらアイヌイモとりにくるの」

幸《さち》が麻子《あさこ》に説明する。そうだろう、雪がとけたら花でも草でもとることができるだろう。けれど、こんな雪の下の福寿草《ふくじゅそう》をいったいどうしてさがすんだろう。麻子《あさこ》はふしぎだ。それでも毎年とりにくる久代《ひさよ》や幸《さち》には、花がどこにあるかわかるらしいのだ。

「畑のまん中より、縁《へり》のほうが多いよ。木の根っこのとこなんかにもよく咲《さ》いてるから」

久代《ひさよ》たちはしゃがんで掘《ほ》りはじめ、麻子《あさこ》もみどりも見当がつかぬながら、ここらへんと思って雪を掘《ほ》る。まるで宝探《たからさが》しみたいだ。

スコップで雪をすくっていくと、雪は下へいくほどびしょびしょしてザラメのようにひかっている。掘《ほ》っても掘《ほ》っても、でてくるのは水ばかりだ。堅雪《かたゆき》を踏《ふ》み抜《ぬ》くと、川へ落っこちたようにぴしゃっと水がはねた。地表と堅雪《かたゆき》のすきまを、透《す》きとおった水がちろちろと流れているのだ。麻子《あさこ》はびっくりして足もとをのぞいた。雪は表と裏側《うらがわ》と両方からとけていくのだろうか。ちろちろという流れは草の根を洗《あら》い、折れた小枝《こえだ》や黒く朽《く》ちた木の葉が沈《しず》んでいるが、福寿草《ふくじゅそう》らしいものは見えない。足もとを掘《ほ》りひろげた。が、やはり花らしいものは現《あらわ》れてこない。

毛糸の手袋《てぶくろ》はもうぐしょぬれだ。向こうでは、久代《ひさよ》が呼《よ》んでいる。

「みどりさん、見つけた？　蕾《つぼみ》の小さいのしかないよ」

「あっちのほうにあるかもしれないよ」

幸《さち》もまだ見つからないらしい。みんなは、川岸の樺《かば》の林のほうへすすんだが、長靴《ながぐつ》がずぶずぶ埋《う》もれ、毛糸の靴下《くつした》や下穿《したば》きにまで水がしみてきた。

歩きにくいので今度ははっていくことにした。久代《ひさよ》を先頭に全員、腹《はら》ばいになってすすんだ。スコップを片手《かたて》に雪の上をそろりそろりとはいすすむ格好《かっこう》が、敵陣《てきじん》へしのび寄《よ》る兵隊《へいたい》のようだと幸《さち》がわらいだす。銃剣《じゅうけん》のようにスコップを片手《かたて》に持ち、頭をあげてすすんでいくみどりはいかにも勇ましいのに、麻子《あさこ》はもぞもぞはってはひと休みする。腹《はら》ばいになると、遠くに見えていた農家の屋根も林も、ゆるやかな畑の起伏《きふく》にさえぎられて、あたりはいっそうひろびろと見える。

雪の反射《はんしゃ》がまぶしくて目をあけていられない。雪のせいか、逆睫毛《さかまつげ》が刺《さ》さるのか、目が痛《いた》くてたまらない。麻子《あさこ》は目をぎゅっとつぶってみたり、顔をしかめたりした。自分がまぬけなあざらしかなんかになった気がする。おなかをぺったり雪につけ、体をひきずってすすんでは立ちどまり、ときどき、あごをふるわせて息をついた。

「あったよ。きれいなの!」

みどりのはずんだ声がして、麻子《あさこ》はわれに返った。林のほうに行ったみどりは、もう花を掘《ほ》りあてたらしいのだ。麻子《あさこ》は立ちあがり、大手をふって雪の中をこぐようにして、みどりのところへ近づいた。

「みどりちゃん、どれ?」

雪の中に膝《ひざ》まで埋《う》めて、かがみこんでいたみどりが体を起こした。影《かげ》になっていた部分に陽《ひ》が射《さ》し、音をたててはじけるように金色の花が麻子《あさこ》の目にとびこんできた。

福寿草《ふくじゅそう》であった。

雪にかこまれた穴《あな》の底には透《す》きとおった水が流れていて、回転しながらしだいに澄《す》んでくる金色の独楽《こま》のように、花はそのせせらぎに根もとを洗《あら》われながらまっすぐに立っていた。

「きれいでしょう」

みどりが麻子《あさこ》を見あげ、スコップを持ったまま、手首の内側で帽子《ぼうし》をおでこの上まで押《お》しあげた。前髪《まえがみ》についた雪がとけてぬれている。麻子《あさこ》は息をのんだままだ。うすい色のうろこのような鞘《さや》が重なりあってつつんでいる福寿草《ふくじゅそう》の茎《くき》に手をそえ、スコップを根もと深くさす。花がゆれ、みどりがスコップを動かす。麻子《あさこ》は「ああ」と、声がでた。

（この花、みどりちゃんの花なんだ……）

麻子《あさこ》は後ろを向いて、だれもいない川のほうへずぶずぶ歩いていく。しらずしらず小鼻をふくらませ、口を結んでこらえる表情《ひょうじょう》になっていた。あの花とみどりの間には、出会う前から、まるで目に見えない糸が張《は》られていたような気がするのだ。ぬれてぼってり重い手袋《てぶくろ》の紐《ひも》を肩《かた》にかけたまま歩いていくと、手袋《てぶくろ》がゆれては麻子《あさこ》の腰《こし》のあたりにぶつかった。

川の縁《ふち》にもほの紅《あか》い芽をつけた樺《かば》の木が、枝《えだ》をさしかわして立っていた。裸《はだか》の指で枝《えだ》をつかんで、川をのぞきこんだ。凍《こお》りついた川の表面を透《す》きとおった雪消水《ゆきげみず》が音をたてて流れ、川の中央は氷が裂《さ》けて、青黒い水がとどろいていた。

氷の上にも下にも水が流れているのだ。雪の下にも透《す》きとおった水がちろちろ流れている。このひろい大地をこのように水がおおい、たえまなく流れつづけているなんて。麻子《あさこ》はひどくびっくりしたような気持ちで川を見おろしていた。川の面から冷たい風が吹《ふ》きあげ、足もとの斜面《しゃめん》の雪の中で、なにかがきらっとひかった。麻子《あさこ》は息をとめた。ひとところそこだけ、雪の崩《くず》れた

あいまに、金色の花がひっそりとひかっていたのだ。

福寿草だ！　こんなとこに！

見つけた、やっと見つかった。麻子《あさこ》は膝《ひざ》をつき、樺《かば》の幹《みき》をかかえるようにして身をささえながら、そろそろと花のほうへ手をのばした。が、とてもとどきはしない。今度は雪の上に腹《はら》ばいになった。樺《かば》の木をつかんだまま、すこしずつ上体を下へずらし、手をのばした。だが、花にはまだふれることができない。麻子《あさこ》は雪にあごをつけたまま、息をついた。頭の真下には雪消水《ゆきげみず》が銀の波をたてて走り、ついそこの雪の間に花は金色にひかっているのだ。樺《かば》の木をつかんだ手をずらし、まげた指先と手のひらのくぼみを幹《みき》にかけて、花に向かって右手をのばした。体が前にのめりそうで、頰《ほお》に血がのぼり、胸《むね》も頭も耳の中も体じゅうが激《はげ》しく脈うち鳴りひびいた。花は指先のすぐそこにあった。指が雪の間にのびた。そうだ、もう、ひと息……

川のとどろきが、激《はげ》しくなり、

「あぶないよ、あこちゃん!」

後ろでみどりが切り裂《さ》くような声でさけんだ。

瞬間《しゅんかん》、麻子《あさこ》をのせた雪がいっきに川へなだれ落ちた。

……なだれる雪とともに川へ落ちた麻子《あさこ》は、足と腰《こし》をぬらし、ようよう岸へはいあがったが、福寿草掘《ふくじゅそうほ》りはそこでやめ、みんなは麻子《あさこ》を風から守るようにして家へつれて帰った。

かあさんは見るなり青ざめて、みどりと麻子《あさこ》をしかりつけた。服をぬがされストーブの燃《も》える部屋に閉《と》じこめられた麻子《あさこ》は、かあさんの恐《おそ》れていたとおり、その晩《ばん》から熱をだした。目のまわりに大きな渦《うず》がぐるぐるまわりながら、生きもののようにふくれあがっていくかと思えば、反対にひどく小さくなり、その渦《うず》の中心に金色の点のような花がひかっていた。つよい力で渦《うず》にひきこまれ、体がばらばらになって、とてつもなく遠い世界へつれ去られそうであった。麻子《あさこ》はいくども苦しそうな声をあげ、そのたびにかあさんが気づかってたずねた。目をあけてかあさんを見ると、また安心してとろとろ眠《ねむ》った。

うつつか夢《ゆめ》かわからないのだが、たえずどこかで水の音がしていた。

麻子《あさこ》はうす緑の水の中を立って歩いていた。そうして、麻子《あさこ》の両側をあかんぼうの小犬が、ゆっくりと手足を動かして泳いでいくのだ。小犬たちは目をぱっちりあけていて、短いつやつやした尻尾《しっぽ》をたて、水の中でゆったり回転したりした。麻子《あさこ》のすこし前を、女の子がすべるように歩いていく。長い髪《かみ》の毛が水藻《みずも》のようにゆらゆらして、スカートの裾《すそ》がふわりとめくれあがる。

(だれだっけ)

その子のことをよく知っているくせ、名前がでてこない。

待って、待って、あんた……

呼《よ》ぼうとしても口がしびれたように動かない。スカートがその子の腰《こし》のまわりだけぬれて、ぴったり吸《す》いついて小さなおしりが浮彫《うきぼ》りにされ、あっと麻子《あさこ》は目がさめた。

みよちゃんだったと思う。

みよは、ひと月ほど前に魚釣《つ》り穴《あな》に落ちたのだ。にいさんの茂政《しげまさ》のスケートをはいて川ですべるうちに、魚釣《つ》りのためにあけた氷の穴《あな》に落ちたのは、あっというまのことだったという。いつもみよからはなれない黒犬が、気がくるったように吠《ほ》えたて、子どもたちがかけよって穴《あな》をのぞいたが、氷の下には青黒い水がとどろくばかりで、みよのすがたはもう消えていたという。急を聞いて集まったおとなたちにも、氷の下を流されていったにちがいないみよを救う手だてはなかった。

春になって氷がとけて、下流のどこかにみよの体がひっかかっていたなら……そのとき、はじめてみよの死は確認《かくにん》されるのだ。

熱がさがった麻子《あさこ》を、幸《さち》たちは真顔でおどかした。

「みよちゃんてば、きっと、杉本《すぎもと》さんば呼《よ》んだんだよ。死んだひとはさびしがって友だちば呼《よ》ぶんだって。呼《よ》ばれたひとは、死んじまうことがあるんだって」

そうだろうか。麻子《あさこ》はなんだかこわかった。

今まで麻子《あさこ》の身近に死んだひとはなく、麻子《あさこ》は病気で苦しんでいるひとも見たことがなかった。死とはどういうものなのだろう。消防番屋《しょうぼう》の土手下に倒《たお》れた輓馬《ばんば》と、うす緑の水に浮《う》かべた小さな子犬……。そして、麻子《あさこ》が見た確実《かくじつ》な死は、たとえば運動靴《うんどうぐつ》の下に踏《ふ》みにじられて、跳《は》ねていたみみずが、ぐったりしてしまう瞬間《しゅんかん》であり、バケツの水にねずみ捕《と》りの箱ごと漬《つ》けられて、きいきい鳴いていたねずみが、やがて、手足をつっぱって目を閉《と》じてしまうすがただった。そして、そのとき、彼《かれ》らは目に見えない境界《きょうかい》を越《こ》えて別の世界へ行ったのだと麻子《あさこ》は思う。その境界《きょうかい》はいったい、どこにどう存在《そんざい》しているのか、麻子《あさこ》はこわごわ自分のまわりを眺《なが》め透《す》かすような気持ちになった。そして、それはもちろん、においもなくたしかな手応《てごた》えもなく空気のように自分をかこんでいて、こちら側からはなにひとつわからないのが、ひどく不安であった。

雪がとけ、どこもかしこもきらきら水のあふれる春が過《す》ぎた。泥《どろ》んこのぴかぴか輝《かがや》く野や畑に青いものが芽吹《めぶ》き、荷馬車の車も、ひとびとの長靴《ながぐつ》も泥《どろ》だらけの六月が過《す》ぎ、ふたたび樺《かば》の葉のひるがえる夏が来た。

六年生になった至《いたる》は、もうみどりとはあそばなかった。同じ年ごろの少年たちと九十五の坂の向こうの小川まで、とげ魚《うお》をとりにいったり、習いおぼえたばかりの明笛《みんてき》を吹《ふ》いたりしていた。だが、このごろはどうもようすがおかしかった。孝志《たかし》たちとこそこそしているかと思うと、遠い美幌《びほろ》へ帰るはずの幹夫《みきお》まで、鞄《かばん》を麻子《あさこ》の家にあずけていっしょにどこかへでかけていくのだ。こっそり、鋸《のこぎり》や鉈《なた》を持ちだすのを見つけられたりした。

「小さいにいさんてば、せんべいの缶《かん》からせんべいとって、でていったぞ」

保《たもつ》は追いかけても犬の子みたいに、しっ、しっと追いはらわれるので、くやしがってかあさんやみどりにいいつける。ほんとうに至《いたる》は帽子《ぼうし》の中やシャツの下にこっそりなにやらかくしてはでていき、遅《おそ》くまで家へ帰ってこないのだ。

「みどりさん、孝志《たかし》さんたちおかしいでねぇの」

ある日、みどりのところへ『少女倶楽部《くらぶ》』を借りにきた久代《ひさよ》が、唇《くちびる》をまるくしていった。

「孝志《たかし》さんてば、こないだまで小鳥ばかしとってたんだよ。日の丸だの野駒《のごま》だの、あのひとさがしまわってたの。内路《ないろ》から来る小鳥屋に売ったお金ためて、本買うんだって、夢中《むちゅう》だったんだよ」

久代《ひさよ》は孝志《たかし》が男の子たちとかたまって、なにかたくらんでいるようなのが気に入らない。いつだったか、孝志《たかし》は久代《ひさよ》に野駒《のごま》をとってやると約束したのだ。

「みんなして川のほうさ行くよ。男生《だんせい》ばかりでなにしてんだべ。至《いたる》さんもかたってるんじゃないの」

そのとおりだと、みどりも思う。今までみどりは、魚とりでもなんでも至《いたる》についていった。トンギョとよばれるとげ魚《うお》をつかまえるのも、みどりのほうがじょうずなのだ。いつだって、不器用な至《いたる》を助けているつもりなのに、このごろ、自分を仲間に入れようとしない至《いたる》が不満だった。

「にいさんたち、なにしてるんだろう」

女の子たちを寄《よ》せつけずに、どんなおもしろいことをしているのかと思う。

そこで、麻子《あさこ》はたった今、幸《さち》から仕入れた情報《じょうほう》をつげた。

「あんねぇ、小さいにいさんたち、川のほうで小屋作ってるんだって！」

「えっ？　小屋？」

ふたりが聞き返し、幸《さち》が力をこめて首をふる。

「うん、あんちゃんのあとつけてったんだもの。木の上さ丸太わたして、南洋の土人みてぇ小屋作って、さわいでたよ」

木の上の小屋だって？

みどりと久代《ひさよ》は顔を見合わせた。色白の久代《ひさよ》の頰《ほお》がさっと紅《あか》くなり、みどりの目が輝《かがや》く。

「行こう。見にいこうよ」

みんなは裏《うら》のトロッコ道《みち》の草むらを川岸に向かってかけていった。蜻蛉《とんぼ》がついついとんでいく草むらを、息をはずませてかけていくと、

「ほら、あそこ」

不意に幸《さち》が指さす。

みんなはそちらを見て、あっ、と思う。

まあ、それはほんとうに南洋の樹上《じゆじよう》小屋とそっくりだった。四本の樺《かば》の木を柱にして、丸太を結《ゆ》わえ、枝《えだ》をかけわたした樹上《じゆじよう》小屋は、南方の住民たちが住むように草の葉で屋根をふき、小枝《こえだ》でかこった壁《かべ》には赤いすかんぽの花がたれさがっているのだ。なにを話しているのか、小屋の中から少年たちのわらい声がどっとあがり、「ひゃあ」と麻子《あさこ》は思わず声がでた。

（にいさんたち、ほんとにいつのまに作ったんだろう。ほんとうはあたしたちが、こんなおうちを作りたかったのに……）

「すごいねえ」

「あんな高いとこさ作って……」

みどりも久代《ひさよ》もあおむいて小屋を見あげている。声が聞こえたのか、ひるがえる樺《かば》の葉と、風の吹《ふ》きぬける白い幹《みき》との空間に建てられた小屋から、少年たちがこちらをのぞいた。

「女たち、おい、こっちさ来るな！　あっちへ行け！」

陽《ひ》焼けした顔をつきだし、さけんでいるのは文夫《ふみお》だ。屋根からたれたすかんぽの赤い花がゆれ、文夫《ふみお》は得意そうに歯をむきだしてさけぶ。

「女たち、くさいぞ。あっちさ行け！」

なんだって？　と、みどりも麻子《あさこ》も胸《むね》がかっかとしてくる。

「なんだい、あんたたちさ！」

あとのことばが続かないのに、少年たちはかわるがわる首をだして、合唱した。

「女たち、来るなよ。あっちさ行け！」

「さっき顔だしたの、孝志《たかし》さんだべ。まあ」

久代《ひさよ》が憤慨《ふんがい》し、ほんとうにその声の中には小さいにいさんの至《いたる》もいるはずなのだ。

それでも、麻子《あさこ》たちが帰らないのを見ると、今度はパチンコを射《い》かけてきた。「おう、おう」と、小屋の中から大声をあげた。草の実に小石もまじったパチンコの玉は、木の幹《みき》にあたって跳《は》ね返り、幸《さち》の下駄《げた》に命中した。麻子《あさこ》たちは退却《たいきゃく》した。

そうして、その夕方、帰宅《きたく》した至《いたる》は、わざとみどりのほうを見ないようにしているのだ。夕飯のとき、腹《はら》にすえかねたようにみどりがたずねた。

「至《いたる》ちゃん、女たち来るなって、どういうこと？」

すると、いつもなら耳を赤く染《そ》めるおとなしい至《いたる》が、お茶漬《ちゃづ》けをかきこみながら、

「女人禁制《にょにんきんせい》！」

と、涼《すず》しくいってのけた。みどりは絶句《ぜっく》し、それからはもう至《いたる》と口をきかなかった。

女の子たちは負けずにおうちを作ることに決めた。

「おうちを作ろう。おうちを作ろう」

みんなはすぐに夢中《むちゅう》になったが、少年たちのように、木の上に丸太を結《ゆ》わえることなど大仕事はできなかった。

「ここがいいよ。この木の下にしようよ」

麻子《あさこ》たちはつりばなの木を見つけて、その下におうちを作ることにした。つりばなの木はいつも枝《えだ》からたくさんの花をつりさげている。それは花柄《かへい》が長いので、紐《ひも》でくくったおみやげのように見える小さな花だ。

「あこちゃん、枝《えだ》を集めて」

と、みどりが命令する。麻子《あさこ》も房子《ふさこ》も小枝《こえだ》を折って運ぶ。生《なま》の枝《えだ》は折れにくいので木にしがみついて、なんべんも枝《えだ》をまげたり、ひっぱったりする。木の葉のついた枝《えだ》を背《せ》にしょって運んでく

る。

　みどりは棒《ぼう》で木の下の地面に囲いのしるしをつけ、その線のとおりに、枝《えだ》を一本一本突《つ》き刺《さ》していく。囲いができると、屋根だ。屋根はつりばなの枝《えだ》でじゅうぶん。枝《えだ》をひっぱって、となりの柳《やなぎ》の木の枝先《えださき》とからめて結ぶ。

「なんだか鶏小舎《とりごや》みたいだね」

と、幸《さち》がいう。野ばらや萱草《かんぞう》の花を腕《うで》にかかえた久代《ひさよ》は、花を屋根の上にまくようにかざりながら、

「幸《さっ》ちゃん、こんなかで卵《たまご》うんだら？」

と、わらう。

　麻子《あさこ》はみるみるきれいになったおうちがうれしくて、自分も花をさがしてくる。あざみの花は痛《いた》いからやめて、やっぱり萱草《かんぞう》、それから百合《ゆり》の花、柳蘭《やなぎらん》の花もとってくる。背《せ》のびして屋根の上にさす。

「中にも花を入れてよ」

　青草を床《ゆか》に敷《し》きつめながら、みどりがいう。やっと床《ゆか》ができたので、みんなは入り口から順ぐりにおうちに入った。屋根が低いので腰《こし》をかがめ、前の子の腰《こし》に両手をつきながら入っていった。みんなはくっつきあってすわり、満足してわらった。

「ご苦労さんでした。さあ、おやつおあがりなさい」

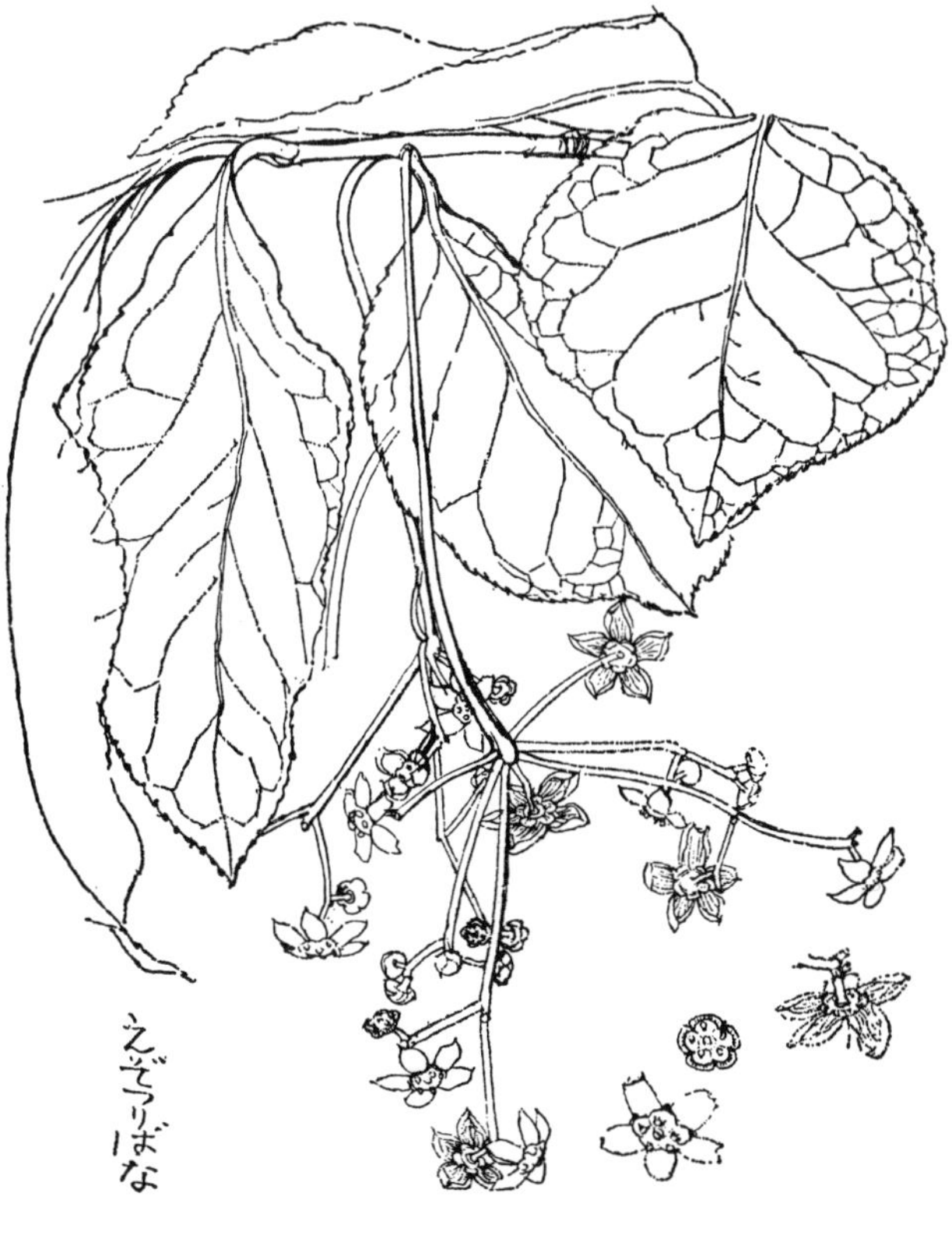

えぞつりばな

久代《ひさよ》がまるでおかあさんみたいに、草の葉にのせた木苺《きいちご》をみんなの前にだした。

「いただきまーす」

房子《ふさこ》がつまんで、幸《さち》がつまんで、麻子《あさこ》も小さな粒《つぶ》つぶが盛《も》りあがっている木苺《きいちご》をつまんで口に入れた。おうちには花のにおい、草のにおい、それに湿《しめ》った土のにおいもする。草色をしたばったや、まるいてんとう虫も草の間にとまっていた。麻子《あさこ》と幸《さち》と房子《ふさこ》はあかんぼうになり、みどりと久代《ひさよ》があかんぼうを寝《ね》かせたり、ままごとをしてみんなは一日じゅうあそんだ。

樹上《じゅじょう》の小屋はいかにも空に近く、さわやかであったけれど、この大地にくっついた小屋はもっと、生きものの小屋らしかった。草を敷《し》きつめた床《ゆか》にぺたんとすわると、草の湿《しめ》りが伝わって、麻子《あさこ》はほんとうにお月さんのようにまるい卵《たまご》を、ころんとうんでしまいそうだった。

そうして、今度はこっそり、少年たちが偵察《ていさつ》にくると、あべこべに、

「男たち、来るな。来るな。あっちへ行け！」

と、みんなは声を合わせて追い返した。

子どもたちのおうちごっこは、こうしてしばらく続いた。

ほんとうに麻子《あさこ》たちはおうちが好きだった。

冬の日、つもった雪をシャベルで掘《ほ》りあげ、さらに横穴《よこあな》を掘《ほ》ると、雪の天井《てんじょう》、雪の床《ゆか》に、雪のテーブルも椅子《いす》もじょうずに掘《ほ》りのこして、雪のおうちを作ってあそんだ。地上をいくら風が吹《ふ》いていても、雪の中のおうちはほの明るく暖《あたた》かであった。だれかが自分を呼《よ》んでいるのに、こっ

そりかくれているのはたのしかった。

頭の先から足の先まで毛糸につつまれた麻子《あさこ》は、雪のおうちにひそんでいると、自分がもこもこの白熊《しろくま》の子になったような気がした。だれも見ていない雪のおうちで、白熊《しろくま》の子はトランプをしたり、ぶうぶうと鼻を鳴らしたりした。そういえば夏の川原で石を重ね、石でかこって作る砦《とりで》もおうちにちがいなかった。小さな子が積み木を持つとおうちを作るように、なにかを持つと、手がひとりでにおうちを作ってしまうのかもしれなかった。

どんな小さなおうちでも、だれかが住んでいるのがおうちなのだ。子どもたちはおうちを作って入りこんだ。そうして麻子《あさこ》ときたら、木の茂《しげ》みや藪《やぶ》の中、どこでも入りこみ、かくれているのが好きなのだ。食卓《しょくたく》を壁際《かべぎわ》に立てて、座《ざ》ぶとんでかこんだ小さな空間も、あのどことなく暗い秘《ひ》密《みっ》のにおいのする押入《おしい》れも、金色のひかりが小窓《こまど》から射《さ》しこみ、蠅《はえ》のうなりや乾草《ほしくさ》のにおいでむせ返る馬小屋の屋根裏《うら》も、また……。


馬小屋の屋根裏《うら》に、はじめてあがったのはかくれんぼうのときだった。

みどりがまっ先にはしごをのぼり、そんなとこに行っていいのかと、すこし、ためらいながら、麻子《あさこ》は続いてあがった。せまい屋根裏《うら》には乾草《ほしくさ》のあまずっぱいにおいがたちこめていて、南に向いた小窓《こまど》から射《さ》しこむ金色のひかりが、三角形に床《ゆか》のその部分を明るく浮《う》きあがらせていた。

麻子《あさこ》たちは乾草《ほしくさ》にもぐりこんだ。天井《てんじょう》の低い屋根裏《うら》には乾草《ほしくさ》が積みあげられて、それだけでむせるようだ。蝿《はえ》のうなる音がびぃーんびぃーんとひびく。乾草《ほしくさ》の中で麻子《あさこ》たちは上気してくる。外では鬼《おに》になった子が、次々に子どもたちをさがしあて、麻子《あさこ》たちがどこにかくれているかさがしあぐねているらしい。だんだん不安になってくる声で、

みどりさぁん、麻子《あさこ》ちゃぁん……

と呼《よ》んでいて、その声が遠くなったり近くなったりしている。

(見つかりっこないね)

麻子《あさこ》はみどりと顔を見合わせ、いくらか意地わるな気持ちでにっこりする。小窓《こまど》から斜《なな》めに射《さ》しこむ陽《ひ》のひかりに照らされた部分だけ、細かな塵《ちり》がまるで銀河《ぎんが》の星屑《ほしくず》のようにきらめいて空中に浮《う》かんでいる。

麻子《あさこ》は乾草《ほしくさ》の中にもぐっていると、なんだか体がもぞもぞしてくる。いつまでもじっとしていると、自分がなんだか自分とちがう動物になってしまいそうな気がする。乾草《ほしくさ》が口のあたりにさわる。くすぐったく、すこしごわごわする。みどりはじっとしている。でも、じっとしているようなのに、みどりの胸《むね》がかすかにふくらんだり、ひっこんだりしているのだ。気がつくと自分のおなかも動いていると思う。乾草《ほしくさ》がそのたびにかすかに動くような気がした。麻子《あさこ》はあんまりおなかが動くのが恥《は》ずかしいので、息を整えてしずかに呼吸《こきゅう》しようとする。だんだん息が苦しくなり、乾草《ほしくさ》をはねのけてでてしまう。

「だめだよ、まだ」

みどりは麻子《あさこ》に外へでていかないようにと、つよい声でいう。

馬小屋の裏《うら》や、唐黍《とうきび》畑のほうで、房子《ふさこ》や向かいの薬屋のたけや弟の康《やすし》たちが、かわるがわるふたりの名を呼《よ》んでいる声がする。麻子《あさこ》は落ち着かない。床《ゆか》の上には埃《ほこり》をかぶった革帯《かわおび》や、すれてところどころ白くなった古い鞍《くら》がころがっていた。麻子《あさこ》は床下《ゆかした》のすきまから下を見ることにした。秣《まぐさ》切りが見えた。土間が見えた。けれど、すきまから見る風景は、やはり裁《た》ち切られたように細長くて、皐月《さつき》のいるところは見えない。

(どこだろう)

麻子《あさこ》は埃《ほこり》っぽい床《ゆか》に片側《かたがわ》の頰《ほお》をくっつけた。下になった片目《かため》ですきまをのぞいた。こうすると、もうすこし横のほうが見えるかもしれない。斜《なな》め下のほうをのぞいたが、うす暗いうえ、すきまはそこで閉《と》じてしまっているのだ。両手をついて体を起こそうとしたはずみに床板《ゆかいた》がずれ、三角形に開いたすきまから、水からあがってきたように底びかりした皐月《さつき》の盛《も》りあがった背中《せなか》が見えた。麻子《あさこ》はまるでその上へ落っこちていくような気がして、いつまでも動悸《どうき》がしていた。

それからも、麻子《あさこ》は屋根裏《うら》に足が向くことがあった。金色の日光に浮《う》かびあがる、砂埃《すなぼこり》や、埃《ほこり》の積んだ革帯《かわおび》や、古い鞍《くら》や、乾草《ほしくさ》のにおいにまじる革《かわ》のにおいが麻子《あさこ》をひきつけたのだ。

だが、何度目かに屋根裏《うら》を訪《おとず》れたとき、乾草《ほしくさ》の上から、みどりがきらきらひかる目でこちらを見ていた。この間とそっくりの上気した頰《ほお》をして、すこしそり返った口の端《はし》が意地わるな表情《ひょうじょう》に見えた。麻子《あさこ》ははっとし、声がでなかった。(なにしにきたの)とみどりは問わず、(そこで、なにしてるの）と、麻子《あさこ》もたずねられなかった。ふたりとも不意に思いがけないところで顔を合わせたことに、腹《はら》を立てているようでも、恥《は》ずかしがっているようでもあるのだった。ばつがわるく、ふたりはすぐに目をそらし、麻子《あさこ》ははしごをおりる。

なぜ、そんなところへ、ひとりでなにしに行きたいのか、麻子《あさこ》にはわからない。麻子《あさこ》はのこのこ、みどりのとなりに行って寝《ね》ようとは思わないし、みどりは激《はげ》しく拒絶《きょぜつ》していた。麻子《あさこ》は今度こそ、決してみどりにでくわすことのない場所をたずねることにする。

明るい夏の日、

麻子《あさこ》は木苺《きいちご》をとりながら、丘《おか》のほうへ近づいていった。いろんな小鳥の声にまじって、かっこうがひときわひびく声で鳴いていた。いくつかの茂《しげ》みをくぐりぬけると、ぽっかり小さな草原《くさはら》が現《あらわ》れ、麻子《あさこ》は目を見張《みは》った。忘《わす》れな草の群落《ぐんらく》があたりを埋《う》めていたのだ。麻子《あさこ》は花の中にしゃがみこんだ。乳色《ちちいろ》の産毛《うぶげ》のような毛がはえていて、葉や茎《くき》はけむるようなのに、小さな花はかっきりと青いのだ。麻子《あさこ》はうれしくて、花にかこまれてすわっていた。そのうち、透《す》きとおった水がちろちろ湧《わ》きでているのに気がついた。水は忘《わす》れな草の茂《しげ》みを流れ、やがてひとまたぎほどの細いせせらぎになって、草原《くさはら》を流れていく。

麻子《あさこ》は水がのみたくなって、流れのそばに手をついた。帽子《ぼうし》のつばがぬれそうなので、あごのゴムをはずしてわきにおいてから、水に口をつける。冷たい。おなかの底までちろちろというせせらぎが続いていくような気がする。水をのみながら、流れの底の細かな砂粒《すなつぶ》が動くのがよく見えた。麻子《あさこ》は水をのみ、滴《しずく》でぬれた口の端《はし》を手の甲《こう》でぬぐった。そして、かみきり虫やばったたち、そんな虫たちも露《つゆ》を吸《す》って、麻子《あさこ》とおんなしように口の端《はし》の露《つゆ》をぬぐっていたように思われてならない。

今度は草原《くさはら》に寝《ね》ころぶ。

茂《しげ》みにかこまれた小さな草原《くさはら》は、その顔を空に向けて、終日、空を見ているように思われた。麻子《あさこ》も、草原《くさはら》といっしょになって空をあおぐ。空はあんまりひろくて、あんまり高いので、気が遠くなりそうだ。空はどこからはじまって、どこでおわるのだろう。あの野ばらの茂《しげ》みの上からかしら。それとも丘《おか》の上からかしら。それともあたしがのばした指の先からかしら。考えるとわからなくなってしまう。

空がまぶしくて麻子《あさこ》は目をつぶる。陽《ひ》のひかりは目の裏《うら》にまで暖《あたた》かくて、そこら一面が明るいオレンジ色になり、果てもなくひろがっていた。目をつぶるとなにも見えない。寄《よ》り目をすると、目と目の間に白桃《はくとう》のようにけむる鼻の頭が見えたけれど、瞼《まぶた》の裏《うら》にはなんにもなかった。目はふたつあるのに、ただひとつに溶《と》けたオレンジ色の世界が見えるだけで、そのまん中にも端《はし》っこにも、境界《きょうかい》や囲いらしいものはなかった。

空はどこからか、もしかしたら測《はか》れるけれど、瞼《まぶた》の裏《うら》は測《はか》れやしない。そのくせ、どっちがひろいのかくらべようもないなんて……。麻子《あさこ》は不意にうかんだ自分の考えに満足する。

（しょうがないよ。瞼《まぶた》の裏《うら》さえ測《はか》れっこないんだから、空のことはわかんなくても……）

麻子《あさこ》が見つけた忘《わす》れな草の野原には、みどりも行ったことがあるという。なぁんだと、麻子《あさこ》はすこしがっかりしたが、それでもふたりきりの秘密《ひみつ》の場所にしようと指きりをした。

それなのに麻子《あさこ》はつい、幸《さち》にしゃべってしまった。それからあと、房子《ふさこ》もたけもその弟たちまでが、ぞろぞろあそびにいくようになって、麻子《あさこ》はかくれ場所を失うとともに、みどりの信頼《しんらい》まで失ってしまったのだ……。

もうひとつの場所は、山村さんに近い草藪《くさやぶ》のほうだ。山村さんの家は橋のたもとで、北国の橋は春の増水《ぞうすい》にそなえて、いくぶん土手が高い。橋の両端《はし》は坂道になっていた。山村さんの家も二階が道路に面した事務所《じむしょ》で、一階は下り坂の斜面《しゃめん》にあって地下室のようであった。その横をくだっていくと、だんだん低地になって小暗《おぐら》い茂《しげ》みに黒百合《くろゆり》が咲《さ》いていたりした。

麻子《あさこ》は川岸から反対の方向へ草藪《くさやぶ》をわけていった。このあたりに黒百合《くろゆり》をとりにきたことはあるけれど、奥《おく》まで行くのははじめてだ。けれど、今はなにをとるわけでもなかった。男の子たちが棒切《ぼうき》れをふりまわして、川原でも藪《やぶ》の中でもおかまいなしにかけていくように、麻子《あさこ》もいろんなところを探検《たんけん》してみたかったのだ。草のつるに足をとられたり、もつれた灌木《かんぼく》の下をくぐりぬけたり、手や足にいくつもひっかき傷《きず》をこしらえて、さて、どこへ行ったらいいのだろうと、麻《あさ》子《こ》は折り重なって倒《たお》れている朽木《くちき》の上によじのぼった。すると、灌木《かんぼく》と負けないほど大きな羊歯《しだ》が茂《しげ》っている目の前に、水たまりを大きくしたようなまるい池が現《あらわ》れた。

（池があるなんて）

麻子《あさこ》はちっとも知らなかったと思う。

草藪《くさやぶ》の中にかくれていた小鳥の卵《たまご》を見つけたように、どきっとする。麻子《あさこ》は急いで池のそばへ近づいた。

池の縁《ふち》に苔《こけ》のはえた朽木《くちき》が倒《たお》れていた。そのうちの一本は下側を水に浸《ひた》したまま、池の中へつきでたかたちで横たわっていて、その表面をビロードのような苔《こけ》がおおっていた。麻子《あさこ》は体を斜《なな》めに向けてすべらないように気をつけて、ひと足ひと足、朽木《くちき》の先のほうへわたっていく。運動靴《うんどうぐつ》の底がみりみりとやわらかく沈《しず》む。池は苔《こけ》とあまり変わらない色をしていて、その中心にレンズをはめこんだように、そこだけ空を映《うつ》してまるくひかっている。

麻子《あさこ》はしゃがんで池をながめた。川の水はいつもせわしく流れているけれど、池はなめらかで、どこもすきまなくぴたっと張《は》りついているようだった。ちぢれた銀色の柳《やなぎ》の葉が池の上に浮《う》かんでいて、まわりの樺《かば》の木はまだ緑なのに、落ちた木の葉は黄ばんでいたり、褐色《かっしょく》のまだらであったりした。しずかな風がなめらかな池の面に半月形の襞《ひだ》をゆっくり押《お》しひろげていき、木の葉がすべっていく。池の面に陽《ひ》のひかりはとどかないので暗いのだが、それでいて池の内側が灯《とも》っているようにほの明るくも見えるのだ。木の葉の屑《くず》や、朽《く》ちた枝屑《えだくず》にまじって、なんの実だろう、青い小さな実が浮《う》かんでいる。手をのばすと、水の面にクリーム色がゆれた。よく見ると水の中に麻子《あさこ》と同じクリーム色の服を着た子がいるのだ。

（なんだ、あたしが映《うつ》ってるんだ）

と、もう一度、見なおす。鏡に映《うつ》った自分がどことなく自分にそぐわなくて、ちがうちがうと思いながら途方《とほう》にくれ、あきらめてしまうのはいつものことだ。そして、水の中の子はそれよりももっとおぼろげなのだ。自分が映《うつ》っているのかと思えば、ちがうような気もしてくる。水の中の子はそこにずっと棲《す》みなれているようで、ひょっとしたら麻子《あさこ》のうまれない前からいるのかもしれない。ふと、双子《ふたご》のような麻子《あさこ》を見つけて、思わず水底から浮《う》かびあがってきたのかもしれないと思う。

朽木《くちき》の上にしゃがんでいると、足首が痛《いた》くなってくる。じっと我慢《がまん》して、その子が動きだすか、なにか合図をするかと麻子《あさこ》は待っていた。柳《やなぎ》の葉が、樺《かば》の葉がざわめいている。木たちはなにかを知っていいあっているらしいのに……と麻子《あさこ》は思う。

木たちのことばを聞きたくて、麻子《あさこ》は足の甲《こう》を小さな虫がはっているのに、いつまでもじっと動かないでいた……。

灌木《かんぼく》や羊歯《しだ》の茂《しげ》みがかくしているこの池を訪《おとず》れるとき、麻子《あさこ》はいつも藪《やぶ》の中で迷《まよ》ってしまう。そのたびに不安になり、池などはどこにもなかったのかと思ったりする。そして、踏《ふ》み迷《まよ》ったあげくに、ようやくさがしあてるのだが、それも池をたずねる手続きのようでたのしい気がした。池は水の中の子のおうちかもしれなかったし、麻子《あさこ》の秘密《ひみつ》のかくれ場所のようでもあった。麻子《あさこ》はいつもすこし唇《くちびる》をとがらしたまじめな顔つきで、朽木《くちき》の上にしゃがんでいた。そうして、そんな自分を、みどりやかあさんや、ほかのだれからも見られたくはなかったのだ。

みどりは、小さいときから至《いたる》と仲よしで、いつもいっしょだった。麻子《あさこ》はそんなみどりを追いまわして、あそんでもらいたがった。四月生まれで体の大きなみどりと、早生まれのちびの麻子《あさこ》とでは、なにをしても差がありすぎて、麻子《あさこ》はいつも背《せ》のびしながらついていき、ときどきはぶたれて追い返された。

今、至《いたる》は至《いたる》で少年たちとあそび、みどりはひとりで遠くの友だちの家へ行ったり、だまって丘《おか》を歩いたりしていた。そして、麻子《あさこ》もそうだった。もう、いつもいつも、みどりを追いかけはしなかった。

子ども部屋にひとりでいるとき、麻子《あさこ》はよく壁《かべ》にもたれて膝《ひざ》をかかえていた。やせこけたごぼうのような足の、その膝小僧《ひざこぞう》の中にはお椀《わん》のような突起《とっき》があって、うすい皮をまとっただけのそれは周囲の肉がへこんでいるだけに異様《いよう》で、写真で見た断食《だんじき》をしているインド人の坊《ぼう》さんの足にそっくりだった。そうしてその突起《とっき》は、麻子《あさこ》が膝《ひざ》をまげる角度によってひっこんだりでたりした。それは地下に埋《う》もれただれかの頭蓋骨《ずがいこつ》のようでもあったし、未開人の使用した石鍋《いしなべ》のようでもあった。

そのようにやせこけた貧相《ひんそう》な足を、みどりは持っていない。みどりの足はもっとふっくらとふとっていた。わざとその膝《ひざ》の石鍋《いしなべ》を、指を筒《つつ》にまるめた中に入るように、膝《ひざ》をのばしたりまげたりしながら、麻子《あさこ》は思う。

(みどりちゃんてば、このごろちょっとさわっても怒《おこ》るよ)

今まで手をつないだり、肩《かた》を組んだりしていたくせに、どうかしてちょっと体にふれただけで、みどりはきつい目をした。

お風呂《ふろ》の中で肩《かた》がふれても、びくっと身をすくませてはなれた。やせてひきしまった体つきのみどりの肩《かた》が、このごろ、すこしまるくなった。肩幅《かたはば》はひろいのに、薄《うす》っぺらな胸《むね》に小さな盃《さかずき》をならべて伏《ふ》せたようなおちちのてっぺんが、つんととがって桃色《ももいろ》をしていた。麻子《あさこ》はすこしめずらしくて、うれしいような恥《は》ずかしいような気がして、みどりのそんなふうにふくらんだ胸《むね》をこっそり見るのだ。そのたびに、うるさそうにみどりは横を向き、お風呂《ふろ》にさえひとりで入りたがるようになった。

そういえば至《いたる》もそうだ。至《いたる》は決して麻子《あさこ》たちとお風呂《ふろ》には入らない。もうよほど前から保《たもつ》と入るだけだ。そして、弟の保《たもつ》といえば、丸太をかかえて毎日のように爆弾《ばくだん》三勇士ごっこをしてあそんでいた。竹筒《たけづつ》に爆薬《ばくやく》をつめて敵《てき》の鉄条網《てつじょうもう》を爆破《ばくは》し、自分たちもとび散って戦死した勇士は、男の子たちの憧《あこが》れであった。麻子《あさこ》も兵隊ごっこの野戦看護婦《やせんかんごふ》にかりだされ、担架《たんか》を持ってかけめぐることもあったけれども、もっとも優秀《ゆうしゅう》な赤十字看護婦《かんごふ》になるはずのみどりは、もうあそびに加わらず、麻子《あさこ》はころんだり敵《てき》にうたれたり、へまをしては弟たちからまでばかにされ、怒《おこ》っては看護婦《かんごふ》を辞職《じしょく》した。

みんなの上に夏の日が過《す》ぎ、やがて、西海岸におこった山火事の灰《はい》が山脈を越《こ》えてこのあたり一面にふりそそぎ、あちこちの林にとび火して、どこもかも黒煙《こくえん》につつまれる大火事に見舞《みま》われたのは、秋にまもない日のことであった。

燃《も》える山

夏の野には、野ばらやいそつつじの香《かお》りが満ちあふれた。甘《あま》い香《かお》りでむせかえるいそつつじの花がおわったあとも、茶褐色《ちゃかつしょく》の柔毛《にこげ》のはえた葉はまだ芳香《ほうこう》を放ち、子どもたちは野ばらのつややかな赤い実を口に入れて、ぱりぱりかんでは種子《たね》をはきだした。

麻子《あさこ》たちは九十五の坂へ向かう東の林へよくフレップをとりにいった。苔桃《こけもも》の赤い実、くろまめのきの黒紫色《くろむらさきいろ》の実、そのどちらをも指《さ》してフレップとひとはよんだ。このあたりはつつじに似《に》た灌木《かんぼく》のくろまめのきのほうが多かった。夏の林には蝦夷松《えぞまつ》の脂《やに》が流れ、鼻を刺《さ》すにおいと、フレップの熟《う》れたにおいが入りまじって、くらくらするようであった。うす暗い林にわけ入り、唇《くちびる》を紫《むらさき》にして夢中《むちゅう》でフレップをたべあさるとき、ふわふわとしたツンドラの苔《こけ》の地面に、熊《くま》のものらしいへこんだ足痕《あしあと》を見つけて逃《に》げ帰ることもあった。

風の絶《た》えた蒸《む》し暑い日には、これらさまざまなにおいがあたりにたちこめて、肌《はだ》にべったり貼《は》りついたようで息がつまった。

「なんてまた暑い日だべや。山火事でもおきそうな」

部落のひとたちは山の空をながめていいあった。それはひとが発熱する前の、異様《いよう》に内にこもった体のほてりと、不安をはらんだ状態《じょうたい》に似《に》ていた。風倒木《ふうとうぼく》の多い山では乾燥《かんそう》した木が熱を吸収《きゅうしゅう》して、ほんのわずかなきっかけさえあれば、たちまち燃《も》えあがった。

毎年、春になると、子どもたちは小学校で山火《さんか》防止《ぼうし》のポスターをかかせられた。その優秀《ゆうしゅう》なものは敷香《しすか》に送られて、敷香《しすか》支庁《しちょう》内のコンクールにだされるのだ。水彩《すいさい》やクレヨンでかいた標語《ひょうご》入りのポスターは、お定まりのたばこの吸殻《すいがら》からたちのぼる煙《けむり》や、まっ赤に塗《ぬ》られた山火事の炎《ほのお》であったりした。麻子《あさこ》は図画は好きだけれど、ポスターになるとどうにも考えつかない。キューピーが「マッチ一本火事の山」と、メガホンでさけんでいるようなものしかかけない。それでも、火の粉《こ》を吹《ふ》く至《いたる》の機関車の絵や、蝦夷松《えぞまつ》の林に黄色と赤で「山火《さんか》注意」とかいただけのみどりの絵といっしょに、ほかの子どもたちのものにまじって、部落の目に立つ場所に貼《は》りつけられた。

山々には山火注意の立看板《たてかんばん》が、ペンキの色も鮮《あざ》やかに塗《ぬ》りかえられ、地下足袋《じかたび》にゲートルすがたの「林務《りんむ》さん」とよばれる林務《りんむ》署員《しょいん》が、間断《かんだん》なく山を見まわった。伐採夫《ばっさいふ》や馬車ひき、坑夫《こうふ》の区別なく、たばこや焚火《たきび》の始末をきびしく注意したが、それでも、ひと夏に、大小の差こそあれ、山火事はいくどかかならずおこった。開墾《かいこん》のための野火が、とめどもなくひろがり、あちこちにとび火することもあったし、盗伐《とうばつ》の証拠《しょうこ》を消すための放火もかなり多かったのだ。ひろがった山火事は大きな川で火止めに会うか、大雨が降《ふ》って自然鎮火《ちんか》するまでいく日もいく日も燃《も》えつづけるのであった。五メートルや十メートル伐採《ばっさい》しただけの防火線《ぼうかせん》を越《こ》すことなどは造作《ぞうさ》もなかった。ソ連領《りょう》の山火事が、北緯《ほくい》五十度の境界線《きょうかいせん》を越《こ》えて日本領《りょう》を侵《おか》すこともあれば、反対に南から北へとび火することもあった。

「鳥だば、白鳥でも鴨《かも》でも国境《こっきょう》なんかかまわねぇでとんでくべさ。北へも南へもどこへでもとんでくす。針葉樹《しんようじゅ》の葉は脂《あぶら》つよくて、ぱちぱちくすぶって燃《も》えて、蝦夷松《えぞまつ》の脂《やに》ときたら、まんず、石炭どこじゃねえ、がんぴの皮はめくれてはじける。火の粉《こ》も風まかせ、北へも南へに、尾根《おね》から尾根《おね》、峰《みね》から峰《みね》へ、谷もなんも跳《と》んで走るす。手のつけれたもんじゃねぇす」

と、志尾《しお》さんは語った。

そしてその話のように、その夏、樺太《からふと》全島におこった山火事は、実に九十件《けん》におよび、多くの原始林を灰《はい》にし部落を焼きはらった。麻子《あさこ》たちの内川《ないかわ》の部落にせまった火も、西海岸の恵須取《えすとり》付近に発生したものが、中央の山脈を越《こ》えて東側にとび火したものであった。

山火事ははじめは人伝《ひとづ》ての話や、新聞の記事で知るだけであった。ただ、なんとなくどんよりくもった空は、どこからか流れてくる煙《けむり》のせいか、いつもとちがったにおいがしていた。

やがて、西の空に煙《けむり》がたちのぼり、焦《こ》げくさいにおいとともに、焼けた笹片《ささひら》が風花《かざばな》のようにとんできて、はじめて半鐘《はんしょう》が鳴りだした。半鐘《はんしょう》は時たま思いだしたように鳴り、ひとびとはのびあがって山をながめたが、まだ平生どおり仕事についていた。煙《けむり》はしだいにひろがった。その輪郭《りんかく》が赤いビーズ玉をつないだように明滅《めいめつ》し、ときどき、まん中あたりから風にあおられ、どっと煙《けむり》が吹《ふ》きあがり、炎《ほのお》が燃《も》えあがった。金色の火の粉《こ》が舞《ま》いあがり、いったんおさまると、また、じわじわとビーズ玉の輪がひろがっていくのであった。まるで遠い花火を見ているようだった。

麻子《あさこ》たちは学校の窓《まど》から煙《けむり》をながめて、口々に火事の噂《うわさ》をしあった。山で焚火《たきび》をして火事になりかけて、あわてふためいて消しとめた男の子たちの話や、消火につとめるうち燃《も》える木の下敷《したじ》きになって火傷《やけど》したあんちゃんの話を、子どもたちは火の粉《こ》のあがるたびに喚声《かんせい》をあげてはしゃべりあった。

「早くうちへ帰れ。火事が風向きしだいでこっちへ来たら大変だからな。美幌《びほろ》の子や遠いところの子は休め」

先生たちは子どもたちを早く帰宅《きたく》させたがった。そして、たしかにそのころまで山火事はめずらしいものではなかったし、それほど切迫《せっぱく》してはいなかった。

消防車《しょうぼうしゃ》が出動し、男たちは鳶口《とびぐち》や斧《おの》やシャベルをさげて現場《げんば》にかけつけたが、現場《げんば》はまだまだ遠く、麻子《あさこ》にはその斧《おの》やシャベルがなにを意味するものかさえわからなかった。ただ、ぱちぱちと焚火《たきび》のように木のはぜる音がひびき、褐色《かっしょく》の煙《けむり》が吹《ふ》きつけてくるので不安をかきたてられた。

落ち着かないのは鶏《にわとり》や家畜《かちく》たちもそうであった。部落のあちこちで鶏《にわとり》たちが不安げに時ならぬとき、をつげ、いつもはだるそうに寝《ね》そべっている樺太犬《からふとけん》たちも、煙《けむり》に吹《ふ》かれながら山に向かって吠《ほ》えたてていた。

半鐘《はんしょう》が鳴りだして三日目、風向きが変わった。

ぱちぱちばりばりと木の燃《も》える音が激《はげ》しくなった。褐色《かっしょく》の煙《けむり》は空半分をおおい、太陽は光芒《こうぼう》を失って、梅干《うめぼし》のように赤く見えた。針葉樹《しんようじゅ》の燃《も》える刺《さ》すようなにおいが、目鼻やのどを刺激《しげき》した。半鐘《はんしょう》が激《はげ》しく鳴りつづけ、学校はもちろん休みだった。

風は部落に向かっていた。

「みんな、家からでてはいけないよ。窓《まど》をあけると火を呼《よ》ぶから、座敷《ざしき》の窓《まど》は絶対《ぜったい》あけないこと。学校の教科書や道具を鞄《かばん》につめて逃《に》げられる用意をしときなさい」

かあさんはいざとなったら川原へ避難《ひなん》するつもりで、炊《た》きだしのおむすびをいくつもいくつもふじさんとともに作った。非常持《ひじょうも》ちだしの大事なものを風呂敷《ふろしき》にくるんで腰《こし》に結びつけたかあさんは、白粉《おしろい》のはげた青い顔に、目尻《めじり》がつりあがって見えた。

この大事なときに志尾《しお》さんがいないのだ。昨日《きのう》、敷香《しすか》へ使いにいったまま帰ってこないのだ。なじみの酌婦《しゃくふ》が内川《ないかわ》から内路《ないろ》へ移《うつ》ったとかあさんは聞いている。志尾《しお》さんはそこへ立ち寄《よ》ったのだろうか。火の手がここまで来ているというのに……。

保《たもつ》も麻子《あさこ》も、もうランドセルを背負《せお》っていたし、みどりは鞄《かばん》に救急薬までしまいこんだ。ゴム

消防番屋

の合羽《かっぱ》とござも巻《ま》いて玄関《げんかん》にだした。至《いたる》はぎこぎこ、ポンプを押《お》しつづけた。具合のわるいことに、この間から風呂桶《ふろおけ》はすこしずつ水がもるのだ。へった分だけ水を補充《ほじゅう》し、漬物樽《つけものだる》からたらいに桶《おけ》に、至《いたる》は水を張《は》りつづけた。

よいしょ、よいしょ、みどりと麻子《あさこ》は桶《おけ》をおろし、バケツやご飯蒸《はんむ》しやお鍋《なべ》まで総動員《そうどういん》して水を満たした。窓《まど》をしめきっていても、熱気と煙《けむり》がすきまから入りこみ、家の中は異常《いじょう》に熱く、のどがいがらっぽかった。ぎいぎいとポンプはきしみ、筒口《つつぐち》から流れだす水のしぶきが腕《うで》にかかり、水を運ぶたびに、ざぶりと、ほてった足に水がかかったりした。

「水のませて、水」

麻子《あさこ》はコップで水をごくごくのむ。うわずった気持ちが水で冷《さ》まされるような気がするのに、頭の芯《しん》も体の皮膚《ひふ》もかっかとほてって、のんでものんでもどこかへ蒸発《じょうはつ》していくようだ。それでもすこしは落ち着くのだ。まっ赤な顔に汗《あせ》をしたたらせて至《いたる》が動かす暗緑色の錆《さ》びたポンプは、霧《きり》のように細かな水滴《すいてき》をびっしり吹《ふ》きあげていた。

不意に表の戸ががらりとあき、かあさんがはじかれたようにふりむいた。双眼鏡《そうがんきょう》を首にぶらさげたとうさんが入ってきた。

「ふき、志尾《しお》はまだ帰らんのか」

とうさんの顔は煤《すす》と汗《あせ》でてらてらとして、目ばかりが異様《いよう》にするどかった。とうさんは番屋の鐘楼《しょうろう》で、今まで山火事の風向きやひろがり方を見ていたのだ。

「よし、おれが穴《あな》を掘《ほ》る。かあさんは当座《とうざ》のものをまとめて荷作りしろ。畑に埋《う》めるんだ」

とうさんはひしゃくの水をがぶがぶのみ、ワイシャツの袖《そで》で口をぬぐい、すぐに裏《うら》へまわった。

「ふじさん、じゃ、これをやっといてね。あとで物置から細引きをだしておいて」

かあさんは座敷《ざしき》で行李《こうり》をあけ、タンスから背広《せびろ》や着物や、子どもたちの服を物色してはつめこんだ。

「麻子《あさこ》、押入《おしい》れからちり紙と石鹼《せっけん》だして」

かあさんは行李《こうり》にそれらをもつめこんだ。麻子《あさこ》の好きな、みどりとおそろいの空色のギンガムのワンピースも、肌着《はだぎ》も行李《こうり》につめると、今度は夜具包みにふとんをたたみこんだ。

「これ、埋《う》めるの」

麻子《あさこ》はびっくりする。

「家が焼けても、埋《う》めておけば焼けないからね」

家が焼ける？　そんなことがあるのだろうか。麻子《あさこ》はそれがまだぴったりこないのだ。だが、往来《おうらい》をメガホンでだれかがどなってかけていく。

「風向きに注意してください……尾幌《おほろ》部落に火の手がまわり、民家が十五軒《けん》焼け落ちました。南から北へもひろがっています。風に注意！　屋根に水をかけてください！」

ぱちぱちばりばり、木のはじける音がさかんになり、唐黍《とうきび》畑が波のようにうねっている。

「あこちゃん、見てごらん。とうさんが畑掘《ほ》ってる」

ランドセルを背負《せお》った保《たもつ》が窓《まど》をあけた。煙《けむり》と熱風が吹《ふ》きこみ、麻子《あさこ》はあわてて力いっぱい窓《まど》をしめた。

「あけたらだめだってば！　かあさんがいったでしょ」

保《たもつ》は口をとがらした。

「でもさ、ムクが吠《ほ》えてるよ。花咲《はなさか》じいさんだ」

馬小屋の屋根の向こうから褐色《かっしょく》の煙《けむり》が吹《ふ》きつけ、ときどきとぎれた。窓《まど》の下の丈《たけ》の低いあずま菊《ぎく》や矢車草《やぐるまそう》の花壇《かだん》の向こう、蕪《かぶ》畑でとうさんが鍬《くわ》をふるっていた。花壇《かだん》のわきのぶらんこが激《はげ》しくゆれて柱木にぶつかって腰板《こしいた》がねじれ、跳《は》ね返りながら回転した。とうさんの背中《せなか》は汗《あせ》でへばりつき、つきでた肩甲骨《けんこうこつ》が鍬《くわ》をふるたびに上下に大きく動いた。みどりが友だちからもらってきた樺太犬《からふとけん》の小犬のムクが、足を踏《ふ》んばって吠《ほ》えたてていた。

「ここ掘《ほ》れ、わんわんだ」

と、保《たもつ》はいい、

「ばかだね。これから大事なものを埋《う》めるんじゃないの」

みどりがたしなめた。

でも、ほんとうに大事なものはあの行李《こうり》やふとんなのだろうか。

とうさんは鍬《くわ》をスコップに持ちかえて、土をすくっては放り投げた。風が土を吹《ふ》き散らし、とうさんは唾《つば》をはいた。

突風《とっぷう》が唐黍《とうきび》畑をなぎ倒《たお》し、馬小屋の方角から音をたてて桶《おけ》がころがりだしてきた。穴《あな》の周囲に盛《も》りあげた土が、水をまくようにとび散り、シャベルがぐらりとゆれ、とうさんはよろめいた。

「あっ」

と、麻子《あさこ》はのどがひりついた。一瞬《いっしゅん》、穴《あな》の中に倒《たお》れたとうさんの体の上に、土が崩《くず》れ落ち埋《う》められていくさまがよぎった。だが次の瞬間《しゅんかん》、腰《こし》をぐらりとさせただけで、あやうくとうさんは踏《ふ》みこたえていた。空《から》になったシャベルを地に突《つ》き刺《さ》し、とうさんは大きく息をついた。麻子《あさこ》は安堵《あんど》し、自分がなぜそんな恐怖《きょうふ》におびえたのか、理由がわからないままますこし赤くなり、動悸《どうき》だけがまだ激《はげ》しくうっていた。

柳行李《やなぎごうり》を荷作りし、夜具包みに食料の缶《かん》もそろえて、かあさんは引越《ひっこ》しなれているだけ、すべてを手早く運んだ。

さて、あとは……

かあさんは床《とこ》の間《ま》を見た。床《とこ》の間《ま》には杉本《すぎもと》の家の守り神と伝えられる妙見菩薩《みょうけんぼさつ》の立像《りつぞう》が、厨子《ずし》におさめられてあった。かあさんは毎朝、仏壇《ぶつだん》とこの厨子《ずし》の前に、お水とご飯をお供《そな》えしていた。うす暗い厨子《ずし》の中の甲冑《かっちゅう》すがたの像《ぞう》は彩色《さいしき》もはげ、一様にくすんだ色をしていたが、その冑《かぶと》の下の葡萄色《ぶどういろ》の瞳《ひとみ》が麻子《あさこ》はこわかった。それはまるで十万億土というかなたから、この世界へ穿《うが》たれた窓《まど》のようであった。異様《いよう》なひかりをたたえた瞳《ひとみ》は麻子《あさこ》の心のなにもかも見通すかのようで落ち着けなかった……。

むかし、敗戦《まけいくさ》のとき、ご先祖はこの仏像《ぶつぞう》を背中《せなか》に背負《せお》って逃《に》げたというのだが、転任《てんにん》のたびに荷作りして運んだために、がたがたに傷《いた》んだそれは、とても、むかしの武士《ぶし》のように背負《せお》っていくわけにはいかなかった。

「やはり、妙見《みょうけん》さまは埋《う》めなくてはいかんな」

とうさんは新しい晒《さら》し布《ぬの》をびりりと裂《さ》いて、ていねいに像《ぞう》をくるんだ。子どもたちが見守る中で、白布《はくふ》は見開いた瞳《ひとみ》をふさぎ、仏像《ぶつぞう》はミイラのように巻《ま》かれておさめられ、厨子《ずし》の扉《とびら》が閉《と》じられた。

とうさんとかあさんは畑の穴《あな》に行李《こうり》や夜具包みを埋《う》め、いちばん最後に、毛布《もうふ》でいくえにもくるんだ厨子《ずし》をおろした。まわりの小石をとりのぞき、丁重《ていちょう》に土を寄《よ》せた。その横へ、

「待って、これも入れて」

と、みどりが人形の箱を持ってきて埋《う》めた。箱の中には西洋人形のメリーちゃんやチャー子やあや子たちが体を寄《よ》せ合い、毛糸の帽子《ぼうし》やちゃんちゃんこなど、彼女《かのじょ》たちの持ちものがぎっしりつめられているにちがいなかった。シャベルでそれらの上にも黒い土がかぶせられていった。麻子《あさこ》は煙《けむり》にむせながらそれを見ていた。

「なしてみんな埋《う》めるんだ。もったいないよ」

保《たもつ》がかあさんの袖《そで》をひっぱった。

「だからさ、燃《も》えないように埋《う》めるんじゃないか」

至《いたる》が保《たもつ》の肩《かた》をおさえた。

「みんなあとで掘《ほ》りだすんだぞ。ああやれば焼けのこるんだよ。どうだ、おまえも埋《う》めてやるか」

「ばか。おれ、人形じゃないもん。息がつまるべさ」

保《たもつ》がわめいた。

ほんとうに人形たちは息がつまらないのだろうか。麻子《あさこ》はふと心配になった。シャベルで土がかぶせられるごとに、胸《むね》の上に土をおかれるように、胸《むね》が重たくなった。人形たちの見開いた、青い目、黒い目、妙見菩薩《みょうけんぼさつ》の濃《こ》い葡萄色《ぶどういろ》のひかりをたたえた目が、土を透《す》かしてこちらを凝視《ぎょうし》しているように思われた。

熱風が頭の上を吹《ふ》いて過《す》ぎ、麻子《あさこ》は顔をしかめた。目がちかちかして涙《なみだ》がでた。みんなは一様に泣いたような赤い目をしていた。

その夜、ランドセルを背負《せお》ったまま、保《たもつ》も麻子《あさこ》も座敷《ざしき》にかたまって寝《ね》た。ランドセルが固くて、麻子《あさこ》はときどき目をさました。半鐘《はんしょう》の音は夜《よ》っぴて鳴りつづけ、ガラス戸は夕やけのように赤かった。馬小屋の西、あの忘《わす》れな草の野原の向こうの山が燃《も》えているのだ。林の木々がまっ赤な珊瑚《さんご》のように輝《かがや》いて、次々に崩《くず》れ落ちていく。火の粉《こ》が渦《うず》を巻《ま》き、風にあおられて炎《ほのお》がめらめらと空をなめた。

麻子《あさこ》はガラス窓《まど》に貼《は》りついたように火事を見つめていた。ばりばりと火の燃《も》える音は、ますます激《はげ》しくなり、まっ赤な木は落雷《らくらい》にあったように、まっぷたつに炸裂《さくれつ》した。麻子《あさこ》の体を戦慄《せんりつ》が走った。このように燃《も》えさかる火をまのあたりに見るのははじめてで、心がたかぶっていた。風が静止して炎《ほのお》が弱まると、珊瑚《さんご》のような木の輝《かがや》きだけが鮮明《せんめい》で、それはあの冬の日、ストーブの焚《た》き口からのぞいた世界と似《に》ていた。明るい橙色《だいだいいろ》のストーブの中は、いつもお祭りのようで、麻《あさ》子《こ》は見あきることがなかったのだ。すぐに、風が煙《けむり》を吹《ふ》きあげ、炎《ほのお》はいっそう高く燃《も》えあがった。火の粉《こ》が渦巻《うずま》いてとび散り、馬小屋の屋根を越《こ》えて、まるで金粉を刷《は》いたような煤《すす》が、きらきらひかりながらとんでくるのだった。

きれいだと、麻子《あさこ》は生きもののような火に心をうばわれていた。麻子《あさこ》の頭の上のほうで、

「きれいだねえ……」

かあさんが思わず声をもらした。

白粉気《おしろいけ》のないかあさんの青い顔は赤あかと火に映《は》え、髪《かみ》は乱《みだ》れていたが、緊張《きんちょう》してつりあがっていた目がすこし放心したように山を見つめていた。

きれいだねえ……。

今の今、そう思ったことにうしろめたさを感じていただけに、麻子《あさこ》は、びっくりしてかあさんを見た。

同じことを、おとなのかあさんがいうなんて。

麻子《あさこ》の顔を見て、かあさんはふと、われに返り、娘《むすめ》のようにきまりわるい表情《ひょうじょう》になった。いい

わけがましくつぶやいた。

「ほんとにねえ、これが自分たちに関係がなかったら」

きれいだよねえ……。

たしかに、見物するだけの山火事なら、これ以上豪華《ごうか》な見ものはなかったろうに。

夜中に帰った志尾《しお》さんは、とうさんにどなりつけられるまもなく、馬小屋や乾草《ほしくさ》に水をかけつづけた。それまで、いなないては床板《ゆかいた》を蹴《け》りつける皐月《さつき》をなだめるため馬につききりだった至《いたる》は、煤《すす》だらけの顔をして横になり、子ども部屋のほうでムクの鳴き声がしていた。おびえて鳴きやまぬムクを、みどりは抱《だ》いて寝《ね》ていたのだ。みどりがなにかいい、ふじさんの答える声がしていた。

「さあ、今のうちに寝《ね》ておきなさい。逃《に》げるときは起こすからね」

かあさんがうながし、麻子《あさこ》は横になった。目をつぶっても瞼《まぶた》の裏《うら》は赤あか燃《も》える火がゆらめいていた。半鐘《はんしょう》の音がすこし濁《にご》って、へんなひびき方をしているなと思いながら、麻子《あさこ》はうとうとしていた。

「皐月《さつき》は……放して……またもどってくるから……」

「宮殿下《みやでんか》が……国境視察《こっきょうしさつ》……」

「山火事もついでに……」

と、とうさんか、志尾《しお》さんの話し声が切れ切れに聞こえた。

そして、みんなの声もまた、妙《みょう》にいがらっぽく、かすれてそれがだんだん遠くなった。

あくる日も火勢はおとろえず、とうさんは、かあさんにひとまず川原へ避難《ひなん》することをいいおいて、番屋へでかけた。

とうさんの指示《しじ》にしたがい、麻子《あさこ》たちが往来《おうらい》へでると、突風《とっぷう》にごろんごろんと柳行李《やなぎごうり》がころがっていき、だれかがなにかさけんでいた。煙《けむり》がいよいよ激《はげ》しくなったので、ぬれ手拭《てぬぐ》いで鼻と口をおおい、みんなはかたまって橋のほうへ急いだ。みどりはムクを抱《だ》きしめ、リュックすがたの至《いたる》は筒《つつ》に巻《ま》いたござをかかえ、ランドセルを背負《せお》った保《たもつ》と麻子《あさこ》が、ござにつながって進んだ。風が吹《ふ》き、風呂敷《ふろしき》包みを腰《こし》につけ、片手《かたて》で手拭《てぬぐ》いをおさえたかあさんもふじさんも、風圧《ふうあつ》に吹《ふ》き倒《たお》されそうになりながら橋をわたった。髪《かみ》の毛が熱を持ち、今にも炎《ほのお》となって燃《も》えあがりそうであった。

橋がいつもとちがってひどく長かった。欄干《らんかん》の間から川の色が見えた。川ははるかな下を流れ、橋の下の空間が何倍にも何十倍にも感じられて、それが麻子《あさこ》の心をどこか浮《う》きあがった感じにも、それと反対になにかしら救われる思いにもさせた。橋の北のたもとから、丈《たけ》高いいたどりの茂《しげ》る土手をいっきにすべりおり、至《いたる》も保《たもつ》も麻子《あさこ》も声をあげた。橋桁《はしげた》のところで灰緑色《はいみどりいろ》の水が渦《うず》を巻《ま》き、橋桁《はしげた》の下からくりだす水は、ひかったりかげったりしながら流れていった。石ころだらけの川原には手拭《てぬぐ》いで頬《ほお》かむりした男や、乳呑児《ちのみご》をおぶった女たちがほかにも集まっていた。むしろにすわっているものや、空を見て不安げに話し合っているものもいた。

川原に自分たちだけではなく、ひとのいることが心強く、至《いたる》はござをひろげてかあさんをすわらせた。

「だいじょうぶだよ。ここならみんなもいるし」

至《いたる》はリュックをおろし、みどりはムクを抱《だ》いてしゃがみこんだ。志尾《しお》さんは家にのこり、あぶないとなれば皐月《さつき》をといて外へ放してやるはずであった。火事がおさまれば、どんなところに逃《に》げていても馬はわが家へもどってくるものなのだ。だが、みどりは、ムクはちがうと思う。まだなんといっても子犬なので、迷子《まいご》になったり、火にまかれて焼け死ぬかもしれないのだ。ムクはみどりの組の女の子、南《なん》さんのうちからもらってきたのだ。ポインターのペスは、猟犬《りょうけん》としてしこんでもらうために辰子《たつこ》のとうさんにあずけてあるのだ。ペスはとうさんの犬だけれど、ムクはみどりのものなのだった。

川原はひろがったりせばまったりしながら、川に沿《そ》ってまがり、かなたの蝦夷松《えぞまつ》の林へ消えていき、いたどりの土手の背後《はいご》には燕麦《えんばく》の畑がひろがっていた。向こう岸の柳《やなぎ》やはんのきの林の果てでは、ひろい野と畑と、さらに遠く、ここも煤黒《すすぐろ》い針葉樹《しんようじゅ》の切っ先が空にするどく立ちならんでいた。川はふたつの岸の間を音をたてて流れ、その地にとどろく音が麻子《あさこ》を生き返る思いにさせた。

裸足《はだし》になり、ズボンの裾《すそ》をめくりあげた至《いたる》が、川に入り、前かがみになって顔と頭をざぶざぶ洗《あら》った。体を起こし空を向いていくどもぶるぶると頭をふるたびに、きらきらとしぶきがとび散った。煙《けむり》をくぐって至《いたる》の目は赤くなっていたが、それはいつもの睫毛《まつげ》をしばたたいたあの気弱な淡《あわ》い色の目ではなかった。ポンプで水を汲《く》みつづけ、馬小屋の乾草《ほしくさ》に水をかけ、皐月《さつき》を気づかいなだめて、死んだように寝《ね》ていた小さいにいさん……。

麻子《あさこ》は拓《たく》にいさんにしかられておどおどしていた至《いたる》が、今はちがうひとに見えて、うれしいようなとまどう気がする。麻子《あさこ》も水際《みずぎわ》にしゃがんで川に両手をひたした。冷たい流れがどんどん熱をうばいさり、流れにさからって手をさしのべていることだけで、ふしぎに心が安まった。

ふと気がつくと、麻子《あさこ》のすこしはなれたところに、女の子がひざまずいて手拭《てぬぐ》いを水にひたしていた。手拭《てぬぐ》いをしぼり、もう一度水にひたしているその子のやわらかな髪《かみ》は風に乱《みだ》れ、地肌《じはだ》が透《す》けて見えた。だれだったろう。あ、と麻子《あさこ》は気づいた。

「原《はら》さんだ……」

ぽたぽた、滴《しずく》の落ちるのを片方《かたほう》の手のひらで受けて立ちあがろうとして、原一枝《はらかずえ》は麻子《あさこ》を見た。一枝《かずえ》のほうは麻子《あさこ》を知っていたのかもしれない。なめらかな額《ひたい》をした一枝《かずえ》はあごをひき、うわめづかいに麻子《あさこ》を見た。はにかんだ表情《ひょうじょう》であった。

「原さん……」ひとり？

聞こうとした意味を察して、一枝《かずえ》はあごをあげ、あっちというふうに指《さ》し、

「ばあちゃんつれてきたの……」

麻子《あさこ》と同じ組の原一枝《はらかずえ》の家は、内川《ないかわ》部落の北のはずれに近いところにあった。母親は一年前に病死し、父親は長らく不在《ふざい》で、年とった祖母《そぼ》とくらしていた。そのせいか一枝《かずえ》はよく学校を休み、学校へ来ていても休んでいてもわからないほど目立たない生徒だった。

ある秋の日、麻子《あさこ》は材木屋の利枝《としえ》とあそんだあと、一枝《かずえ》の家のあたりまで行ったことがあった。ひび割《わ》れた土の粗壁《あらかべ》の小屋に夕日があたって、ガラス窓《まど》が燃《も》えるように赤かった。となりの家との間に共同の流しとポンプがあり、黒っぽい布《ぬの》が洗濯《せんたく》だらいにつけられたまま、草の中におかれてあった。

「ここだよ、原《はら》さんち。呼《よ》んでみようか」

原さーん、一枝《かずえ》ちゃん、と、利枝《としえ》が呼《よ》び、麻子《あさこ》も声を合わせた。

答えがなく、かわりにだれかのうなるような声がした。

「へんだね。でも、もう一度呼《よ》ぼうか」

もう一度、原さーんと呼《よ》んだ。麻子《あさこ》たちの後ろをぎいぎいと荷馬車がきしんで通り、馬のふる尾《お》の端《はし》が、ぴしっと麻子《あさこ》の肘《ひじ》をたたいた。

「いやだ」

麻子《あさこ》がふり返るそのとき、がたがたガラス戸をあける音がして、原一枝《はらかずえ》のなつめ色の顔が現《あらわ》れた。そのときも、一枝《かずえ》はあごをひき、なめらかな額《ひたい》を見せて、うわめづかいにふたりを見て低い声でいった。

「しずかにしてね。ばあちゃんが寝《ね》てるんだから」

それは時たま、教室で先生に指されて、蚊《か》の鳴くような声で、はかばかしい返事さえできない一枝《かずえ》とは別人のようにおとなびていて、麻子《あさこ》は気おされた。

「ばあちゃん、ずっと、寝《ね》たきりなんだよ」

それで一枝《かずえ》は学校へ来なかったのかもしれなかった。うす暗い家の中に夕日が射《さ》しこみ、部屋いっぱいにのべられた木綿縞《もめんじま》のふとんの上に、金色の条《すじ》を落としていた。

ごほん、ごほん。咳《せき》とともにふくらんだふとんがゆれ動いた。ごほん、ごほん、うーうっと、のどの奥《おく》から長くひっぱる声がもれ、ふとんが大きくうねった。細く開いた戸のすきまからりんご箱を重ねた戸棚《とだな》や、壁際《かべぎわ》におかれた土瓶《どびん》が見え、ふとんはそれらをのみつくす、巨大《きょだい》ながまかなにかの背中《せなか》のようにうねっていた。その中にいるのは、ばあちゃんとよばれるひとにちがいないのに……。麻子《あさこ》はそのひとがこわかった。

「ちーよ、ちーよ」

突然《とつぜん》ふとんがめくれ、ぼうぼうとそそけだった白髪頭《しらがあたま》が現《あらわ》れ、それはうなった。

「ちーよ。どこだ」

「ばあちゃん、ここだよ」

一枝《かずえ》はひっこみ、麻子《あさこ》たちは思わずあとずさりした。手をつないだまま往来《おうらい》をかけて逃《に》げた。かけながらも、後ろにぴったりとだれかが追いかけてくるようで恐《おそ》ろしかった。

そうして、今、その一枝《かずえ》がばあちゃんとともにこの川原に来ているのだ。

一枝《かずえ》はぬれた手拭《てぬぐ》いを持ち、かあさんたちの場所より、すこし下流に近い川原のまん中にすわっている老婆《ろうば》のところへかけていった。麻子《あさこ》はそのあとについていった。

むしろの上に背《せ》をまるめて老婆《ろうば》はすわっていた。背《せ》をまるめてというよりも、風が着物の背中《せなか》を袋《ふくろ》のようにふくらませているのであった。老婆《ろうば》はふくらんだ背《せ》と肩《かた》の間に顔をうめて、熊手《くまで》のようにいかつい骨張《ほねば》った手を膝《ひざ》の上にそろえていた。一枝《かずえ》は手拭《てぬぐ》いを老婆《ろうば》のちぢれた白髪《しらが》頭にかぶせ、顔をのぞきこんだ。

「ばあちゃん、これかぶってたら冷《ひ》やっこいからね」

ばあちゃんはわずかに首をふった。だが、それは、ことばの明瞭《めいりょう》ではないご詠歌《えいか》らしいふしに合わせて、はじめからふりつづけているものらしかった。おどろくほど多くのしわがたたまれた顔には、どす黒いしみがいくつも浮《う》きでていて、それは苔《こけ》や、朽《く》ちた落ち葉や、フレップの実や小鳥や虫たちの屍《しかばね》が積み重なって、ぶよぶよと踏《ふ》む足が頼《たよ》りなく沈《しず》みこんでいくツンドラの酸《す》いにおいを放つ野に似《に》ていた。そのご詠歌《えいか》のふしは数知れぬ褐色《かっしょく》の襞《ひだ》の間、あるいはどろどろとした赭《あか》いツンドラの水の滲《し》みでる地の下から湧《わ》きあがるように続いていた。

「ばあちゃん、足痛《いた》くないべ」

一枝《かずえ》は手拭《てぬぐ》いをおさえてやり、しゃがんで、よじれたむしろをひっぱってなおした。

「山の熊も焼けだされたべや」

不意にはっきりした声で、ばあちゃんがいった。

「兎《うさぎ》もりすも山鳥もはぁ、みんなねぐら焼かれたべ。なんまいだぶ」

ばあちゃんは膝《ひざ》の両手を組み合わせ、一枝《かずえ》をうながした。

「一枝《かずえ》、なんまいだぶだぞ」

「なんまいだぶ」

と、一枝《かずえ》はすぐに声を合わせ、むしろの上の手さげ袋《ぶくろ》から飴《あめ》をとりだし、紙をていねいにむいて、ばあちゃんのいく条《すじ》もの細かいしわの溝《みぞ》が内側にめりこんだ口の中へ押《お》しこんでやった。

「うちへ帰るべし。ちよ。もう帰るべや」

ばあちゃんはうったえる調子になり、すぐにまた一枝《かずえ》をしかりつけた。

「だれがこんなとこさ来るっていった。治作《じさく》がおらをつれだして、はんかくせえ。風変わるぞ、ちよ。変わらねでも、おら、焼けてもいいといったべ」

ちよとは一枝《かずえ》の死んだかあさんの名で、ばあちゃんはときどき、一枝《かずえ》とちよがわからなくなるらしかった。

「ばあちゃんてば。ちよちよっていうけど、そいでもわし、かあちゃんじゃねえもの。わし、まだばあちゃんのことおぶれねぇし、治作《じさく》のあんちゃんがつれてきてくれてよかったんだよ。ばあちゃん、ほれ、川原にこんなに逃《に》げてきてるんだもの。風が変わったら帰ろうね」

麻子《あさこ》はまめまめしく動く一枝《かずえ》に、声がでない。自分と同じ年齢《とし》なのに……。教室では本さえ読めない一枝《かずえ》なのに……。それはまるでちがうひとのようだった。

「おばあさん、いくつなの」

かあさんがなにを思ったか、そばに来てたずねた。ばあちゃんは顔を動かさず、重ねてたずねられ、

「さあ、九十六だか、それより十ばかし多いかね」

「それは、まあ、達者《たつしゃ》でけっこうだねえ」

かあさんは、聞こえるように大きな声で、語をくぎりながらいった。

「焼けだされたのかい。おめえだちも川原さ逃《に》げてきたんだべ」

ばあちゃんははっきりしない声でつぶやき、かあさんがいやにはっきりと、答えた。

「火事がひどくなったら、内路《ないろ》のほうさ、逃《に》げようかと思ってね。あっちには泊《と》まる宿屋もあるから」

かあさんがなにをいうのかと麻子《あさこ》はぎくっとした。かあさんは気づかず、紙にくるんだゆで卵《たまご》をさしだし、一枝《かずえ》に笑顔を向けた。

「あんた、麻子《あさこ》ちゃんの友だち？　えらいんだねぇ。よくおばあちゃん世話してあげてさ。さ、このゆで卵《たまご》、皮をむいておばあちゃんにあげてね」

一枝《かずえ》は無言で麻子《あさこ》を見、それから卵《たまご》を受けとっておじぎした。麻子《あさこ》は恥《は》ずかしさと怒《いか》りに顔を赤くしていた。かあさんが割《わ》りこんできたことに、そのいい方やしぐさに傷《きず》つけられていた。

一枝《かずえ》はうつむいてとがった指先で卵《たまご》の殻《から》をむいた。煙《けむり》にくもった空の下で、あらわにされた卵《たまご》が輝《かがや》き、ばあちゃんはひと口たべて、のどをつまらせた。

「ゆっくりたべるんだよ。ばあちゃんてば」

一枝《かずえ》はこぶしでばあちゃんの背《せ》をたたき、ばあちゃんは咳《せ》き入った。

「水筒《すいとう》、水筒《すいとう》の水はどこだった。ふじさーん」

かあさんがふり返った。

麻子《あさこ》はその場から逃《に》げだし、土手の草の茂《しげ》みに腰《こし》をおろした。

ときどき煙《けむり》が川原に吹《ふ》きつけ、霧《きり》のように流れた。ぱちぱち、ばりばりという山火事の音にまじって川の流れがとどろいていた。川原の石ころと、川原に集まるひとびとが不意に遠くなり、煤《すす》や焼けた笹片《ささひら》がとんでいく大空だけが目の前にひろがっていた。山火事はこのまいつまでも続くのか、それともどうなるのか、今夜はどうするのか、わからなかった。できることなら、ひとりでこの草にすわっていたかった。

一枝《かずえ》のとうさんはどこにいるのかわからないそうだった。ジャコシカだという噂《うわさ》だった。ジャコシカとは鹿《しか》だと麻子《あさこ》は思う。だが、一枝《かずえ》のとうさんはもちろん人間の男で、どこかの伐採場《ばっさいじょう》で働いていたのだ。いつか芝居《しばい》小屋に活動写真を見にいったとき、まん中に陣《じん》どった三人の荒《あら》くれ男が、口笛を吹《ふ》き、まわりの娘《むすめ》らを露骨《ろこつ》なことばでからかっていた。

「ジャコシカだ」と、喜八郎《きはちろう》たちがいい、麻子《あさこ》はそのとき、そのことばをはじめて聞いた。住所不定の流れものの労務者《ろうむしゃ》のことをさすようであり、それは美しい角を持つ鹿《しか》の敏捷《びんしょう》さと、どこか野性《やせい》の放埒《ほうらつ》なにおいを持っていた。ジャコシカの娘《むすめ》の一枝《かずえ》と、ジャコシカの母のばあちゃん……。

そのばあちゃんはむしろにすわっていた。落ちくぼんだ眼窩《がんか》は、くろい翳《かげ》を作り、目を見開いているのかつぶっているのか判然《はんぜん》としなかった。

麻子《あさこ》の心にわけのわからぬ悲しみのようなものがひろがっていった。そして、それは、ばあちゃんがすわり、かあさんが、麻子《あさこ》が、すわる地の……そうだった、鹿《しか》がかけ、地ねずみやアムールねずみが巣を作るこの大地の下から湧《わ》きあがってくるようであった。

かあさんのいない家

風向きの変わったことと、降《ふ》りだした雨がさいわいして、山火事の危険《きけん》はようやく去った。川原に集まったひとびとはそれぞれの家にたちかえった。

麻子《あさこ》の家でも雨上がりを待って、ずぶぬれの乾草《ほしくさ》や馬の飼料《しりょう》、湿《しめ》った馬具を、馬小屋の屋根や周囲にひろげて干《ほ》した。庭に埋《う》めたものもいちはやく掘《ほ》りおこされ、妙見菩薩《みょうけんぼさつ》の厨子《ずし》も清められて床《とこ》の間《ま》にかざられた。夜具包みのふとんも湿《しめ》った衣服も庭じゅうに干《ほ》されて、まだぶすぶす燃《も》える山の焦《こ》げくさいにおいと、湿《しめ》った馬具の革《かわ》のにおいや、蒸《む》れるようなにおいがたちこめていた。

ひとびとが焼けた山畑や、水を浴びせるだけ浴びせて守った家や家財《かざい》のあと片《かた》づけに落ち着くひまもないうちに、村役場から、樺太《からふと》に来島中の西院宮殿下《さいいんのみやでんか》が国境視察《こっきょうしさつ》のあと、内川《ないかわ》を通過《つうか》されるという知らせがあった。

部落のひとびとはわが家のことは二の次にして、さっそく道路の清掃《せいそう》にかりだされた。となり村までの道筋《みちすじ》の焼け焦《こ》げた木や、鳥獣《ちょうじゅう》の屍《しかばね》や、見苦しいものをとりのぞき、掃《は》き清めた。宮殿《みやでん》下《か》というのは、

「天皇陛下《てんのうへいか》さんの叔父《おじ》さんだべか」

と、幸《さち》たちはたずね、子どもたちはだれもそれには答えられなかった。毎年、正月号の雑誌《ざっし》をかざる「竹の園生《そのう》のおん栄《さか》え」と題される皇室皇族《こうしつこうぞく》の特集写真によって、それもひときわいかめしい髭《ひげ》によって、おぼえている方なのだった。

「あの髭《ひげ》の具合なら、たぶん、叔父《おじ》さんだべ」

と、子どもたちはかってに合点した。

「みんな、爪《つめ》切ってきたか。服は洗《あら》ってきたか。頭、とかしてきたな」

と、先生たちは出迎《でむか》える子どもたちの服装《ふくそう》を点検《てんけん》し、喜八郎《きはちろう》たちは女の子たちをはやしたてた。

「頭とかしてきたか。虱《しらみ》とってきたか。ややや、花代《はなよ》の頭の髪《かみ》の中、虱《しらみ》のばあさん五百匹《ぴき》、その子にその孫五万匹《びき》」

虱《しらみ》たかりといわれているおさげの花代は、むっとおしだまり、ずにのった喜《き》八郎《はちろう》がからかう。

「花代が頭さげたらば、風が吹《ふ》いて二匹《ひき》、宮さんの自動車さとびこんで、宮さんの髭《ひげ》にくっついて、つるんでふえて五万匹《びき》。あれあれ、おそれおおいでねぇすか」

男の子たちはげらげらわらいだし、女の子たちはやっきになっていい返す。

「はんかくさいったら！　ああ、ああ、あ、喜《き》八郎《はちろう》は、そんなこといってしかられる。校長先生さ、しかられる」

虱《しらみ》たかりは多かれ少なかれ、女の子に共通したことなのだ。毛虱《けじらみ》は、とってもとっても根絶《ねだ》やしにはならない。完全に駆除《くじょ》したと思うそのはしからうつるのだ。そして、それは当然のことながら丸坊主《まるぼうず》の男の子たちにはつかないのだ。だから、男の子は大いばりでからかい、女の子たちはくやしくうらめしかった。

やがて、高等科の大きい生徒から順々に校門をでて道路に整列することになった。だが、かしこまって待っていても殿下《でんか》の自動車はなかなか現《あらわ》れなかった。

「どうしたんだべ。遅《おそ》いな」

おとなたちは懐中《かいちゅう》時計をとりだし、子どもたちはがやがやさわぎはじめた。

「まだ、山火事、ほうぼうで燃《も》えてるってね。半鐘《はんしょう》ばあんまりぶって、ひびが入ったっていうべさ」

子どもたちはおしゃべりをはじめ、麻子《あさこ》もくたびれてしゃがみこんでしまう。道端《みちばた》の草を引き抜《ぬ》いて指にまるめていると、いきなり新三《しんぞう》が前につっ立った。いつもポケットにかな蛇《へび》を入れている新三《しんぞう》が、またおどすのかと麻子《あさこ》は立ちあがった。と、新三《しんぞう》は麻子《あさこ》のしゃがんでいた地面の上をさっとさぐる格好《かっこう》をし、後ろに身をひいて唇《くちびる》をなめた。

「杉本《すぎもと》、落としたべ。落としものだべさ、ほら」

え！

新三《しんぞう》の指さす地面には、塀《へい》や便所で見かける女の体の部分を指す、あの符牒《ふちょう》めいた落書きがかかれていた。

「そら見ろ、やっぱし落としたんだべさ」

新三《しんぞう》の左右大きさのちがう目が、ぬれたように輝《かがや》いて麻子《あさこ》を見つめ、麻子《あさこ》は突然《とつぜん》スカートをめくられたようにはっとする。その落書きはたった今、新三《しんぞう》がかいたものにちがいなかった。なにかいい返したいのにわけのわからない熱いものが渦巻《うずま》いて、急にはことばがでてこなかった。

「落としもの、落としもの」

と新三《しんぞう》ははやしたて、なんだなんだと、喜八郎《きはちろう》たちがのぞきこんだ。辰子《たつこ》と利枝《としえ》が同時にふり返り、こちらはびっくりするほど大声でさけぶ。

「新三《しんぞう》だね、この助平《すけべ》！」

「いやらしいったら！　こんなものかいて、なにさ」

憤然《ふんぜん》として、辰子《たつこ》は黒いゴムの短靴《たんぐつ》でごしごし落書きを踏《ふ》みにじった。

「ほんとに、なにさ！　ねえ、杉本《すぎもと》さん」

だが、麻子《あさこ》は泣きだしそうになって答えられない。

辰子《たつこ》がむきになって消しているそれは、自分とは決して関係のないただの落書きのはずだと思うのに、なんだか、ほんとうに自分の体のような気がしてくるのだ。新三《しんぞう》の卑怯《ひきょう》なやり方が目がくらむほど恥《は》ずかしくくやしいうえに、辰子《たつこ》の靴底《くつぞこ》でごしごし踏《ふ》みにじられているのが、ひりひり痛《いた》いような気がしてどうしようもないのだ。

「おい、みんな整列！」

不意に先生がさけび、

「お成りだぞ」

列の先頭でだれかのさけぶ声がした。

「気をつけ！」

石川先生が頬《ほお》を紅《あか》くしてさけび、子どもたちは、いっせいに姿勢《しせい》を正す。自動車の音がひびいてきて、しだいに近づき、麻子《あさこ》たちは頭をさげた。いくども予行練習をしたように、指先が膝小僧《ひざこぞう》にとどくところまで体を倒《たお》し、礼をする。

急にしずまり返った中を、黒塗《ぬ》りの自動車が一台通り過《す》ぎた。

そうして、黒塗《ぬ》りの自動車は一台、また一台と砂埃《すなぼこり》を巻《ま》きあげ次々に通り過《す》ぎていき、そして、それであっけなくおしまいであった。

麻子《あさこ》はほっとし、子どもたちはふたたびがやがやしはじめた。宮殿下《みやでんか》がどの自動車にのっていたのか、わからないうちにどんどん行ってしまったので、子どもたちは不服だった。

「髭《ひげ》、髭《ひげ》っていうから、おれ、見てやろうと思ってたのにな。ぱーっと行っちまうんだもんな」

「そんだっても、自動車五台も続けて行ったもんな。すげえや」

なにしろ、内川部落を通過《つうか》する自動車はそのころでも、日に十台もあれば多かったのだから、みんなは自動車がならんで行ったことだけでも満足できた。

やれやれ、山火事の危険《きけん》は過《す》ぎたし、宮殿下《みやでんか》はともかくも、つつがなくご通過《つうか》になったのだ。これでよし、おとなたちはそう思い、子どもたちはぞろぞろと学校へもどっていった。学校の丘《おか》の向こうからはうすい煙《けむり》がたちのぼり、水色の空のその半分だけが黄ばんでいた。風はまだ焦《こ》げくさく、そのにおいはもうすっかり麻子《あさこ》たちの体になじみ、しみこんでいるようであった。


ふたたび夏がめぐって、麻子《あさこ》は四年生になった。

焼けあとには木苺《きいちご》が茂《しげ》り、柳蘭《やなぎらん》の紅《くれない》の花で山は埋《う》もれた。年ごとにくり返す山火事のたびに、黒焦《こ》げの墓標《ぼひょう》に似《に》た林におびただしく茂《しげ》るのは、これらの植物にきまっていた。

川上炭坑《かわかみたんこう》で同じ社宅《しゃたく》に住んでいた佐伯《さえき》さん、畑《はた》さん、川辺《かわべ》さんたちが内川に越《こ》してきた。長い間、試掘《しくつ》を続けてきた炭坑《たんこう》も、いよいよ本格的《ほんかくてき》な操業《そうぎょう》にとりくむ時期にきていたのだ。来年度はいよいよ、敷香《しすか》町に人絹《じんけん》パルプ工場の建設《けんせつ》が予定されていた。内川炭坑《たんこう》の石炭は工場がもっとも必要とするものであった。川上炭坑《たんこう》は大正初年から採掘《さいくつ》をはじめた古い炭坑《たんこう》で、設備《せつび》も島内一を誇《ほこ》るものであった。が、内川はすべてこれからであった。とうさんは前々から地図をしらべ、実地に歩いてみて、炭坑《たんこう》の青写真を作っていた。

炭坑《たんこう》の諸設備《しょせつび》の中には、発電所や社宅《しゃたく》、売店、浴場さまざまなものが必要であった。川向こうの北西の台地に、会社、発電所、すこしはなれて社員と従業員《じゅうぎょういん》の社宅《しゃたく》を建設《けんせつ》するつもりであった。会社はすでに着工していた。社宅《しゃたく》は一棟《むね》に二軒《けん》が住む二戸建ての家とし、社員と従業員《じゅうぎょういん》では間取りがちがった。かあさんも、とうさんが鉛筆《えんぴつ》でいくども線をひく横から、台所はこうして、床下《ゆかした》には室《むろ》を作ってと、いろいろ主婦《しゅふ》らしくことばをはさんだ。

川上では従業員社宅《じゅうぎょういんしゃたく》は坑夫《こうふ》長屋とよばれ、低地に煤《すす》けた何軒《げん》もの長屋としてならんでいた。社員の社宅《しゃたく》はそれを見おろす丘《おか》の上にならんでいるのが、いかにも対照的であった。とうさんは木《き》苺《いちご》の茂《しげ》る焼けあとの台地に、南に向けて従業員社宅《じゅうぎょういんしゃたく》を建てようと思う。坑夫《こうふ》は一番方《かた》、二番方《かた》というようにそれぞれ坑内《こうない》におりる時間がちがっていて、あがる時間も交代であったから、家人が起きているときでもゆっくり眠《ねむ》る部屋が必要だった。とうさんは、屋根裏《うら》に独立《どくりつ》した小部屋をとった。これはぜいたくな要求だと会社側には思われるだろうが、どうしてもこの案を通したかった。

木の香《か》も新しい発電所や社宅《しゃたく》がたちならび、炭塵《たんじん》に汚《よご》れた体を洗《あら》い流す共同浴場、食料や日用品を安く売る購売部《こうばいぶ》や、病院や、社員の娯楽施設《ごらくしせつ》、スキー場、テニスコートまで、とうさんの夢《ゆめ》はひろがっていった。

やなぎらん

若《わか》いときから、九州、支那《しな》、北海道を転々としてきて、とうさんはどこにも落ち着くことができなかった。樺太《からふと》へ来るというのも、北海道の炭坑《たんこう》の経営者《けいえいしゃ》が変わり、人事に不満もあったうえ、新しい地へ行こうとする別の理由もあった。それはかあさんを嘆《なげ》かせたとうさんの浪費癖《ろうひへき》と、もうひとつ決定的なことは、別れなければならない女《ひと》がいたことであった。そうして、とうさんは日本の果ての樺太《からふと》へやってきたのだが、今はこの荒《あ》れた原野に、億年もの眠《ねむ》りをねむっていた石炭を掘《ほ》りおこすことで心はあふれていた。新しい天地に炭坑《たんこう》を開発していくこと、炭坑《たんこう》を作ることは、その地にまったく新しいひとつの村落を作りあげることでもあった。

だが、その夏、麻子《あさこ》の家には思いがけないことがおこった。

「アニトヨハラビョウインニ　ニュウインス　イタル」

という電報《でんぽう》が、今年の春から中学生になって、拓《たく》と同じ寄宿舎《きしゅくしゃ》にいる至《いたる》から届《とど》いたのだ。かあさんはすぐに、

「クワシクシラセヨ　ヘンマツ」

と電報《でんぽう》をうち、舎監《しゃかん》の先生と至《いたる》から返事の電報《でんぽう》と、続けて手紙がついた。

サッカーの選手をしていた拓《たく》は、運動のあと、ひどく汗《あせ》をかくようになり、冷えこんで風邪《かぜ》をひいた。風邪《かぜ》から肋膜炎《ろくまくえん》を併発《へいはつ》したというのだ。かあさんは青ざめた。中学四年生、いちばん危《き》険《けん》な年齢《ねんれい》だった。樺太《からふと》は、以前はロシアの流刑囚《るけいしゅう》の住む監獄島《かんごくじま》であった。長くきびしい冬の間じゅう、ひとびとはすきま風をふせぐために、どこもかも目貼《めば》りをしてストーブを燃《も》やしつづけ

たから、換気《かんき》をしない室内の空気は汚れほうだいで、春になると結核患者《けっかくかんじゃ》が続出するといわれていた。

かあさんはとるものもとりあえず豊原《とよはら》へかけつけ、拓《たく》にいさんにつきそって看病《かんびょう》した。いったん退院《たいいん》はしたものの、にいさんはしばらく静養《せいよう》しなくてはならなかった。とうさんはむずかしい顔で子どもたちにつげた。

「医者が転地したほうがよいというのだ。鎌倉《かまくら》には叔母《おば》さんたちもいるし、あそこにはいい療養《りょうよう》所《じょ》もある。にいさんは鎌倉《かまくら》へ行くことになったよ。かあさんもついていく。にいさんがすこしよくなるまでついていることになったから、みんなはちゃんと留守番《るすばん》するんだぞ」

にいさんはともかく、かあさんまで帰ってこないなんて……と、みんなはしゅんとなったが、反対はできなかった。大変なことになったと思う。さっそく、みどりと、新しいお手伝いの友枝《ともえ》が、かあさんの当座《とうざ》の着がえをタンスから引きだし、あれこれえらんで荷物をまとめた。

やがて、消防車《しょうぼうしゃ》のように赤いトラックにのって、敷香《しすか》町から丸井《まるい》運送の丸田《まるた》さんがかけつけてきた。丸田さんはかあさんとにいさんを東京まで送ってくれるのだ。額《ひたい》のはげあがった丸田さんは、九州時代からの古い知り合いなのだ。知り合いというよりも、丸田さんがとうさんに別れるのがいやで、とうとう樺太《からふと》までついてきたのだ。弟か子分のつもりなのだった。

「なあに、心配なさらんでも、鎌倉《かまくら》でよか先生について養生しなさったら、奥《おく》さんも拓《たく》さんも、すぐによくならっしゃるでっしょう。安心してよかですばい」

丸田さんはそういうかと思えば、急に改まって急きこんだ調子になった。

「ふんなら、杉本《すぎもと》さん、わたしゃ、責任《せきにん》を持って奥《おく》さんと拓《たく》さんばおつれしますばい。杉本《すぎもと》さん、わたしゃほんの十九のときから見とりましたけん、奥《おく》さんの苦労ばよう知っとります。杉本《すぎもと》さん、あんた、奥《おく》さんば死なされまっせんばい！」

麻子《あさこ》は丸田さんがなにをいっているか、そのけんまくに気をのまれ、とうさんが、「なにをいうか」とどなりつけるのではないかと顔を見た。が、とうさんは低いおさえた声でこういった。

「おれも……ふきは死なされん。丸田、たのんだぞ」

丸田さんは大きく息をついてうなずいた。丸田さんの顔は酔《よ》ったように赤く、額《ひたい》の上のちぢれ毛がゆれていた。

麻子《あさこ》はなにかを聞きちがえたかと思う。にいさんではなく、かあさんが死ぬだなんて……。

「かあさんがどうかしたの。病気？」

保《たもつ》がたずねた。丸田さんは体をゆすり、大げさにわらって見せた。

「なあに、拓《たく》さんの病気で、ちょっとくたびれただけよ。保《たもつ》ちゃん、大きゅうなんなさったな。二年生？　ほう、樺太《からふと》へ来るときはおじさんが肩車《かたぐるま》にのせてつれてきたとい。保《たもつ》ちゃんも麻子《あさこ》ちゃんも安心しなさい。今度来るときゃ元気になったおかあさんと拓《たく》さんをのせて、景気よう、ぶっとばしてくるばい」

丸田さんの説明で麻子《あさこ》はほっとする。

そうだろう、かあさんはくたびれただけだ。さっきの会話はなにかほかのことをいったのだ、それにちがいないと思う。

「トラック、ぶっとばしたら、ぶつかるよ」

と、保《たもつ》がいった。

「うちのトラックは、赤すぎるっていうて消防署《しょうぼうしょ》から怒《おこ》られた。ほんに、これでちんちん鐘《かね》鳴らしていけば、消防車《しょうぼうしゃ》とまちがえて、みんな、道ばあけてやりござる」

「トラックににいさんのせて、東京まで行くの」

「いやあ、今日《きょう》は内路《ないろ》に寄《よ》るけん。汽車にのって船にのって、汽車にのっていくと。保《たもつ》ちゃん、心配することはなかばい。この丸田《まるた》八郎《はちろう》にまかしときんさい」

丸田さんが自分のことを丸田《まるた》八郎《はちろう》とよぶとき、まるで、鎮西八郎《ちんぜいはちろう》とでもいうかのように力をこめていうのだった。そして、麻子《あさこ》たちは豪力無双《ごうりきむそう》な大男の八郎為朝《はちろうためとも》とは似《に》ても似《に》つかぬ、小兵《こひょう》の丸田さんを、今は唯一《ゆいいつ》の頼《たよ》りに思うよりしかたなかった。

「荷物はこれだけですな」

丸田さんは助手に荷物を運ばせ、腰《こし》をあげた。

「ひどい霧《ガス》になった。こりゃ消防車《しょうぼうしゃ》のごと、ちんちん鐘《かね》鳴らしていかにゃならん」

外で丸田さんの声が聞こえた。

とうさんが玄関《げんかん》からでていき、あいた戸口から冷たい霧《きり》が流れこんできた。みどりも麻子《あさこ》も丸田さんを送るために外へでた。

いつのまにか濃《こ》い霧《きり》が押《お》し寄《よ》せてきていて、樺《かば》の木も塀《へい》も霧《きり》にぼやけ、丸井《まるい》運送店の赤いトラックは、しっぽり霧《きり》にぬれていた。丸田さんのすがたは見えず、窓《まど》ガラスはくもっていたし、なにかいう声だけがしたようであった。まるで無人のトラックのように見えた。それが、ぶるぶる身ぶるいしたかと思うと、しだいに大きくゆれだした。ライトが点滅《てんめつ》し、突然《とつぜん》おさえきれなくなったようにトラックは走りだし、狂暴《きょうぼう》とでもいうような警笛《けいてき》を鳴らしながら、たちまち霧《きり》にのまれるように消えた。

警笛《けいてき》が遠ざかり、霧《きり》がひたひたと麻子《あさこ》をつつんだ……。

看護《かんご》疲《づか》れのかあさんが、豊原《とよはら》病院で腎臓結核《じんぞうけつかく》の診断《しんだん》をうけたことを、麻子《あさこ》たちは知らなかった。


かあさんのいない家はがらんとして、どこもかもすうすうと風が吹《ふ》きぬけるようであった。ふじさんは暇《ひま》をとり、大泊《おおどまり》の町から友枝《ともえ》という、もと看護婦《かんごふ》見習いをしていたという小柄《こがら》で目の細い娘《むすめ》が手伝いにきていた。

来る日も来る日も雪が舞《ま》った。保《たもつ》はスキーや雪合戦にあそびほうけて、暗くなるまで家に帰らず、無口なみどりはますます無口になった。

鎌倉《かまくら》からはときどき、たよりが届《とど》いた。かあさんは元気らしかったが、にいさんは旅行がこたえたらしく、サナトリウムで安静を続けていた——かあさんの結核《けつかく》は樺太《からふと》の医師《いし》の誤診《ごしん》らしかったのだ——にいさんはベッドに寝《ね》たきりで、手鏡で窓《まど》の外を映《うつ》してながめているという。月を鏡でとらえようとしても、網《あみ》で魚をすくうようにすいすい逃《に》げられてしまうという。

麻子《あさこ》は、「豊原《とよはら》へ帰れ」とみどりにいわれて、外へでていったにいさんを思いだした。夜遅《おそ》く帰ってきた拓《たく》にいさんは、星空の下をスキーですべってきたのだといった。満天の星がまるで北風がみがいたようにきれいだと語ったにいさんが、大空をあおぐこともできずに寝《ね》ているなんて、麻子《あさこ》にはほんとうのことのように思えなかった。けれど、それがほんとうのことである証拠《しょうこ》に、かあさんはその冬もとうとう帰ってこなかったのだ……。

そうして、その冬、六年生のみどりの女学校の入学試験の日がせまっていた。

みどりは以前、至《いたる》がしていたように、ときどき学校にいのこって自習していた。短い冬の日は午後三時を過《す》ぎると、もうらんぷなしでは本が読みにくくなった。みどりはうす暗い教室でやっと本を閉《と》じ、ストーブの火を消し、先生に挨拶《あいさつ》して帰るのであった。

ある日の午後、

麻子《あさこ》と幸《さち》はスケートをはいて、凍《こお》った雪道を学校のほうへすべっていった。雪は降《ふ》っていなかったが、空はくもっていて、どこもかも銀ねずみ色に茫《ぼう》と明るかった。細い雪道の両側には、除雪《じょせつ》した雪が塀《へい》のように積みあげられて続き、その空も雪原もひと色に茫《ぼう》とひかるかなたから、かすかに犬たちの吠《ほ》え声が聞こえた。

それは、はじめはただのざわめきのようであったが、しだいに大きくなり、活気に満ちた犬たちの声はこちらに近づいてくるのだった。やがて、雪の塀《へい》の間に犬橇《いぬぞり》が現《あらわ》れ、まっしぐらにかけてくるのだ。犬たちの声が激《はげ》しくなり、鈴《すず》の音にまじって橇《そり》の男のであろう、犬たちを励《はげ》ます短いかけ声がひびき、麻子《あさこ》たちはあわてて、道の端《はた》にさけた。まるで熊《くま》の子ほどあるようなたくましい樺太犬《からふとけん》を先頭に、雪を浴びた十匹《ぴき》あまりの犬の群《む》れが、口から白い息をはきながら目の前をかけぬけた。細長い犬橇《いぬぞり》には革《かわ》の服の男たちが三人、かけ声をかけながらあっというまに走り過《す》ぎた。

犬たちの白息につつまれた雪焼けした男たちに、

「ギリヤークだ」

と、幸《さち》がさけんだ。

「ギリヤーク？」

「んだよ。敷香《しすか》のオタスにいるの。あそこさ、オロッコやギリヤーク人が住んでいるべさ。オロッコは馴鹿《となかい》の橇《そり》だけど、あれは犬橇《いぬぞり》だ。ギリヤークだよ。あのひとたち、どこさ行くんだべか」

幸《さち》は首をかしげた。

「辰子《たつこ》さんのとうさんは猟師《りょうし》だから、よく知ってるべさ。中敷香《なかしすか》にギリヤークの友だちがいるっていってたよ。そのひと、冬は土ん中の室《むろ》みてぇ小屋でくらすんだと」

麻子《あさこ》は知らなかった。馴鹿橇《となかいぞり》や犬橇《いぬぞり》をかって原野を疾走《しっそう》するこのひとたち、樺太《からふと》先住民族のすがたを見たのは、この日がはじめてであった。樺太《からふと》はロシア人が住んでいた土地だと思いこんでいたのに、どこの国か聞いたこともないギリヤークとかオロッコとかいうひとがいるなんて……。革《かわ》の服を着て馬橇《ばそり》にのるとうさんと、そのひとたちは同じようであっても、もっと荒々《あらあら》しくにおうものがあった。それは犬たちのはくなまぐさい息のようでも、赭黒《あかぐろ》いツンドラの水の滲《し》みた長《なが》靴《ぐつ》や、彼《かれ》らの住む、あの灰緑色《はいみどりいろ》の地《ち》衣類《いるい》のたれさがった針葉樹林《しんようじゅりん》の、鼻を刺《さ》すにおいであったのかもしれなかった。

麻子《あさこ》は犬橇《いぬぞり》を見送り、息をはずませていた。

「あ、みどりさんだ」

不意に幸《さち》がさけんだ。橇《そり》を追いかけるように、学校帰りのみどりがかけてきたのだ。頬《ほお》を紅《あか》くしたみどりの目が、きらきら輝《かがや》いている。

「どうしたの、みどりちゃん」

麻子《あさこ》は思わず、みどりの腕《うで》をつかんだ。みどりはよろけて立ちどまったが、その目はまだ、犬《いぬ》橇《ぞり》を追っていた。

「ムクがいたよ。あこちゃんも見たでしょう。今の橇《そり》ひいてたよ」

「えっ、ムクが？　どうしてわかったの」

「まん中へんにいたの、鼻のとこが黒くて、毛の色も格好《かっこう》もそっくりだったよ」

まさかと麻子《あさこ》は思う。

山火事のあと、子犬のムクがいなくなって、知らない男がムクのような犬をつれて内路《ないろ》のほうへ行ったという話も聞いた。それっきり確《たし》かめようもなく、ムクは麻子《あさこ》たちの前からすがたを消してしまっていたのだ。けれど、樺太犬《からふとけん》はどれもよく似《に》ていたし、ムクはもう成犬《せいけん》なのだ。あんなに速くかけていったのに、どうして大きくなったムクがひと目でわかるだろう。それなのに、みどりはむきになっていた。

「ムク……さらわれて、今、橇《そり》なんかひかされてるんだ」

「さらったひと、ムクば売ったのかもしれねぇね。あのムクなら、いい橇犬《そりいぬ》になるってあんちゃんもいってたもの」

幸《さち》が相づちをうった。麻子《あさこ》はかぶりをふった。

「だってさ、ムクなら、内川《ないかわ》のことおぼえてるよ。みどりちゃんのことだって忘《わす》れてないよね。なのに、知らん顔して行っちゃったでしょう。ちがうんだよ。きっと」

「でも、ムク、一匹《ぴき》じゃなくてあんなにかけてたんだもの」

みどりがいった。

だって、と麻子《あさこ》は思う。もし、あれがムクだったとしてもしかたがないではないか。ムクは、あんなにかわいがったみどりの前を、ほんのすこしもなつかしがるふうもなくかけていった。子犬のとき育った家の前を、とっさに走り過《す》ぎていってしまったではないか。ムクは今は仲間たちと橇《そり》をひいてかけることしか考えてはいないのだ。今だって、ぱちぱち背中《せなか》を鞭《むち》でぶたれて、蝦《え》夷《ぞ》松《まつ》の林の中を、はあはあ走りつづけているにちがいないのだ。いくらみどりが呼《よ》んでも、ふりむくこともしないだろう。麻子《あさこ》は、こうしている間にもぐんぐんと、みどりとムクの間が遠くはなれていくのが目に見えてくるようだった。

だが、みどりは肩《かた》をふるわせていた。麻子《あさこ》は、はっとした。いつも泣いたことのないみどりの目に、透《す》きとおった涙《なみだ》が盛《も》りあがっていた。

みどりの入学試験は敷香《しすか》町の小学校で行われることになっていた。女学校のある町はいずれも汽車で何時間もかかるところであった。もし、吹雪《ふぶき》にあえば汽車も動かなかったから、地方の子どもたちのために、試験は何か所かで同時に行われることになっていた。当日、みどりは馬橇《ばそり》で朝早く家を出発しなくてはならなかった。

だが、その前から麻子《あさこ》はみどりのようすが気になった。あまりものをいわないのはいつものことにしても、顔色がひどく冴《さ》えなかった。朝、目がさめるとみどりがいない。床《とこ》は半分たたんだように折っているから、もう起きているのかもしれなかった。寒いのにどこへ行ったのか、帰ってこない。

心配になってそっと起きだすと、風呂場《ふろば》のほうで水の音がする。寒い間、風呂桶《ふろおけ》が凍《こお》って割《わ》れるのをふせぐために、風呂《ふろ》の釜《かま》にはいつも石炭をくべてあったが、それでも朝方だから、しんと冷たかった。いかにもしのびやかに水を使っているのはみどりらしかった。この寒いのにと、麻《あさ》子《こ》がのぞくと、みどりはびくっとふり返った。まっ青な顔に目がおびえたようにこちらを見た。かえって麻子《あさこ》はどぎまぎした。

「どこへ行ったのかと思った」

みどりは体で、洗《あら》っていたものをかくすそぶりをした。早くでていくようにと体全体が拒否《きょひ》しているようだった。麻子《あさこ》は戸をしめ、(今ごろ、洗濯《せんたく》なんかしなくたって。寒いのにへんなみどりちゃんだ)と思った。みどりの足もとからのぞいたのはシーツだったような気がした。まるでおしっこしたみたいと、麻子《あさこ》は思い、いぶかしかった。でも、ほんとうにそうだったのかもしれなかった。

朝食のときも、みどりの肌《はだ》は沈《しず》んだ青ずんだ色をしていて、鳥肌《とりはだ》たったような小さなぶつぶつが吹《ふ》きでて見えた。だまってうつむいているのは、麻子《あさこ》に見られて気まりわるくて腹《はら》を立てているのかもしれなかった。六年生なのだもの。もう、女学校に入るのだからと麻子《あさこ》は同情《どうじょう》した。

麻子《あさこ》は風呂場《ふろば》のことは知らないことにした。みどりは背中《せなか》をまげ、机《つくえ》に頰《ほお》を押《お》しあてていつまでもじっとしていて、寝《ね》ているのかと思うと、手のひらをそっとおなかにあてたまま、大きな目を見開いているのだ。それが、放心しているようにも、なにか思いつめているようにも見え、麻《あさ》子《こ》はふと、気がかりだった。

「どうかした?」

とたずねると、そっけなくかぶりをふった。まだ怒《おこ》ってるんだと麻子《あさこ》は思い、それでもすこし、気になった。

「明日《あした》は早いから、みどりは風呂《ふろ》に入って早く寝《ね》なさい」

とうさんにいわれて、みどりは受験票《ひょう》や筆入れをそろえ、着ていく服を枕《まくら》もとにきちんとたたんで、早く寝《ね》てしまった。お風呂《ふろ》には麻子《あさこ》と保《たもつ》が入っただけだ。

「みどりちゃん、入らないよ」

麻子《あさこ》がいうと、友枝《ともえ》が答えた。

「いいんだよ。みどりちゃんは風邪《かぜ》ひくと困《こま》るから……」

ひとりふとんに入って目をつぶっているみどりの顔色は、らんぷのひかりの下でやっぱり青く、とがった鼻も、うすくてかたちのいい唇《くちびる》も、ざらざらした陶器《とうき》の人形のように見えた。すぐそこにいるのに、みどりは麻子《あさこ》からまるで遠いところにいるようで、麻子《あさこ》は不安であった。すうすうとみどりは寝息《ねいき》をたて、どこかで犬の吠《ほ》える声がしていた。だしぬけにムクのことが思いだされた。

ギリヤークの橇犬《そりいぬ》たちはどこへかけていったろう。今も夜空の下をかけているのだろうか。それとも犬同士かたまりあい一団《いちだん》となって、空の下で眠《ねむ》っているのだろうか。積雪の中から雪をこぼして起きあがってくるという橇犬《そりいぬ》たち……。それともムクは、ちがう場所で、どこかの子どもに飼《か》われているのかもしれず、ジャコシカのような男について、どこかの飯場《はんば》に行ったのかもしれなかった。

そうして麻子《あさこ》には、みどりがもうどこかへ行ってしまったような気がする。麻子《あさこ》はあの橋の下の灰緑色《はいみどりいろ》の半透明《はんとうめい》な川の流れを思った。みどりが手のひらにすくってもこぼれてしまう水のように、どこへ行くのかとらえがたく頼《たよ》りなかった。

翌朝《よくあさ》、とうさんは早くから橇《そり》をひきだし、朝食もそこそこにみどりは外套《がいとう》を着て、毛糸の帽子《ぼうし》をかぶった。

「みどりちゃん、なにも忘《わす》れものない？　ハンカチもちり紙も持った？」

麻子《あさこ》がたずねてもみどりは答えない。

「みどりちゃん」

と呼《よ》ぶと、ぎこちなく足をすり合わせるようにして歩きだした。いかにもいたいたしく不自由そうな歩き方で、あの雪合戦のときのきびきびしたみどりとはまるで別のひとに見えた。友枝《ともえ》が玄《げん》関《かん》で四角いハンカチの包みをわたしてなにかささやいた。みどりはうつむいて、それを手さげに入れた。帽子《ぼうし》の下に肩《かた》まで長くのびた髪《かみ》の毛がほつれていた。いつだってさっそうとしているみどりなのに、ぐじぐじとみっともないのは麻子《あさこ》だったのに……。麻子《あさこ》はとまどい、なんだか自分のほうがあせってくるのだ。

「みどりちゃん、受験票《じゅけんひょう》もった？」

うん、とみどりは答え、橇《そり》に足を入れた。

「みどり、ぐずぐずしていたらまにあわないぞ」

とうさんが馭者台《ぎょしゃだい》からふり返り、皐月《さつき》が鼻を鳴らした。

「さあ、行くぞ」

みどりはふとんに顔をうめ、友枝《ともえ》がふとんをかけなおした。志尾《しお》さんが見送り、保《たもつ》は志尾《しお》さんとならんで、出征兵士《しゅっせいへいし》を送るように、

「ばんざーい」

と手をふった。橇《そり》がきしんで動きだし、鈴《すず》がいっせいにゆれた……。


家にもどってからも、みどりは試験のようすをあまり話したがらなかった。試験場で消しゴムを落としたみどりは、それを拾おうとしてひどくしかられた。消しゴムを拾ってくれた先生はその後もそばをはなれず、みどりは監視《かんし》されているようで、緊張《きんちょう》してかけなかったらしい。それでも、まだ、だれもみどりが試験に落ちるとは思っていなかった。拓《たく》も至《いたる》も中学に合格《ごうかく》していた。みどりだけが特別、成績《せいせき》がわるいわけではなかったから、なんとなく安心していたのだ。

発表があって、落ちたと知ってうろたえたのはとうさんであった。受持の山村きよ先生は会社の山村さんの娘《むすめ》だったから、よけい、おろおろし、麻子《あさこ》もなんと声をかけたらよいか困《こま》った。

とうさんは不機嫌《ふきげん》になり、だが、そうしているわけにはいかなかった。いつも子どものことは

まかせてあるかあさんはいないのだ。とうさんは大急ぎでほかに入学できそうな女学校をしらべた。樺太《からふと》に女学校はいくつもなく、それもたいてい試験はおわっていた。あちこちたずねて、やっと、西海岸の泊居《とまりおる》町の女学校に連絡《れんらく》がついた。

中学も女学校も、樺太《からふと》では豊原《とよはら》が一番だと思いこんでいるとうさんにとって、みどりをただひとり、西海岸のさびしい町へやることは、ふびんで無念なことにちがいなかった。かえってみどりのほうが落ち着いていた。どうしてなのか、わからなかった。ひとに会うたび、みどりの落ちたことのために気まりわるがってるのは麻子《あさこ》たちで、みどりではないように見えるのがうらめしかった。

みどりはおとなしくいつもだまっていた。おとなしいみどりのまるみをおびた肩《かた》が、やわらかな背《せ》が、突然《とつぜん》動かない岩のようにも見えた。

からふといばら

あざらしのこっこ

うまれたのは九州の海べだというのに、麻子《あさこ》は海を知らなかった。

海浜《かいひん》の松林であそび、砂山《すなやま》を作ってあそんだというにいさんやみどりたちの話に、麻子《あさこ》は入っていくことができなかった。そのはず、麻子《あさこ》はうまれてからほんの一年ほどで海峡《かいきょう》をわたり、二年目にはまた津軽海峡《つがるかいきょう》を越《こ》えて北海道へ来ていたのだ。

麻子《あさこ》の思いだすことのできるいちばん古い記憶《きおく》は、北海道への汽車の中で、座席《ざせき》にちんまりすわって西瓜《すいか》をたべていた銀色白髪《しらが》のおばあちゃんのことだ。みどりたちに、そんなおばあちゃんなどどこにもいはしなかったとわらわれた。

それがどうしてもふしぎなように、麻子《あさこ》にはもうひとつ、函館《はこだて》の港へ着いたときの記憶《きおく》があるのだ。船から外へでて、明るい陽光と潮風《しおかぜ》がうれしくて、麻子《あさこ》は長い桟橋《さんばし》をだれかに手をひかれて歩いていた。麻子《あさこ》の影《かげ》がくっきりと地に落ちていて、その影《かげ》を踏《ふ》みしめ踏《ふ》みしめ、こおどりしながら歩いていった……。桟橋《さんばし》をぴたぴたたたく波の色はもちろん、輝《かがや》く藍《あい》の色で、どういうわけか白い木の花が咲《さ》いていたような気がするのだ。足の裏《うら》にぴったりあった底のひらたいやわらかな革靴《かわぐつ》も、影《かげ》を踏《ふ》んだ感触《かんしょく》も、まざまざとよみがえるのに、その記憶《きおく》さえもみどりたちに打ち消されてしまう。

「あこちゃんなんか、ばあやにおんぶされていたんだもの。わあわあ泣いてたくせにおかしいよ。ただのあかんぼだったんだから」

保《たもつ》はあかんぼうだったろう。でも、あたしはちがう。ちゃんと靴《くつ》をはいて歩いてたもの。いくらそうがんばっても、おとなのことばのほうが通ってしまい、またしても麻子《あさこ》は不承不承《ふしょうぶしょう》にだまりこんでしまう。

あの青い海が函館《はこだて》の海でないのなら、桟橋《さんばし》やあの革靴《かわぐつ》はいつ幻《まぼろし》のように、麻子《あさこ》の心のなかに生まれ育っていったものなのだろうか。それはわからなかった。かあさんやみどりたちが認《みと》める麻《あさ》子《こ》の海は、濃霧《のうむ》の宗谷海峡《そうやかいきょう》であり、樺太《からふと》鉄道を北上する車窓《しゃそう》から見る、蝦夷松《えぞまつ》の林の間に切りとられたように鮮《あざ》やかなオホーツクの海であった。

そして、この部落から海は見えなかった。学校の丘《おか》にのぼれば、針葉樹《しんようじゅ》の林の上に白い直線をひいた海が見えたけれど、この部落まで海の風は吹《ふ》いてこない。ただ、部落のまん中を流れる川が、まがりくねって幌内《ほろない》低地のかなた、多来加《たらいか》湾《わん》へとそそぐのであった。けれど、それさえも麻《あさ》子《こ》が確《たし》かめたわけではないのだ。

川は流れて海へ行くと教えてくれたのは、至《いたる》だった。どうして海へ行くのだろう。麻子《あさこ》はけげんな顔になった。麻子《あさこ》の目の前を、川はいつもいつも流れていて休むことがない。どうしてこんなにたくさんの水が、あとからあとからつきずに流れてくるのかふしぎだった。それが海から来るのではなくて、まったく水のありそうもない山のほうから来るのが、ふにおちないのだ。

地図で見る川は、細い一本の線ではじまっているが、それは忘《わす》れな草の茂《しげ》みから湧《わ》きこぼれるせせらぎのようなものなのか、葉からしたたり落ちる雨の滴《しずく》の絹糸《きぬいと》のような流れが集まって、しだいに大きくなっていくものなのか、麻子《あさこ》にはわからない。もののはじまりが麻子《あさこ》にはとてもふしぎだ。地から萌《も》える草も、虫の卵《たまご》も、ただ湧《わ》いてくるものではないだろうに、なにもないと見えるところから、どうしてものが生じるのかと思う。

凍《こお》った川の上をどこまでものぼっていったら、きっと川の源《みなもと》に着くだろう。川の果ての海だって、川をたどっていきさえすれば行けるにちがいないと、麻子《あさこ》は思った。

夕ぐれ近くなって、麻子《あさこ》はスケートを持ちだした。だれもいない川上のほうへ行こうと思ったのだ。裏《うら》のトロッコ道《みち》のほうから川へでかけた。岸から雪に膝《ひざ》をつくようにして、一歩一歩斜《なな》めにおりていく。川原は雪で埋《う》もれ、馬《ば》橇《そり》の通るところだけ一段《いちだん》低く踏《ふ》み固《かた》められて、橇《そり》のあとがみがいたようにどこまでも続いていた。

長靴《ながぐつ》をスケートの上にのせ、ねじをさしこもうとして見ると、穴《あな》の部分に雪がつまっていた。息をかけてとかすつもりで口のそばへ近づけたとたん、ねじはぴたっと麻子《あさこ》の唇《くちびる》に吸《す》いついて、あっ、と思ったがどうにもならない。蛭《ひる》に吸《す》いつかれたように、小さなねじは唇《くちびる》からはなれないのだ。凍《い》てのきびしい日には、金属《きんぞく》のものがよくこうして吸《す》いつくのだ。麻子《あさこ》は唇《くちびる》にぶらさげたねじを、おそるおそるひっぱってはなした。唇《くちびる》の皮がはがれて、ねじに赤い血がついていた。麻《あさ》子《こ》はひりひりする唇《くちびる》をなめ、スケートにねじをさしこんでまわす。スケートの足台にある爪《つめ》が中心に寄《よ》って締《し》めつけ、長靴《ながぐつ》の底をしっかりおさえる。革《かわ》ベルトで足首をしめて、麻子《あさこ》はひと足ふた足すべって確《たし》かめ、それから上流へ向かってすべりはじめた。

黒焦《こ》げの木々を山肌《やまはだ》一面に突《つ》き立てた山腹《さんぷく》が、遠い行く手をさえぎり、土手の上には木々の梢《こずえ》が重なりあい、そこから先はただ、夕ぐれ近い淡《あわ》い水色の大空がひろがっていた。唇《くちびる》をなめながら麻子《あさこ》はすべっていく。川の表面は、ふくらんだりくぼんだりしていて、あるところはうす青く、あるところは菫色《すみれいろ》の影《かげ》をひいていた。

麻子《あさこ》はスケートはあまりじょうずではない。片足《かたあし》を動かさずにスクーターをこぐようにしてすべっていくと、寒さで頰《ほお》がひきしまった。やがて、川は二股《ふたまた》に分かれ、曇《くも》りガラスの色をした橇《そり》の道はそこで右側に折れていた。中州のあたりに、柳《やなぎ》の木が瘤《こぶ》のような幹《みき》からしなやかな小枝《こえだ》を空にさしのべ、雪をかぶった小さな灌木《かんぼく》たちが、まるで兎《うさぎ》や雷鳥《らいちょう》が息をひそめているようにひっそりと立っていた。流れの急なところで盛《も》りあがった波が、そのままのかたちで凍《こお》りついていた。それらはまるで、いばら姫《ひめ》の眠《ねむ》りの城《しろ》のように、魔法《まほう》の力で突然凍《とつぜんこお》りついたもののように見えた。

しんと動きをとめた川は、自由をうばわれたように見える。けれど、麻子《あさこ》は魚釣《つ》りの穴《あな》をのぞいたとき、青黒い水がどうどうと流れ、身を切る風が吹《ふ》きあげてきたのをおぼえている。男たちが釣糸《つりいと》をあげると、銀色の小魚が宙《ちゅう》におどる。男たちは釣糸《つりいと》をたぐって魚をはずし、氷の上に投げだす。すると魚は跳《は》ねたかたちのまま、たちまち凍《こお》りついてしまうのだ。それは、灌木《かんぼく》の兎《うさぎ》や雷鳥《らいちょう》にも似《に》てどこか魔法《まほう》めいて見えた。川は凍《こお》ったように見えながら、ほの暗い氷の下をとどろき流れているのだった。

足の裏《うら》に川のとどろきが伝わってきて、麻子《あさこ》は、川は流れていると思う。自分のうちにもなにかがとどろいていると思う。そうして、それは皮膚《ひふ》の下を流れる血潮《ちしお》なのか、なんなのかはわからない。ただ、川のとどろきとひびきあうものを感じて、麻子《あさこ》はせつない気持ちだったのだ。

あたりが急に暗くなって、雪も氷も薄《うす》ねずみ色の夕ぐれの中に沈《しず》んでいこうとしていた。やがて、山の端《は》にひとすじ、夕やけの茜色《あかねいろ》が空を染《そ》め、しだいにあたりにひろがっていった。

雪や氷が木の株《かぶ》の上にも盛《も》りあがっていて、氷に閉《と》じこめられたマンモスのように見えた。麻《あさ》子《こ》はマンモスの背《せ》にはいあがり、またがった。マンモスは夕映《ば》えの中で血の色をよみがえらせ、今にも身ぶるいして立ちあがるかのように思われた。

（マンモスといっしょに、この氷原をどこまでもかけていったら……）

麻子《あさこ》はマンモスの背《せ》に両手をついて、体をそらした。

しかし、川上からひびく馬橇《ばそり》の鈴《すず》の音が不意に麻子《あさこ》の夢《ゆめ》をやぶった。雪をかぶった原木を積んだ馬橇《ばそり》が近づき、手綱《たづな》をゆるめて橇《そり》の男はするどく口笛を鳴らした。

「ねえちゃん、そんなところでなにしてんだべ。男みてぇにまたがってよ。そんじゃ、冷《つ》べたくなっちまうべさ。いいとこがよ」

耳覆《みみおお》いのついた帽子《ぼうし》の下から、男は麻子《あさこ》の体の中までのぞきこむような無遠慮《ぶえんりょ》な目つきでからかった。麻子《あさこ》は、とっさにすべりおりることもできず、足を硬《かた》くした。が、思いもかけず、橇《そり》には勇《いさむ》と喜《き》八郎《はちろう》が、いくらかまのわるそうな表情《ひょうじょう》でならんでのっていたのだ。男は鞭《むち》を鳴らし、なんだ？　なんだ？　というようにふたりに耳を寄《よ》せ、それから体を押《お》しつけて大声でわらった。雪焼けの顔にあけた口が獣《けもの》めいて赤く、白い息が噴《ふ》きあがった。勇と喜《き》八郎《はちろう》は男におしつぶされそうに横倒《よこだお》しになり、喜《き》八郎《はちろう》がわめいた。

「あんちゃん、ひでえや。落っこっちまうべさ」

「落っこちろってば。へえ、あのめんこいねえちゃんの上さ落っこちてみろってば」

男はわらい、橇《そり》は過《す》ぎていった。

馬のはく息や体からたちのぼる汗《あせ》のにおいがそのあたりにのこり、夕やけの茜色《あかねいろ》はもううすれていた。川にも野づらにも菫色《すみれいろ》の夕ぐれがしだいに濃《こ》くなり、マンモスはふたたび木の株《かぶ》と変わっていた。麻子《あさこ》はのろのろと立ちあがった。すると、凍《こお》った雪の上に麻子《あさこ》のはいていた毛糸の下穿《したば》きの編《あ》み目の痕《あと》がしるされていて、それはいつか新三《しんぞう》が指さした落としもののことを、麻子《あさこ》に突然《とつぜん》思いださせた。

男たちは橇《そり》を走らせ、馬にのり、思うさま木にのぼり、原野をかけめぐることができるのに、女は……。麻子《あさこ》は、志尾《しお》さんに手綱《たづな》をとってもらって馬にのっても、自転車にのっても、男たちからはやされる。男は女に石を投げ、ぬかるみや雪の上に突《つ》きとばしたり、あそびのときにさえ、お手玉をさらい、毬《まり》をとって逃《に》げる。そんなときに男の子に負けずにかかっていく子は、男女《おとこおんな》とはやされるのだ。男女《おとこおんな》とは決して気持ちのいいことばではなかったけれど、理不尽《りふじん》にいじめられてめそめそしているよりも、男たちに立ち向かうすがたに、麻子《あさこ》は憧《あこが》れめいた気持ちを持たずにはいられなかった。

みどりはそうだった。無口で浅黒くひきしまった体つきのみどりは、眉《まゆ》も濃《こ》く鼻も唇《くちびる》も肉がうすくはっきりした面立《おもだ》ちで、男の子のようにりりしかった。運動もできたし、雪合戦も腕相撲《うでずもう》もつよかったのだ。ばあや育ちで、弱虫で不器用な麻子《あさこ》とはまるでちがっていた。小さいころ、みどりは自分のことをぼくとよび、気の弱い至《いたる》を家来にして塀《へい》の上をかけまわっていたという。それだけならまだしも、塀《へい》にならんで立ち小便する男の子たちにまじって、立ったまますするおしっこが、きらきら遠くまでとんだというのだ。大きくなってからのみどりは、その話のでるたびにいやがったけれど、そんなふうに男っぽいくせに、人形を大事にしたり、編《あ》みものが好きでじょうずだった。はじめて裁縫《さいほう》を習って、針《はり》の穴《あな》に糸を通すことができずに、一時間ひと針《はり》も縫《ぬ》えなかった麻子《あさこ》とは大ちがいだった。

そうして、みどりは大きくなるにつれて変わっていったと麻子《あさこ》は思う。角ばった肩《かた》がやさしくまるみをおびてきて、小さなふくらみの乳房《ちぶさ》や、少女らしくなった体つきばかりでなく、急におとなしくなったのはなぜなのだろう。麻子《あさこ》は、ぎこちない歩き方で、なにかを耐《た》えるような目つきをしていた受験の日のみどりを思いだす。

川が遠い山間《やまあい》から流れてくるように、男も女も同じところからうまれてきたものにちがいないと思うのに、女の体は、なぜ男たちのからかいの対象になるのだろう。麻子《あさこ》はわからなかった。麻子《あさこ》は日が落ちた川の道をながめた。唇《くちびる》がはれてきたのか、内側から厚《あつ》ぼったくめくれるような感じがした。心までむきだしに風にさらされているようであった。


四月、まだ樺太《からふと》の雪は深かった。

泊居《とまりおる》の女学校に入学のため、みどりはとうさんの馭《ぎょ》す馬橇《ばそり》で内川《ないかわ》の部落を出発した。とうさんは会社がいそがしく途中《とちゅう》まで送り、たったひとりのみどりには佐伯《さえき》さんのおばさんがつきそってくれた。熊本《くまもと》育ちのおばさんには、かあさんと同じ九州なまりがあった。おばさんは角巻《かくまき》をかぶり、みどりの横にならんだ。南新問《みなみにいとい》の停車場から汽車にのり、樺太《からふと》鉄道を半分ほど進んでから、馬橇《ばそり》で山を越《こ》えるのだ。西海岸にでてからまた汽車で泊居《とまりおる》の町へ行く長い旅であった。みどりは長くのびた髪《かみ》をふたつにわけて結び、しずかに落ち着いていた。洗《あら》われたような顔をしていた。

風が木の枝《えだ》をゆすり、未明の空に星がまたたいていた。

馬橇《ばそり》はでていき、麻子《あさこ》はのこされた。ひとりひとりが、内川の部落をでていって……麻子《あさこ》はまた、のこされた。


泊居《とまりおる》からは、ときどき短いたよりが届《とど》いた。

西海岸は海流の関係で、こちらよりは暖《あたた》かく、緯度《いど》も内川より一度ほど南にあった。古くからパルプ工場のある町だが、人口は敷香《しすか》の半分にも満たない小さな町で、女学校は段丘《だんきゆう》の上にあった。寄宿舎《きしゆくしや》は舎監《しやかん》を合わせて、人数も十二、三人のこぢんまりしたものであった。寮《りよう》の生活にもなじみ、みどりは寮生《りようせい》たちと海べで貝を拾ったりして、あそんで帰るのだという。寮生《りようせい》は上級生ばかりで、おねえさんのいないみどりは、幼《おさな》い一年生としてみなにかわいがられているのかもしれなかった。

麻子《あさこ》はみどりが家を恋《こい》しがっているのではないかと、ひそかに心配していたくせに、そう思うと裏切《うらぎ》られた思いもしてくるのだ。知らない西の海べで、わらったりかけっこしたりする少女たちは、麻子《あさこ》の手のとどかないはるかな世界にいるようであった。みどりの見る海は、かなたに大陸をのぞむ韃靼海峡《だつたんかいきよう》であり、みどりと背中《せなか》合わせに木苺《きいちご》の丘《おか》から麻子《あさこ》の見る海は、北知床《きたしれとこ》半島にかこまれた多来加湾《たらいかわん》から、遠くカムチャツカに続くオホーツクの海であった。ふたりの姉妹《きようだい》はそのようにそれぞれの海に向かっていたのだ。

だが、麻子《あさこ》はまだ海へ行ってはいないのだ。海へ行く途中《とちゅう》のその流れのほとりで、小石をならべて池を作ったり、木の葉の化石をさがしたりして過《す》ごしていた。

川のほとりには樺《かば》やななかまどの木が、水面に枝《えだ》をさしのべ、緑の葉を風にそよがせていた。木洩《こも》れ日《び》がちらちらゆれ、木々の葉のざわめきはそのまま、川波のきらめきや、しぶきをあげ流れゆくさまに似《に》ていた。流れの音はいつもいつもたえまなく、樹木《じゅもく》のざわめきと川の流れは、ふたつながら麻子《あさこ》をどこか奥深《おくふか》い世界へさそうようであった。

麻子《あさこ》は息をついて、白い小さな花をつけたななかまどや、樺《かば》の木たちが、風の手に抱《だ》かれてしなやかに踊《おど》っているさまをながめた。木々が風に身をゆだねてゆれているすがたは、あかんぼうに頬《ほお》ずりし、だれはばからず愛撫《あいぶ》する母と子のようで、ふと目をそらしてしまうような、恥《は》ずかしさとも妬《ねた》ましさともつかない思いがした。

そういえば、麻子《あさこ》はかあさんに抱《だ》かれた記憶《きおく》がない、ゆたかな胸《むね》に顔をおしつけて乳《ちち》の香《かお》りをかいだり、あまえたりしたことはなかった。みどりが泊居《とまりおる》へ去ってから二月目に、かあさんはわが家に帰ってきた。ひさしぶりでもどったかあさんを迎《むか》え、いく日も話ははずんだ。

「ずいぶん、留守《るす》をして、さびしかったろうね」

とかあさんがいうとき、麻子《あさこ》はすこし、はにかみ、うしろめたかった。さびしいのはうそではなかった。穴《あな》があいたように家の中は、がらんとしてさびしかった。

けれど、さびしくてかあさんの名を呼《よ》んで泣いたことはなかった。胸《むね》が恋《こい》しく、とりすがりたい思いはなかったのだ。さびしいといえば、むしろ、冬の夜のらんぷを消した暗い床《とこ》の中で、地の果てから吹《ふ》いてくるような風の音や、しんしんと降《ふ》る雪の気配に耳を澄《す》ましているときのほうが、たとえようもなくさびしくせつなかったろう。けれど、そんなときでも、麻子《あさこ》は自分の肩《かた》を両手で抱《だ》きながらこらえているか、子犬のように保《たもつ》とくっついて寝《ね》てしまうのだったから……。

さびしいのは保《たもつ》のほうだったろうと思う。保《たもつ》のいたずらが激《はげ》しくなったのはそのころからだったから。大きくなってもみどりや麻子《あさこ》の胸《むね》に手を入れてくる弟のことを、しょうのない保《たもつ》だとみんなは思っていた。

麻子《あさこ》はばあやに育てられ、ばあやは五人のきょうだいの中でも、麻子《あさこ》のことになると目の色を変えた。そのせいで、麻子《あさこ》はかえってにいさんたちからうとまれ、仲間はずれにされた。あまったれの泣き虫として相手にされなかった。ばあやに抱《だ》かれ、ばあやの股《もも》のあいだに冷たい両足をぬくめてもらいながら眠《ねむ》ったのは、札幌《さっぽろ》までのことであった。地の果てのような樺太《からふと》まではとてもついていかれないと、ばあやは泣いて娘《むすめ》の家にとどまった。そうして、宗谷海峡《そうやかいきょう》を越《こ》えた日から麻子《あさこ》はひとりになったのだ。幼《おさな》い保《たもつ》はかあさんのふとんにもぐりこんだが、麻子《あさこ》は前のように、にいさんたちからひどくいじめられることもなくなったかわりに、ひとりになれてしまったのかもしれなかった。

麻子《あさこ》は川原で石ころを拾う。石ころはどれもこれも温かで、手のひらにのせると卵《たまご》のようにまるくて、なぜか心がやさしくなる。ざらざらした手ざわりも、ぬくもりも麻子《あさこ》にはうれしいのだ。

手をひらいて落としてしまうと、手のひらはさびしい。

さびしい手のひらには、あのひらひらとひとをまねく木々の葉の葉脈のように、ふしぎな筋《すじ》が刻《きざ》まれている。その手のひらは、泥《どろ》んこのまんじゅうをこねたり、草の実や木の実をつかんだり、なにかをのせたりにぎったりしているときはうれしそうなのに、指をひらいてしまうと、空《から》っぽですうすうするのだ。流れに手を入れると指の間を水が流れていき、それはひどく裸《はだか》ん坊《ぼう》の自由な感じであるのに、やっぱり、どこか頼《たよ》りない思いもするのだ。

麻子《あさこ》は石をぬらし、砥石《といし》でとぐように石をみがいた。いつかのような青石をぬらし、ひらたい石にのせてみがくと、すべすべになった石に空の色が映《うつ》る。函館《はこだて》の海が麻子《あさこ》の海でないのならば、いつ、麻子《あさこ》は自分の海を見るのだろう。白いななかまどの花のゆれる下で、いっしんに石をみがいていると、なにもかも忘《わす》れて心が澄《す》むようであった。


一日に二度、川のつつみは開かれて、伐《き》り出された原木は海のほうへと流れていった。紺《こん》の腹掛《はらが》けに紺《こん》の半被《はっぴ》、地下足袋《じかたび》すがたの流送人夫たちが、流木を鳶口《とびぐち》であやつりながら、みるみる下流へくだっていく。荒《あら》くれた男たちの中には、黒い絹《きぬ》のハンカチを小意気に首に結んだ若《わか》い衆《しゅう》もいた。紺《こん》の半被《はっぴ》を川風にふくらませ、彼《かれ》らは敏捷《びんしょう》に流木から流木へとび移《うつ》り、麻子《あさこ》たちの視界《しかい》から遠ざかっていく。

また、あるときはだれかの落とした帽子《ぼうし》や、古靴《ふるぐつ》や、小鳥の屍《しかばね》が流れていき、すべては海のほうへと流れていくのだった。しかし、まれに海から訪《おとず》れるものたちもいた。それは鱒《ます》や、産卵期《さんらんき》の鮭《さけ》たちであった。子どもたちは鮭《さけ》と格闘《かくとう》し、男女《おとこおんな》といつもはやされる番屋の娘《むすめ》の初枝《はつえ》などは、ほんとうに両手で鮭《さけ》を抱《だ》きしめて、暴《あば》れる鮭《さけ》をつかまえたりしたのだ。

だが、その日訪《おとず》れてきたのは魚たちではなかった。

子ども部屋に腹《はら》ばいになり、麻子《あさこ》は『少女倶楽部《くらぶ》』を読んでいた。小説《しょうせつ》は『少年倶楽部《くらぶ》』の勇ましい冒険《ぼうけん》ものや、戦争ものもおもしろかったが、麻子《あさこ》が気に入っていたのは、千鳥と千草という少女の登場する「千鳥笛」という物語だ。

麻子《あさこ》が夢中《むちゅう》でページをくっていると、窓《まど》から保《たもつ》が泥《どろ》だらけの顔をつきだして呼《よ》んだ。

「おい、あこちゃん、早く来いってば。勇《いさむ》ちゃんとあんちゃんが、あざらしのこっこつかまえて池につないでるんだよう」

「あざらしって、なにさ」

麻子《あさこ》は顔をちょっとあげただけで、また、小説を読みはじめた。保《たもつ》のいうことなど信用はできないのだ。

「あざらしがどうして池にいるの」

「あこちゃん、昨日《きのう》、川さ行ったべ。志尾《しお》さんと、馬つれて川さ行って、そのとき、へんなもの見たっていったべさ。あれ、あざらしだったんだってば。勇ちゃんとあんちゃんと茂政《しげまさ》さんと三人してつかまえたんだって。魚屋の池んとこに、今、つないでるんだよ。見にこねぇならいいさ。

おれ、佐伯《さえき》さんちにもしょんちゃんちにも知らせないで、いちばんに教えてやったんだぞ」
保《たもつ》がどなってかけていくのを見ると、うそだとも思えなかった。昨日《きのう》、麻子《あさこ》も志尾《しお》さんも川で、たしかに波間を泳ぐ黒い頭を見たのだ。

あれ、あれと、声にだすうちに、すぐ波にかくれて見えなくなった。犬かと思ったけれど、ひょっとするとあれがあざらしだったのだろうか。どうして確《たし》かめなかったのだろう。麻子《あさこ》は残念で、靴《くつ》をはくのももどかしく橋の向こうの勇の家へかけていった。勇の家は橋から十軒目《けんめ》ばかり向こうの魚屋で、裏手《うらて》にひょうたん形の小さな池があった。

池のまわりにはもう子どもたちがびっしりあざらしをとりかこんでいた。

「めんこいね、勇ちゃん。これ、まだ、こっこでねえか。なして川さのぼってきたんだべ」

「迷子《まいご》になったんだべか」

子どもたちは口々にたずねた。あざらしは首に縄《なわ》をかけられ、池の端《はた》の杭《くい》にしっかり結びつけられていた。あざらしの黒い毛皮は水をはじいて、みがいた鉄板のようにひかり、ひれのかたちをした前足には熊《くま》のように硬《かた》い爪《つめ》がならんでいた。子どもたちに棒《ぼう》でつつかれるたびに、いかにも不自由そうに体をくねらし、よたよたと地をはった。

「こっこや、ほら、顔見せろ」

勇の弟の忠《ただし》が、得意そうに縄《なわ》をぐいとひっぱった。あざらしは頭をあげ、鼻を鳴らしたかと思うといきなり池にとびこんだが、縄《なわ》が短いので、がくんと引きもどされたように首をあげた。

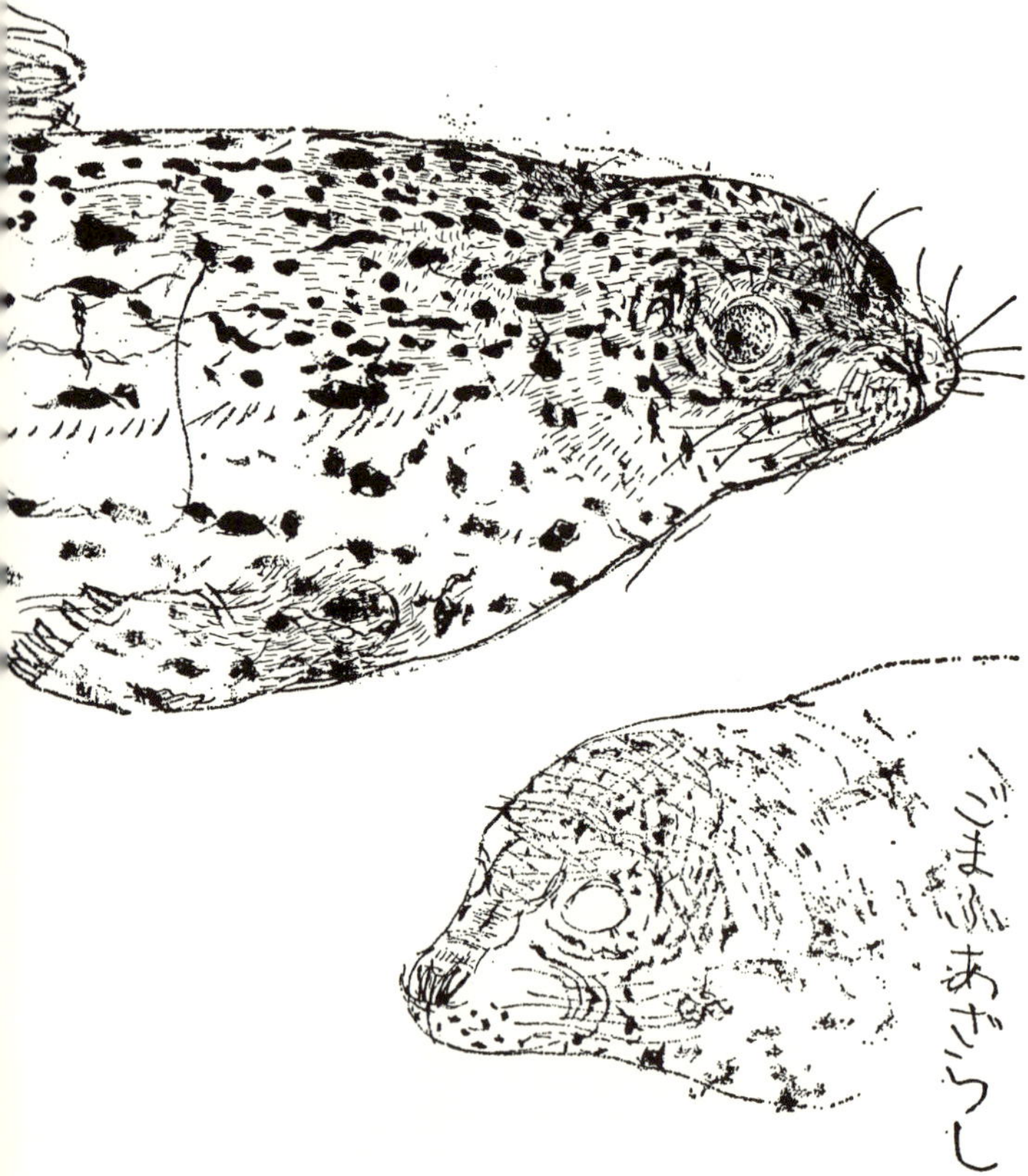
ごまふあざらし

「今朝《けさ》、魚釣《つ》るべと思って川上さ行ったども、なんせ、ひどい霧《ガス》だもな。川だか岸だか見分けつかねぇんだ。その中で、水の音させてだれだかいるんだな。かわうそかと思ったらこいつだったわけだ」

あんちゃんの猛《たけし》が説明し、勇がつけ加えた。

「霧《ガス》が濃《こ》くて見えねぇとこさもってきて、はしこくてよ。つかまえるのに三人がかりだった。それでもこいつ、おれがハモニカ吹《ふ》いてたの聞いてたんだべか。おれたちのそばに来てじっと見てたみたいだよ」

「魚釣《つ》りにいってハモニカ吹《ふ》くなんて、はんかくさい」

と、喜《き》八郎《はちろう》がわらった。

「そんでも、ハモニカであざらしのこっこ、つかまえるなんて、勇ちゃんだけあるな」

みんなはわらい、喜《き》八郎《はちろう》はあざらしのきらきらひかる髭《ひげ》を見やった。

「こいつ、こっこのくせに髭《ひげ》はやしてるべ。オロッコたちはあざらし狩《が》りして、その皮で靴《くつ》作ったり、肉食ったりするべさ。勇ちゃんち魚屋だもの、あざらしの肉売ったらもうかるべな」

いやあと、女の子たちは嘆息《たんそく》とも悲鳴ともつかぬ声をあげた。

あざらしは突然《とつぜん》、首をあげて鼻を鳴らしたが、それは途中《とちゅう》から途方《とほう》にくれたような吐息《といき》に変わった。ひれ足をぺたぺた動かし、腹《はら》をずって立ちどまり、黒い大きな目で子どもたちを見あげた。どうして自分がここにいるのか、なぜ、ここでこんな目にあわなければならないのかまったたくわからないというようだった。石炭のようにまっ黒な目は、睫毛《まつげ》のないせいか、無防備《むぼうび》でむきだしな感じで、麻子《あさこ》はどぎまぎした。恥《は》ずかしさとなつかしさの入りまじった妙《みょう》な気持ちだった。そんなはずはないのに、あざらしにいつか会ったことがあるような気がするのだ。

鼻のわきにぴんとそった短い髭《ひげ》が、あざらしを子どもらしくすこし滑稽《こっけい》に見せていて、両頰《ほお》に向けてやわらかな弧《こ》をかく長い髭《ひげ》がかすかにふるえている。

(あんた、どこにいたの。どうして川をのぼってきたの)

たずねてもあざらしはもちろん答えない。麻子《あさこ》が氷の川の上をどこまでも行ってみたいと思ったり、忘《わす》れな草の野原や、木苺《きいちご》の丘《おか》をひとりで歩きたがるように、あざらしも、ただただ、子どもらしい好奇心《こうきしん》で、川をのぼってきたのかもしれなかった。それは鱒《ます》や鮭《さけ》たちのように産卵《さんらん》という目的のためでは決してないのだったから……。

そうして、麻子《あさこ》はハモニカの音色《ねいろ》にひかされて、濃《こ》い霧《きり》のたちこめる川べりに身をひそませていたという、あざらしがあんまりかわいくて、かわいそうだった。

「こいつ、どうしてだか魚やっても食わねぇんだ。興奮《こうふん》してくたびれてるんだな」

猛《たけし》は、棒《ぼう》であざらしをつつく子どもをしかりつけ、

「いいかげん見たら、みんな帰れや。こいつ落ち着かねぇから」

と、追いはらうように手をふった。麻子《あさこ》は思わず、

「ねえ、まさか、おじさんたち、殺して売ったりしないよね」

たずねたつもりで声がかすれた。

「なにいうんだ、おまえ。殺すもんか。おれ、川さつれてっていっしょに泳ぐんだ。とうさんがなにかいったら、こいつに魚とり教えて稼《かせ》がしてやるっていうべ」

勇は濃《こ》い眉《まゆ》をあげて、きっぱりいった。

「そんでも、こいつ、あんまり追《ぼ》いまわして、つかまえたとき、怪我《けが》したかもしれねぇんだ。いやに元気なくなったべ。さあ、さあ、もう、みんな帰れ。明日《あした》でもあさってでも見してやるからな」

勇や忠《ただし》が子どもたちを追いはらい、みんなはがやがやと帰っていった。

「見たべさ、あざらしのこっこ」

夜になっても、保《たもつ》は興奮《こうふん》していた。

「忠《ただし》までいばって、おれば追っぱらうんだよ。なして、昨日《きのう》のうちに、おれたちがつかまえなかったんだべ。志尾《しお》さんだってあこちゃんば馬にのせてたんだろ。そんなことしないで、あざらしとりしたほうがおもしろかったのに。志尾《しお》さんさ、もと、馴鹿射《となかいう》ったとか、ろっぺん鳥の卵《たまご》とったとかいってたけど、うそだべな。あんなのでたらめなの、よくわかったよ」

「だったら、保《たもつ》ちゃんならつかまえたのかい」

と、友枝《ともえ》がからかい、

「保《たもつ》ちゃんはあざらしを助けて、竜宮城《りゅうぐうじょう》へ行こうとでも思ってるんじゃないのかい」

かあさんがわらった。

「あいつ、まだ、こっこだからかわいそうだべ。大きかったらおれ、背中《せなか》さのってどこ行くかなあ。竜宮《りゅうぐう》じゃないや。海豹島《かいひょうとう》さ行くかなあ」

「それ見なさい、なにも知らないくせに。海豹島《かいひょうとう》なんてね、名前は海豹《あざらし》でもほんとは、おっとせいばかりいるんだよ。拓《たく》にいさんたち見にいったときでも、波が荒《あ》れて島に近づけなかったって。保《たもつ》ちゃんなんかおっとせいじゃなくて、ええと、おっこちちゃうだよ」

と、麻子《あさこ》もわらった。

けれど、わらいながら、あの黒くうるんだあざらしの子どもの目は、いつまでも麻子《あさこ》の心にやきついてはなれなかった。どうしてなのだろう。麻子《あさこ》はふしぎだった。あの川のそそぎこむ海から、ビロードのようにつややかなあざらしが訪《たず》ねてきたのは、いつも川のほとりで流れゆく海のことを思っている麻子《あさこ》に、会いにきてくれたような気がする。そうして、せっかく自分の前にすがたを見せてくれたのに、こちらはそれとも気づかずに男の子たちの手にわたしてしまったとは、どう考えてもくやしかった。

あざらしの子はほんとうに勇になれて、いっしょに泳いだりするだろうか。正直のところ、つかまえたのが新三《しんぞう》や喜《き》八郎《はちろう》たちでなくてよかったと麻子《あさこ》は思う。勇ならひどくいじめはしないだろう。あざらしにハモニカを吹《ふ》いたり、うたをうたってやったり、あそべたらいいなあと麻子《あさこ》は思った。

だが、あざらしの子はどうしたことか、日ましに元気がなくなっていった。勇はむろんのこと、保《たもつ》までが気にしていたが、あたえる魚もたべずにじっとしていることが多くなった。

そして、五日目の夜は、雨風の激《はげ》しい夜であった。

雨がトタン屋根をたたき、樺《かば》の葉をたたき、風が窓《まど》をがたがたふるわせていた。その明け方、杭《くい》につないだ縄《なわ》が切られ、あざらしのすがたは消えていたという。

「ゆうべ、池のほうでへんな音がしてたんだ。畜生《ちくしょう》、あのとき、どろぼうが盗《ぬす》んで逃《に》げたんだ」

と勇はくやしがり、喜八郎《きはちろう》も賛成《さんせい》した。

「見てろ、そいつはどこかで皮はいで、靴《くつ》ば作ってはいてくるから。今度から新しいあざらし皮の靴《くつ》見たら、気つけろよ、勇ちゃん」

だが、なぜか、すぐになにごとでもしゃべりたがる保《たもつ》は沈黙《ちんもく》し、麻子《あさこ》は麻子《あさこ》で、あのあざらしが勇の小さな池で死ななかったことにほっとしていた。

「あざらしは海でうまれたのだもの。やっぱり、海に帰りたくて、いっしょうけんめいで川まではっていったんだねえ」

かあさんと友枝《ともえ》は、うなずきあった。

それまでだまっていた保《たもつ》は、急にわらいだした。

「そんでも、海棲《かいせい》動物だってむかしは陸にいたんだべ。くじらだってそうだって、にいさんがいってたよ。そんなら、あべこべに、くじらが陸を恋《こい》しがることだってあるべさ。だから、あざらしだって山へ来たかったかもしらないべ。気が変わってまた海へ帰ったんだべかな」

そして、突然《とつぜん》、麻子《あさこ》は思いだしたのだ。あの雨風の夜に、合羽《かっぱ》をかぶった保《たもつ》が、こっそりどこからか帰ってきたのを。びしょぬれの合羽《かっぱ》と泥《どろ》だらけのズボンと、長靴《ながぐつ》についていた水草のことを……。

麻子《あさこ》は息をとめ、まじまじと保《たもつ》の顔を見つめた。

豆の葉を鳴らそ

家の裏手《うらて》にかあさんは、小さな花壇《かだん》と畑を作っていた。

花壇《かだん》には金蓮花《きんれんか》や三色菫《すみれ》、矢車草やかすみ草が咲《さ》き、となりの理髪店《りはってん》との垣根《かきね》のそばには、みどりが山から掘《ほ》ってきた芍薬《しゃくやく》が根づいていた。芍薬《しゃくやく》をかこんで、これも麻子《あさこ》たちが野原から移《うつ》し植えた福寿草《ふくじゅそう》が、春一番に金色の花をつけた。馬小屋のそばに、志尾《しお》さんが唐黍《とうきび》と馬鈴薯《ばれいしょ》を作り、ひろい薯《いも》畑には薄紫《うすむらさき》の馬鈴薯《ばれいしょ》の花が点々と咲《さ》いていた。のこる三十坪《つぼ》ばかりをたがやして、かあさんは蕪《かぶ》や人参《にんじん》やそら豆をまくことにした。

「そら豆はこのへんじゃどうだべか。それよりは枝豆《えだまめ》のほうがいいすよ」

と、志尾《しお》さんは注意したが、かあさんは、

「どうせそんなにとれるはずがないから」

と、そのままそら豆をまいた。それでも手拭《てぬぐ》いをかぶり、もんぺすがたのかあさんは、水をやり肥《こえ》をかけ、せっせと畑の世話をした。蕪《かぶ》畑がまっ先に芽をだし、たくさんの双葉《ふたば》が畝《あぜ》ごとに、あかんぼうが勢ぞろいしたように顔をだした。双葉《ふたば》は日ごとにのび、貝割菜《かいわれな》とよばれる名前どおり、ふたつに向き合ったかわいい葉が畝《うね》の上にごちゃごちゃ曲がってならんでいるさまは、まるで遠足の行列のようで、顔を寄《よ》せると双葉《ふたば》たちのうれしい声がわやわやと聞こえてくるようであった。

ひらひらと風にゆれていた貝割菜《かいわれな》が大きくなり、ぎざぎざした蕪《かぶ》らしい葉に変わって、やがて土の中に、キユーピーの頭のようなまるい蕪《かぶ》を抱《だ》くようになっても、そら豆だけはふるわなかった。どれもこれも花つきがわるく、葉ばかり青あおと茂《しげ》っていた。かあさんは「やっぱり、だめだったかねえ」などといいながら、いっこうに豆の実りそうにないそら豆を、抜《ぬ》くでもなく茂《しげ》るにまかせていた。

ある日の午後、かあさんは豆の葉をちぎり、手のひらでもみながら麻子《あさこ》にいった。

「あこちゃん、見てごらん」

「なあに、それ、どうするの」

麻子《あさこ》がたずねると、かあさんは低い声で麻子《あさこ》の知っているうたをうたいだした。

「鳴らそ　鳴らそよ　豆の葉を鳴らそ……」

それで、麻子《あさこ》もあとをつけてうたった。

「豆は　そら豆　その葉をもんで……」

厚《あつ》ぼったい手のひらにはさまれて、豆の葉は緑の色が滲《し》み、しんなりとしてきた。かあさんは葉をつまんで、先を口に含《ふく》んだ。それから、すーっと息を吸《す》いこみ、とりだした葉は、うすい表皮が風船のようにふくらんでいた。

「わあ、どうしてふくらむの」

麻子《あさこ》が声をあげると、かあさんはその葉を手のひらにのせ、

「ほらね」

もう一方の手のひらでたたくと、豆の葉はぽん、と音をたてて割《わ》れた。

「小さいころ、かあさんたちね、よくこうして鳴らしてあそんだよ」

「ふうん、おもしろいね」

麻子《あさこ》もまねをして豆の葉をもみ合わす。手のひらがこそばゆい。豆の葉を吸《す》うのは、花の蜜《みつ》をちゅうちゅう吸《す》うのとちがって、しずかに注意深く吸《す》わなくてはならない。

そらまめ

吸《す》うとき、かあさんも麻子《あさこ》も目をすえていた。熱いおかゆを口の中で冷ますときのように、口の中のものがどんな状態《じょうたい》になったか、うかがう目つきだ。しずかに吸《す》うと豆の葉はきれいにふくらみ、手のひらにはさまれて、次々に、ぽん、ぽん、とかろやかな音をたてて割《わ》れていった。

「鳴らそ　鳴らそよ　豆の葉を鳴らそ……」

麻子《あさこ》は今まで豆の葉を鳴らすとはどういうことなのか、さっぱりわからずにうたっていたので、なるほど、と、改めて合点がいった。

ふうん、そうだったのか……。

かあさんが子どものとき、こうやってあそんだなんて……。

それはずいぶん、むかしのことだと思う。麻子《あさこ》は自分のうまれる前のことは、みんなむかしのことに思われる。まして、かあさんの子どものころといえば、それこそ霞《かすみ》の中のようだ。それは明治の世で、かあさんは牛若丸《うしわかまる》のような髪《かみ》をして、短い着物に藁草履《わらぞうり》をはいていたというのだもの。そんなかあさんが、小さな手のひらで豆の葉をぽん、ぽん、と鳴らしていたのだろうか。

「ねえ、かあさん」

と、麻子《あさこ》はたずねた。そんなむかし、かあさんは何十年か後に、こんな北国で自分の子どもにそら豆の葉を鳴らしてみせることを、ほんのすこしでも考えたことがあるかしらん。かあさんはその問いに首をかしげた。

「さあねえ、それよか、あこちゃんこそどう？　大きくなって自分の子どもたちに、豆の葉をこうして鳴らすのを教えてやるかねえ」

麻子《あさこ》はどきっとした。

そんなことは考えてもみなかった。

かあさんが麻子《あさこ》をうんだように、自分もいつか子どもをうむ……あたりまえのことなのにふしぎであった。どうして、いのちがうまれるのか、どうして自分がうまれたのか、麻子《あさこ》はわからないのだ。

かあさんのおなかからうまれたのにはちがいなかった。かあさんのおへそから下へかけて傷口《きずぐち》を縫《ぬ》った痕《あと》があるので、麻子《あさこ》たちはそこからうまれたのだと思いこんでいた。ただ、なにもないところにいのちが生じることが、とけないなぞであった。

まいたものでも、土地に合わないものは、いつとはなしに萎《な》えて消えてしまうものが多かった。けれど、だれもまいたりしないのに、思いがけないものがはえてくることもあった。たんぽぽやあざみなど野の草は当然であったが、馬小屋の横にいつしれず咲《さ》きはじめた鬼芥子《おにげし》の花は、馬糞《ばふん》がきいたせいか、みるみるうちに茎《くき》もふとく、花も大きくしっかりとしてきて、たちまち、ふえひろがり群落《ぐんらく》となった。風のたびに炎《ほのお》のように燃《も》えあがる花は、みどりも至《いたる》も、かあさんも、種《た》子《ね》をまきはしなかった。まきびと知らずのふしぎな花だった。また、そのとなりの積みあげた馬《ば》糞《ふん》の山に、すんすんのびた四、五本の麦もそうであった。これは見たとおり、馬の飼料《しりょう》の麦粒《つぶ》が馬の体を通過《つうか》して、糞《ふん》の中から芽吹《めぶ》いたものに相違《そうい》なかった。馬糞《ばふん》の山の上で麦の穂《ほ》は涼《すず》しげにゆれていた。

はじめて麦を見つけて、麻子《あさこ》たちがおもしろがってわらうと志尾《しお》さんがいった。

「おかしくねぇべさ。小鳥だって鴉《からす》だって木の実ばたべて、あちこちさ行って糞《ふん》して、そこから種子《たね》が芽をだすんだよ。鳥たちが種子《たね》まいて、山や野原に木がおがるんだよ。小鳥たちも好きな実のなる木がふえりゃ、子孫繁栄《はんえい》、木たちもおかげでふえて、両方とも大助かりだ。糞《ふん》も肥料《ひりょう》になるし、なかなかどうして役に立つもんだ」

小鳥のことは麻子《あさこ》たちも理科で習ったことであったから、それは知っていた。

夏のおわりのまだうす明るい空を、柳蘭《やなぎらん》の綿毛《わたげ》が風もないのに夢《ゆめ》のようにとびかうさまは、まるで羽をつけた妖精《ようせい》かなんぞが空をとんでいるように見えたが、それとても、柳蘭《やなぎらん》が自分の種子《たね》をまいているのであった。草や木が、そんなふうにひとりで種子《たね》をまくことや、ほかの生きものの力を借りて繁殖《はんしょく》することなどをどうして考えつくのか、麻子《あさこ》には見当もつかない。

脳《のう》でものを考えるのだと、小さいにいさんはいったけれど、考える自分は体の内側のどこにいるのかしら。頭のへんか胸《むね》のへんかと、麻子《あさこ》は床屋《とこや》の鏡の前で考えこんだことを思いだした。植物に脳《のう》はないはずだった。それなら植物は体のどこでそれを考えるのだろう。植物は人間のようにしゃべることも考えることもできないはずなのに。

けれど、青空にふれながら、さわさわとゆれている木々の葉を見ると、木たちがことばをしゃべらないなどとはとても信じられない気がする。こおろぎの触角《しょっかく》のような草のつるが見えない風におののくさまや、花の蘂《しべ》にきらめく露《つゆ》の玉を見るとき、麻子《あさこ》には、草たちがなにかを感じ、なにかを考えているにちがいないと、どうしても思われてくるのだった。

それにしても、糞《ふん》が肥料《ひりょう》になるのは、ほんとうらしいと麻子《あさこ》は思う。

それはどう考えても不潔《ふけつ》で汚《きたな》らしくて、決して気持ちのよいものではなかった。下肥《しもごえ》を畑にかけるとき、麻子《あさこ》も保《たもつ》も鼻をつまんで逃《に》げだしてしまう。猛烈《もうれつ》なにおいだったし、蛆虫《うじむし》のうごめくそいつは、まったく逃《に》げだしたくなる代物《しろもの》だった。家の中でも便所は不浄《ふじょう》な場所とされ、用便のあと、手を洗《あら》いなさいとやかましくいわれるくせに、その不潔《ふけつ》のもとを、口に入れる大事な食べものである野菜にかけるのは矛盾《むじゅん》していると思う。

「なあ、あこちゃん」

と、弟の保《たもつ》はいう。

「薯《いも》でも菜っぱでも、こやしにうんこをかけてやるだろ。うんこが栄養さなって、薯《いも》や菜っぱがおがって、そればとって、おれたちがたべるべ。そいで、そいつがうんこになってそれをまた、こやしにして畑さかけて、野菜ばふとらして、そいつばたべてうんこにして……なんだべ。入れたりだしたり、おれたち、うんこたべてると同じだろう」

「汚《きたな》いこといわないでよ」

麻子《あさこ》は顔をしかめたが、保《たもつ》のいうことに同感だった。

うんこをたべるといえば、麻子《あさこ》には忘《わす》れられないことがあった。

それは札幌《さっぽろ》にいたときだから、たぶん、四つか五つのころだったろう。あるとき、みどりが近所の子どもたちをひきつれて、町へでかけたことがあった。五番館というデパートにばあやの娘の百合《ゆり》さんが勤《つと》めていたので、そこへつれていくと約束したのだ。だが、なんといっても小さい子をつれているので、歩いても歩いても五番館は遠く、にぎやかな電車通りでくたびれた子どもたちは、心細くうらめしくなっていた。きみちゃんが急にうんこがしたくなってべそをかき、子どもたちはどうしようと困《こま》りきって顔を見合わせた。きみちゃんは舗道《ほどう》にしゃがみこみ、みんなはきみちゃんをとりかこんで塀《へい》を作った。そのときまで後になり先になりして一行についてきた犬のエスが、きみちゃんの裸《はだか》のおしりにまわって、ふんふん、鼻を鳴らした。きみちゃんはいやがるし、子どもたちは、

「しっ、しっ、エス！」

としかりつけたが、エスは動かないのだ。そうして、きみちゃんがうんこをしたと思うと、待ちかまえたようにぺろりとたべてしまった。出来たてのオムレツをご馳走《ちそう》になりましたというように、口のまわりをなめながら、尻尾《しっぽ》をふっているエスに、麻子《あさこ》たちはたまげてしまった。エスが寄《よ》ってくるたび、

「わあ、汚《きたな》い」

と、子どもたちは逃《に》げ腰《ごし》になり、囲みをといてしまったが、舗道《ほどう》にはすこしばかりのおしっこの痕《あと》と、まるめたちり紙がころがっているだけで、うんこは影《かげ》もかたちもなくなっていた。パンツをあげてきみちゃんは、その、証拠物《しょうこぶつ》がなくなったことに、ほっと拍子《ひょうし》ぬけしたような、気まりわるいような、ひどく困《こま》りきった顔をしていた。だが、この思いがけない事件《じけん》に子どもたちはすっかり興奮《こうふん》して元気づき、その勢いで五番館までとうとう歩き通してしまったのだ。

ほんとうにあのうんこは、きみちゃんの体からでたと思うと、あっというまにエスの体に移《うつ》ってしまったのだ。なんということだったろう。

「人間は知らないけど、犬は、うんこをたべるよ。あたし、知ってる」

麻子《あさこ》はもうすこしで口からでそうになったことばを、あやうくのみこんだ。もし、そんなことをいいでもしたら、ただでさえさわぎたてる弟が、よろこんで、うんこ、うんこと大さわぎするにちがいなかったからだ。あれから何年もたった今でさえ、そのことを思いだすと、眠《ねむ》っていてもぱっちり目があいてしまうようだ。うんこをぺろりとたべてけろりとしているエスが、おかしくて、それに、どこか痛快《つうかい》な気がするのだった。

豆でも肉でも魚でも、パンでも野菜でも、口に入るすべての食べものが赤い血と肉になることがふしぎなように、そんなにもさまざまなものが、体を通ってでていくときにはみんな同じひとつのものになってしまうのもふしぎであった。そうして、たとえ好ましくないことであっても、この排泄物《はいせつぶつ》は、口に入る以前も体から外へでてしまってからも、ともに、いのちとか成長というものに深い関わりを持っているように思われた。畑の畝《うね》にならんだかわいい貝割菜《かいわれな》もいのちなら、菜につくさまざまな虫も、卵《たまご》も、そうして肥溜《こえだめ》に小波《さざなみ》のようにきらめきうごめく無数の蛆虫《うじむし》たちもそうであった。湧《わ》くという形容《けいよう》がぴったりするほど、蛆虫《うじむし》はあふれ、はいあがり、やがて空中へ飛翔《ひしょう》する。いくら殺虫剤《さっちゅうざい》をまき、蠅《はえ》たたきでたたいても、殺したはしから生き返るのではないかと疑《うたが》いたくなるほど、あとからあとから蠅《はえ》はうまれてきた。それさえも、肥溜《こえだめ》がいのちと深いつながりを持つ場であるたしかな証拠《しょうこ》のように思われてならなかった。

だが、そう思っても、麻子《あさこ》は保《たもつ》のようにあからさまにそれを口にだすことはできなかった。そして、裸《はだか》でかけまわろうと、木のぼりしようとかまわない男の子とちがって、麻子《あさこ》は女の子だった。女の子はうんこのことなど人前でしゃべったりするものではなかった。

川向こうの北西の丘《おか》は開墾《かいこん》され、地ならしされて、次々に社宅《しゃたく》が建ちならんでいった。遠くから見ると、まるでマッチの軸木《じくぎ》を組みたてたように見えた。見なれぬ男たちが出入りし、部落はにわかに活気づいた。

「あこちゃんたち、ひとりで山へ行くのはやめなさいよ」

と、かあさんは麻子《あさこ》や幸《さち》たちに注意した。

「このごろはいろんな男たちがうろうろしてるから、女の子は山へ行かないほうがいいよ。あまり遠くへ行かないで、なるべく川向こうには行かないでね。こわいから……」

川の土手で会った男も、こわい男だったかなと麻子《あさこ》は思った。

麻子《あさこ》はかあさんのように畑がほしくなって、それも秘密《ひみつ》の畑がほしくて、こっそり川岸の土手を掘《ほ》りかえし、小さな畑を作ったのだ。幸《さち》ととなりの房子《ふさこ》と三人で、赤蕪《あかかぶ》の種子《たね》をまき、川の水をかけて芽のでるのをたのしみにしていた。蕪《かぶ》ができたら、かあさんたちをびっくりさせようと思っていたのだ。

ところがある日、麻子《あさこ》たちが行くと、芽ばえたばかりの畑はだれかに踏《ふ》みにじられ、めちゃくちゃに荒《あ》らされていた。だれのしわざだろうと、麻子《あさこ》たちは胸《むね》がつぶれた。そのときだった。汗《あせ》じみたシャツに頭陀袋《ずだぶくろ》のようなズボンをはいた、目のするどい男が声をかけたのは。

「ねえちゃん、そこはお前達《めえだ》の畑かい」

「ん、だけど、だれだべか。ひとがいっしょけんめい作ってたのに、こんなにして」

幸《さち》がまっ赤な顔でいうと、男は陽焼《ひや》けした顔にうすらわらいをうかべた。

「ねえちゃんの畑かい。お前達《めえだ》、いったいだれさことわって、こったらとこに畑こさえたんだ。ひとの土地さ、かってに畑こさえていいと思ってるのか」

ひとの土地だって？　と麻子《あさこ》たちはおどろいた。ここはだれの畑地でもない、川岸ではないか。だが、男はうなった。

「警察《けいさつ》さ、ぶちこまれるぞ」

「だって、だって……土地の持ち主なんて……日本じゅうさあ、みんな天皇陛下《てんのうへいか》さんのものだべさ」

幸《さち》が抗議《こうぎ》したが男はきかなかった。

「警察《けいさつ》さ行くか、罰金《ばっきん》おさめるか、さあどっちだ」

首にかけた手拭《てぬぐ》いでちぢれた口髭《くちひげ》をふき、男は、じろりとにらみつけた。そのまま近よってくるようなので、麻子《あさこ》たちはこわくなり、じりじり後ろにさがり、わあっと逃《に》げだしてしまったのだ。

よその畑のものをとったり、踏《ふ》みこんだりしてはならないことは知っていたが、だれもが行ってあそぶ山や野原にも持ち主があるなんて、麻子《あさこ》には思いもかけないことだった。からかってるのかと思えば、そうでもなく妙《みょう》に真剣《しんけん》な男の、てらてらと汗《あせ》にひかった顔つきがこわかった。麻《あさ》子《こ》たちは逃《に》げだし、橋の上まできて、はあはあと息をついた。

「なんだべ、あのおじさん。酔《よ》っぱらいみてぇ」

幸《さち》も房子《ふさこ》も腹《はら》を立てていたが、もう、畑を作る気は失《う》せていた。

麻子《あさこ》は、目の下をせいせいと音たてて流れる川が、だれかのものであるとは考えられなかった。みんなが木苺《きいちご》やフレップをとりにいく森も、忘《わす》れな草の野原も、芍薬《しゃくやく》を掘《ほ》りきのこをとりにいく山も、決してだれか特定のひとの独占物《どくせんぶつ》であってはならなかった。麻子《あさこ》は欄干《らんかん》にもたれて山を見た。だが、目の前に連なる北西の台地は、たしかにもう、売りわたされた丘《おか》であった。林は伐採《ばっさい》され、木の根は掘《ほ》りおこされ、すっかりかたちを変えようとしていた。

すでに、会社の建物は完成していた。やがて発電所が完成し、今、建ちならぶ社宅《しゃたく》の中の一戸は、麻子《あさこ》たちの住む住居《すまい》のはずであった。この土地は、広大な山野の地下に眠《ねむ》る石炭と同じく、炭坑《たんこう》の経営《けいえい》する資本《しほん》の所有になるものだった。

ある日、麻子《あさこ》が学校から帰ると、家に髪結《かみゆ》いさんが来ていた。

かあさんはふだんはこてを焼いて、ウエーブをつけ、横の髪《かみ》をすこし前にだして耳をかくした、耳隠《みみかく》しという洋髪《ようはつ》にしていた。お化粧《けしょう》を落とすと青ざめた黄色い肌《はだ》がむきだしになって、ひどく病人じみた感じになるのだが、お化粧《けしょう》をすると見ちがえるほどうつくしくなる。かあさんが鏡台の前にすわって、白粉《おしろい》をつけるのを見ているのはおもしろかった。衿《えり》もとをゆるめ、水白粉《みずおしろい》を刷《は》毛《け》で顔から首まで塗《ぬ》っていくと、たちまち人形のように白くなる。ガーゼの端《はし》を口で湿《しめ》らせて眉《まゆ》をふき、次に唇《くちびる》を心持ちつきだして唇《くちびる》についた白粉《おしろい》をぬぐいとる。下唇《したくちびる》の裏側《うらがわ》に舌《した》の先をあてて、ふくらませたかたちで、斜《なな》めにあごをひいて鏡を見る。それから化粧水《けしょうすい》の壜《びん》のコルクのふたを焼き、その炭を眉《まゆ》にのばし、口紅《くちべに》をひく。

こんなにきれいになるものなら白粉《おしろい》はやめられないだろうと麻子《あさこ》は思う。お祭りのとき、鼻の上に白粉《おしろい》をつけてもらったのが恥《は》ずかしくて気になって、浴衣《ゆかた》の袖《そで》でごしごしふいてしかられたことがあったけれど、おとなはよくめんどうなことをすると麻子《あさこ》は感心する。髪結《かみゆ》いさんは鏡台の前にすわったかあさんの髪《かみ》をひっぱるようにして、くしけずる。びんつけ油をぐいぐいつけては髪《かみ》をひっぱるので、かあさんの頭がぐらぐらゆれる。くしけずった髪《かみ》を元結《もとゆ》いでむすび、髷《まげ》を結《ゆ》いあげた。丸髷《まるまげ》に結《ゆ》いあげたかあさんは急に別のひとのように見えた。

友だちの幸《さち》は、髪《かみ》をいじるのが好きで、友だちの髪《かみ》をふくらませたり編《あ》んだりするのだが、いじられるのもいじるのも麻子《あさこ》はあまり好きではない。短いおかっぱがいちばん好きだ。けれど、長い髪《かみ》はいろんなかたちにしてあそべておもしろそうだ。とうさんはこんな髪《かみ》のかあさんを見たら、びっくりするかしらと思う。

だが、とうさんより早く、うちにかけこんだ保《たもつ》が敷居《しきい》のところであっと立ちどまった。鏡の中でかあさんは微笑《びしょう》し、保《たもつ》は大げさに後ろにさがってつくづくかあさんを見つめ、感嘆《かんたん》の声をあげた。

「やあ！　後家《ごけ》さんみたいだね。かあさん」

かあさんは眉《まゆ》をひそめ、麻子《あさこ》はどぎまぎした。

「あれ、あんちゃん、奥《おく》さんと後家《ごけ》さんじゃ、品がちがうべさ。なんたって奥《おく》さんは上品だもの」

髪結《かみゆ》いさんが大きな口をあけてわらった。

「それでも、あんちゃん、ちいせえくせしてよっく、後家《ごけ》さん知ってたねぇ」

「知ってるよ。春駒《はるこま》の後家《ごけ》さんたち、いつも家の前通って、お医者さんに行くもん。毎月きまって行くんだよ。角田《つのだ》の富男《とみお》さんがいってたもの」

「あれま、いやだよ」

髪結《かみゆ》いさんは大げさにおどろいて見せ、かあさんが、ぴしりといった。

「保《たもつ》。そんなこと、いうもんじゃありません」

「へえ。どうしてさ、志尾《しお》さんだって……」

「だまりなさい」

かあさんの声に一瞬《いっしゅん》、保《たもつ》は口をとがらせかあさんを見つめたが、そのままくるりと後ろを向くと、座敷《ざしき》から外へ逃《に》げだした。麻子《あさこ》は立つしおを失った。

後家《ごけ》さんというのは、材木屋の利枝《としえ》の家の二軒《けん》となりの春駒家《はるこまや》に住む女たちのことだった。そこではいつも三味線《しゃみせん》の音がひびき、なまめいた女たちの声や、酔《よ》った男たちのだみ声が聞こえていた。「春駒家《はるこまや》」と筆太《ふでぶと》にかかれた木の看板《かんばん》をかかげた戸の内側のことを、麻子《あさこ》たちは知らなかった。だが、そのまわりをうろつくことは、かあさんのきらいなことだった。そこはおとなの領域《りょういき》で、子どもたちには禁《きん》じられた場所なのだ。

春駒家《はるこまや》は表通りからすこし西にひっこんだところにあって、麻子《あさこ》たちはふだんはその場所も後《ご》家《け》さんたちのことも忘《わす》れていた。しかし、月のうちのきまった日になると、かならず彼女《かのじょ》たちは部落の中の道を通って角田医院へでかけるのであった。後家《ごけ》さんたちは冬は角巻《かくまき》に身をつつみ、春はうすいショールなどをかけて、ならんで歩いていった。どの顔もまっ白に白粉《おしろい》を塗《ぬ》っていて、わらうと紅《べに》の濃《こ》い口が裂《さ》けたように見えてこわかった。

春駒

春駒屋
春駒

「後家《ごけ》さんだ、後家《ごけ》さんだ」

小さな子どもたちが追いかけてはやした。石を投げる子もいた。おとなたちは子どもをたしなめたが、それは本気でたしなめているようには見えなかった。子どもたちが石を投げるのは、まるで習慣《しゅうかん》のようなもので、彼《かれ》らは部落を走りぬけるトラックや自動車、馬橇《ばそり》、荷車、それから、髭《ひげ》もじゃの大男にも、着飾《きかざ》った女にも、とにかく見さかいなく投げるのであった。芝居小屋《しばいごや》に芝居《しばい》がかかって、青いのぼりをかついで楽隊が通りをねり歩くのにも石を投げつけた。気に入らぬものにも、歓迎《かんげい》するものにも、とにかく石を投げるのだった。そうして、後家《ごけ》さんは洟《はな》たらしの子どもたちには目もくれず、斜《なな》めに結んだお太鼓《たいこ》の帯をならべて、一様にべたべたと草履《ぞうり》をひきずるように歩いていくのであった。

すれちがう男たちは「よう」と声をかけ、洟《はな》たれどもは、後家《ごけ》さん、後家《ごけ》さんとはやしたて、突然《とつぜん》そのことばの中に、うんことかだんべいとかいうことばが入るのだった。たいてい、後家《ごけ》さんは知らん顔をしているが、あまりうるさいときや、石があぶないときは、すごい声でどなりつけた。

そうすると、子どもたちは急に活気づき、よけい大声ではやしたてるのだ。保《たもつ》も小さいとき、よくみなといっしょになって、後家《ごけ》さんに石を投げたものだった。ところがあるとき、あべこべにひとりに抱《だ》きすくめられ、白粉《おしろい》くさい腕《うで》の中で必死に暴《あば》れるのを、

「おお、めんこいねぇ」

と洟《はな》をぬぐわれ、頰《ほお》ずりされて、保《たもつ》は目もくらむ思いで逃《に》げだしたことがあった。あの紅《あか》い口に、今にもたべられてしまうかと息がつまるほど恐《おそ》ろしかったのだが、その後も保《たもつ》は性《しょう》こりなく後家《ごけ》さんを追いかけた。

白いペンキで塗《ぬ》られた医院の木柵《もくさく》と、停車場の駅名をしるす標識《ひょうしき》のような白いペンキの看板《かんばん》をながめながら、麻子《あさこ》は学校へ通っていた。「角田医院」と肉太《にくぶと》にかいた横に、「内科小児科《しょうにか》耳鼻科眼科《がんか》」とかかれた最後に「花柳病科《かりゅうびょうか》」というのがあって、なんだろうと麻子《あさこ》は思う。はなやなぎ病とは、たぶん花柳流《はなやぎりゅう》とかいう踊《おど》りと関係があるのだろうと、漠然《ばくぜん》と考えていたりした。

額《ひたい》のはげあがった背《せ》の低い角田さんは、内川《ないかわ》でただひとりのお医者さんだった。学童の身体検《しんたいけん》査《さ》は角田さんの役目だった。風邪《かぜ》ひき、腹《はら》いた、火傷《やけど》に怪我《けが》、おできに、トラホームなんでもあつかった。角田医院の息子《むすこ》の富男《とみお》は小柄《こがら》ではしっこい男の子だ。顔の両側にぴんと張《は》った耳を、ぴくぴく動かすことができるのが自慢《じまん》だった。

「後家《ごけ》さんが、なにしにうちさ来るか、知ってるか」

富男《とみお》は教室でそんなことをいう。

「なにしにって病院だもな。どっかみてもらいにいくんだべさ」

と、みんながいう。

「どこ、みてもらうか知ってるか」

富男《とみお》は得意げにみんなの顔を見まわし、声をひそめて、後家《ごけ》さんの秘密《ひみつ》をつげる。

「いやだぁー」

「まさかぁー」

と、女の子は声をあげ、

「そんだって、おれ、見て知っているもん。カーテンしめて、戸しめてやっているの見たもん」

と富男《とみお》はくり返し、みんなは一瞬《いっしゅん》おしだまった。

突然《とつぜん》、喜八郎《きはちろう》がわらいだす。あんまり突然《とつぜん》なのでみんなはびっくりして、とがめる目つきになった。喜八郎《きはちろう》は目に涙《なみだ》をためてわらいころげ、富男《とみお》はけしきばんだ。

「なんだ、おめぇ、喜八郎《きはちろう》!」

「だって」

と、喜八郎《きはちろう》はむせながらいう。でかいおとながお医者さんごっこなんて……。

ほんとうだ。おとながお医者さんごっこなんておかしいと、みんなもわらいだす。それも、頭のはげかかった角田さんと、後家《ごけ》さんたちじゃ、あんまり、おかしすぎる。

麻子《あさこ》もわらいながら、ふっと気がつく。

(お医者さんごっこだって? いやだ。富男《とみお》さんのおじさんは、お医者さんじゃないの。お医者さんがお医者さんごっこなの?)

麻子《あさこ》は途中《とちゅう》から奇妙《きみょう》にわらえなくなって、それでも、しかたなさそうに口だけを開いていた。そうして、だんだんそうやっていることが、なんだかつらいような気分になってきていた。

わらっている仲間たちの中で、新三《しんぞう》だけが唇《くちびる》をまげてうすらわらいをうかべているのに気がつくと、よけい不安になった。

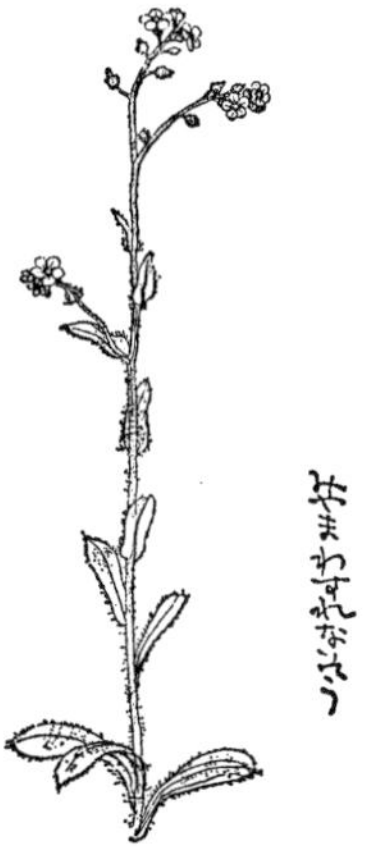

男の子

小さいころはそんなことがなかったのに、内川《ないかわ》へ来てから麻子《あさこ》はよく男の子にいじめられた。

麻子《あさこ》に限《かぎ》らず、女の子はだれもかも男の子にいじめられた。

どうして男の子は女の子をいじめたりからかったりせずにはいられないのか、麻子《あさこ》にはわけがわからずうらめしかった。そしてそれはたぶん、本人たちにもわからないのにちがいなかった。彼《かれ》らは猫《ねこ》がねずみをいたぶるように、考えるより先に、まず体が動いてしまうのかもしれなかった。そうして、ねずみ側の女の子にしてみれば、それはなんとも理不尽《りふじん》な憂鬱《ゆううつ》なことにちがいなかった。

男の子の中にも、女の子をいじめるのがきらいな子もいることはいた。勇《いさむ》はきかないけれど女の子に乱暴《らんぼう》はしなかったし、にいさんの至《いたる》はおとなしいたちで、友だちに「よせよ」ととめても聞かれないときは、気弱く口をつぐんでしまうが、それに加わることはなかった。

だが同じきょうだいでも、保《たもつ》はまるで別だった。顔立ちだって全然ちがう。色白なやさしい至《いたる》、鼻の高い細面《ほそおもて》の拓《たく》にくらべると、色黒で、もじゃもじゃと行儀《ぎょうぎ》わるくはえたふとい眉毛《まゆげ》をした保《たもつ》は、どう見ても上品ではない。そう思いながら、麻子《あさこ》は胸《むね》にこたえるものがあるのだ。どうしてなのか、きょうだいのうち下のふたりは見映《みば》えがしないのだ。

ところで、その保《たもつ》といったらまるでめちゃくちゃだった。けんかをすると鋏《はさみ》でもなんでも見さかいなく投げつけた。みどりが怒《おこ》ると、デレッキをふりあげてぴしぴし打つのだ。小さいからと手かげんをしているのに、相手のほうはまるでむちゃで、あぶなくてしかたがなかった。夜になればねえさんのふところに手を入れにくるくせに、昼間の憎《にく》らしさはなんだろうと思う。泥《どろ》だらけで暴《あば》れまわり、往来《おうらい》で友だちに、

「保《たもつ》、やれ、やれ」

とけしかけられると、みどりや麻子《あさこ》にまでとびかかってきたりした。泥《どろ》だらけの顔で悪態《あくたい》をついている保《たもつ》を見ると、これが弟かと麻子《あさこ》は情《なさ》けなかった。

保《たもつ》のわるさは麻子《あさこ》からかあさんに筒抜《つつぬ》けになり、かあさんにしかられるのがうるさくなったのだろう、保《たもつ》は、近ごろは川向こうでばかりあそんでくるようになったのだ。

川向こうには魚屋の勇がいた。もう、いい若《わか》い衆《しゅう》の源《げん》あんちゃん、高等科の猛《たけし》、勇、忠《ただし》、鉄《てつ》と男ばかりの兄弟がいる。このごろ、開店したパン屋は、内川なのに「東京パン」という店だ。熊《くま》に鼻をもがれたあと、股《また》の肉を移《うつ》して作った鼻が、店で売るひしゃげたあんパンそっくりな高橋さんが主人だ。

それから、支那人《しなじん》の豆腐屋《とうふや》の龍《りゅう》さんの店があって、この三軒《げん》はいずれも男の子たちのたまり場であった。紺《こん》の腹掛《はらが》けをした龍《りゅう》さんはまだ独《ひと》りもので、見あげるほどの大男だった。陽気でいつも冗談口《じょうだんぐち》をたたき、わらうとぴかぴかの金歯が目立った。豆腐《とうふ》を買いにくる小さい子をつかまえては、「わしの嫁《よめ》さんになれ」とか、「わしんちの子にならねぇか。めんこがってやる」というので、こわがって逃《に》げだす子もいた。娘《むすめ》たちは、

「龍《りゅう》さんてば、すぐ助平《すけべ》なことといってからかうからいやだよ」

というが、男の子たちはいつも豆腐屋《とうふや》に集まった。彼《かれ》らは店で立ち話をし、かって知ったふうに客に豆腐《とうふ》や油揚《あぶらげ》を売ったり、龍《りゅう》さんに手伝ってもらいながら凧《たこ》を作ったりした。部屋にあがりこんで、なにやらたべたり、流行の「東京音頭《おんど》」を、よいよいと手拍子《てびょうし》でうたいはやしていることもあった。保《たもつ》はどうもここへ出入りしているものらしかった。

豆腐屋《とうふや》の二軒《けん》となりに校長先生が下宿している金沢《かなざわ》旅館があり、その向かいにさかえ座《ざ》という芝居《しばい》小屋があった。

毎年、祭りのころにやってくる花木《はなき》のぼる一座《いちざ》も、手品の天蝶一座《てんちょういちざ》の興行《こうぎょう》もかかる、内川唯一《ゆいいつ》

の小屋だった。月に一度か二度の割合《わりあい》で活動写真がやってくる。ペンキのはげ落ちた壁《かべ》に活動写真のスチールが貼《は》られ、子どもたちは柵《さく》につかまって、あきずにそれをながめた。スチールは縞《しま》の合羽《かっぱ》に三度笠《さんどがさ》の股旅者《またたびもの》だったり、ご用提灯《ぢょうちん》にとりかこまれた勤皇《きんのう》の侍《さむらい》だったり、びらびらの花《はな》簪《かんざし》のお姫《ひめ》さまだったりした。

活動写真が来た日、さかえ座《ざ》の青いのぼりを先頭に、クラリネットを吹《ふ》きならし、弁士《べんし》や活動屋の一行が部落をねり歩いた。のぼりをかつぐのは、たいてい部落の少年たちにきまっていた。少年たちはいつものぼり持ちの役をねらっていた。のぼりをかつげば、その日の興行《こうぎょう》をただで見せてもらえたのだ。のぼりは、さかえ座《ざ》の木戸番と顔見知りの猛《たけし》や茂政《しげまさ》たちがとりあい、たまには勇や喜《き》八郎《はちろう》たち年下の少年がかついだりした。そうして保《たもつ》といえば、その勇にたのんで、ほんのちょっとでも交代したがってついてまわったりしていたのだ。

子どもたちは名刺《めいし》くらいの大きさのいろんなブロマイドを持っていた。男の子は阪妻《ばんつま》や嵐寛《あらしかん》寿郎《じゅうろう》がごひいきで、保《たもつ》はチャンバラごっこも口三味線《くちじゃみせん》の伴奏入《ばんそうい》りだ。

「影法師《かげぼうし》は阪妻《ばんつま》で　相手は月形竜之介《つきがたりゅうのすけ》
チャンチャンバラバラ　チャンバラバラバラ」

と、うたいながら斬《き》り合いをするのだった。

ひどく古く傷《いた》んだフィルムなので、画面は雨が降《ふ》るどころではない。槍《やり》や石つぶてが大風にとんでくるようであった。それでも、麻子《あさこ》たちは活動写真とはそんなものだと思って見ていたのだ。フィルムは、ぱっぱっと遠慮《えんりょ》なく切れ、そのたびに場面がとんでもなく変わった。原形よりはひどくカットされているので、筋《すじ》を考えてもわからなくなり、わからないうちにめでたく大団円《だいだんえん》になることが多かった。

活動写真はあまり見たことがないくせに、みんなはいっぱし、役者にくわしかった。それは『キング』だの『婦人倶楽部《ふじんくらぶ》』だのという雑誌《ざっし》の付録に、俳優《はいゆう》とその代表作品の活動写真のシーンが集められた分厚《ぶあつ》い冊子《さっし》がついたりしたせいだった。

もといたお手伝いのふじさんは林長二郎《はやしちょうじろう》のファンで、みどりたちは女のように美しいその俳優《はいゆう》と、体の大きなたくましいふじさんのとり合わせがおかしくて、わざと、「あれはにやけているよ」とからかった。

ふじさんが台所のとなりの自分の部屋においていた、例の活動俳優《はいゆう》の付録写真集をあけると、あけ癖《ぐせ》がついているように林長二郎《はやしちょうじろう》のにっこりわらった大写しがぱっとでるのだった。いつであったか、その長二郎《ちょうじろう》の口にすこしずれて白っぽい輪の痕《あと》がついていた。はじめ麻子《あさこ》は、ぬれた茶碗《ちゃわん》でもおいて型がついたのかと思ったのに、保《たもつ》はそのゆがんだ輪型をさして、

「えへ、これなんだ。ふじさん、キッスしたべさ」

とふざけた。まさかと思ったのにふじさんはまっ赤になって付録をとりあげ、保《たもつ》の背中《せなか》をばんば

ん打った。あっけにとられていた保《たもつ》は、

「じゃ、ほんとか。へえ、ふじさんてば、ほんとにキッスしたんだべか。へえ」

と、おもしろがってはやしたてた。

もう、ふじさんはお嫁《よめ》にいっていないのに、麻子《あさこ》はあのざらざらした紙に印刷した俳優《はいゆう》の笑顔と、白っぽい輪の痕《あと》を思いだし、おかしいような妙《みょう》な気になるのだった。

麻子《あさこ》が、とうさんに、

「だれが好き？」

とたずねると、とうさんはすこし考えてから、答える。

「そうだね、飯塚敏子《いいづかとしこ》かな」

それは林長二郎《はやしちょうじろう》の相手役で、下町娘《したまちむすめ》や女房《にょうぼう》に扮《ふん》する純《じゅん》日本風の女優《じょゆう》だ。

「ふうん」

と、麻子《あさこ》は、象牙《ぞうげ》の箸《はし》で麻子《あさこ》のきらいな烏賊《いか》の塩辛《しおから》をつまんでいるとうさんの顔を見る。と、横からかあさんが、うちわを使いながら、

「とうさんはおとなしくて、男のいうことをなんでもはいはいと聞くような女が好きなんだよ」

と、麻子《あさこ》ととうさんの両方に聞かせるようにいう。

「飯塚敏子《いいづかとしこ》って芸者顔だから……」

芸者顔？　麻子《あさこ》はよくわからないけれどなんとなくわかる気もするのだ。それはどうもかあさ

んの顔とはちがうタイプなのだ。芸者顔、芸者顔と、なにか思いだそうと考えている麻子《あさこ》の目の前に、突然《とつぜん》、日本髪《にほんがみ》を結《ゆ》い、水白粉《みずおしろい》を刷《は》いたかあさんが、唇《くちびる》の端《はし》をきゅっとしめて鏡を見つめた顔がうかんだ。麻子《あさこ》はうろたえ、どきんとした。とうさんは知らないふりをして今度は黒豆をつまんでいた。

活動を見にいく日は夕飯を早めにすませていかないといい席がとれないので、麻子《あさこ》たちはやきもきする。かあさんは着物を着かえたり、持っていく菓子《かし》や食べものを用意するのにてまどってなかなかでかけられないのだ。板敷《いたじき》にすわるのは痛《いた》いのでござを持っていき、なるべくまん中の正面近くに場所をとる。活動は定刻《ていこく》ではなく、客の入り具合で早くはじまったり、待たされたりする。その間、知り合いと世間話をしたり、子どもたちは友だちを見つけて、

「グスグス　グッス
チョキチョキ　パーラ」

と、グーチョキパーをしたり、紙飛行機をとばしたりするのだ。

やっと、映写機《えいしゃき》のまわる音がして、吊《つ》りらんぷがひとつずつ消される。二階のもう一段《いちだん》上のほうから四角いひかりの筒《つつ》がくりだされ、スクリーンいっぱいにひろがる。舞台《ぶたい》の左端《はし》に弁士《べんし》が立ち、画面を見ながら声色《こわいろ》で説明をする。演壇《えんだん》にひかりがもれないようにおおったらんぷをすえ、

そのかげで台本のページをときどきめくるのだった。

その日は時代劇《じだいげき》と現代ものの二本立てで、最初はやくざの用人棒《ようじんぼう》になった剣術《けんじゅつ》の名人、平手造酒《ひらてみき》が主人公であった。肺病《はいびょう》やみで、咳《せき》をし血を吐《は》きながら剣《けん》をふるい、とうとう果し合いの川原の小舟《こぶね》にどうと倒《たお》れてしまうのだ。そうして、もはや、動かない薄幸《はっこう》な剣士《けんし》のそばに、

「だれが投げたか花一輪……」

小舟《こぶね》の中の一輪の花を映《うつ》し、一巻《いっかん》のおわりとなった。らんぷがともされ、見物たちはがやがやし、便所に立ったりする。便所は右の廊下《ろうか》のつきあたりで、まっ暗でとても汚《きたな》い。戸をあけしめするので小屋じゅうがにおった。麻子《あさこ》は暗い便所は落っこちそうで行く元気がない。もうひとつおわるまで行かないつもりだ。だが、次はなかなかはじまらなかった。となり村とかけ持ちで上映《じょうえい》しているので、内路村《ないろ》ですむはしからフィルムを馬で運んでくるのだ。馬がつかなくては話にならない。

それでもやっと、はじまった。

今度は若《わか》い恋人《こいびと》の物語だ。ふたりがボートにのると波がちらちらゆれる。女はパラソルをさし、男はボートをこぐ。やがて、向き合ったふたりの顔が近づいたところで、ぱっとフィルムが切れた。

「せっかくいいとこだったたのによう」

見物は、ほうと、ため息をつく。

さかえ座

芝居小屋

「あれ、キッスするとこだったんだべ？」

高等科の女の子らしいのがひそひそ友だちとささやいている。フィルムがつながって、ふたたび、活動写真がはじまった。今度はなんと、ふたりはもう結婚《けっこん》したらしくスイートホームになっているのだ。新妻《にいづま》が机《つくえ》に向かった夫の後ろから首に手をまわす。と、夫はその手をにぎり、ふり返り、そのすんなりした指をなでて、ふと、思いついたように爪切《つめき》りでぱちんぱちんと爪《つめ》を切ってやる。あまえた妻《つま》の顔が映《うつ》る。

口笛を鳴らし、男たちが「よう！」と声をあげ、中にはつっ立って見ている子どもたちに、どなるものもいた。

「がきの見るとこじゃねえぞ。学校の先生さしかられるぞ。おう、目つぶってれってば」

そして、折手《おりて》商店の紅《あか》い頬《ほお》をしたおばさんなどは、ほんとに、わらいながら子どもたちの目かくしをしようとした。子どもたちはその手をはらいのけてきゃっきゃっとわらう。ひどくうれしそうだ。みんなは男と女が仲よくするのをあまり見なれていないので、そんな光景がひどくすてきなようにも、気まりわるいことのようにも思われるのだ。一階の左の隅《すみ》の柱にもたれていた若《わか》い衆《しゅう》が不意に、

「おれもかかあもらって、爪《つめ》切ってやるべし」

と、感にたえた声でいい、

「あれ、いやだよ、源《げん》ちゃん」

「あらあ、そんだらばわしが嫁《い》ってやるべか」

と、女たちが声をあげ、どっとみんながわらった。

男の子は目のかたきのように女の子をいじめるくせに、と麻子《あさこ》は思った。高等科になって卒業するころから、女の子にすこしずつやさしくなるんだ。

そう思っても麻子《あさこ》はまだ小さいのだし、麻子《あさこ》のまわりの男の子たちも同じだったから、ほっとする気にはなれなかった。


中学生たちの帰ってくる夏休みになった。だが、内川《ないかわ》にいちばん先に帰ってきたのは、川上炭《かわかみたん》坑《こう》から越《こ》してきた佐伯《さえき》さんの満《みつる》と春男《はるお》の兄弟だ。至《いたる》は西海岸から山を越《こ》えてくるみどりと真縫駅《まぬいえき》で待ち合わせていっしょに来ることになっていたので、満たちよりひと汽車遅《おく》れるのだ。

佐伯《さえき》さんの伸也《しんや》は麻子《あさこ》と同級で、和子は一年生だ。ふたりともにいさんたちが帰ってくるのを待ちかねていたのだ。なにしろ佐伯《さえき》さんの家では、はじめての帰省なのだった。白線を巻《ま》いた帽《ぼう》子《し》をかぶり、霜《しも》ふりの夏服を着た満は柔道部《じゅうどうぶ》の黒帯組《くろおびぐみ》で、肩《かた》が盛《も》りあがっていた。春男は至《いたる》と同年で、満は拓《たく》と同年なのだ。

満さんはあんなに元気そうで来年は高校だというのに……とかあさんはつい、拓《たく》のことを思ってしまう。拓《たく》は四年生で休学したまま、まだ鎌倉《かまくら》にいた。療養所《りょうようじょ》をでて叔母《おば》さんの家に世話になっていた。癇癪《かんしゃく》持ちの拓《たく》はつきそいのかあさんと衝突《しょうとつ》しては、熱をだし、おろおろ心配するかあさんがまた拓《たく》をいらだたせた。かあさんがそばにいないほうがいいかもしれないと思うことが、かあさんの帰島のきっかけにもなった。だが、神経質《しんけいしつ》な息子《むすこ》が従弟《いとこ》たちのいる叔母《おば》さんの家でどのようにしてくらしているか、その後もずっとかあさんは気がかりであったのだ。

かあさんがせかせかと待つうちにやがて、至《いたる》とみどりたちをのせた自動車がとまり、ふたりが車からおりてきた。

至《いたる》は見あげるほど背《せ》がのび、白ピケの帽子《ぼうし》にセーラー服のみどりは襞《ひだ》のスカートをひきずるようにはいて、急におとなびて見える。かあさんは鎌倉《かまくら》から帰る途中《とちゅう》、豊原《とよはら》で至《いたる》には会ったが、みどりには会えなかったのだ。ひさしぶりに会うみどりは、小柄《こがら》なかあさんより七、八センチは高く見える。

「大きくなったねえ、みどりちゃん」

かあさんはもう涙《なみだ》ぐんだ。

「ただいま」

至《いたる》とみどりは荷物をさげてわが家に入り、麻子《あさこ》と保《たもつ》は、にいさんと女学生すがたのみどりがめずらしくてうきうきする。至《いたる》は拓《たく》にいさんのようにひょろ長くなって、自分でも調子がとれないように不安定な感じだ。背《せ》が高いのに骨細《ほねぼそ》なのだ。陽《ひ》焼けしていくらか黒くなったが、男の子にしては白すぎた。浅黒いみどりのほうが肉づきよくのびた体をしていた。そうして、眉《まゆ》が濃《こ》いみどりからクリームのにおいがする。

保《たもつ》は、にいさんたちの荷物をよいしょよいしょと部屋へ運び入れる。

「保《たもつ》ちゃん、かってに荷物ごそごそしないで。おみやげはちゃんとあげるから」

みどりにしかられて、保《たもつ》は舌《した》をだした。

「ロシアパン買ってきたよ」

至《いたる》がパンの袋《ふくろ》をわたし、保《たもつ》は至《いたる》のそばにすわって鞄《かばん》をのぞきこんだ。至《いたる》が鞄《かばん》に手を入れると、

「あれっ」

保《たもつ》はとんきょうな声をだした。

「なんだ、安全剃刀《あんぜんかみそり》か。小さいにいさん、髭剃《ひげそ》るの？」

「うるさいな、おまえ、そっちへどいてろ」

至《いたる》は顔をあからめて、急いで鞄《かばん》をひき寄《よ》せた。髭《ひげ》だって？　麻子《あさこ》はびっくりする。色白で目の色も淡《あわ》い茶色なのに、至《いたる》の髪《かみ》はぴんぴんしたまっ黒な髪《かみ》なのだ。髪《かみ》がこわいとすぐ髭《ひげ》がはえるかしら。でも、至《いたる》の頰《ほお》はとうさんみたいに青くはない。鼻の下も、なんにもはえてないじゃないかと、麻子《あさこ》は至《いたる》の顔を見た。

至《いたる》は麻子《あさこ》やみんなの視線《しせん》がうるさそうに、向こうをむいて鞄《かばん》をしらべるふりをして、わざと乱《らん》暴《ぼう》に、

「そら、やるぞ」

と、保《たもつ》の手に小さな磁石《じしゃく》をのせた。保《たもつ》は磁石《じしゃく》をながめた。なんのへんてつもないふつうの磁石《じしゃく》だ。

拍子《ひょうし》ぬけした顔の保《たもつ》に、

「ほら、これはおまけだ」

と、まるいものをわたしてやった。

「あっ、ヨーヨーだ」

保《たもつ》はつかんですぐに立ちあがり、ヨーヨーをはずませだした。

麻子《あさこ》はみどりとおそろいの、先にピエロのついた偏平《へんぺい》な長い鉛筆《えんぴつ》をもらい、おまけにビーズ玉の入った小箱をもらった。ビーズ玉をつなげると、指輪や首飾《くびかざ》りがいくつでもできるのだ。みどりは毬藻《まりも》のかたちをしたようかんをみんなへのおみやげに、麻子《あさこ》には赤や水色の水玉模様《みずたまもよう》の表紙のきれいなノートとしおり、保《たもつ》には時間割《じかんわり》をかきこむ表のついた筆立てをだす。

「さあ、おなかがすいたろう。早くご飯にしなさい」

とうさんかあさん子どもたち、みんなが顔をそろえての食事がはじまった。

「寄宿舎《きしゅくしゃ》でね、おやつがないの。とてもおなかがすいてたまらないよ」

いつも口数の少ないみどりが、さすがにうれしそうにしゃべるのがめずらしかった。

「中学もそうだべ。おれ、中学に入るのいやだな。死んじまうよ」

と、保《たもつ》がご飯をかきこみながらいう。

「町が小さいから舎生《しゃせい》がなにをしてもすぐにわかるんだもの。お菓子《かし》買ったらしかられるの」

と、みどりがいう。

「だから、週に一ぺんもらうのがとってもたのしみ。うちから小包みが来るとみんなでわけるんだよ」

「おれたちはだめだ。舎監《しゃかん》の前であけて食べものが入ってたら、送り返されるんだぜ」

と、至《いたる》がいう。

麻子《あさこ》は女学校の話がもっと聞きたいのだ。西海岸の海の話も……。

「海はおかしいね。泡《あわ》だらけのときがあるの。波の花っていうんだけど、泡《あわ》がほんとにとぶんだよ。そいで、友だちが泳ごうとしてとびこんだら、肩《かた》から膝《ひざ》まで泡《あわ》ばかりで水がなかったんだって」

みどりの寄宿舎《きしゆくしや》は海べに近い丘《おか》のふもとにあり、みどりたちはつれだって丘《おか》の中腹《ちゆうふく》の、女学校へ通うのだそうだ。あやめや萱草《かんぞう》の花の咲《さ》くころ、女学校からもっとのぼった丘《おか》の向こうの競馬場では競馬が行われるという。

「馬がならんで丘《おか》をのぼっていくんだよ。栗毛《くりげ》や鹿毛《かげ》や灰色《はいいろ》の馬やら、たくさん」

と、みどりはいう。

「皐月《さつき》に似《に》た馬もいたけど、やっぱり皐月《さつき》のようにきれいな馬はいないよ」

皐月《さつき》の名がでたので麻子《あさこ》ははっとする。皐月《さつき》は麻子《あさこ》の知らないうちにとうさんがどこかへやってしまったのだ。今、馬小屋にいるのは勝姫《かつひめ》という小柄《こがら》な牝馬《ひんば》だ。赤っぽい色をしたこの馬は、いかにも神経質《しんけいしつ》で疳《かん》がつよそうであった。あの優美《ゆうび》な中にも堂々とした気品のある皐月《さつき》を、かあさんも麻子《あさこ》も好きだったのに……。

「あこちゃんはどうお、すこし馬にのれるようになった？　ほら、はじめてのったとき……」

と、みどりはわらった。

轡《くつわ》をとっていた志尾《しお》さんが山村さんの家へ立ち寄《よ》ったすきに、皐月《さつき》は背《せ》に麻子《あさこ》をのせたまま、道端《みちばた》の青草をたべようとして、首を下へのばした。麻子《あさこ》が手綱《たづな》をひいても、馬の力がつよいので手綱《たづな》は手からはずれてしまい、皐月《さつき》はゆうゆうと草をたべ、前へすすんだ。麻子《あさこ》は首なし馬にのっているようで今にもすべり落ちそうで心細かった。高い馬上から見る景色はいつもとまるでちがうし、皐月《さつき》の鼻づらから土手の傾斜《けいしゃ》が続き、いつか輓馬《ばんば》が倒《たお》れていた山火《さんか》注意の三角柱がすぐ下に立っているのだった。用を足してもどってきた志尾《しお》さんは皐月《さつき》をしかり、手綱《たづな》を拾って麻《あさ》子《こ》に持たせてくれたが、それまで麻子《あさこ》は青くなっていたのだ。

「麻子《あさこ》ちゃん、皐月《さつき》にばかにされたなあ。馬ぁ、ひとを見るから」

と志尾《しお》さんはわらい、みどりたちにわらわれて、乗馬の練習をすると麻子《あさこ》は誓《ちか》ったことがあったのだ。だが、もちろん、それは実行されていない。馬にのると、皐月《さつき》ではなく、今度は男の子たちに男女《おとこおんな》とばかにされたからだ。

「ううん」

と麻子《あさこ》は首をふり、至《いたる》が口をはさんだ。

「ひさしぶりに皐月《さつき》にのれるなあ。明日《あした》からぼく、また、牧場へ牛乳《ぎゅうにゅう》もらいにいこうか。ねえ、かあさん」

そらっと、麻子《あさこ》は胸《むね》を固くした。かあさんは口ごもり、

「それがなんだけどねえ……」

「どうかしたのかい」

「皐月《さつき》は、もううちにいないんだよ」

かあさんは思いきっていってしまう。

「えっ、どうして？」

至《いたる》はきっとなり、とうさんとかあさんの顔を交互《こうご》に見つめた。とうさんが簡単《かんたん》にうなずいて見せただけなので、しかたなくかあさんが説明をひきうけた。

「あのう、ぜひほしいとひとにたのまれてね、あんまり熱心なのでことわりきれなくなってゆずったんだよ。至《いたる》もあんなにかわいがってたのにねえ……」

かあさんはいいよどんだ。

いくら勝姫《かつひめ》が競馬で速いからといって、みんなが親しんでいた皐月《さつき》をてばなすことはないのに……。ほしいというひとの手にわたしたのは子どもたちの手前のいいつくろいで、ほんとうは足の遅《おそ》い皐月《さつき》を売りはらったのだ。そのかわりにあの馬を買ったのだ。かあさんはそんないいわけを自分にさせるなんて、とうさんもひどいと思う。だれにも相談せずにとうさんは実行するのだったから……。

がたん、
突然《とつぜん》、至《いたる》が箸《はし》をおいた。

無言で立ちあがり部屋をでていった。

みどりはうつむいて食事を続け、麻子《あさこ》ははっと腰《こし》をうかし、それからおそるおそる腰《こし》を落ち着けた。保《たもつ》は大口をあけて肉にかぶりつき、かあさんは息をついた。とうさんの象牙《ぞうげ》の箸《はし》がかちかちと音をたてた。

食事がすんでも至《いたる》は席にもどらなかった。

「至《いたる》はどこへ行った」

とうさんは不機嫌《ふきげん》にたずねた。

「へんですね、気分でもわるくなったのか」

かあさんが保《たもつ》に見てこいと合図をした。

「にいさん、小さいにいさん」

保《たもつ》がかけていった。向こうの部屋でなにかいってる声がして、至《いたる》はなかなかやってこない。

「至《いたる》、こっちへ来い！」

とうさんがどなった。麻子《あさこ》はこれからはじまる場面がわかるようで逃《に》げたくなった。茶碗《ちゃわん》を持って立ちあがった。友枝《ともえ》が息をひそめたようにして、お膳《ぜん》のものを片《かた》づけだした。

やがて、至《いたる》が観念《かんねん》したように部屋に入ってきた。至《いたる》の淡《あわ》い茶色の目は、しかられる前からもう泣いたようにうるんでいた。

その晩《ばん》、みんなが床《とこ》に入ってからも至《いたる》は膝《ひざ》をたて、赤い目をしたまま動かなかった。子ども部屋のらんぷの投げる黄色いひかりの中に、にいさんの横顔がうかび、にいさんの手は細かく細かくなにかを破《やぶ》り捨《す》てていた。白い紙片《かみきれ》が膝《ひざ》から床《ゆか》に散ってゆく。

まさか通知表じゃないだろうと、麻子《あさこ》はそれでもどきっとする。小さいにいさんは食事のときの態度《たいど》をしかられ、学校の成績《せいせき》をしかられたのにちがいなかった。女の子のみどりや麻子《あさこ》がどんな成績《せいせき》をとっても、とうさんは怒《おこ》らなかった。そのくせ男の子にはきびしかった。拓《たく》は中学校でもよい成績《せいせき》だったが、それでも数学が苦手だった。

「男が数学ができなくてどうする」

とうさんにとって数学はなにより大事な学課のようであった。理科系《りかけい》へすすませることを当然と考えているとうさんにとって、息子《むすこ》たちが国語が好きで数学はきらいだなどということは、まったく嘆《なげ》かわしいことだった。

だが、至《いたる》はいくら努力してもだめなのだ。通知表でかんばしいものは国語と音楽ぐらいであった。東京の中学で二番だったのが自慢《じまん》のとうさんは、それがはがゆく、帰省のたびに至《いたる》をしかりつけるのであった。膝《ひざ》をそろえ、至《いたる》は頭をたれている。そうしてしだいに涙《なみだ》ぐみ、洟《はな》をすすりあげるのだった。

「にいさん、至《いたる》ちゃん、もうおやすみなさい」

ふとんの中から首をうかしてみどりがいう。至《いたる》は答えずにじっとしている。みどりはすこしの間至《いたる》を見て、また、ふとんをかぶる。朝から汽車にのり、バスで山を越《こ》え、汽車にのりつぎ、車にゆられてきたので疲《つか》れきって、みどりは寝息《ねいき》をたてはじめる。もぞもぞ動いていた保《たもつ》もとっくに寝入《ねい》り、麻子《あさこ》は至《いたる》がかわいそうだった。

皐月《さつき》が売りはらわれた……と麻子《あさこ》は思ってはいなかったが、それでもひとにやってしまうなんてひどいと思う。いくらとうさんの馬でも、皐月《さつき》は至《いたる》の大事な馬だったはずだ。山火事の日、いがらっぽい煙《けむり》と火の粉《こ》のとんでくるあの夜、志尾《しお》さんのいない馬小屋で、おびえいなく馬をなだめ、夜を過《す》ごしたのは六年生の至《いたる》だったのに。

樺太犬《からふとけん》のムクはさらわれた。けれども、皐月《さつき》は主人の手からどこかへわたされてしまったのだ。皐月《さつき》はほんとうにかわいがってくれるひとのところへ行ったのだろうか。競馬で勝たなくてもいい。麻子《あさこ》たちは、とうさんをのせ、至《いたる》をのせ、いかにもゆったりと落ち着いてかける皐月《さつき》が好きだった。白い息をはき、鈴《すず》を鳴らしてにいさんたちをのせた橇《そり》をひいて帰る皐月《さつき》が好きだった。そうして、皐月《さつき》の体にブラシをかけ、たてがみを切ってやるとうさんが好きだったのに……。

とうさんのやり方がこころないことに思っても、とうさんがすべてをきめるこの家では、子どもはなにもできないのだ。今でも麻子《あさこ》たちは、とうさんとそんなに親しくは話ができないのだった。

いいもの、とうさんのつれてきた勝姫《かつひめ》なんか、かわいがってやらないから……。
そうきめて麻子《あさこ》は目をつぶった。

オタスの杜《もり》

まっ赤な鬼芥子《おにげし》の花がゆれていた馬小屋の前で、とうさんは皐月《さつき》にブラシをかけてやったものだった。だが、今、そこに立っているのは、あの皐月《さつき》ではない。小柄《こがら》な赤茶けた色をした牝馬《ひんば》の勝姫《かつひめ》なのだ。

皐月《さつき》の腰《こし》は高く、肉置《ししおき》がゆたかで深い紫《むらさき》の艶《つや》があった。それにくらべると勝姫《かつひめ》はいかにも貧相《ひんそう》に見えた。それでも、首をすっとのばし、女の髪《かみ》の毛のように長くのびた尻尾《しっぽ》を、しゅっしゅっとふっていた。皐月《さつき》をてばなしたと聞いて、だれよりもつらかったろうにいさんのために、そうして、理不尽《りふじん》なとうさんのやり方に反抗《はんこう》して、

（勝姫《かつひめ》なんか、好きになってやらないから）

と、麻子《あさこ》は決心したばかりだった。それなのに、なんということだろう。その至《いたる》は麻子《あさこ》の気持ちになどおかまいなく、いつのまにか勝姫《かつひめ》になれて、勝姫《かつひめ》をのりまわしては牧場へもでかけるようになっていた。麻子《あさこ》はがっかりして、

「勝姫《かつひめ》はつまずかないから楽だね」

などという至《いたる》を、いくらかうらみがましい思いでながめたりしていた。皐月《さつき》にはつまずく癖《くせ》があって、そのたびに乗り手はぎくりとするらしかった。ときどき佐伯《さえき》さんの満《みつる》たち兄弟が来て、志尾《しお》さんと至《いたる》はかわるがわる兄弟をのせて、馬について歩いたりした。ともかくも、とうさんにしかられた勉強もなんとかやりながら、至《いたる》は馬と、内川《ないかわ》の夏を過《す》ごしていた。

みどりはみどりで、裁縫《さいほう》の宿題のエプロンを縫《ぬ》ったり、高等科へすすんだ久代《ひさよ》や、駐在《ちゅうざい》の娘《むすめ》のとみ子たちと、南《なん》さんのところに豚《ぶた》の子《こ》を見にいったりしていた。南《なん》さんは犬のムクをくれた友だちで、朝鮮人《ちょうせんじん》の女の子だった。春にも、豚《ぶた》のこっこがうまれたら見においでといっていたのだ。にいさんの至《いたる》のあとについてまわっていた保《たもつ》も、このごろはまたあそび仲間の忠《ただし》や章一《しょういち》たちととげ魚《うお》とりやフレップとりにでかけて、服を泥《どろ》だらけにしたり、フレップの汁《しる》で黒く染《そ》まった唇《くちびる》をして帰ってきたりしていた。

そして麻子《あさこ》は、房子《ふさこ》や幸《さち》や、川上《かわかみ》小学校から転校してきた一年下のみつ子たちと陣《じん》とりをしたり、着せかえ人形をしてあそんだり、ひとりで川へ行ったり、例の池をたずねたり……きょうだ

い四人の上に夏休みの日が平穏《へいおん》に過《す》ぎていった。

朝、食膳《しょくぜん》に小鉢《こばち》に入れた白い卵《たまご》がついているのを見て、麻子《あさこ》は今朝《けさ》見た夢《ゆめ》を思いだした。

となりの須藤《すどう》理髪店《りはってん》の前に背丈《せたけ》ほども高い立葵《たちあおい》が花をつけていて、その赤い花を麻子《あさこ》たちはコケコッコーの花とよんでいた。その花びらの根もとをはがすようにすこし裂《さ》いたのを、目と目の間に立てて貼《は》りつけると、まるで鶏《にわとり》のとさかのように見える。色白でふっくらした房子《ふさこ》が、両手をぱたぱたさせて、コケコッコーと鳴く。

麻子《あさこ》も高いところからとびおり、あちこちをコココココとかけまわる。と、花びらのとさかがゆらゆらとゆれるのだった。麻子《あさこ》は草むらにしゃがむ。草のなかに体が埋《う》もれ、ゆらゆら赤いとさかだけが草の上にでている。胸《むね》が自然に牝鶏《めんどり》みたいにふくらんで、口をとがらせ、コッコッコッコといっている。すると、いつかそれが自分の声ではなく、体の奥《おく》のほうで時計が時を刻《きざ》むようにコッコッコッコッとくり返しているようにも、また、その声が外の草むらか、透《す》きとおった空のどこかから聞こえてくるようにも思われてくる。ほんのすこし重たくだるそうにとさかがゆれ、世界が赤くゆらめく。そのゆらめきの奥《おく》に、ぽかんとした空が見える。しゃがんだ太股《ふともも》がおなかを圧《お》しつけているので、おなかの存在《そんざい》が意識《いしき》される。自分に見えるはずはないのに、麻子《あさこ》は自分の目がまんまるい、あの二重丸のような鳥の目になっているような気がした。

コ、コ、コ、コ、
くり返すその声が一瞬《いっしゅん》とだえ、麻子《あさこ》はあっとうろたえた。

(どうしよう。あたし、卵《たまご》うんじゃった)

困《こま》りきって麻子《あさこ》は立ちあがった。草が風にゆれ、二本の足の間に卵《たまご》がころんと落ちている。透《す》きとおった空の下で、まあるい卵《たまご》は恥《は》ずかしそうにひかっていた。麻子《あさこ》はあんまり思いがけないことなので、途方《とほう》にくれながら、そのくせ、うれしいような、誇《ほこ》らしい気持ちで卵《たまご》をながめていた。

だから、夢《ゆめ》からさめたとき、ほっと救われた思いとうらはらに、なんだかものたりない気もしていたのだった。

麻子《あさこ》は小鉢《こばち》の中の生卵《なまたまご》を見た。かあさんも至《いたる》も生卵《なまたまご》をとんとんとお膳《ぜん》の角に打ちつけてじょうずに殻《から》を割《わ》るのだが、麻子《あさこ》はまだうまく割《わ》れないので、はじめから割《わ》ったものがつけてある。ぽっかり黄色いお月さんのような卵《たまご》だ。麻子《あさこ》がつくづくとながめていると、保《たもつ》がけげんそうにたずねた。

「あこちゃん、卵《たまご》たべないのか」

たべないならおれがもらっちゃうからと、いいたげな保《たもつ》に麻子《あさこ》はあわてて首をふった。いつもなら箸《はし》でくずすのに、今日《きょう》は黄身をこわすのがためらわれた。思いきってぐっと吸《す》うと、卵《たまご》がのどいっぱいになって、はりさけそうに苦しい。どうしよう、助けてと思うが、目を白黒させるばかりだ。どうやらのみこんでやっと、胸《むね》が楽になり、麻子《あさこ》は涙《なみだ》の目をぱちぱちさせた。

「どうしたの、のどにつまったの？」

と、かあさんがたずねる。

「卵《たまご》はね、口の中でちぎってから、のどに入れるのだよ」

みんな知らん顔をしてそうやってのんでいたのか。なあんだと、麻子《あさこ》はきょとんとする。けれど、あのお月さんみたいな卵《たまご》がまるいまんまで、今、自分のおなかにおさまっているなんて、妙《みょう》な気がする。牝鶏《めんどり》のおなかにあった卵《たまご》が、今は麻子《あさこ》のおなかに入っているのだから。

箸《はし》を持ったまま、麻子《あさこ》は目をこらしていた。すると、いつのまにかまた自分が二重丸の鳥の目になっているような気がしてきた。のんだ卵《たまご》はたしかにおなかにあるけれど、夢《ゆめ》の中でのように麻子《あさこ》は卵《たまご》をうむことがあるだろうか……。

ばかみたいだとわらわれそうで口にだせなくて、それでもいつまでも不安だった。


須藤《すどう》理髪店《りはってん》の赤い立葵《たちあおい》の花は、子どもたちにむしられて丸坊主《まるぼうず》になってしまった。いつもなら、

「だめだよ、そんなにむしっちゃ」

と、しかりつける庇髪《ひさしがみ》のおばさんのすがたが見えない日が続いた。

ある日、麻子《あさこ》が子ども部屋でみどりたちの写生のモデルになって腰《こし》かけていると、窓《まど》の外ががやがやする。見ると、駐在《ちゅうざい》さんがとなりの理髪店《りはってん》へ入っていくところで、その後ろで子どもたち

がなにやらさわいでいるのであった。房子《ふさこ》が顔をだし、なにかいって頭をひっこめた。どうしたのかと麻子《あさこ》は思った。

北と南に向き合った窓《まど》からは、いつも猫背《ねこぜ》のおじさんが、革砥《かわと》をひきしめるように持ちながら、いくどもいくども剃刀《かみそり》を往復《おうふく》させているすがたが見えていた。だが、今日《きょう》、その窓《まど》におじさんのすがたはなかった。

ただ、なんとなく麻子《あさこ》は見ていただけだったのに、不意にその窓《まど》に房子《ふさこ》の姉の静枝《しずえ》の顔が現《あらわ》れた。あごのとがった顔色のわるい静枝《しずえ》は、いつも目の上やこめかみに静脈が透《す》いて見えた。静枝《しずえ》はうわめづかいに麻子《あさこ》を見つめると、唇《くちびる》を結んでいっきにさっとカーテンをしめた。のぞきこんだつもりはなかったのに、麻子《あさこ》はばつがわるく、静枝《しずえ》の目が不意にあんまの高田さんの目のように白く見えたのがこわかった。

「あこちゃん、動かないで」

パレットに絵の具をとかしながら、みどりが注意し、麻子《あさこ》は弁解《べんかい》した。

「だってしいちゃんたら、にらんだんだもの。すごい目つきしたよ」

「そうお、しいちゃんもあんたのことそう思ったんじゃないの」

と、みどりはとりあわなかった。

「あたしはすごい顔なんかしないよ」

絵に描《か》いてもらうのだから美人に見えるようにすましていても、そんなにすごい目つきをするわけはないと、麻子《あさこ》は思う。

「駐在《ちゅうざい》さんが入っていって、なんだか、がやがやしてるの」

「だまってろよ。もうちょっとで仕上がるから」

筆を動かしながら、至《いたる》が麻子《あさこ》のおしゃべりを封《ふう》じた。写生の水彩画《すいさいが》も宿題のうちなのだ。保《たもつ》はちょこちょこ動くのでモデルにはならず、麻子《あさこ》は、みどりがためた、キャンディの赤や青の銀紙とリボンをもらう約束ですわっているのだった。

絵ができあがって、みどりたちが台所で筆洗《ひっせん》や筆を洗《あら》っているところへ、保《たもつ》が息をはずませてかけこんできた。

「あんなあ、ふうちゃんとこのおばさんがなあ、駆《か》け落ちしたんだと」

なんのことかと、みんなは保《たもつ》の顔を見た。

「もう、五日も帰ってこねぇんだと。駐在《ちゅうざい》さんがしらべにきたよ」

「なにをさわいでるの、保《たもつ》」

奥《おく》からでてきたかあさんが問い返し、

「いいかげんなことをいうもんじゃありません」

すぐにきびしい声でたしなめた。

「だってどこの谷さ落ちたんだべか。熊《くま》に食われたらあぶねぇべ」

保《たもつ》がなおもいい張《は》り、かあさんと友枝《ともえ》は目くばせしあった。

「だから……駐在《ちゅうざい》さんがさがしてるんでしょう。保《たもつ》ちゃんもあまりさわがないほうがいいよ。ふうちゃんがかわいそうだから」

「うん」と、保《たもつ》はうなずいたが、麻子《あさこ》はおとなたちの目くばせが気になった。駆《か》け落ちというのは、保《たもつ》のいうような「谷へ落ちる」ようなことではないらしいのだ。なんのことかわからないけれど、麻子《あさこ》は落ち着かなかった。

須藤理髪店《すどうりはつてん》のカーテンは一日閉《と》ざされたままであったが、おばさんのいなくなった噂《うわさ》はたちまち部落じゅうに知れわたった。

あくる日、折手《おりて》商店に帳面を買いにいった麻子《あさこ》は、笊《ざる》を買いにきていた利枝《としえ》とぱったり顔をあわせた。

「床屋《とこや》のおばさん、よそのおじさんと逃《に》げたんだって？」

三つ組に編《あ》んだおさげを、ちょんまげのように頭の上にとめた利枝《としえ》の、衿足《えりあし》が汗《あせ》にぬれている。ちぢれた眉毛《まゆげ》の下で、すこしひっこんだ目がきらきらひかった。

「あのおばさん、水商売してたんだよ。それでしいちゃんとふうちゃんは、おとうさんがちがうんだと」

笊《ざる》にこぶしを入れ、片手《かたて》でその笊《ざる》をくるくるまわしながら、利枝《としえ》がしゃべる。

水商売だって？　おとうさんがちがうって？　麻子《あさこ》はめんくらい、汗《あせ》にぬれた利枝《としえ》の腕《うで》に金色の産毛《うぶげ》がへばりついているのを見ていた。

「今度だって前からあやしいんじゃないかって、うちへ来るあんちゃんたちいってたもの。上敷香《かみしすか》だかのひとだって、そのひと。おばさん、駐在《ちゅうざい》さんにつかまって牢屋《ろうや》さ入れられたら、ふうちゃんかわいそうだね」

「でもさ、なして牢屋《ろうや》に入るの」

麻子《あさこ》はたまげることばかりで、口の中がかわいてくる。いっしょうけんめい唇《くちびる》をなめたが、利《とし》枝《え》は平然として、

「だって姦通罪《かんつうざい》だべさ」

麻子《あさこ》は頭がかっとなって、わけがわからない。

「かわいそうだね」

恐《おそ》ろしいことを平気でいって、利枝《としえ》は小さなあごをしゃくってみせた。赤い塗《ぬ》りのがっぱ(ぽっくり)の鈴《すず》の音をひびかせて、利枝《としえ》は帰っていった。頭の上に跳《は》ねあげたおさげがゆさゆさゆれてはずみながら、橋を遠ざかっていくのを麻子《あさこ》は見送った。

駆《か》け落ちとはそういうことだったのだ……。烏賊《いか》の皮をぴりっとはいだように冷たくひかるおばさんの肌《はだ》や、鋏《はさみ》を持つしなやかな指、自分に近づいてくる、あの寄《よ》り目になった眉《まゆ》のうすい顔が目にうかんだ。背中《せなか》の見えるほど衣紋《えもん》をぬいた庇髪《ひさしがみ》のおばさんは、友だちのどのかあさんとも似《に》ていなかった。川向こうにも理髪店《りはってん》はあるのに、わざわざ遠くから来る客もあったし、飯場《はんば》の若《わか》い衆《しゅう》までちょくちょくやってきて、それに応対《おうたい》するおばさんの声はいつもより高くひびいた。

小説か活動写真の主人公のするような駆《か》け落ち――そんな行為《こうい》はふうちゃんのおばさん以外の、だれにも似《に》つかわしくなかった。空恐《そらおそ》ろしく、どきどきするようであった。

家ではとなりの話題は口にできなかった。

かあさんはすぐにきびしい顔つきになったし、無口なみどりは話し相手にはならなかった。至《いたる》はなおさらのこと、そして保《たもつ》は……。保《たもつ》はおしゃべりでどこへでも頭をつっこむくせして、まだ子どもなんだから……。

麻子《あさこ》は胸苦《むなぐる》しかった。

無理やりに秘密《ひみつ》をかかえこまされたようであった。そうして、秘密《ひみつ》の卵《たまご》は麻子《あさこ》の中で日ごとに育っていくような気がしてこわかった。

夏休みものこりすくない日、

麻子《あさこ》たちはとうさんにつれられて敷香《しすか》へあそびにいくことになった。

樺太東《からふと》海岸北部でいちばん大きなこの町に、至《いたる》やみどりはなんべんか行ったことがあるのに、下のふたりは今度がはじめてであった。

「敷香《しすか》さ行くの？」

と、保《たもつ》はとびあがった。保《たもつ》の知っている敷香《しすか》は、とうさんが買って帰る茶色いツンドラまんじゅうと、敷香《しすか》会館のマッチだ。

「敷香《しすか》さ行って、敷香《しすか》会館さ行ってツンドラまんじゅうば買って帰ろう」

保《たもつ》はまるでそれが小さいときからの念願だったかのように、断固《だんこ》としていうのだ。だが麻子《あさこ》は、敷香《しすか》へ行けば海が見られると胸《むね》がおどった。

かあさんは念入りに化粧《けしょう》し、みどりはセーラー服の制服《せいふく》、麻子《あさこ》はピケの縞《しま》のワンピースに、友枝《ともえ》も水色のワンピースに着がえてパラソルを持ち、二台の自動車にのりこんだ。九十五の坂をゆられ、至《いたる》が牛乳《ぎゅうにゅう》をもらいに通う牧場を過《す》ぎ、林を越《こ》え、野ばらやあやめの花の咲《さ》く原野を内路村《ないろ》から東へ向かった。

やがて、

「海、海！」

と、保《たもつ》がさけび、麻子《あさこ》は窓《まど》から首をだした。窓《まど》の外に灰色《はいいろ》の海がぐんぐん近づき、潮風《しおかぜ》がまともに顔に吹《ふ》きつけた。麦わら帽子《ぼうし》がとびそうになって、あごにかけたゴムがひっぱられてのび、麻子《あさこ》はあわててつばをおさえた。

水平線ははるかにけむっていた。海のかなたは灰色《はいいろ》にちらちらひかり、浜《はま》近くの水は嵐《あらし》のあとの川のように赭《あか》く濁《にご》っていた。いくえにも波の列が押《お》し寄《よ》せては、どどーっ、どどーっ、とかわるがわるにくずれた。自動車は浜伝《はまづた》いに町へ向かい、砕《くだ》ける波が車輪にぶつかって散った。そのたびに保《たもつ》が歓声《かんせい》をあげた。麻子《あさこ》は車酔《くるまよ》いがまだ続いていて、ときどき吐《は》きそうになる。磯《いそ》の香《か》というのだろうか。風は林の青っぽいにおいとうってかわって、ひどくなまぐさい気がするのだ。

自動車をとめて至《いたる》がおり、続いて麻子《あさこ》たちも浜《はま》におりた。

薄曇《うすぐも》りの空の下に、果てもなく海はひろがっていた。白い波頭《なみがしら》が寄《よ》せては砕《くだ》け、砂浜《すなはま》に泡《あわ》をのこしてひいていく。赭《あか》く濁《にご》った波間に、ちぎれた海草や流木がただよい、犬か猫《ねこ》らしい白っぽい屍《しかばね》が浮《う》き沈《しず》みしていた。車に弱いかあさんは青い顔をして風に吹《ふ》かれていた。

「風のあとなど、ここらの浜《はま》は帆《ほ》立貝《たてがい》が打ちあげられていっぱいになるす。袋《ふくろ》持ってとりにきてもとりきれねぇほど、あがるすよ」

運転手がかあさんに話している。

鈍《にぶ》くひかる空の下を水鳥がとびかい、

「あれ、かもめなの？」

麻子《あさこ》はたずね、至《いたる》は石を拾って海に向かって投げながら、

「海猫《うみねこ》だよ。あかんぼうのように鳴くよ」

と答える。

高いところで、海猫《うみねこ》は鳴きかわしているのか、大空の下はとどろく波の音ばかりであった。

これが海なのだろうか。

麻子《あさこ》はとらえどころのない思いで渚《なぎさ》に立っていた。九州の海、かあさんや至《いたる》たちの思い出の海は青く、泊居《とまりおる》のみどりの海は泡立《あわだ》つ泡《あわ》の海……。そうして、木苺《きいちご》の丘《おか》からながめた麻子《あさこ》の海、流れ去る川のかなたにあると信じた海は、こんな海であったのかと思う。

うみねこ

アンデルセンの人魚の棲《す》む海は、矢車菊《やぐるまぎく》の色をした深い海だという。麻子《あさこ》はいつのまにか川の果てにそのような海を想像《そうぞう》していたような気がする。けれど、ここはツンドラの水の流れこむ北の海であった。空がくもっているので、北知床《きたしれとこ》半島の島影《しまかげ》も茫《ぼう》とかすんで見えるだけだ。灰色《はいいろ》の波はたえずふくれあがり、白く砕《くだ》けて、ひれふすようにかけてくるかと思うと、砂浜《すなはま》に捨《す》てられた縄《なわ》切れや、よじれた海草のまわりに白い泡《あわ》をのこしてひいていく……。海はだれとでもなく、ひとりでその動作をくり返しているようであった。

休憩《きゅうけい》のあと、ふたたび、自動車は走りだした。海の中に裸《はだか》の男たちが間隔《かんかく》をおいて、こちらに背《せ》を向けて立っていた。なにをしているのか麻子《あさこ》にはわからなかったが、とうさんと運転手はうなずきあった。

「なに？　とうさん、ミツリョウって？」

保《たもつ》がたずね、とうさんは簡単《かんたん》に答えた。

「ああ、網《あみ》をひいていただろう」

密漁《みつりょう》ということばは、なにやらひどく恐《おそ》ろしげに聞こえるのだったが、黙々《もくもく》と網《あみ》をひく裸《はだか》の男たちの背《せ》は、灰色《はいいろ》の海と逆光線《ぎゃくこうせん》の中で孤独《こどく》に見えた。

麻子《あさこ》はひどくくたびれて、座席《ざせき》にうもれて目をつぶっていた。

敷香《しすか》は砂《すな》の町であった。

ツンドラのために砂利《じゃり》を敷《し》き、さらにその上に砂《すな》を敷《し》きつめて作った町なのだ。内川《ないかわ》の三倍くらいもありそうなひろい道が砂《すな》だらけなので、ひと足歩くごとくるぶしまで砂《すな》に埋《う》もれ、頼《たよ》りないうえ、歩きにくくてならない。編上《あみあ》げ靴《ぐつ》の至《いたる》のほかは、靴《くつ》の中が砂《すな》だらけで、すこし歩いては靴《くつ》を逆《さか》さにして砂《すな》をふるった。大竹呉《おおたけご》服店《ふくてん》とか、アーサー洋服店などという看板《かんばん》のならんだ通りで、果物屋の店先の朝顔型の蓄音機《ちくおんき》のラッパから、東海林太郎《しょうじたろう》のうたが流れてくる。砂《すな》まじりの風《ふ》が吹きつけ、町角の立看板《たてかんばん》が大きな音をたてて倒《たお》れた。麻子《あさこ》はまるで、異国《いこく》の砂漠《さばく》の町へでも来たような気がした。一行は丸田《まるた》さんの家へ寄《よ》り、敷香《しすか》会館という劇場《げきじょう》のように大きな店で食事をとったあと、幌内川《ほろないがわ》の岸にでた。

はるかかなたに対岸が細い線になって見えて、赭《あか》い水が岸べをたぷたぷと洗《あら》っている。これが川なのだといわれても、麻子《あさこ》も保《たもつ》もにわかには信じられないようだ。

麻子《あさこ》の知っている川は、陽《ひ》のひかりを返してきらきら輝《かがや》きながら流れゆく川であった。服の裾《すそ》をからげて川に入ると足裏《うら》に底の小石がこそばゆく、二本の足の間を流れてゆくうす緑の水が、麻子《あさこ》をさそい、やさしい手で麻子《あさこ》を水に寝《ね》かせてしまおうとする。めまいしそうになり、そのさそいにさからって立っているのが、川と麻子《あさこ》のくり返す秘密《ひみつ》なあそびでもあったのに……。

だが、この川はまるでちがった。

流れはあのように性急《せいきゅう》ではなく悠然《ゆうぜん》として、ツンドラ水と麻子《あさこ》たちがよぶ、あのたばこを浸《ひた》したように赭《あか》く濁《にご》った水が満ちていた。エンジンの音をひびかせて発動艇《はつどうてい》がすすんでいく。

「でっけえなあ。これが川かい」

保《たもつ》は見るものすべてに歓声《かんせい》をあげ、

「支那《しな》の揚子江《ようすこう》ってこんなんだべか。豆腐屋《とうふや》の龍《りゅう》さんから聞いたことがあるよ」

「揚子江《ようすこう》はまた、これの何倍か大きいさ。だけど、この景色は日本じゃないなあ」

と、至《いたる》が答える。その日本の川を麻子《あさこ》は知らないのだから、くらべることはできない。だが川岸に浮《う》かんだおびただしい流木の筏《いかだ》は、麻子《あさこ》には胸《むね》をつかれるほどなつかしい。

「保《たもつ》ちゃん、見てごらん。丸太だから」

麻子《あさこ》は流送人夫のまねをしては、丸太にのってよくあそんでいた弟の腕《うで》をひっぱった。

「うん、内川の丸太もここさ集まるんだべか」

それはどうかはっきりとはわからなかった。幌内湿原《ほろないしつげん》に針葉樹《しんようじゅ》の森の奥《おく》に、幌内川《ほろないがわ》のいく筋《すじ》もの支流《しりゅう》が枝《えだ》をのばしていて、それらの水がすべてここにそそぎこむのはわかっても、内川の川がこの支流《しりゅう》であるのかはよく知らなかった。けれども、あの濁流《だくりゅう》にのって激《はげ》しくぶつかりあい、くるくる回転しながら川をくだっていったと同じ原木が、流れの中にゆったりと体を横たえているのを見ると、そうにちがいない気がした。

「丸木舟《まるきぶね》こいでるよ」

至《いたる》が突然《とつぜん》さけび、「どらどら」と、みどりもかあさんものびあがった。ちらちらゆれる波の上を丸木舟《まるきぶね》が下流にすすんでいくのだが、遠いのでよく見えない。こいでいるのは裸《はだか》の少年のようであった。

「この向こう岸がオタスの杜《もり》だ。あれはオタスのオロッコかな、ギリヤークの子かな」

と、とうさんは首をかしげた。

「幌内川《ほろないがわ》はあいつらの道だ。川をさからってソ連のほうへも自由に往《ゆ》き来《き》できる。馴鹿《となかい》を追って移動《いどう》するときは、北へも南へも行くからな。山馴鹿《やまとなかい》といっしょで、やつらに国境《こっきょう》はないんだ」

丸木舟《まるきぶね》はすぐに見えなくなり、とうさんは続けた。

「今、オタスにはいろんな、ギリヤーク、オロッコ、ヤクートとかが集まって住んでいるんだ。オタスは幌内川《ほろないがわ》が多来加湾《たらいかわん》にそそぎこむときできた大きな三角州《さんかくす》なんだ。三角州って学校で習ったろう」

「三角州って？」

保《たもつ》が聞き返す。

「川が上流から砂《すな》や土を運んできて、できた島さ。三角形の平野だな。これからオタス行きの船で行ってみるか」

とうさんが先に立ち、パラソルをさしたかあさん、みどりに友枝《ともえ》が続いた。

みどりが立ちどまり、麻子《あさこ》の追いつくのを待った。

「ギリヤークのひと、犬橇《いぬぞり》にのってたね」

「うん」

麻子《あさこ》ははっとうなずいた。あの冬の日、犬橇《いぬぞり》とともに内川の部落をかけぬけた、革《かわ》の服を着たギリヤークの男たち……。ムクに似《に》た橇犬《そりいぬ》のことをみどりは思いだしているにちがいなかった。

みどりはだまって川の向こう、楊柳《ようりゅう》の茂《しげ》ったはるかな岸をながめた。波の音が激《はげ》しくなった。海の上げ潮《しお》と川の水がぶつかりあい、ひしめきあう河口《かこう》近くにも、木の屑《くず》やはげ落ちた木の皮が一面に浮《う》かんでいた。

船着場《ふなつきば》には小さな蒸気船《じょうきせん》がところせましとならび、ペンキのはげた船体に「北海丸《ほっかいまる》」とか「北《ほく》辰《しん》一号」などと名前が読めた。オタス行きの船はすこし前にでたばかりであった。一艘《いっそう》が往《ゆ》き来《き》しているので、しばらくは待たねばならない。

帆柱《ほばしら》が立ちならぶ船着場《ふなつきば》からすこしはずれた岸べにも、やはり、丸太の筏《いかだ》が波に洗《あら》われていて、とどろく波の音と、船のエンジンの音がひびきあい、赭《あか》い川水は風にしぶきをあげていた。

木っ端《こっぱ》の浮《う》かぶ水が不意にざぶりとゆれ、中から黒い頭がつきでたと思うとすぐに沈《しず》んだ。

「あれ……あれ」

麻子《あさこ》はびっくりして声がでなかった。保《たもつ》が、きっとなって、川を見つめた。

「あそこだ!」

保《たもつ》がさけぶ。

今度はそこから二メートルほど右に寄《よ》ったところにぬれた頭をつきだして、こちらを見ているのは、たしかにあざらしであった。すんなりした肩《かた》まで水の上にだして、あざらしはじっとしていた。白い髭《ひげ》が水をはじいてひかっていた。

「あざらし……」

麻子《あさこ》は思いがけない友だちに会ったようで、ことばがでてこない。のりだすようにあざらしを見つめていた保《たもつ》が突然《とつぜん》、わあっとさけんだ。

「こっこだよ。あいつ、あのあざらしのこっこだ」

内川の川をのぼってきたこっこ。勇《いさむ》の池にとらわれて、自分が逃《に》がしてやったあざらしのことを保《たもつ》はいっているのかもしれなかった。こっこだとは、もちろん、だれにもわからないのに、保《たもつ》は目を輝《かがや》かせた。

「あら、あそこにもいたよ」

友枝《ともえ》が指さし、かあさんが、「どこ、どこ」と、たずねた。赭《あか》い水はしぶきをあげ、川のあちこちにあざらしが頭をだしたり、もぐったりしていた。だが、はじめに見つけたあざらしだけは、考え深い子どものように、あの特徴《とくちょう》のある大きな目でじっとこちらを見ているのであった。

やがて、小蒸気《こじょうき》がもどってきて、ふたたびオタスへ向かう時間がきた。一行は船にのりこみ、赭《あか》い流れを越《こ》えてオタスへ上陸した。

川の水が運んだ砂《すな》や土で作られた島だというが、川はいく年かかってこの島を築《きず》きあげたのか、麻子《あさこ》には見当もつかない。踵《かかと》が埋《う》まりそうな砂《すな》の道が落葉松《からまつ》の林の間に続いていた。砂《すな》の上に小牛ほどあるような樺太犬《からふとけん》が寝《ね》そべって、いかにもだるそうにどこを見るというでもなく目をあけていた。橇犬《そりいぬ》たちは夏の間はほとんど捨《す》てておかれるので、浜《はま》で魚をあさってたべるほかは、ほとんど一日じゅうをこうしてごろごろと寝《ね》ていることが多いのだ。

落葉松《からまつ》の林に丸太を組んだ小屋が見えた。オロッコの夏小屋だという。とど松《まつ》や蝦夷松《えぞまつ》の樹皮《じゅひ》でおおった小屋は、どこか、麻子《あさこ》たちのおうちごっこのおうちのようにも見えた。床《ゆか》を高く組んだ魚干《ほ》し場に、魚が大根を干《ほ》すようにつるされ、三方につきでた棒《ぼう》の先に、あざらしの皮がまるくひろげて干《ほ》されてあった。魚のにおいと生乾《なまがわ》きの皮のにおいがつよくにおった。陽《ひ》焼けした裸《はだか》の子が空き缶《かん》をぶらさげて船着場《ふなつきば》のほうへかけていった。

「ウイノクロフの家のほうへみんな行ったぞ」

ぼんやり子どもを見送っていた麻子《あさこ》を至《いたる》がうながした。

みどりも保《たもつ》も、とうさんまで、もう、ずっと先を歩いているのだ。麻子《あさこ》はあわてて砂《すな》に足をとられそうになりながら、みんなを追いかけていった。オタスに来たひとがかならず訪《おとず》れるウイノクロフは、ヤクート族の金持ちで、四千頭もの馴鹿《となかい》を持ち、若《わか》いころから樺太《からふと》の北から南へ、国《こっ》境《きょう》を越《こ》えて放牧の旅を続けてきたという。

その家はがっしりしたロシア式の丸太作りであった。話し声のする裏庭《うらにわ》へまわると、とうさんがウイノクロフと挨拶《あいさつ》していた。とうさんだって大男なのに、ウイノクロフは太鼓《たいこ》のようにまるい銅色《どういろ》の顔も、そり返った胸《むね》もなにもかも、まだひとまわりは大きいのだ。麻子《あさこ》はすこしこわくて、とうさんのかげにかくれるようにして、えぞにゅうの白い花が咲《さ》いている草むらや、白いぺンキを塗《ぬ》った窓枠《まどわく》や、レースのカーテンのゆれるさまを、めずらしくながめていた。

不意に、「馴鹿《となかい》」と至《いたる》がさけび、麻子《あさこ》ははっとふり返った。

裏庭《うらにわ》に続く落葉松《からまつ》の下から灰褐色《はいかっしょく》のビロード状《じょう》の毛につつまれた巨大《きょだい》な枝角《えだづの》が現《あらわ》れ、次に、やはり灰褐色《はいかっしょく》の苔《こけ》か泥《どろ》かがこびりついたようにまだらな夏毛をまとった動物が、ゆったりと全身を現《あらわ》した。趾《あしゆび》を開き、ふわふわとしたツンドラの苔《こけ》を踏《ふ》みしめて馴鹿《となかい》が近づいてくる。麻子《あさこ》は足がすくんだ。一方は鼻づらに、一方は背《せ》におおいかぶさるようにのびた両の枝角《えだづの》は、ところどころ皮がはげ、その下から鋼色《はがねいろ》をした角質《かくしつ》の角《つの》をのぞかせていた。

麻子《あさこ》は、鼻先までびっしりと毛の密生《みっせい》した馴鹿《となかい》の顔と、向き合ってしまっていた。今、麻子《あさこ》の目の前にいるこの極北に棲《す》む鹿《しか》は、日本の鹿《しか》の優美《ゆうび》なやさしさとは異《こと》なり、また、ジングルベルやサンタクロースのハイカラなイメージともほど遠かった。牛のように短くふとい首も、密生《みっせい》した毛の上に、灰色《はいいろ》の長い毛がまばらな髭《ひげ》のようにはえている鼻づらにも、どことなく怪物《かいぶつ》じみたものがあった。見開いた目に、血の条《すじ》が赤く走っているのを間近に見て、麻子《あさこ》はたじろいだ。

だが、近づいた馴鹿《となかい》を見てウイノクロフは、手まねで保《たもつ》に「のれ」と合図し、とうさんが保《たもつ》を抱《だ》きかかえた。保《たもつ》は体をそらし拒《こば》むような声をあげたが、そのまま馴鹿《となかい》の背《せ》にのせられ、緊張《きんちょう》して肩《かた》の毛をつかんでいた。馴鹿《となかい》は保《たもつ》をのせたまま動かずに立ち、保《たもつ》はようやく、とうさんを見てわらった。

「どうだ。いい気持ちだろう」

と、とうさんがいい、

「オタスの子は馴鹿《となかい》にのってかけてくんだぞ、保《たもつ》もかけてみろよ」

と、至《いたる》がからかった。

馴鹿《となかい》は枝角《えだづの》をかかげた頭をあげ、大きく身ぶるいして歩きだした。保《たもつ》は顔色を変え、馴鹿《となかい》の動きに合わせてけんめいに体をささえた。馴鹿《となかい》はかちかちと火打ち石をうつような蹄《ひづめ》の音をたてて、ゆっくりと庭をめぐり、麻子《あさこ》は今にも保《たもつ》がふり落とされるのではないかと、息をつめていた。だが、みんなの見まもるうち、馴鹿《となかい》は無事に庭を一周し、ウイノクロフととうさんの前に足をとめた。馴鹿《となかい》の角からは、針葉樹《しんようじゅ》の枝々《えだえだ》にたれる地衣《ちい》のように、はげた皮の一部がたれさがっていた。ほうと声をあげ、とうさんが保《たもつ》をかかえおろすのを、麻子《あさこ》は平気で見ていられない。馴鹿《となかい》が保《たもつ》を受け入れ、保《たもつ》がのりおえたことにほっとしながら、一方では妬《ねた》ましい気がしていた。馴鹿《となかい》は、そんなにやすやすと保《たもつ》をゆるしてはならなかったと思う。

「あこちゃん、おまえものるか」

至《いたる》がたずね、麻子《あさこ》はかぶりをふった。なにかいうと涙《なみだ》がでてきそうで、むちゃくちゃにかぶりをふりつづけた。

「さあ、写真だ。おい、かあさんもならんで。馴鹿《となかい》といっしょに写真をとろう」

とうさんが思いついたように、みんなを集めた。樺《かば》の木を背景《はいけい》に馴鹿《となかい》とならんで、家族はとうさんのカメラにおさまった。

そのあと、「土人教育所」とかかれた表札《ひょうさつ》のある小学校を見学し、壁《かべ》に貼《は》られた子どもたちの馴鹿《となかい》の絵や、丸木舟《まるきぶね》や苺《いちご》つみの絵を見て、船のでる時刻《じこく》まであちこちを見ながら帰ることにした。帰り道、落葉松《からまつ》の林の道で、ネッカチーフをかぶった女の子が手籠《てかご》をさげていくのに出会った。おさげの女の子は、陽《ひ》焼けした顔に細い目が魚のようにきらきらひかっていた。フレップとりに行くのだと、麻子《あさこ》は思った。内川でいうフレップは黒紫《くろむらさき》のくろまめのきの実だが、このあたりは赤いつややかな苔桃《こけもも》の実だ。あの子たちはあの樹皮《じゅひ》でふいたおうちで、赤いフレップや苺《いちご》をたべるのだろう。

「このへんにフレップがきっとあるよ」

蝦夷松《えぞまつ》やとど松《まつ》の丈高《たけたか》い林に入ると、急に肌寒《はだざむ》くなった。

「帰ろうよ、みどりちゃん」

ひき返そうとした麻子《あさこ》は、鴉《からす》の声にぎょっと顔をあげた。

小暗《おぐら》い林の枝々《えだえだ》におびただしい数の鴉《からす》がとまっていて、その奥《おく》の樹上《じゅじょう》に長櫃様《ながびつよう》の箱が横たえられ、お供《そな》えらしいものが散乱《さんらん》していた。周囲の木にはこれまた、風雨にさらされて色あせた赤や青の布《ぬの》が、傷《いた》んだ旗のようにたれていたのだ。鴉《からす》たちは不意の闖入者《ちんにゅうしゃ》に威嚇《いかく》するような声をあげた。旗のような布《ぬの》は古い衣服のようにも見え、麻子《あさこ》もみどりも立ちすくんだまま動けなかった。身動きすると、鴉《からす》が今にもとびかかってきそうな気がした。冷《ひ》いやりと小暗《おぐら》い林の中で立ちすくんでいると、自分の鼓動《こどう》ばかりが大きくひびいていた……。

やがて、あとからやってきたとうさんに、これが天葬《てんそう》、あるいは風葬《ふうそう》とよばれるオロッコ族の死者をとむらうやり方なのだと聞いてからも、麻子《あさこ》の胸《むね》はまだどきどきしていた。オロッコたちは死人を焼かず、風の中で朽《く》ちさせるのだという。樹上《じゅじょう》の棺《ひつぎ》は、真新しいものから朽《く》ちたものまであって、「骸骨《がいこつ》が見える」と至《いたる》たちはのびあがったが、麻子《あさこ》もみどりも一刻《いっこく》も早く逃《に》げだしたかった。木に架《か》けられた棺《ひつぎ》の中から、おどろおどろしく髪《かみ》ふり乱《みだ》した死人が今にもころげ落ちてきそうで、麻子《あさこ》たちは半分逃《に》げ腰《ごし》で、それでも一応手を合わせて拝《おが》み、やっとのことでその場から立ち去った。

その夜、麻子《あさこ》は床《とこ》についてからも眠《ねむ》れなかった。

瞼《まぶた》の裏《うら》をどうどうと波が寄《よ》せてはくずれるかと思えば、丸木舟《まるきぶね》の少年やあざらしの黒い頭がうかんでは消え、赭《あか》い幌内《ほろない》の流れをわたっていく馴鹿《となかい》の群《む》れの、林のような枝角《えだづの》が次々にうかんだりした。

麻子《あさこ》は馬にのるとうさんが好きだ。鞭《むち》をくれてかけていくとうさんを見るたびに、とうさんが男らしくたのもしく見える。あの気の弱い小さなにいさんだって、手綱《たづな》をとって馬にのるときばかりはりりしく、見ていても胸《むね》がきゅっとひきしまるような気がした。けれど、麻子《あさこ》はのれないのだ。馬を走らせることなんてとてもできない。馴鹿橇《となかいぞり》にのるオロッコたちの中には、女の子もいるはずだった。麻子《あさこ》は手籠《てかご》をさげた少女のことを思いだしていた。

（いいなあ、オロッコの子は。あの樹皮《じゅひ》の小屋で苺《いちご》やフレップをたべ、柳蘭《やなぎらん》のお茶をのむなんて）

そして、あれはうそっこのおうちではなく、ちゃんとおとなたちも住む、ほんとうのおうちなのだ。麻子《あさこ》もまるい匙《さじ》のようなオールをあやつって、丸木舟《まるきぶね》をこぎたかった。馴鹿《となかい》の背《せ》にのってツンドラの原野をかけたかった。

（あたしもオタスの子になりたい）

そう思うはしから、あの小暗《おぐら》い森の樹上《じゅじょう》の棺《ひつぎ》が、鴉《からす》の声が、胸《むね》をしめつけてきて、麻子《あさこ》はぎっちり目をつぶり、その恐《おそ》ろしい影《かげ》をふりはらおうとした。

壇《だん》の上で

麻子《あきこ》の家の座敷《ざしき》には馴鹿《となかい》の角がかざってあった。

拓《たく》にいさんが嘆《なげ》いたように、この家にはレコードといえば邦楽《ほうがく》の長唄《ながうた》や、童謡《どうよう》ばかりであったし、とうさんの本棚《ほんだな》にはむずかしい職業《しょくぎょう》の専門書《せんもんしょ》のほか、まるでといっていいほど本はなかった。

そうして、この家には馴鹿《となかい》の角があるかと思えば、アンモナイトという貝の化石の置きもの——これは川上炭坑《かわかみたんこう》の付近で掘《ほ》りだされる白亜紀《はくあき》以前の生物だという——があったりした。あざらしの皮を張《は》ったオロッコたちのはくスキーのようなかんじきや、馴鹿《となかい》皮の長靴《ながぐつ》はとうさんのもので、これらは樺太《からふと》のこの土地にゆかりのものだった。

だがまた、座敷《ざしき》には、紫檀《したん》の飾《かざ》り棚《だな》に赤や緑の彩色《さいしき》の鮮《あざ》やかな支那《しな》の水さしや、花瓶《かびん》、奥《おく》の床《とこ》の間《ま》には妙見菩薩《みょうけんぼさつ》の厨子《ずし》がすえられ、ふたつ折りの屏風《びょうぶ》がおかれてあった。ひとつひとつがいかにも種々雑多《ざった》で統一《とういつ》を欠きながら、それがそのままこの家の歴史を語るものでもあった。

病気のとき、子どもたちは子ども部屋から座敷《ざしき》へ移《うつ》され、きょうだいたちからはなれてかあさんの看護《かんご》をうけた。そして、友だちならとっくに学校へでていくころでも、外へでることさえなかなか許《ゆる》されなかった。麻子《あさこ》たちは所在《しょざい》なくて、ふとんの中から屏風《びょうぶ》の絵や、額《がく》の絵をながめているよりしかたなかった。ときどき変える床《とこ》の間《ま》の掛軸《かけじく》が、漢詩《かんし》のようなものから、谷間の橋を仙人《せんにん》がわたっている水墨画《すいぼくが》や、梅《うめ》の花に変わったりするほかは、どれもこれも見なれたものばかりであった。襖《ふすま》ほどある大きな屏風《びょうぶ》は、おじいちゃんと同郷《どうきょう》の秋田の画家、平福穂庵《ひらふくすいあん》の手になるもので、江戸時代の物売りや、女たち、道往《ゆ》くひとを、勢いのある筆で描《か》いてあった。裾《すそ》をはしょり脛《すね》をだした物売りが天秤《てんびん》をかつぎ、ふたりの女たちがそれを呼《よ》びとめている。すこしはなれて犬がいて、中間《ちゅうげん》をつれた武士《ぶし》は片手《かたて》に扇子《せんす》をにぎっていた。

また、奥座敷《おくざしき》との境《さかい》の壁《かべ》には、うすい緑と墨《すみ》の淡彩《たんさい》の風景画がかけてあった。ガラスにひかりがあたって、風景のところどころがひかってよく見えなかった。が、はるかな山から波のようにうねって続くのは、万里《ばんり》の長城《ちょうじょう》にちがいなく、その右下に薄墨《うすずみ》で描《か》かれたのは、とうさんたちが住んだ炭坑《たんこう》のある集落らしかった。この町でみどりはうまれたのだという。

「山に雲が湧《わ》いたかと思うと、羊の群《む》れが動いているのだったよ」

たりする。

と、かあさんは、ときどき支那《しな》の話をする。それは麻子《あさこ》のうまれない時代の知らない国のことなのに、額《がく》の風景をながめていると、その山のかなたから羊がおりてきたり、黄色い風が吹《ふ》いてきたりする。

その炭坑町《たんこうまち》でかあさんは、拓《たく》にいさんと至《いたる》とみどりたち三人の子と、とうさんとくらしていたのだ。コックとボーイのほかに乳母《うば》がいたという。支那《しな》へ行けば日本人は、支那人《しなじん》を使ってなぜそんな金持ちのようなくらしができたのか、もちろん、麻子《あさこ》にはわからない。かあさんの話では、大家《たいけ》の夫人は纏足《てんそく》といってあかんぼうのとき足を縛《しば》って小さくしてしまうため、変形してひとりでは歩けず召使《めしつかい》の肩《かた》に両手をかけて歩くという。たばこを吸《す》って麻雀《まあじゃん》ばかりしているという。それでいて労働者たちは貧《まず》しくて、子どもを籠《かご》に入れて売りにきたこともあるそうだ。

麻子《あさこ》は、支那手品《しなてじな》の子どもはさらわれたり売られたりした子だと聞いていたから、なるほどそんなことがあるのかと思った。麻子《あさこ》は支那人《しなじん》といえば豆腐屋《とうふや》の龍《りゅう》さんと、料理店の用《よう》さんのほか、反物を売りにくる弁髪《べんぱつ》の男を知っているだけだった。

とうさんたちが支那《しな》とよんでいるその地方、とうさんがくらし、至《いたる》やみどりがうまれたところは、今、満州国《まんしゅうこく》という国になっていた。この年、一九三四年の三月、満州国皇帝《こうてい》が即位式《そくいしき》をあげ、校長先生は朝礼のとき全生徒にいった。

「満州は日本の生命線であり、新しく誕生《たんじょう》したこの国は日本の弟の国です。これからも日本は満州国を助け、兄弟手をとりあって東洋の平和を築《きず》いていくのです」

麻子《あさこ》たちは弟分の国ができたということが、えらくなったようでうれしかった。そのころ、麻《あさ》子《こ》は雑誌《ざつし》で「紫禁城《しきんじよう》の悲歌」という物語を読んだ。

それは今の満州国皇帝《こうてい》の少年時代の物語であった。清朝《しんちよう》の最後の皇帝《こうてい》として少年は三歳《さい》で即位《そくい》し、六歳《さい》で退位《たいい》したのちも、紫禁城《しきんじよう》で日を送っていた。清朝《しんちよう》は辛亥革命《しんがいかくめい》によって滅《ほろ》んだが、清朝《しんちよう》の復活《ふつかつ》をねがう老将軍《ろうしようぐん》、張勲《ちようくん》は、深夜少年帝《てい》を紫禁城《しきんじよう》の玉座《ぎよくざ》にすえるのだった。だが、そのもくろみはあえなく破《やぶ》れ、老将軍《ろうしようぐん》はわずかに六日間玉座《ぎよくざ》を守ったのみで涙《なみだ》とともに去る、少年帝《てい》と忠《ちゆう》臣《しん》の感動物語であった。麻子《あさこ》は将軍張勲《しようぐんちようくん》の名に記憶《きおく》があった。

それは床《とこ》の間《ま》にかける掛軸《かけじく》にある名前だった。漢字《かんじ》ばかりがならんだ書は、どう読んでいいのかまるでわからなかったが、「杉本《すぎもと》先生」と「張勲《ちようくん》」という署名《しよめい》だけがわかった。かあさんにたずねると、

「張勲《ちようくん》というのは支那《しな》のえらいひとだよ」

という。

「将軍《しようぐん》なの」

と、麻子《あさこ》は胸《むね》とどろかせてたずね、かあさんは「そう」と答える。

「ああ、杉本《すぎもと》先生というのはとうさんのことよ。たのんで、かいてもらったのだから」

でも、麻子《あさこ》はまだふしぎで、とうさんにたずねると、とうさんはわらった。

「先生というのはシーサンといってね、何々さんっていうことなんだよ。杉本《すぎもと》先生といえば、と

うさんのことだ。張勲《ちょうくん》というひとは字がじょうずだろう。将軍《しょうぐん》といってたが、馬賊《ばぞく》だよ」
麻子《あさこ》はまた、びっくりする。清朝《しんちょう》の忠臣《ちゅうしん》という張勲将軍《ちょうくんしょうぐん》は、とうさんの知っているひとで、それに、馬賊《ばぞく》だなんて！　けれど、たしかにその書は温雅《おんが》な品格《ひんかく》のある字で、馬賊《ばぞく》がかいたとはとても思えなかった。支那《しな》という国が麻子《あさこ》にはまるでわからない。雲をつかむようだった。ひどく遠くなぞめいたものに思われるかと思えば、あるときは、ぎくりとするほど近くも感じられるのだ。
とうさんが支那《しな》とよぶその地、満州は弟の国だというけれど、そういえば、麻子《あさこ》たちが毎日うたううたの中には、かならず満州がうたいこまれているのだった。男の子たちは道を行くにも声張《は》りあげて、うたをうたった。

「ああ　満州の大平野
アジア大陸東より
はじまるところ　黄海《こうかい》の
波うつ岸に　端《はし》ひらき
えんえん北に　三百里……」

その中に勇《いさむ》がいるのが、ひときわひびく張《は》りのある声でわかった。

「東亜《とうあ》の文化　すすめゆく
南満州鉄道の
守備《しゅび》の任《にん》負う　わが部隊」

去年の学芸会のとき、勇はこのうたを独唱《どくしょう》したのだった。紫《むらさき》の幕《まく》をひき、二教室の間の板襖《いたぶすま》をとりはらい、教壇《きょうだん》を重ねたにわかごしらえの舞台《ぶたい》で、勇は顔を紅潮《こうちょう》させ天井《てんじょう》をにらんでうたっていた。「独立守備隊《どくりつしゅびたい》」のこのうたは勇ましくて、うたっていると気持ちがひきしまるようだった。厚《あつ》い防寒外套《ぼうかんがいとう》を裾長《すそなが》に着て、毛皮の防寒帽《ぼうかんぼう》をかぶり、銃剣《じゅうけん》をかまえて立つ、うら若《わか》い兵士のすがたが目にうかぶのだ。

そのほか、麻子《あさこ》たちのうたう手毬《てまり》うたやお手玉うたにも、きっと満州の地名がでてきた。

「旅順開城《りょじゅんかいじょう》約なりて
敵《てき》の将軍《しょうぐん》ステッセル
乃木大将《のぎたいしょう》と会見の
ところはいずこ　水師営《すいしえい》」

という「水師営会見《すいしえいかいけん》」のうたや、

「とどろく砲音《つつおと》　とびくる弾丸《だんがん》
荒波洗《あらなみあら》う　デッキの上に」

と、うたいだす「広瀬中佐《ひろせちゅうさ》」のうたも「旅順港外《りょじゅんこうがい》　恨《うら》みぞ深き　軍神広瀬《ぐんしんひろせ》とその名のこれど」と、旅順《りょじゅん》の名でおわるのだ。

満州の国は、日本人が血を流してできたのだと思う。そうして、不運な少年帝《てい》が日本の援助《えんじょ》の下に、ふたたび皇帝《こうてい》となったことが麻子《あさこ》はうれしかった。これから兄弟の国はいよいよ仲よく手をとりあってすすむのだと、麻子《あさこ》は思った。

それなのに、かあさんたちおとなは、満州国というとき、ふと、微妙《びみょう》な表情《ひょうじょう》をうかべ、麻子《あさこ》はそれが気になった。かあさんたちは満州国は独立国《どくりつこく》だというけれど、あれは日本の属国《ぞっこく》だと話していたのだ。

「属国《ぞっこく》って、なあに」

麻子《あさこ》がたずねると、かあさんは口をつぐみ、かわりにそばにいた山村さんが答えた。

「朝鮮《ちょうせん》みてぇなもんだべさ」

朝鮮《ちょうせん》だって？　と、麻子《あさこ》は心外だった。

「朝鮮《ちょうせん》なんかとちがうよ。満州国はりっぱな弟の国なんだもの」

朝鮮《ちょうせん》はむかし……麻子《あさこ》の知るところでは奈良《なら》時代、日本が文化をまなんだ国であった。そのことを国史で習ったとき、麻子《あさこ》はとても信じられない気がした。麻子《あさこ》ばかりでなく、子どもたちはみな、へえ？　という顔をした。麻子《あさこ》たちはむかしも今も、朝鮮《ちょうせん》は文化の遅《おく》れた国だと思いこんでいて、日本がまなんだなどとはまったく心外であったのだ。そうして、もちろん、なぜそう思いこみ、心外に思うのかそんなことはまったく考えもしなかったのだ……。

内川炭坑《ないかわたんこう》は敷香《しすか》町のパルプ工場の建設《けんせつ》と歩調を合わせて、きたるべき工場の操業《そうぎょう》の日にじゅうぶんな燃料《ねんりょう》を供給《きょうきゅう》できるように、準備《じゅんび》をすすめていた。炭坑《たんこう》関係の人員がふえるにしたがって、子どもたちもぞくぞく転校してきた。麻子《あさこ》が内川へ来たとき建ちかけていた校舎《こうしゃ》は四教室で、今でも、ふたつの学年が同じ教室で授業《じゅぎょう》をうけるのだが、どの教室にも新しい顔がふえていた。

ある日、さかえ座《ざ》の近くの二階家へ、束田《つかだ》さん一家が台湾《たいわん》から越《こ》してきた。

束田《つかだ》公子《きみこ》と田鶴《たず》子《こ》の姉妹は、おそろいのつばのそり返った麦わら帽子《ぼうし》に、おそろいの水色のワンピースを着て学校にやってきた。ワンピースの丈《たけ》が短くて白いパンツが見えるので、男の子たちはふだんならからかうところなのに、まぶしいてれた顔つきをしていた。丸顔で色白の公子《きみこ》は、一重瞼《ひとえまぶた》で、口もとのほくろが目立った。人形のように切りそろえたおかっぱの髪《かみ》を、刈《か》り上げにしていた。そうして、公子《きみこ》ははきはきしていて、国語も算術《さんじゅつ》もすらすらできるのだった。背《せ》の高さも麻子《あさこ》と同じくらいで、席も近くにきまったし、おとうさんが炭坑《たんこう》の出張所《しゅっちょうじょ》に勤《つと》めているので、自然に麻子《あさこ》が学校のことを説明したり、公子《きみこ》と話すことが多く、すぐに仲よくなった。

束田《つかだ》さんの家族は、目がぎょろりとして無口なおじさんと対照的に、快活《かいかつ》で女学生のようにすぐにわらいころげる洋装《ようそう》の背《せ》の高いおばさんと、四人の子どもたちだった。三年生なのに公子《きみこ》と同じくらい背《せ》の高い妹の田鶴子《たずこ》は、すこしおでこでいかにも茶目らしく、五つの秀彦《ひでひこ》はみなから坊《ぼう》やとよばれ、気のいいにこにこした子どもだった。下の女の子はまだ二つのよちよち歩きのあかんぼうだ。

公子《きみこ》の家は、友だちのどの家ともちがって、めずらしい台湾《たいわん》のうちわや、籐細工《とうざいく》や、とかげのような奇妙《きみょう》な穿山甲《せんざんこう》の剝製《はくせい》がかざってあったりした。二階の子ども部屋には公子《きみこ》たちの机《つくえ》と椅子《いす》がならんでいて、少女らしい赤いカーテンのついた本箱に、参考書や図鑑《ずかん》といっしょに童話の本や『少女倶楽部《くらぶ》』があったし、学校でしか見たことのないオルガンまであるのだ。

「樺太《からふと》へ来るとき、恥《は》ずかしかったの。だって、雪国のひとは色が白いから公子《きみこ》なんかわらわれるよって、おかあさんがいうんですもの」

と、公子《きみこ》がいう。そんなことをいう公子《きみこ》は、麻子《あさこ》よりも組のだれよりも色が白いのだ。麻子《あさこ》はぐっとことばにつまって、なにかいおうと思っても口がもがもがする。それに、麻子《あさこ》のほうは、台湾《たいわん》から来る公子《きみこ》たちは、たぶん、陽《ひ》焼けしてまっ黒かと想像《そうぞう》していたのだ。台湾《たいわん》に都会があるとは考えてもいなかったのだから。

ある日、かあさんが帰宅《きたく》したとうさんにいった。

「東田《つかだ》さんの奥《おく》さん、東京の跡見《あとみ》女学校をでたんですと」

「じゃあ、ケイと同じ学校じゃないか」

ネクタイをほどきながら、とうさんは意外な顔をした。ケイとはとうさんの下の妹で、鎌倉《かまくら》の叔母《おば》さんのことだ。

「ええ、それで、聞いてみたら、まあ、仲がよかったんですって」

「ほう。世間はせまいもんだなあ。奥《おく》さん、おどろいてただろう」

「そりゃあ、もう……」

跡見《あとみ》女学校はお嬢《じょう》さん学校だとかあさんは思っている。九州の女学校をでたばかりで嫁《とつ》いだ無骨《ぶこつ》なかあさんの目には、紫《むらさき》の幅広《はばひろ》のリボンをかけた東京の女学生はひどく華《はな》やかに見えた。とうさんはかあさんを留守番《るすばん》させ、美しいと評判《ひょうばん》の妹をつれて、どこへでもでかけたものであった。

「あの奥《おく》さん、いつまでも女学生みたいでハイカラなこと」

と、かあさんはいった。

このごろ、麻子《あさこ》はひとりになると鏡を見ていることがある。鏡の自分はどうしてもどこか自分でない気がするのは、いつも同じだ。

でも、しかたない、いつもはじめはとまどいながらだんだん、納得《なっとく》する。小さいときから「みどりちゃんはきれいなお嬢《じょう》ちゃん」といわれ、みどりもごく自然にそう思っているらしいのに麻《あさ》子《こ》はそういってもらえない。なにもいってもらえない麻子《あさこ》はわざとおどけたり、いっしょうけんめいおりこうなところを見せようとして、やっと、「おもしろいお嬢《じょう》ちゃん」といわれたりした。濃《こ》すぎてふとい眉毛《まゆげ》も、切れの短いどんぐり目――かあさんの残酷《ざんこく》な表現《ひょうげん》によると、「かなつぼまなこ」も、まるい鼻も、せまいおでこも、見るたびにうらめしく悲しげに見える。鏡の中の子に鼻をつまんで舌《した》をだしてやる。

公子《きみこ》のほうが格段《かくだん》に美人で、ハイカラで、麻子《あさこ》はつまらないのだ。女の子たちは今まで麻子《あさこ》を大事にしてくれた。男の子がいじめるときも盾《たて》になってみんなでかばってくれた。麻子《あさこ》は学校でも「特別」だったのに今、気がつく。そして、公子《きみこ》が好きで、いちばんの仲よしになっても、麻《あさ》子《こ》は今度は公子《きみこ》が学校で先生や生徒たちの注目を集めているのが、すこしつまらなかった。

それに、男の子たちは麻子《あさこ》より幸《さち》や辰子《たつこ》のほうが好きそうに見えた。健康そうで明るい幸《さち》、そばかすのある白い顔で、黒い大きな目がいかにも勝ち気そうで、まっ黒な厚《あつ》い髪《かみ》をおさげにした辰子《たつこ》。ふたりとも麻子《あさこ》の仲よしだけれど、男の子は麻子《あさこ》に対するときより、ふたりのほうにずっと、うちとけて話す。すこし、麻子《あさこ》はさびしい。

麻子《あさこ》は今度は口を、があっとあけてみる。

口の中はてらてらひかった桃色《ももいろ》でその奥《おく》に洞穴《ほらあな》が見える。桃色《ももいろ》の壁《かべ》がちぢんだりのびたりして、穴《あな》は大きくなったり小さくなったりしている。トンネルは体をつきぬけているにちがいない。一本の筒《つつ》のように、のんだ水も食べものもちゃんと下からでていくんだと、麻子《あさこ》は感心した。体の内側はみんな桃色《ももいろ》でぬれているのだろうか。ひとりひとりちがうのは外側だけ……。人間も毛皮の動物たちも……。

麻子《あさこ》は不意にうかんだ自分の考えにおどろいて、口をあけたまま、鏡を見ていた。

ピリ、ピリ、ピリ。

呼子《よびこ》の笛が鳴る。白いズボンの石川先生が運動場を一周する後ろから、五、六年生が走っていていく。

学校では運動会の練習がはじまっていた。一年生たちの玉入れや、綱《つな》引き、借りもの競走、パン食い競走、たくさんの競技《きょうぎ》があって、その日は部落じゅうのひとが見物に来る。みどりは走るのが速くて、いつも一等だった。麻子《あさこ》だって走るのなら遅《おそ》くはない。百メートル十八秒くらいなら走れるのだ。でも、体操《たいそう》やダンスになると、どうしても重心がとれずにふらふらしてしまうのだ。

学年別の競技《きょうぎ》や体操《たいそう》、二人三脚《ににんさんきゃく》、スプーンレース、騎馬戦《きばせん》などのほかに、全校生徒がそろってするダンスがあった。日の丸の小旗を両手に持って、音楽に合わせてする体操《たいそう》のようなものだ。紙の旗は破《やぶ》れるのであとになってからつけることにして、最初は旗をつける前の棒《ぼう》を持ってダンスをした。寸法《すんぽう》どおりに猫柳《ねこやなぎ》の枝《えだ》を切ってきて、つるりと皮をむくと白い棒《ぼう》になる。竹のない樺《から》太《ふと》では七夕《たなばた》の笹竹《ささだけ》も猫柳《ねこやなぎ》なら、子どもたちが作る玩具《おもちゃ》の弓もみなこの枝《えだ》だ。

まだよくかわかずぬめぬめした棒《ぼう》を二本持って、練習がはじまった。黒田先生が、運動場の朝礼のとき校長先生のあがる台の上で、模範《もはん》を示《しめ》した。生徒たちはそれを見ながら棒《ぼう》をあげさげし、足をあげてとんだり、右や左へすすんだりした。

そうして、何日目かに、突然《とつぜん》、なにを思ったか黒田先生は壇《だん》をおり、つかつかと麻子《あさこ》のほうへ近よった。なにを注意されるか、はっと身を硬《かた》くしたその肘《ひじ》をつかんで、

「ちょっと、こっちへ」

という。黒縁《くろぶち》の眼鏡《めがね》がきらっとひかって、麻子《あさこ》はこわかった。

(いやだ、あたし、なにもしやしないのに)

ひきずられる格好《かっこう》で前へでた。先生が台をさした。

「杉本《すぎもと》、ここへあがりなさい」

こんな高いところで、なにをされるのか見当もつかず、麻子《あさこ》は台の上へはいあがった。

「じゃ、そこでダンスをする」

黒田先生は生徒たちをふりむいてさけんだ。

「いいか、みんな、杉本《すぎもと》に合わせてダンスをしなさい」

あっと麻子《あさこ》は仰天《ぎょうてん》し、オルガンの前奏《ぜんそう》がはじまった。絶体絶命《ぜったいぜつめい》、なんという破目《はめ》になったのか、ただでさえふるえる足ががくがくした。無我夢中《むがむちゅう》で棒《ぼう》をふりまわす。みんなに背《せ》を向けているので、前のひとのを見ながらしていたようにはいかない。順序《じゅんじょ》がわからなくなり、動きが鈍《にぶ》くなり、

きぬやなぎ

必死に後ろをぬすみ見て、前列の生徒がするのをまねしてつなぐ。汗《あせ》がにじみ、猫柳《ねこやなぎ》の枝《えだ》が生乾《なまがわ》きのようにべっとり手のひらにくっついてきた。

おわって壇上《だんじょう》からおりるとき、全校生徒の視線《しせん》に刺《さ》されるようで、恥《は》ずかしさで目がくらみそうだった。

同じ組の幸《さち》のほうが体操《たいそう》もダンスものびのびと、だれの目にもじょうずなのに……。

男なら勇《いさむ》だって高等科の七三《しちぞう》だっているのに、よりによってへたな自分が名ざされるとは。

「やめさせてください。ほかの人にしてください」そういいたいのにいいだせず、麻子《あさこ》はダンスを続け、運動会の日になった。

保《たもつ》は黒い線の入った白いパンツに、白い運動帽《うんどうぼう》をかぶり、朝からおむすびを作るかあさんのそばではしゃいでいた。

「卵《たまご》焼きも入れといてくれな。でかいのがいいや。おなかすいて困《こま》るもん。キャラメルもチョコレートもくれよ。三年生の綱《つな》引き、朝のうちなんだから、友枝《ともえ》も早く見にこいよ」

それから、赤い鉢巻《はちまき》の麻子《あさこ》をからかった。

「去年は赤が勝ったけど、今年は白だぞ。だいたい、赤は平家《へいけ》だから弱虫だべ。源氏《げんじ》は白旗だからな。おれは、今年は一等賞とれるよう、ちゃんと妙見《みょうけん》さまば拝《おが》んできたもん」

おむすびに海苔《のり》を巻《ま》きながら、かあさんはおかしい顔をしていった。

「でも、うちの妙見《みょうけん》さまは、ご先祖《せんぞ》の平将門《たいらのまさかど》の守護神《まもりがみ》さまなんだよ。杉本《すぎもと》の家は平家なんだから」

「なんだ、平家か。おれ、源氏《げんじ》だったらよかった。勇ましくてつよくてさ」

保《たもつ》はがっかりしたらしかった。

「だけど、かあさん、早く来て一等とるとこ見てよ。あこちゃんのなんか見なくていいぞ。へっぴり腰《ごし》で旗なんかふってみっともないんだから」

麻子《あきこ》は保《たもつ》をなぐりつけようとして、あやうく涙《なみだ》がこぼれそうになった。口をへの字に結んだ。

小学校の門は松の葉でかざられて、「運動会場入り口」とかいた白い紙がはられ、松のにおいがつんつんした。運動会場には万国旗がはためいていた。まず、国旗掲揚《けいよう》からはじまって、次々に種目がすすんだ。保《たもつ》は空を見あげて、腕《うで》を大きく回転させながら走り、

「保《たもつ》う、がんばれ」

と、大きな子たちの声援《せいえん》をうけていた。保《たもつ》は二等になり、百メートル決勝と幅《はば》とびで、麻子《あさこ》も二等賞だ。足の速い幸《さち》や利枝《としえ》と、背《せ》の高さが同じくらいなので、いっしょに走るとどうしても一等にはなれないのだ。

天幕《てんまく》の中に校長先生がすわっている。机《つくえ》の上に賞品が積んであるのを、ひとつひとつとって、わたしてくれる。校長先生とならんで、いつ来たのか、来賓《らいひん》のとうさんがまじめな顔ですわっていた。天幕《てんまく》の端《はし》に、「三井鉱山株式会社寄贈《みついこうざんかぶしきがいしゃきぞう》」という字が染《そ》めてあった。

「敷香岳《しすかがたけ》を背《せ》に負いて

応援歌《おうえんか》の声が大きくなった。そのうたと同時に紅白《こうはく》に分かれた騎馬《きば》の少年たちが出場し、騎馬《きば》戦《せん》がはじまった。女の子たちも夢中《むちゅう》で、馬になった子の背《せ》にのったもの同士が相手の帽子《ぼうし》をうばいあうのを応援《おうえん》した。

「勇《いさむ》ちゃん」

「橋爪《はしづめ》さん」

とか、声が乱《みだ》れとんだ。そうしていよいよ全校ダンスだった。

日の丸の小旗を持って、麻子《あさこ》は台の上に直立する。麻子《あさこ》の後ろに百何十人かの生徒。部落の父兄たち、小さな子どもたち。壇上《だんじょう》の麻子《あさこ》の横にはだれもいない。オルガンが鳴りだし、麻子《あさこ》はさっと旗をふる。紙の小旗が鳴る。麻子《あさこ》の背後《はいご》で三百の紙の小旗がいっせいに風に鳴りひびく。麻子《あさこ》は膝《ひざ》をまげたりのばしたり、両手をのばし鳶《とんび》のように片足《かたあし》でとんとんとぶ。

たくさんの視線《しせん》にさらされてどんなぶざまな格好《かっこう》をしているのか、麻子《あさこ》にはよくわかった。オルガンが鳴り、その栗色《くりいろ》のオルガンにも「三井鉱山株式会社寄贈《みついこうざんかぶしきがいしゃきぞう》」の金文字が入っていた……。とうさんは炭坑《たんこう》の代表者なのだ。どうしてうまくもない自分がえらばれてここにあがっているか、その理由を麻子《あさこ》は知っていた。そして、麻子《あさこ》と同じようにみんながそれを知っているのが耐《た》えがたかった。麻子《あさこ》の後ろに、幸《さち》も喜《き》八郎《はちろう》も富男《とみお》も勇も、そして、あの公子《きみこ》もいるのだ。

麻子《あさこ》はひとり、空に向かって旗をふった。口をへの字に結んだ。
北西の空に敷香岳《しすかがたけ》がくっきりとそびえていた。

国境《こっきょう》

鎌倉《かまくら》の拓《たく》にいさんからは、折にふれて鎌倉《かまくら》だよりと題する手紙が送られてきていた。

夏じゅう、にいさんは白絣《しろがすり》の着物に兵児帯《へこおび》をしめ、肩《かた》まで影《かげ》を落とすつば広の麦わら帽子《ぼうし》をかぶって散歩するのを日課としていた。そして、松林や古い寺院の石段《いしだん》などで、拓《たく》と同じ格好《かっこう》をしたいかにも腺病質《せんびょうしつ》な少年たちとすれちがうことがあった。夏の海では都会の健康な若者《わかもの》たちが海水浴をたのしんでいたが、虚弱《きょじゃく》な子どもたちや、転地保養《ほよう》のひとたちもまた多いのがこの町なのであった。

にいさんは、滑川《なめりがわ》から由比《ゆい》ガ浜《はま》の景色を伝え、鶴岡八幡《つるがおかはちまん》の、その名も源氏《げんじ》池《いけ》平家《へいけ》池《いけ》と名づけられた蓮池《はすいけ》に咲《さ》く、紅白《こうはく》の蓮《はす》や、庭にはう小さな蟹《かに》のことなどをきれいな字で綴《つづ》っていた。文のおわりにはこのごろはじめた俳句《はいく》や、小さなスケッチが添《そ》えられていたりした。

萩《はぎ》のつゆ　百千の月を　弾《はじ》きけり
拓《たく》

俳句《はいく》は麻子《あさこ》にはわからない。それに、蓮《はす》の花も萩《はぎ》の花も麻子《あさこ》は見たことがないのだ。けれど、八幡宮《はちまんぐう》といえば学芸会での万寿姫《まんじゅひめ》の劇《げき》を思いだす。万寿姫《まんじゅひめ》になったみどりが、八幡宮《はちまんぐう》の頼朝《よりとも》の御《ご》前《ぜん》で踊《おど》る場面があった。そういえば、静御前《しずかごぜん》が「しずやしず、しずのおだまきくり返し」と、うたったのも、鶴岡八幡宮《つるがおかはちまんぐう》だったと思う。また、国語の読本《とくほん》にはまるで鎌倉《かまくら》の名所案内のようなうたがあって、麻子《あさこ》たちはそれを丸暗記していたものだから、別当公暁《べっとうくぎょう》のかくれた大銀杏《おおいちょう》も知っていたし、「名将《めいしょう》の剣投《つるぎとう》ぜし」とうたわれた稲村《いなむら》ガ崎《さき》も知っていた。

にいさんの鎌倉《かまくら》だよりは、そんな歴史にゆかりのある地名がでてくるのでおもしろかった。

「麻子《あさこ》さんのにいさんから手紙あるの」

うちへあそびにきて拓《たく》を知っている辰子《たつこ》は、ときどき麻子《あさこ》にそうたずねた。いつかの正月、辰《たつ》子《こ》の兄の幹夫《みきお》はつくづくと至《いたる》をうらやましがって、

「至《いたる》さんはいいあんちゃんがいていいなあ」

と、いったものだった。

辰子《たつこ》の家は、内川《ないかわ》の上流、第二支流《しりゅう》の分かれのところにある。川を堰《せ》きとめたつつみも目の前だったし、一、二年生が遠足に来て宝探《たからさが》しをする川原も辰子《たつこ》の庭のようなものだった。辰子《たつこ》はそのあたりのことを、うちの川とか、うちの川原とかよぶのだ。美幌《びほろ》の山には伐採夫《ばっさいふ》や流送人夫が入りこんでいて、辰子《たつこ》の家は人夫たちの飯場《はんば》になっていた。辰子《たつこ》のとうさんの辰三《たつぞう》は、りすやかわうそや狐《きつね》などをとる猟師《りょうし》だったから、荒《あら》くれ男どもを相手に飯場をとりしきっているのは、しっかりもののかあさんであった。

美幌《びほろ》部落から山道を一時間かかって通う辰子《たつこ》は、高等科の兄の幹夫《みきお》ともども、毎年、内川小学校で優等賞《ゆうとうしょう》とともにわたされる、皆勤賞《かいきんしょう》をもらう数少ない生徒のひとりだった。

その辰子《たつこ》がめずらしく欠席した翌日《よくじつ》、いつもの時間にいつもと同じように登校した辰子《たつこ》を、友だちはいっせいにとりかこんだ。

「辰子《たつこ》さんてば昨日《きのう》なして休んだの。腹病《はらや》めたのか、熱だしたのかってみんな話してたんだよ」

熱があっても平気で学校へ来る辰子《たつこ》が休むのは、よくよくのことだと心配していたのだ。

そばかすがあるので利枝《としえ》に「そばかす美人」とよばれている辰子《たつこ》は、息をのみ、特徴《とくちょう》のある黒い大きな目でみなを見返した。まっすぐで黒いゆたかな髪《かみ》も、そのすこしとがった鼻も小さいときのままだが、どことなくおとなびて、やっぱり「そばかす美人」だと、麻子《あさこ》は辰子《たつこ》を見つめた。うっとうしいほど濃《こ》く密《みっ》な睫毛《まつげ》や、うす青い肘《ひじ》のまるみが、同じ美人でも公子《きみこ》とはまるでちがう。

役員の選挙のとき男の子の票《ひょう》が多いのはいつも辰子《たつこ》なのだ。

「わしじゃないよ。あのう……玉枝《たまえ》ねえさんが川さ落っこちて死んだの」

思いきったように辰子《たつこ》がいい放ち、えっ、とみんなが声をあげた。

「玉枝《たまえ》ねえさんって、あんたの従姉《いとこ》の玉枝《たまえ》さんだべ……。なしてまた。玉枝《たまえ》さん、泳ぎうまかったべさ」

「それがねえ」

辰子《たつこ》は髪《かみ》をかきあげ、息をついた。

美幌《びほろ》の橋の上で、馬にのった玉枝《たまえ》を見て、辰子《たつこ》の母親が大声で呼《よ》びとめたとたん、おどろいたのか、突然《とつぜん》馬が跳《は》ねあがった。玉枝《たまえ》は馬からふり落とされ、まっ逆《さか》さまに川へ落ちたという。あいにく、、、つつみを切ったばかりで、川には濁流《だくりゅう》が渦巻《うずま》き、あとからあとから押《お》し寄《よ》せる丸太にはさまれて、玉枝《たまえ》はひとたまりもなかったというのだ。あっというまの出来事で、母親は仰天《ぎょうてん》し、なすすべもなかった。それが一昨日《おととい》のことであった。遺族《いぞく》よりも辰子《たつこ》の母親のほうが取り乱《みだ》して、なだめるのに手をやいたという。

「昨日《きのう》、葬式《そうしき》だしたんだよ。わしだって、あのねえさんが死ぬなんて思ってもみなかったもの」

辰子《たつこ》に似《に》て目の大きなそばかす美人の玉枝《たまえ》は、髪《かみ》が赤くちぢれていたので、西洋人のようであった。幹夫《みきお》より一年上のこの娘《むすめ》が、内川で友だちとさっそうと泳いでいたのを、麻子《あさこ》たちはおぼえていた。みんなは、そうなの？　と溜息《ためいき》をついた。すると、

「女が馬さのったりするからだぞ」

喜八郎《きはちろう》が洟《はな》をなめあげ、非難《ひなん》がましくいった。

「んだ、男のまねしたら、ろくなことねえぞ」

司《つかさ》も大きくうなずいていう。すると、麻子《あさこ》は不意に、なにかがこみあげてきて、

「女だから落ちたんじゃないよ。男だって馬から落ちるよ。川でおぼれたりするじゃないの」

と、激《はげ》しくいってしまった。喜八郎《きはちろう》が、えっ？　という顔をするのを見て、自分の口調にびっくりし、それと同時にひとつのことを思いだしていた。

（そうだった。あの日、小さいにいさんが馬にのったあのときも、にいさんはあぶなかったのだ……）

麻子《あさこ》がはじめてつつみにおそわれ夢中《むちゅう》で土手にはいあがったとき、喜八郎《きはちろう》がいったことば。

「おめえとこのあんちゃんもあぶなかったべさ。あんちゃん、川さ墜落《ついらく》するとこだったぞ」

馬上から濁流《だくりゅう》を見た至《いたる》は、ふらりとなってあやうくとうさんにささえられたのだ。とうさんの腕《うで》がなかったら、至《いたる》もまた玉枝《たまえ》のように川で……いのちを落としていたかもしれなかった。今までにもみよや玉枝《たまえ》のほかにも、郵便《ゆうびん》配達の平《へい》さんもまた、近道をしようと川をわたるとき、氷が割《わ》れて、あがろうともがきながら凍《こご》え死んだ。川はいく人ものいのちをうばっていた。わたろうと思えばスカートの裾《すそ》をもちあげて浅瀬《あさせ》をわたることもできるほんの小さな川なのに……。

「なあ、このごろ、よくひとが死ぬべ」

だしぬけに富男《とみお》が口をだした。

「こないだは戸田の信三《しんぞう》だべ。つるやの文《ふみ》ちゃんが死んだし、ハルと青木の重政《しげまさ》だべ。鍛冶屋《かじや》の孝助《こうすけ》も死んだべ。今年になってから、みんなつづけて死んだな」

「ハルは火傷《やけど》だけど、あとは病気で、角田《つのだ》先生にかかってたんだべ。薬効《き》かねぇんだべさ」

司《つかさ》がひやかし、医者の息子《むすこ》の富男《とみお》は赤くなったが、怒《おこ》ることはせず神妙《しんみょう》な顔でいった。

「おれんちから焼場《やきば》の火がよく見えるべ。薪《まき》積んで石油ぶっかけて燃《も》やすんだども、ぱちぱち、すぐそこで燃《も》えるような音がするんだ。墓場《はかば》じゃ、梟《ふくろう》が鳴くし、火の玉がひゅうひゅうとぶんだぞ」

「火の玉ならおれも見たぞ。うらめしやー、角田の薬は効《き》かねえぞー」

喜《き》八郎《はちろう》が幽霊《ゆうれい》の手つきをまねし、富男《とみお》はおびえた目をした。角田医院と寺は二、三軒《けん》おいて隣《とな》り合っていたし、火《か》葬場《そうば》は寺のそばで、学校へ通う道路から東へ七十メートルも入らないところにあった。窯《かま》もない露天《ろてん》に薪《まき》を積みあげて焼くのであったから、その火は医院ばかりでなく、街道からもよく見えたのだ。死人を焼く煙《けむり》は学校へも容赦《ようしゃ》なく吹《ふ》きつけ、異様《いよう》なにおいに悩《なや》まされることもたびたびであった。

「年寄《としよ》りなら枯木《かれき》みたいにすぐ燃《も》えるけど、若《わか》い男や女は脂《あぶら》が多くて燃《も》えないんだと。ぶすぶすくすぶって、煙《けむり》だってまっ黒だと」

日ごろはおとなしい一枚《かずえ》まで口をだし、

「焼いている最中に死人が生き返ることがあるんだっていうよ。内から棺《かん》をどんどんたたいてね、隠亡《おんぼう》がこわくて、だまって薪《まき》ぼんぼん燃《も》やしてると、棺《かん》のふたが燃《も》えて落ちて、中から死人がわあーって立ちあがるんだよ」

一枝《かずえ》がにぎりこぶしを突《つ》きあげて、白目をむいた。たまりかねて、「やめてえー」と、公子《きみこ》が絶叫《ぜっきょう》し、みんなはまるで一枝《かずえ》が棺《かん》から躍《おど》りでた死人でもあるかのように、必死に一枝《かずえ》の肩《かた》をおさえつけるのだった。

「ああー、いやだなあ。死ぬなんていやだよ。天国だの地獄《じごく》だのってほんとにあるんだべかな」

富男《とみお》がふっと声をもらした。

額《ひたい》にしわを寄《よ》せた富男《とみお》の小さな目が麻子《あさこ》の目と合い、麻子《あさこ》はぎくりとする。いつもやんちゃでいたずらばかりしている富男《とみお》なのに……麻子《あさこ》は自分の心をのぞかれたようにうろたえた。

死ぬということ、それはどういうことなのか、もちろん、麻子《あさこ》にもわかりはしない。

内川に住んで三年間、麻子《あさこ》は家の前を過《す》ぎる葬式《そうしき》の列をなんべんも見てきた。葬式《そうしき》の先頭にはたいてい、金の蓮華《れんげ》や、箸《はし》をつき立てた山盛《やまも》りの飯茶碗《めしぢゃわん》を捧《ささ》げ持った男——それは小さな子どものときもあった——が立ち、棺《かん》をかついだ友人や近親たちがしずしずとあとに続く。鈴《すず》をふり鳴らしご詠歌《えいか》をうたいながら白装束《しょうぞく》の女たちがついていくこともあった。濃《こ》い霧《きり》のたちこめた日など、地の底からひびくようなご詠歌《えいか》の声が近づき、またしだいに遠ざかっていくのを聞いていると、自分がどこかへさらわれていくように心細かった。

死人のでた家は、昨日《きのう》までの家とはまるでちがうものになった。線香《せんこう》のかおりのただようその家は、人身御供《ひとみごくう》にえらばれた娘《むすめ》の家のように、その屋根のどこかに見えない白羽《しらは》の矢が突《つ》き刺《さ》さっているようであった。ほかの家ときびしく区別され、まがまがしいものを秘《ひ》めながら、どこかしら華《はな》やかで晴れがましく見えた。改まった服装《ふくそう》のひとが出入りし、ひそひそささやきかわし、葬式《そうしき》の準備《じゅんび》がみるみる整えられていくのだった。その家の前を通るとき、麻子《あさこ》たちは口を結び、息を吸《す》いこまぬようにして、いっきに通り過《す》ぎた。死というわけのわからないまがまがしいものから自分たちを守るために、親指をしっかりにぎりしめていた。それは親に「死」が伝染《でんせん》しないための、親の死なないまじないであった。

富男《とみお》がいうように、死んだら魂《たましい》はどこへ行くのだろう。麻子《あさこ》にはもちろんわからない。三年生のころ、婦人雑誌《ふじんざっし》に奇妙《きみょう》な小説がのっていたのを読んだことがある。それは一児《いちじ》をのこして死んだ若《わか》い人妻《ひとづま》の独白《どくはく》のかたちでかかれた霊界《れいかい》小説であった。死んだ彼女《かのじょ》の魂《たましい》は、屍《しかばね》となった自分を見おろして霊界《れいかい》へ行く。そこの荒野《こうや》をさまよい歩き、白髪《はくはつ》の老人に会ったりする。霊界《れいかい》とはいいながら、高畠華宵《たかばたけかしょう》の描《か》く、水にぬれたような白衣《びゃくい》の女の挿絵《さしえ》は、麻子《あさこ》の心をおののかせた。

この主人公はのこしてきた愛児《あいじ》を気づかい、夫の後妻《ごさい》のために子どもがさびしい思いをするのをながめて悩《なや》むのだが、老人にさとされ、この後妻《ごさい》の子としてうまれ変わろうと決心するところで、この奇妙《きみょう》な小説はおわっていた。

そんなことができるともできぬとも麻子《あさこ》にはいいきれず、ただ気味わるく恐《おそ》ろしかった。死んだひとの魂《たましい》が生きているひとの言動を見ているなど、考えるだけでも恐《おそ》ろしかった。麻子《あさこ》の目の前をそんなだれかの魂《たましい》がふわふわしていたら、すぐに両手で追いはらいたかった。そして麻子《あさこ》は死ぬこともまた、こわかった。かあさんもとうさんもきょうだいたちもいつか死ぬかもしれないと思うと、暗い地の底へずり落ちていくように心細い気がした。あそんでいても勉強していても、ふと、そのことを思いだすともうだめだった。恐《おそ》ろしく悲しく、涙《なみだ》が流れてくるのであった。

その涙《なみだ》をひとに見られるのが恥《は》ずかしくて、麻子《あさこ》は押入《おしい》れに入っては泣いていたのだ。ひとにうったえても、自分の感じている恐《おそ》ろしさを理解《りかい》してもらえるとも、また、その不安をとき放ち安堵《あんど》させてもらえるとも思えなかった。泣いている自分が恥《は》ずかしくて悲しくて、とめどもなく涙《なみだ》をこぼしつづけていたのだ。

麻子《あさこ》はやっと忘《わす》れかけていたそんな思いを思いだしたのがうらめしかった。それと同時に、富《とみ》男《お》もまた、自分と同じ思いを味わっているのかと思うと、富男《とみお》が急に身近に思えた。

学校の帰り、麻子《あさこ》たちは古い木橋の手前を西へまがり、すこし上流にかけられた新橋をわたって、そこで美幌《びほろ》へ帰る辰子《たつこ》と別れる。そこから先は公子《きみこ》や一年下のみつ子たちといっしょに丘《おか》の社宅《しやたく》まで坂道をのぼって帰るのだ。東の丘《おか》は坑夫《こうふ》たち従業員社宅《じゆうぎょういんしやたく》がたちならび、西の丘《おか》には社員社宅《しやたく》がならんでいる。丘《おか》の上に麻子《あさこ》の家の縁側《えんがわ》の二重のガラス戸がうす緑色にひかって見える。坂をのぼるのがいやなとき、麻子《あさこ》は手をあげて、おーいと呼《よ》ぶ。ケーブルカーを呼《よ》んでいるつもりだ。麻子《あさこ》が呼《よ》びさえすれば、ケーブルカーはいつでも丘《おか》からするするとおりてくる。その透明《とうめい》な乗りものにのりこむと、麻子《あさこ》はもう元気になる。麻子《あさこ》はかるがると躍《おど》りながら坂をかけのぼり、

「公子《きみこ》さん、早くおいでよう」

などと、遅《おく》れてくる公子《きみこ》を呼《よ》んだりした。

丘《おか》の中腹《ちゅうふく》からは学校が見え、部落の南北をつらぬく軍用道路や、川に沿《そ》って炭坑《たんこう》へ続く新道を通るひとや、荷馬車のすがたが見えた。この間まで麻子《あさこ》が住んでいた家も、志尾《しお》さんと勝姫《かつひめ》の住む馬小屋の屋根も見えた。この社員社宅《しゃたく》は二戸建てで二十軒《けん》ほど建ち、そのほとんどが、川上炭坑《かわかみたんこう》から移《うつ》ってきたひとばかりで、ちょっとした川上村のような観を呈《てい》していた。麻子《あさこ》の家は佐伯《さえき》さんと隣《とな》り合わせで、山側に公子《きみこ》とみつ子の家がある。屋根裏《うら》が子ども部屋になっていて、窓《まど》から顔をだしあって、公子《きみこ》と話ができるのがうれしかった。

夏のおわりの日、社宅《しゃたく》のいく家族かが一台のトラックにのりこんで、国境《こっきょう》見物にでかけることになった。

南樺太《からふと》の門戸である大泊《おおどまり》港より東海岸に沿《そ》って、国境線《こっきょうせん》中央部の半田沢《はんだざわ》に達する軍用道路を、大泊国境線《おおどまりこっきょうせん》といった。そのうち内路《ないろ》から国境《こっきょう》までを古くから半田街道とよび、もともとはロシアの流刑囚《るけいしゅう》が伐開《ばっかい》した道を、日本軍がひろげ整備《せいび》したものであった。内川から約九十キロメートルのこの道は、途中《とちゅう》にいくつかの村落はあったが、大部分がツンドラと暗い原始林の中をすすま

なくてはならなかった。トラックの荷台に麻子《あさこ》たち、東田公子《つかだきみこ》の家族、佐伯《さえき》さん、川田、夏目、畑《はた》さんたち総勢《そうぜい》三十人ばかりがのりこみ、昼ごろにようやく国境《こっきょう》に着いた。

「さあ、着いたぞ」

という声に、車に酔《よ》ってぐったりしていた麻子《あさこ》は、やっとのことでトラックからおりた。

「ここが国境《こっきょう》?」

麻子《あさこ》は、想像《そうぞう》していたのとあまりにちがう国境《こっきょう》の景色に拍子《ひょうし》ぬけしてしまった。南から続く道路はそこで切れることなく、はるかな森へ消えていた。そうして、そこにはいかめしい鉄柵《てっさく》や門《もん》扉《ぴ》のかわりに、足をあげて蹴《け》ればすぐにころがりそうな丸太が一本、横たえてあるだけであった。大泊国境線《おおどまりこっきょうせん》の道はここから先、北樺太《からふと》中央部にある都市アレクサンドロフスクまで続いていて、ソ連と日本の境界《きょうかい》を示《しめ》すのはこの丸太ん棒《ぼう》であったのだ。

「なんだ、向こうがロシアなのか」

保《たもつ》も同じ気持ちだったのだろう。丸太の内側に立って向こうをながめているひとびとにまじって、がっかりしたような表情《ひょうじょう》をしたが、急に片足《かたあし》、丸太の外へ踏《ふ》みこんでさけんだ。

「見ろや、おれ、ロシアさ行ったぞ」

すると、たちまち、夏目明《なつめあきら》や啓《ひろし》たちがまねをした。

「おれも行ったぞ。なんたってこっち側はロシアだもんな」

道路はたしかに丸太ん棒《ぼう》でくぎられてあったが、ほんとうの境界《きょうかい》のしるしは道より西側に入った空き地にある、花崗岩《かこうがん》の天測境界標《てんそくきょうかいひょう》の標石《ひょうせき》であった。半田の警察派出所《けいさつはしゅつじょ》から一行についてきた警備《けいび》の巡査《じゅんさ》がみんなに説明した。

「これと同じもんが百三十キロメートルの国境線《こっきょうせん》に四基《き》あって、まだその間にも三十六の標石《ひょうせき》と標木《ひょうぼく》があるす。南面に菊《きく》のご紋章《もんしょう》、北にロシアの双《ふた》つ頭の鷲《わし》の紋章《もんしょう》が刻《きざ》んであるす」

標石《ひょうせき》には写真で見覚えのある「大日本帝国《ていこく》」の文字と菊《きく》の紋章《もんしょう》が鮮《あざ》やかであった。保《たもつ》は表から裏《うら》にまわって、つくづくと双頭《そうとう》の鷲《わし》の紋章《もんしょう》をながめた。

「樺太《からふと》はさ、日露《にちろ》戦争で日本がぶんどったんだべ？」

「んだべ」

と、明《あきら》がうなずくのに、友枝《ともえ》の弟で会社で給仕《きゅうじ》をしている清喜《せいき》が、

「んでもな、明さんよ。樺太《からふと》がロシアのもんになったのは、日本が千島《ちしま》と交換《こうかん》したからっすよ。樺太《からふと》と千島とりかえるなんて、ばかもいいとこだな。だましとられたみてぇもんだもの。なんせ樺太《からふと》は間宮林蔵《まみやりんぞう》が探検《たんけん》してはじめて地図作った島だべさ。日本人がとっくに見つけたすよ」

と、口をだした。

「そんなら、北樺太《からふと》もぶんどればいいのに」

と、保《たもつ》は不満な顔をした。

「国境《こっきょう》さ来たらロシアの兵隊がたくさんいて、日本兵もいるかと思ったのに、だれもいないや。なんさも見えねぇ」

南側とどこも変わったところのない北側の景色に明もつまらなそうであったが、警備《けいび》の巡査《じゅんさ》は首をふった。

「どうしてどうして、だれもいねぇどころか、ソ連兵のやつら、双眼鏡《そうがんきょう》でこっちばかり見てるから、向こうさんのほうがこっちのこと、なにからなにまで知ってるすよ」

巡査《じゅんさ》はまるで、つい、そこの茨《いばら》のかげに大男のソ連兵がかくれてでもいそうないい方をした。

「明治八年に樺太千島交換条約《からふとちしまこうかんじょうやく》を結ぶ前は、樺太《からふと》は、半分は日本のもんだったんすよ。日露戦《にちろ》争の結果とり返したわけで、もう、向こうさやるわけにはいかねぇす。わしの小学校の校長先生が原口司令官《はらぐちしれいかん》の部下だったたす。よく、子どもらに話して聞かしてくれたすよ。国境測定《こっきょう》の交渉《こうしょう》がやっときまって、兵隊たちはこの密林《みつりん》ば伐《き》り開き、重たい測量《そくりょう》機械ば籠《かご》かつぐように二本の棒《ぼう》につりさげて、運んですえたそうす。なんせ、ツンドラで馬もぬかるし、道もねえし、幌内川《ほろないがわ》は流木でつまって、舟《ふね》も通れねかったそうす。ダイナマイトで爆破《ばくは》して、やっとギリヤークたちの舟《ふね》で輸送《ゆそう》したそうすよ」

巡査《じゅんさ》はたばこを一服吸《す》って、そんな話をした。

「清ちゃん」

と、保《たもつ》は怒《おこ》った口調になった。

「ソ連ってアカだべ。アカっていうのは天皇陛下《てんのうへいか》のいうことなんか聞くなっていうんだべ。共産《きょうさん》主義《しゅぎ》というのは、ひとの財産《ざいさん》はみんなとりあげて、自由なことなにもできねぇんだって。おれ、

くろまめのき

いやだな。ソ連なんて」

「保《たもっ》ちゃん、だいじょうぶだってば。日本は天皇陛下《てんのうへいか》の国だからな。なんせ、天照大神《あまてらすおおみかみ》が守ってるんだ。それにこの清喜もいるもんな」

清喜が腕《うで》をまげ、力瘤《ちからこぶ》を見せるまねをした。いかにも力のなさそうな細い腕《うで》なので、みんながどっとわらった。

「やい、ソ連のフレップ、とってやれ」

啓《ひろし》が境界《きょうかい》の向こうに手をのばし、黒紫《くろむらさき》のフレップをさぐってもいだ。

おれも、おれもと、明たちが手をのばし、

「へ、すっぺぇ。やっぱし日本のほうがフレップでもうまいや」

と、黒く染《そ》まった唾《つば》をはいてみせたりした。

標石《ひょうせき》のぐるりをめぐりながら、麻子《あさこ》は菊《きく》の紋章《もんしょう》と双頭《そうとう》の鷲《わし》をかわるがわるながめて、ふしぎな気がする。

むかしのことは知らないけれど、日露《にちろ》戦争の結果、南樺太《からふと》が日本の領土《りょうど》になったのはたしかだ。北樺太《からふと》はロシアで、こちらは日本の国だ。でも、ほんとうのロシアは大陸なのだ。海の向こう側、ここからは韃靼海峡《だったんかいきょう》の西だし、本州から見ると、日本海の西北にある広大な国だ。

けれど、日本とロシアが戦った戦場は、広大なロシア本国でもなければ、ちっぽけな日本の国でもない。日本海やこの樺太《からふと》でも戦いは行われたけれど、いちばん激《はげ》しい戦場となったところは満州《まんしゅう》なのだ。にいさんや麻子《あさこ》たちみんなが熱中して読んだ、山中峯太郎《やまなかみねたろう》の『敵中横断《てきちゅうおうだん》三百里』の主人公、建川中尉《たてかわちゅうい》の潜入《せんにゅう》したという敵陣《てきじん》は決してロシアの国ではなく、満州であって、登場する住民はもちろん満州の農民たちなのだ。日露《にちろ》戦争で焼かれた家も畑も、戦争している当事者の国ではなかったのだ。そして、日本が戦争に勝って手に入れたものは、樺太《からふと》のほかには、南満州鉄道であったり、満州の町である旅順《りょじゅん》や大連《だいれん》であったりした。

　麻子《あさこ》はなんだかへんだなあと思う。

けれど、へんだと思うだけでそれから先はわからずに、うやむやになってしまう。

麻子《あさこ》は、清国《しんこく》が支那《しな》になり中華民国《ちゅうかみんこく》になるのか、どれが先だかまるでわからないし、支那《しな》とよんでいたところが、満州になったりして、ますますごちゃごちゃしてしまう。そのうえ、その支《し》那《な》だか満州だかの国にイギリスやドイツの町（租界《そかい》）があるなんて、顔がたくさんある動物のようでつかみどころがないのだ。

「まんだ寒くて、鼻のしばれるような日もあるども、ここでロシア行きの郵便《ゆうびん》、先方さわたして、日本さ来たのば受けとってよ。それからだな、ロシアのたばこと日本のやつと、とりかえて一服吸《す》ったりするんだよ」

　日本とソ連の郵便《ゆうびん》は、この標石《ひょうせき》のある広場で交換《こうかん》されると巡査《じゅんさ》は説明してくれた。

　その情景《じょうけい》はいかにもなごやかな気がした。丸太ん棒《ぼう》は一本の境界線《きょうかいせん》のようであったが、標石《ひょうせき》のある広場——空き地は、ソ連側も日本側も自由に入れる場所であるらしかった。麻子《あさこ》はなによらず、境界《きょうかい》というものがふしぎでならない。しかし、この伐《き》り開かれた国境線《こっきょうせん》を越《こ》えて山火事は燃《も》え、あの幌内川《ほろないがわ》もまた国境《こっきょう》のかなたから流れてくるのだ。馴鹿《となかい》も麝香鹿《じゃこうじか》も熊《くま》も兎《うさぎ》も、おのれの思うままに往来《おうらい》しているにちがいなかった。わたり鳥は空をとび、獣《けもの》や鳥たちに人間の定めた国《こっ》境《きょう》はなかった。そしてまた、馴鹿《となかい》を追って旅するオロッコたちにも国境《こっきょう》はなかったはずだ。

樺太《からふと》にはむかし、アイヌたちが住んでいたと麻子《あさこ》は聞いたことがある。北海道にいたとき、麻《あさ》子《こ》は今よりもっと小さかったので、アイヌに会ったことがあるかどうかはおぼえていない。けれど、北海道のアイヌの伝説をかいた本はよく読んで知っていた。

北海道と同じように、樺太《からふと》の地名もアイヌ人がつけたものが多い。幌内《ほろない》低地、幌内川《ほろないがわ》のポロナイは「大きな川」の意だし、敷香《しすか》は「大河《たいが》のほとり」という意味だった。内路《ないろ》も泊居《とまりおる》も、それぞれにその土地にふさわしい意味を持つ名なのだ。そのむかし、樺太《からふと》の島をかけめぐり、その岬《みさき》や峰《みね》や野や谷間にたくさんの名をのこしてくれたアイヌたちは、どこに行ってしまったのだろう。

麻子《あさこ》の住む内川《ないかわ》には、豆腐屋《とうふや》の龍《りゅう》さん、料理店の用《よう》さんたち支那人《しなじん》と、みどりの友だちの養豚《ようとん》業《ぎょう》の南《なん》さんたち朝鮮人《ちょうせんじん》がいたのに、アイヌ人はひとりもいなかった。

辰子《たつこ》のとうさんの「鉄砲佐々木《てっぽうささき》」とよばれた猟師《りょうし》の辰三《たつぞう》は、中敷香《なかしすか》のギリヤークとも友だちだといっていた。馴鹿橇《となかいぞり》や犬橇《いぬぞり》で、結氷した海峡《かいきょう》を越《こ》えてやってきたひとたち、オロッコやヤクート、ギリヤーク、そのほかのひとたちにも麻子《あさこ》はオタスで会っただけだ。

アイヌたちの島だったという樺太《からふと》が、どうしてロシアと日本の島になってしまったのだろうと思う。どうして境界《きょうかい》をきめ、所有をきめなくてはならないのだろう。土地に所有者のあることを知ったのは、ついこの前のことなのだ。山も川も、だれかのものではなく、すべてのひとが自由にあそべて、木を伐《き》ったり木の実をとったりしてもいいのだと、麻子《あさこ》は信じていた。境界線《きょうかいせん》をひこうがひくまいが、土地はずっとつながっていて、変わらないような気がした。

しかし、その境界《きょうかい》をしるす日本とロシアの紋章《もんしょう》を刻《きざ》んだ標石《ひょうせき》を見れば、もう見るところはなかった。一同は記念の写真をとってふたたびトラックにのった。むかし、ロシアではツンドラの道に丸太を敷《し》いていたのだが、日本軍が砂利《じゃり》を敷《し》きつめた道に改修《かいしゅう》したという。ツンドラはふわふわして、下から水が滲《し》みだしたりするので、こうしなくては通りにくいのだ。その歩きにくい砂利道《じゃりみち》をトラックは一路、南へ向かった。

トラックはとど松《まつ》や蝦夷松《えぞまつ》の原始林の中をゆれながら走っていく。木立に陽《ひ》はさえぎられて肌《はだ》が寒くなった。二時間ほど走ったところでトラックが突然《とつぜん》とまった。ガソリンが切れたのだというう。

「車が通りかかったら、ガソリンわけてもらえばいいんだが」

とうさんも束田《つかだ》さんもトラックの上からのびあがって前後を見たが、いつだれが通りかかるかはまったくわからないのだ。次の部落まで行ってガソリンを持ってこなくてはならなかった。

夜になって急に寒さが身にしみてきた。トラックの荷台に身を寄《よ》せ合い、かあさんも佐伯《さえき》さんのおばさんも風呂敷《ふろしき》をかぶってすわっていた。

やがて、一時に濃《こ》い霧《きり》が押《お》し寄《よ》せてきた。トラックの上の人影《ひとかげ》もはっきりとは見えない。遠くで、ぎゃーん、ぎゃーんと、鳴く声、

「狐《きつね》だ」

と、だれかがいう。

ときどき風が茂《しげ》みをわたるのか、ざわざわと音がする。馴鹿《となかい》や麝香鹿《じゃこうじか》が、草を踏《ふ》んでいくのかもしれなかった。霧《きり》が髪《かみ》の毛や肩《かた》や背中《せなか》をぬらして、ぞくっとするほど寒い。両側にそそり立つ針葉樹《しんようじゅ》の黒い影《かげ》も霧《きり》で見えない。自分が国境《こっきょう》近い森林のただ中にいるという異常《いじょう》な状態《じょうたい》が、麻子《あさこ》には現実感《げんじつかん》をともなってこない。自分自身がまるで、暗いしんとした宇宙《うちゅう》のひとつの星となって浮《う》かんでいるような気がする。

畑《はた》さんと清喜が部落へでかけて一時間たった。

とうさんはこちらへ来る自動車がないかと、トラックの上に立って遠くを見たり、運転手となにか話し合ったりしていた。伸也《しんや》と明は助手席にもぐりこみ、警笛《けいてき》を鳴らしたり、ライトを点滅《てんめつ》させているらしかった。熊《くま》よけにうたでもうたえやと、だれかがいい、夏目さんが「国境《こっきょう》の町」をうたいだした。

「橇《そり》の鈴《すず》さえさびしくひびく
雪の曠野《こうや》よ　町の灯《ひ》よ

ひとつ山越《こ》しゃ他国の星が
凍《こお》りつくよな　国境《くにざかい》」

これは東海林太郎《しょうじたろう》がレコードでうたったうたで、敷香《しすか》でも内川でも大流行だった。雪のうすくつもった馬橇《ばそり》にながながと体を横たえた旅人が、国境《こっきょう》へ向かっていくのを、麻子《あさこ》はなんべんも見送っていた。どうして東京の歌手が、樺太《からふと》のことをこんなによく知ってうたってくれるのだろうと、麻子《あさこ》はつくづく感心していた。

夏目さんについて束田《つかだ》さん、畑さんのおばさんたちもうたいだした。

「故郷《こきょう》はなれて　はるばる千里
なんで想《おも》いがとどこうぞ……」

「あこちゃん、寒くないかい」

ショールをかぶった友枝《ともえ》が不意に麻子《あさこ》を自分の前にひき寄《よ》せた。すると、麻子《あさこ》の頭は友枝《ともえ》のあごの下におさまってしまい、ショールはテントのように麻子《あさこ》の顔と肩《かた》をつつんだ。友枝《ともえ》のやわらかな腕《うで》が麻子《あさこ》を抱《だ》いていて、麻子《あさこ》はいっしょうけんめいしずかに呼吸《こきゅう》しようとするのに、ときどき調子がくるって風のような音がでる。唇《くちびる》をかんで息をひそめる。なんだかせつないような、ふしぎにあまい気持ちになっていた。

だが、保《たもつ》は膝《ひざ》をたて、スカートにあごをうめた麻子《あさこ》とは別に、トラックの囲いに冷たい背《せ》をもたせかけて目をこらしていた。トラックのライトの茫《ぼう》と黄色いあかりの中に、不意に立ちあがっておそってくるのが、熊《くま》のようにも大男のソ連兵のようにも思えた。がくがくとふるえてくるのは寒さのせいばかりではなかった。今日《きょう》見たあの丸太ん棒《ぼう》の境界《きょうかい》を越《こ》えて、ソ連兵がどっと攻《せ》めこんできたら、ひとたまりもないと保《たもつ》は思う。この国道をいっきに押《お》し寄《よ》せたなら、敷香《しすか》も内川も全滅《ぜんめつ》だ。町も山も焼け、おとなも子どももまちがいなく殺されるのだ……。

いつであったか、学校の裏山《うらやま》で定次《さだじ》と木のぼりしていたとき爆音《ばくおん》がとどろき、はるかな雲間に飛行機の影《かげ》を見つけて、保《たもつ》は歓声《かんせい》をあげた。

「おーい、おーい。ばんざーい」

声のとどかないのは承知《しょうち》で、それでもふたりは木のてっぺんによじのぼり、できるだけ高く手をふった。内川上空に飛行機の来るのはめずらしく、それにその飛行機は、どこか見なれない型のものであった。

「すごいなあ、あんな新型の飛行機、できたんだべか」

飛行機が消え去ったあとも保《たもつ》は興奮《こうふん》していた。怪飛行機《かいひこうき》が現《あらわ》れたと大さわぎになったのはそのあとのことであった。あれはソ連機にちがいないとひとは噂《うわさ》し、そういえばどことなく妙《みょう》だと思ったのは、日の丸のマークがどこにもついていなかったからだと、保《たもつ》ははっとした。あろうことか、不法に越境《えっきょう》したソ連機に向かって「ばんざい」をさけび、手をふっていたのだ。それまですごいなあとたのもしく思っていた日本が、あべこべに頼《たよ》りなく思われ、保《たもつ》はひどく不安になった。空と陸と両方から来られたら、それに立ち向かう兵力がここにはないのではないか。樺太《からふと》は全滅《ぜんめつ》だと思う。なにもなくなる。死んでしまうんだ……。

ついこの間死んだ青木重政《あおきしげまさ》も鍛冶屋《かじや》の孝助《こうすけ》も、保《たもつ》のあそび仲間であった。つるやという木賃宿《きちんやど》の娘《むすめ》の文《ふみ》は保《たもつ》の一年上で、三人とも病名は肋膜《ろくまく》か結核《けっかく》であった。内川の部落の青年ばかりではなく年少のものまでが、この病気で死んだのはめずらしかった。嫁《よめ》にいったお手伝いのふじさんの一家も、次々に結核《けっかく》で倒《たお》れたという。続けざまに同じ年ごろの友だちが死んだあとだけに、保《たもつ》は恐《おそ》ろしかった。死ぬなんていやだ。大声でさけびだしたいのをこらえて、保《たもつ》は闇《やみ》に目をこらしていた。かちかちと歯がふるえてきた。

……しばらくして、霧《きり》の中に自動車の警笛《けいてき》がひびき、「おーい」と呼《よ》ぶ声がした。畑さんと清喜が自動車を見つけ、ガソリンを調達してきたのだ。

一行はやっと生気をとりもどし、トラックは深い夜をつつむ霧《きり》の中を、警笛《けいてき》を鳴らしながら徐《じょ》行《こう》しはじめた。

この年の短い夏はあっというまにすんで、今はもう冬であった。

夏の間に家の横に積みあげた薪《まき》の壁《かべ》がいくらか風をふせいだが、寒さのきびしい夜など、ぴしっ、ぴしっとするどい音が、凍《こお》りつく空気を裂《さ》いてひびくことがある。柱が寒さで割《わ》れるのだ。開拓農家《かいたくのうか》ではストーブで熱した大きな石を、いくえにもぼろでつつんだものを湯たんぽがわりにして、暖《だん》をとった。丸木小屋の、丸木を立て割《わ》りにした間に泥土《どろつち》を塗《ぬ》った壁《かべ》は、いくらか寒気をふせいだが、ふつうの板張《ば》りの小屋ではなにもかもが凍《こお》りついた。

内川は集団入植の移民《いみん》のために指定された農地ではないので、農家はまばらだ。部落のひとの多くは伐採夫《ばっさいふ》や流送の山仕事に従事《じゅうじ》していた。付近の山林はどんどん伐《き》られ、火事で焼ける一方であったから、ひとは、ますます山深く入らねばならず、出稼《でかせ》ぎの村になろうとしていた。内川炭坑《たんこう》の開坑《かいこう》はこうした部落に活気をよみがえらせていた。

麻子《あさこ》が小学生でいられるのはあと一年だけであった。一年後には、伸也《しんや》と富男《とみお》は中学へ、麻子《あさこ》と公子《きみこ》は女学校へすすむはずであった。

「台湾《たいわん》では、五年のときから入学試験の勉強をするのよ」

という公子《きみこ》にさそわれ、麻子《あさこ》たちはこのごろ放課後、教室にのこって自習をする。伸也《しんや》も富男《とみお》も、また、ほかの友だちがのこって勉強することもあった。幼《おさな》いきょうだいがいて、家では落ち着いて宿題のできない子もいるのだ。

「エイチ、アイ、ジェー、ケー、エル……」

「エルの次はオーピーキューだろ」

窓際《まどぎわ》の席で、伸也《しんや》と李鐘徳《りしょうとく》が指を折って数えていた。

李鐘徳《りしようとく》はこのごろ転校してきた朝鮮人《ちようせんじん》の子だ。どこの町から来たのか麻子《あさこ》は知らない。きっと、内地の大きな町だろうと思う。なぜなら、賢《かしこ》そうな大きな目をした清潔《せいけつ》な顔立ちのこの少年は、とてもことばづかいがていねいで礼儀《れいぎ》正しいのだ。女の子にもちゃんとおはようと挨拶《あいさつ》し、君《きみ》とよぶ。「君《きみ》、ちょっと教えてくれたまえ」などといわれると、麻子《あさこ》だってたまげてしまう。そんなことばは小説で読むだけで、実際《じつさい》に聞くのははじめてだった。いつもきちんとした服装《ふくそう》をして、勉強のできる李鐘徳《りしようとく》は、朝鮮《ちようせん》の王さまだったという李王殿下《りおうでんか》の親戚《しんせき》かもしれないよと、女の子たちはひそひそささやきあったりした。

オーピーキューだって。オーピーキューってなんだろうと、麻子《あさこ》は思う。そうだ、きっと李鐘《りしよう》徳《とく》が伸也《しんや》に朝鮮語《ちようせんご》を教えているのだと思う。

「ちがうよ。ほらね、エル、エム、エン、オー、ピー、キュー、だろ」

と鐘徳《しようとく》がいい、伸也《しんや》が「そうか」とうなずく。するといきなり富男《とみお》が顔をだし、自分も一本ずつ指を折りまげて得意そうにわらう。

「おれだって知ってるよ。いいか、エー、ビー、シー、デー……」

「イー、エフ、ジー」

と、ほかのふたりが続ける。

なあんだ、ＡＢＣのことだったのか、と麻子《あさこ》はがっかりする。ＡＢＣならわたしも知っているのに、オーピーキューなんていうからまちがえちゃったと思う。でも、口にはださなかったので、麻子《あさこ》の思いちがいをわらうひとはない。麻子《あさこ》は、さもあたしだって知ってたというように微笑《びしょう》してから、さて、と自分の暗記にとりかかる。

「豊葦原《とよあしはら》の千五百《ちいほ》秋の瑞穂《みずほ》の国は、これわが子孫《うみのこ》の王《きみ》たるべき地《くに》なり。いまし皇孫《すめみま》、いでましてしらせ。さきくませ。あまつ日つぎのさかえまさんこと、まさに天壌《あめつち》とともに窮《きわま》りなかるべし」

向こうが英語ならこちらは神主《かんぬし》があげる祝詞《のりと》みたいだった。これは皇祖天照大神《こうそあまてらすおおみかみ》が孫の瓊瓊杵《ににぎ》尊《みこと》を降《くだ》したもうたときの、つまり天孫降臨《てんそんこうりん》の神勅《しんちょく》であった。小学校で習うのはもちろん、もっとやさしいことばで綴《つづ》られていたが、麻子《あさこ》はにいさんたちの古い参考書を見て、こちらのほうがむずかしくものものしいので、なにやら気に入っていた。友だちのだれも知らないことをおぼえてみたかったのだ。

麻子《あさこ》は日本の神話が好きだった。それは神代《かみよ》の話として、国史の時間にまず最初に習ったものだ。三年生の最初の授業《じゅぎょう》に、先生はまず、天地がまださだかでないころうまれた神があってと、むずかしい神さまの名を次々にあげて、さて、伊弉諾《いざなぎ》、伊弉冉《いざなみ》という二柱《ふたはしら》の男女神が国生みをする話からはじめた。天《あめ》の浮橋《うきはし》に立って、神さまが矛《ほこ》で下界をさぐったとき、したたり落ちた潮《しお》がおのころ島になり、その島へおり立ち、次々に国生みをして大八洲《おおやしま》がうまれたというのだ。

国史とは、なんだ、こんなお話を聞くことなのかと麻子《あさこ》は感心した。それはただうっとりと聞いて、おぼえるだけでよいのだ。算術《さんじゅつ》や理科のように問題をといたり、考えたりすることはなにもなさそうだった。だから、麻子《あさこ》ばかりでなく、子どもたちはみんな国史の時間が好きだった。

喜《き》八郎《はちろう》も富男《とみお》も、かゆそうにいつも頭をかいてばかりいる花代《はなよ》も、うっとりと先生の顔をあおいでいるのだ。

先生はそれから、死んだ伊弉冉《いざなみ》をたずねて伊弉諾《いざなぎ》が黄泉《よみ》の国を訪《おとず》れる話をする。そうして、この男神が櫛《くし》に火をともして、黄泉《よみ》の国の食べものをたべて醜《みにく》いすがたに変わった女神を見てしまう話や、それを怒《いか》った女神が激《はげ》しく追いせまるくだりは、それはおもしろく恐《おそ》ろしかった。そのあとで伊弉諾《いざなぎ》は、天照大神《あまてらすおおみかみ》や素戔嗚《すさのお》をうむ。

伊弉諾《いざなぎ》、伊弉冉《いざなみ》が持った矛《ほこ》はどんなに大きかったのか、国をうんだというふたりはどんなに大きなひとなのだろうと、麻子《あさこ》はおもしろかった。天照《あまてらす》はこの神の子なのだ。日の神である天照《あまてらす》の下の弟は素戔嗚《すさのお》だ。この弟は髯《ひげ》が胸《むね》にたれるような荒《あら》くれた大男のくせに、いつまでも死んだ母を恋《こい》しがって、死者の住む根の国へ行きたいと泣きわめき、その声で野山も枯《か》れてしまったという。そんなどうしようもないあまったれのくせに、ひどい乱暴者《らんぼうもの》で、ねえさんの天照《あまてらす》を困《こま》らせてばかりいた。高天原《たかまがはら》を治める天照《あまてらす》のところへやってきて、馬の皮をはいで機屋《はたや》へ放りこむようなこともしたのだ。

麻子《あさこ》はその話にふと、保《たもつ》を思った。とんでもない乱暴《らんぼう》をはたらく弟の保《たもつ》もまた、夜寝《ね》るときは、かあさんの乳《ちち》をまさぐるように姉たちのふところに手を入れたりするのだったから……。

口では負けないけれど、麻子《あさこ》は保《たもつ》と喧嘩《けんか》してもかなわない。くやしくてお膳《ぜん》のまわりをくるくる追いまわしたり、とっ組み合いもするけれど、たいていは麻子《あさこ》が負ける。素戔嗚《すさのお》が高天原《たかまがはら》を荒《あ》らしにくると知って、男装《だんそう》して弓矢をとって待ちうけた天照《あまてらす》は、りりしくていいなあと、麻子《あさこ》は思う。

そうしてまた、海幸彦山幸彦《うみさちひこやまさちひこ》の話、山幸彦《やまさちひこ》の彦火火出見尊《ひこほほでみのみこと》が、わだつみの宮で会う海神の女《むすめ》の豊玉姫《とよたまひめ》の話……。

ほんとうに、神代《かみよ》の話はいつまで聞いてもあきなかった。この神々の子孫が初代の神武天皇《じんむてんのう》で、それから現代《げんだい》の天皇《てんのう》まで百二十四代続いていると先生はいう。万世一系《ばんせいいっけい》の皇統《こうとう》は世界にも例がない。天皇《てんのう》は国民をわが子のようにいつくしみ、民草《たみくさ》は天皇《てんのう》を親とあおぎ、一身を捧《ささ》げて悔《く》いない、これこそうつくしい日本の国体だと、麻子《あさこ》たちはことあるごとに聞かされてきた。

日本は世界の本《もと》つ国だと、校長先生はいう。

秋の瑞穂《みずほ》の国は、これわが子孫《うみのこ》の王《きみ》たるべき地《くに》なり……。

日出ずる国の日の御子《みこ》の子孫は、朝鮮《ちょうせん》、台湾《たいわん》を従《したが》えてその御稜威《みいつ》を輝《かがや》かしていた。そうして、黄金《こがね》なす稲田《いなだ》の瑞穂《みずほ》は、この樺太《からふと》には見られなかった。伊弉諾《いざなぎ》、伊弉冉《いざなみ》のうんだ島々の中に、樺《から》太《ふと》もまた含《ふく》まれてはいなかったのだ。刈《か》りとられた裸麦《はだかむぎ》や燕麦《えんばく》の畑は雪でおおわれ、冷たい風が吹《ふ》き過《す》ぎていた。

五年生の子どもたちは、いつもかってな、いのこり勉強を続けていたが、その中に李鐘徳《りしょうとく》がかならず入っていた。鐘徳《しょうとく》はどこを受けるのだろうと麻子《あさこ》は思った。けれども鐘徳《しょうとく》は首をふる。

「ぼく、中学なんか……」

いかないよと、はにかんで答える。

伸也《しんや》たちは豊原《とよはら》中学、麻子《あさこ》は豊原《とよはら》女学校だが、公子《きみこ》は母親の卒業した跡見《あとみ》女学校を受けるのだという。そのほかにもミッションスクールで有名な双葉《ふたば》女学校も受けるらしいのに、公子《きみこ》はそれを秘密《ひみつ》にしているのだ。麻子《あさこ》は鐘徳《しょうとく》もどこを受けるか、かくしているのだと思う。

算術《さんじゅつ》の苦手な麻子《あさこ》は、植木算やつるかめ算を考えていると、すぐに時間がたってしまう。気がつくと窓《まど》のかなたを夕やけが赤あかと染《そ》めていることがよくあった。

窓《まど》ガラスを通して射《さ》しこむ光線が教室の中をどこか別の世界のように変えていて、机《つくえ》に肘《ひじ》をついた大柄《おおがら》な伸也《しんや》や、おかっぱの公子《きみこ》や、鉛筆《えんぴつ》をなめてばかりいる富男《とみお》が、まるで見知らぬ少年たちのように見えたりした。

そうして、いくらしても頭に入らぬ勉強に疲《つか》れて、麻子《あさこ》はそんな友だちのさまをぼうっとながめていることが多かった。

いつも、窓際《まどぎわ》の席にすわっている李鐘徳《りしょうとく》の細い首すじや、透《す》きとおって燃《も》えるような耳たぶをながめていた。鐘徳《しょうとく》が、むかし、太閤秀吉《たいこうひでよし》の朝鮮征伐《ちょうせんせいばつ》の折に捕虜《ほりょ》となって日本へ来たという、薄《はっ》幸《こう》な朝鮮《ちょうせん》の王子のように見えたりした。夕やけが火を点じたような耳《みみ》たぶを見つめているうちに、麻子《あさこ》は、その茜色《あかねいろ》がしだいに自分の中にひろがっていくように思われるのだ。

タコ人夫

鎌倉《かまくら》だよりの拓《たく》にいさんの俳句《はいく》が、萩《はぎ》から木枯《こがら》しになり、初春から桜《さくら》の句《く》に変わっても、温暖《おんだん》な湘南《しょうなん》地方とはちがって朔北《さくほく》のこの島では、まだ根雪がとけずにのこっていた。新学期がはじまって、一年生たちは二年前から新しく変わった色刷りの教科書で、

「サイタ　サイタ　サクラガ　サイタ」

と、声をそろえて読んでいたが、窓《まど》の外は桜《さくら》どころか、まだまっ白な雪が風に舞《ま》っているのだっ

た。

麻子《あさこ》や保《たもつ》にとって大きいにいさんの拓《たく》は、年がちがいすぎていつもどこかよそよそしかった。にいさんはなんとなく古い都の鎌倉《かまくら》で優雅《ゆうが》にくらしているように思われ、自分たちとますます遠くなっていくような気がした。

やがて根雪がとけはじめると、雪どけのぬかるみをいそがしく荷馬車が往来《おうらい》した。それらの馬が牝馬《ひんば》と牡馬《ぼば》であった場合、いつもひと騒動《そうどう》であった。馬たちは上唇《うわくちびる》をめくりあげ歯をむきだしていななき、おたがいに近づこうとし、馬車ひきはそれを制止《せいし》し、首をおさえてどなりつけた。

「この道産子《どさんこ》め！　助平野郎《すけべやろう》が！」

後足で棒立《ぼうだ》ちになり、いななきながら、それでも馬は無理やりに道の端《はた》へひっぱられた。かっと見開いた白目に血管が浮《う》きあがり、目の玉が相手のすがたを求めて泳ぐように動いた。そうして、馬たちはきらめく雪消水《ゆきげみず》の中で、尾《お》のつけ根を高くもちあげ、髪《かみ》の毛のような長い尾《お》を風になびかせたりした。

毎春、見なれた光景でありながら、ぶたれのしられてひきはなされる馬たちを見て、子どもたちは馬と馬車ひきに半分ずつ同情《どうじょう》した。

「やあや、すれちがうたびにこんな具合じゃ、馬車ひきも馬もまったく楽でねえな」

「あれじゃ、時間かかってしょうねえべ」

と子どもたちはしゃべり、まったくそのとおりであった。

だが、この地方ではまだまだトラックよりも荷馬車が幅《はば》をきかせていたから、馬の往来《おうらい》は絶《た》えず、道は馬糞《ばふん》で黄色くなった。ときどき馬が道端《みちばた》につながれていることがあった。子どもたちがそのまわりをとりかこんでいるとき、よく、馬の下腹《したはら》のあたりから、ふとい暗紫色《あんししょく》の紐《ひも》のようなものがたれていたりした。そうして、子どもたちはそれが春風に吹《ふ》かれながら、まるで地につきそうにのびたり、ちぢんだりするのを熱心に見物していたりした。そのやわらかな紐状《ひもじょう》のものがなんであるかわかると、麻子《あさこ》はとてもびっくりして困《こま》ってしまった。ひどく無作法なものを見せつけられた気がする。だが、馬たちはみな無作法なのであった。どの馬よりも気品があって麻子《あさこ》の好きな皐月《さつき》さえもそうであった。とうさんがブラシをかけているときや、志尾《しお》さんが飼葉《かいば》をくれるときでさえ、皐月《さつき》はあの輓馬《ばんば》たちと同じことをした。そうして、馬たちが飼葉《かいば》をたべつづけるとき、腹《はら》の下の空間にたれたそのものは、まったく無関係という感じで、のどかに風をたのしんでいるように見えた。

雪どけの春が過《す》ぎ、夏がやってきた。

社宅《しゃたく》の丘《おか》からは、新旧《しんきゅう》ふたつの木橋をくぐりぬけ、変わらぬ針葉樹《しんようじゅ》の林へ消えていく川が見おろせた。そうして、その果てにはあの白い直線の海が見え、その白い地平線を抜《ぬ》いて、かつてなかった異様《いよう》に巨大《きょだい》な建物がそびえたっていた。

一年半をついやして凍原《とうげん》に鉄骨《てっこつ》を打ちこみ、しばれとたたかってコンクリートを打ち固めて作られた人絹《じんけん》パルプの大工場であった。山で伐採《ばっさい》され、川を流れゆく原木は東洋一の規模《きぼ》を誇《ほこ》るこの工場でパルプにされ、山の炭坑《たんこう》で掘《ほ》りだされる石炭はこの工場を動かすための燃料《ねんりょう》となるのだ。工場は八月から操業《そうぎょう》をはじめ、炭坑《たんこう》もまたそれにあわせて諸坑道《しょこうどう》を開坑《かいこう》し、この年じゅうに運炭《うんたん》坑道《こうどう》と仮選炭場《かりせんたんじょう》を完成して、来年度は発電所などの諸設備《しょせつび》を完了《かんりょう》し、十万トンの出炭を予定していた。

麻子《あさこ》たちが社宅《しゃたく》に越《こ》してきてからも、社宅《しゃたく》は次々にふえ、丘《おか》には開墾《かいこん》する人夫たちが一日じゅう働いているすがたが見えた。

人夫たちの群《む》れに、白い布《ぬの》を腰《こし》にまとった一群《いちぐん》があり、麻子《あさこ》たちはときどき彼《かれ》らのそばを通ることがあった。汗《あせ》みどろの真裸《まはだか》の男たちはもっこをかつぎ、木の根を掘《ほ》りおこして働いていた。そのまわりを手拭《てぬぐ》いで鉢巻《はちまき》した棒頭《ぼうがしら》が監督《かんとく》し、男たちをどなりつけたり、なぐりつけたりしていた。遠くからもその声がひびき、自分たちがしかられたようにびくっとすることがあった。昼の休みのときなど、男たちは草むらにあおむけに寝《ね》ころがり、そのままいびきをかくものもいたし、ぎょろりと空をにらんでいるものもあった。木の香《か》と土と汗《あせ》のにおいが入りまじり、そばを通るのは息がつまりそうな気がした。死んだように草に倒《たお》れふして動かぬ男の、汗《あせ》でてらてらぬれた赤銅色《しゃくどういろ》の顔に大きな蠅《はえ》がとまっていたりした。そうして、それらの男たちは不意に目をあけて、食いつきそうな目で麻子《あさこ》たちをにらみつけるかと思えば、げらげらわらいながら、顔の赤くなるようなことばを浴びせたりした。

そのひとたちのことをタコと、みなはよんでいた。タコといえばすぐに八本足の蛸入道《たこにゅうどう》を思いだし、なぜか麻子《あさこ》はおかしくなって、

「蛸《たこ》だって？　いやだ、どうして？」

とたずねると、利枝《としえ》が説明した。

「そうだよ。あの蛸《たこ》だよ。蛸《たこ》は腹《はら》へったら自分の足ば食っちまうんだと。タコ人夫もさ、自分の身ば食うからタコっていうんだべさ」

「身を食うって？」

まだけげんな麻子《あさこ》に、

「あんねぇ、タコ人夫は、いい仕事あるから来ないかと周旋人《しゅうせんにん》さ、つれられてくるんだよ。口按配《くちあんばい》いいことといわれて、来たはいいけど、働かされて逃《に》げだせないように見張《みは》られて、打たれて蹴《け》られて、やっと年季あけたら、こんどはめでたいと一杯《ぱい》飲まされるんだよ。それでよろこんで飲んで後家《ごけ》さんとあそぶと、それが借金になってしまうんだと。一度タコになったら抜《ぬ》けられないっていうよ」

「タコが酒飲んで酔《よ》っぱらって、ああ、こりゃこりゃ」

富男《とみお》が横から蛸踊《たこおど》りのまねをした。

「みんな周旋人《しゅうせんにん》にだまされて人買いみたいに買われてくるんだよ。たいていが前借金で来るんだと」

利枝《としえ》のちぢれた眉毛《まゆげ》の下で、淡《あわ》い色の目がひかる。麻子《あさこ》はいつもながら、勉強はできないのに、周旋人《しゅうせんにん》だの前借金だのというむずかしいことばを、すらすら口にだす利枝《としえ》に感心する。そんなことばは小説の中のことか、おとなたちのつかうもので、自分たちがつかうことばだとは思っていなかったのだ。

「お、おれもよ」

と、司《つかさ》が、その癖《くせ》のどもるような口調でいう。

「タコっていうからふしぎでなんねぇべ。見にいったら、人間と同じだもの。川さ入って砂利《じゃり》だかなんだか掘《ほ》りあげてたの見て、逃《に》げて帰ってきたっけな」

「タコ、タコっていうけど」

と、富男《とみお》が口をだした。

「タコにだっていろんなひとがいるんだぞ。大学でたひともいるし、大きな会社の社長の息子《むすこ》だっているんだぞ。おれ、郵便局《ゆうびんきょく》の健ちゃんから借りた本で読んだもの。ほら、佐藤紅緑《さとうこうろく》のかいたやつで、なんたっけな。あれ」

だが、富男《とみお》のほかにはその本を読んだものはいないので、だれも相づちがうてない。

「美幌《びほろ》さ行く途中《とちゅう》にタコ部屋があるんだよ」

と、不意に辰子《たつこ》がいった。

「高いとこさ、小さな窓《まど》があって鉄の棒《ぼう》がはまってるんだよ。逃《に》げだせないようにしてあるんだべさ。あんちゃんたち、監獄部屋《かんごくべや》だといってるよ。朝早く小屋からひきだされて夕方遅《おそ》く帰ってくるんだよ。スコップでぶたれてるの、わし、見たことあるよ」

「びしびしぶって働かせたら、仕事がどんどんはかどるんだべさ。だから、タコば使わないとうまくいかないんだべさ」

辰子《たつこ》と利枝《としえ》は麻子《あさこ》たちの知らない話を聞かせ、女の子たちはタコが虐待《ぎゃくたい》される話のたびに悲鳴をあげたり、嘆声《たんせい》をもらしたりした。

「もうやめて」

公子《きみこ》が耳をおさえて首をふり、麻子《あさこ》は、タコをひどい目にあわせる棒頭《ぼうがしら》をみんなといっしょになって憎《にく》みながら、とうさんの会社がどうしてそんなひどいことを許《ゆる》しておくのかとうしろめたく、どんな表情《ひょうじょう》をしていいか困《こま》ってせつなかった。

ある夏の日、
麻子《あさこ》たちが学校の裏《うら》の草むらで雨ふり花を摘《つ》んでいると、草むらを恐《おそ》ろしい勢いでかけてくる男があった。まっしぐらに校舎《こうしゃ》の裏手《うらて》へとびこんだ素裸《すはだか》の男の形相《ぎょうそう》がただごとでなく、麻子《あさこ》はぎょっとして立ちあがった。
「タコだ！　タコが逃《に》げてきたんだよ！」
行ってみようと辰子《たつこ》が先に立ち、麻子《あさこ》や公子《きみこ》がおそるおそる後ろからついていくと、男は、はあはあと息を切らせてつっ立っていた。男は麻子《あさこ》たちを見ると、いきなり唾《つば》をはいた。

「あっちさ行ってろ！　おれが来たことしゃべったらぶっ殺すぞ」

子どもたちをはねつけると、そのまま校舎《こうしゃ》に続いた薪小屋《まき》にかくれた。あまりのことに子どもたちはおびえて、立ちすくんだ。

「あっちさ行げってば！」

薪《まき》小屋の暗がりからふたたび、うなるような声がした。暗がりにかくれたのは、汗《あせ》みどろの男ではなく、毛深い背中《せなか》をした熊《くま》であるような気がして、麻子《あさこ》は公子《きみこ》の手をにぎったまま動けなかった。雨ふり花の小さな白い花が、スカートからこぼれ落ちた。麻子《あさこ》も公子《きみこ》もおたがいの胸《むね》の鼓動《こどう》がわかるようであった。短い休み時間がおわって始業の鐘《かね》が鳴りひびくころ、棒頭《ぼうがしら》らしい白シャツの男が裏門《うらもん》からかけこむと、子どもたちをにらみつけた。

「ここさタコが逃《に》げてきたべや。どこさ行った？」

廊下《ろうか》の窓《まど》にさっきからまたがってあそんでいた四年生の忠《ただし》は、まともに棒頭《ぼうがしら》と向き合ってしまい、ふるえ声になった。

「お、おら、知んねぇ」

汗《あせ》が目に入るので、棒頭《ぼうがしら》は肘《ひじ》をまげて額《ひたい》の汗《あせ》をぬぐった。その陽《ひ》焼けして脂《あぶら》びかりしている腕《うで》に刺青《いれずみ》があった。麻子《あさこ》たちはその男の右の小指がないのにも、刺青《いれずみ》にも、妙《みょう》に気おされておしだまった。

「かくしてもわかるんだ。ここさ来たの、追《ぼ》ってきたんだからな」

棒頭《ぼうがしら》が子どもたちをさぐるようにねめまわし、麻子《あさこ》たちはおびえて必死に口をつぐみながら、つい、目は逃《に》げだしたタコのひそむ薪《まき》小屋にそそがれてしまうのだ。棒頭《ぼうがしら》は気づいて、

「んだな、ここだ！」

と薪《まき》小屋に近づき、子どもたちの口から声にならない嘆声《たんせい》がもれた。

「ち、ちがうよ。そこでない」

たまりかねて忠《ただし》が悲鳴をあげたのが、かえって確信《かくしん》を持たせたらしく、棒頭《ぼうがしら》は小屋をのぞき、

「飯田、そこさいるのわかってるんだぞ。でてこい！」

とどなった。返答はなく、棒頭《ぼうがしら》は小屋に入り、中でつかみあう声がし、薪《まき》がくずれてころがりでた。校長先生がでてきて、

「みんな教室さ入れ」

と命令し、先生たちも廊下《ろうか》の窓《まど》にしがみついた子どもたちを、ひきはがした。だが、みんなはひきはなされてもほかの窓《まど》に走って背《せ》のびして外を見ていた。

「級長、みんなを教室に入れろ」

石川先生がしかりつけ、富男《とみお》がしかたなく、

「おい、教室さ入れよ」

とどなり、麻子《あさこ》は副《ふく》級長だったので、これもしかたなしに女の子たちを教室にひっぱっていった。

〈あわふりばな〉
ひめたがそでそう

タコは観念して棒頭《ぼうがしら》につれられていったという。つれ去られるとき、すごい目つきで忠《ただし》をにらんだと、みんなは教室へ入ってからもがやがや落ち着かなかった。

タコはその後もなんどか逃《に》げだしてくることがあった。しまいには子どもたちものみこんで、保《たもつ》などは逃《に》げる道を教えてやったりした。そうして、たしかに恐《おそ》ろしい荒《あら》くれ男たちもいたが、見るからに筋肉《きんにく》が盛《も》りあがった男たちとは別に、やわらかそうな体をした男もいた。その若《わか》い男は社宅《しゃたく》の谷へ逃《に》げてきたのだ。縄《なわ》とびをしながら坂をおりていた麻子《あさこ》の目の下で、棒頭《ぼうがしら》が追いかけてくるのが見えた。男は行き止まりの谷に立ちすくみ、木の枝《えだ》に首をかけようとした。追いついた棒頭《ぼうがしら》が、その足をつかんでひきずりおろし、スコップで背中《せなか》や腰《こし》をぶちのめした。男はただ手をあげ、子どものように悲鳴をあげ、泣きながらころがった。近くであそんでいた男の子たちがすぐにかけつけてとりかこみ、麻子《あさこ》は縄《なわ》をつかんだまま、いつかその近くまでかけよっていた。声をあげて泣きながら男はひったてられていき、社宅《しゃたく》の男の子たちは興奮《こうふん》してしゃべった。

「あいつ、前にも逃《に》げたことあるんだと。なまっちろい体してたべ。もとからのタコ人夫じゃないんだと。東京の帝大《ていだい》でてるって話だもんな」

「帝大《ていだい》なら東田《つかだ》のおじさんと同じだべさ。へえー、帝大《ていだい》でてタコさなったんだべか」

「あんなにぶたれて、肋骨《ろっこつ》折れねぇべか。あれじゃ、もたねぇぞ」

「逃《に》げたらこんな目さあうと、見せつけるんだよ。監獄《かんごく》だって逃《に》げたら罪《つみ》がまた重くなるんだぞ」

「あいつ、つかまるくらいなら首つるつもりだったんだな。褌《ふんどし》はずして木の枝《えだ》さかけて……」

麻子《あさこ》は素裸《すはだか》の男をぶちのめす棒頭《ぼうがしら》を見たし、ぶちのめされて地面にころがりながら、おとなの男が子どものように声をあげて泣くのを見てしまった。恥《はじ》も外聞《がいぶん》もなく泣きわめくおとなを見たのははじめてであった。

なにひとつ身につけるものもない裸《はだか》でぶたれるのは馬たちと同じだった。だが、馬車ひきが馬をののしり、鞭《むち》でひっぱたくときでさえ、両方の間にはそれを許《ゆる》しているものがあった。馬を蹴《け》ったりなぐったりしながらでも、馬車ひきは馬に飼葉《かいば》をくれ、気をつけて体を洗《あら》ってやったりするだろう。だが、この棒頭《ぼうがしら》とタコの、人間同士の間にあるのはまったく別の関係のように思われた。

麻子《あさこ》の知ってるおとなの男は、決して人前で泣くことはない。志尾《しお》さんでも、山村さんでも、石川先生たちでも。だが、あんな目にあわされたら泣くにちがいないと思う。すぐ泣く気の弱い至《いたる》にいさんはもちろん……と思うと、あのタコがまるで至《いたる》のような気がしてくる。麻子《あさこ》は唇《くちびる》をぎゅっとかんだ。あんな目にあったら泣く、きっと、泣く、もしかしたらとうさんだって……。

とうさんにたのんだら、タコを使うのをやめさせられるかもしれないと麻子《あさこ》は思った。とうさんはどう思っているのだろう。疲《つか》れて帰る坑夫《こうふ》が眠《ねむ》れなくては困《こま》るからと、屋根裏《うら》に休息の予備《よび》の部屋をそなえることを主張《しゅちょう》したとうさんは……。

麻子《あさこ》は思いきってとうさんにたずねた。

「どうしてタコを使うの。ひどいことをやめたらいいのに」

とうさんがそれはいかん、とさえいえば、炭坑《たんこう》ではタコを使うことはないだろうと、麻子《あさこ》は単《たん》純《じゅん》に思いこんでいた。だが、濃《こ》い口髭《くちひげ》をたくわえたとうさんの表情《ひょうじょう》に微妙《びみょう》な翳《かげ》がゆれ、とうさんは曖昧《あいまい》にことばをにごした。とうさんの返事がきっぱりしないので、麻子《あさこ》はいらだち、不安になった。


いつのことであったろう。学校で先生が日本一の金持ちの話をして、三井《みつい》の名をあげたことがあった。うちへ帰って麻子《あさこ》がそのことをつげると、かあさんはうなずき、

「うちも三井《みつい》だよ」

と答えた。こともなげにいうのに麻子《あさこ》は、えっ！　とおどろいてかあさんを見つめた。かあさんは平然としていたうえに、その表情《ひょうじょう》はいくらか誇《ほこ》らしげにも見えたので、麻子《あさこ》は口からでかかった問いをのみこんだ。


それでもへんだと思う。どういう意味かわかりかねた。うちの名は三井《みつい》ではなく杉本《すぎもと》で、いくらなんでもそんな金持ちのはずはない。日本一ではなくとも、金持ちというものは別荘《べっそう》があってりっぱな家に住み、召使《めしつかい》だって何人もいてと、雑誌《ざっし》の小説や活動写真で見た金持ちを思いうかべてみた。どうしてだろう。この小さな部落の内川《ないかわ》でだって、とうさんはこの内川出張所《しゅっちょうじょ》の所長かもしれないけれど、公子《きみこ》の家のほうがよっぽど金持ちらしいと思う。公子《きみこ》の家にはりっぱなお雛《ひな》さまがあるし、オルガンだってあるんだから……。

かあさんにいたずらがきの帳面を買ってもらうのがいちばんうれしい麻子《あさこ》は、ゴム毬《まり》が破《やぶ》れてかわりがほしくても、なかなかいいだせない。ゴム毬《まり》一個《こ》の値段《ねだん》は帳面三冊分《さつぶん》はしたのだ。どうしてうちは三井《みつい》なのだろうと、麻子《あさこ》はふしぎだった。そうして、いろいろ考えたあげく、古いアルバムに貼《は》ってあるとうさんの従弟《いとこ》が、とてもお金持ちで重役さんだといっていたのを思いだした。たぶん、そのひとが三井《みつい》の一族なんだろう。だからそういったのだろうと、麻子《あさこ》はかってに納得《なっとく》した。

なんのことはない。とうさんは日本一金持ちの三井財閥《みついざいばつ》の資本《しほん》による、三井鉱山株式会社《みついこうざんかぶしき》の一社員にすぎず、かあさんのいう意味もただそれだけのことであったのに、麻子《あさこ》には、かいもく見当もつかなかったのだ。

その三井鉱山株式会社《みついこうざんかぶしき》が経営《けいえい》する内川炭坑《たんこう》は、今や、発展《はってん》の途上《とじょう》にあった。内川へ内川へとひとは流れこみ、部落は活気づいていた。新しく道路が整備《せいび》され、橋が作られ、商店がふえた。麻《あさ》子《こ》は、社宅《しゃたく》の谷へ逃《に》げ、首をつろうとして泣きながらつれていかれた若《わか》いタコ人夫を思いだすごとに、安寿《あんじゅ》と厨子王《ずしおう》の物語を思いうかべた。帝大《ていだい》出だという色の白い男が厨子王《ずしおう》のように思われた。そうして、彼《かれ》をしいたげる山椒太夫《さんしょうだゆう》がとうさんだとは思いたくなかった。だからといって、とうさんは奴隷《どれい》たちをかばうやさしい三郎《さぶろう》でもないことがうらめしかった……。しかし、とうさんはタコを使うのをやめさせることなどできなかったろう。そうしてまた、タコ人夫を使役することで、どれだけ仕事がすすむかを、会社の人間としてとうさんはだれよりもよく知っていたにちがいなかった。

　その後も、タコ人夫は山を切りくずし木の根を掘《ほ》り、もっこをかついでいた。麻子《あさこ》がどんなに見るまいとしても、木を倒《たお》すときの地響《じひび》きや、棒頭《ぼうがしら》がどなる荒々《あらあら》しい声が山のほうからひびいてくるのであった。そうして、それらのひとたちは麻子《あさこ》には見えないところで、人のいやがるもっとも苛酷《かこく》な労働を強いられていたのだった。たとえば、採炭《さいたん》は坑夫《こうふ》の仕事で、つるはしをにぎって石を掘《ほ》る苦しい掘進《くっしん》の仕事が彼《かれ》らにかせられた。麻子《あさこ》には見えない、だれにも見えない海底ならぬ地の下の坑道《こうどう》で、タコたちは働きつづけていたのであった。

　内川の人口は急激《きゅうげき》にふくれあがっていた。三年前に新築《しんちく》したばかりの小学校も、もう、日々に増加《ぞうか》する子どもたちを収容《しゅうよう》しきれなくなり、もとの内川出張所《しゅっちょうじょ》――山村さんの家のやや東へさがった藪原《やぶはら》を整地して、新校舎《しんこうしゃ》を建築《けんちく》していた。今度の校舎《こうしゃ》にはりっぱな講堂《こうどう》や裁縫室《さいほうしつ》もついているという。このごろは学校へ行っても知らない子のほうが目立った。三井系《みついけい》の川上炭坑《たんこう》そのほかから転勤《てんきん》してきた両親についてきた子どもたちもいたし、内川は景気がいいからとやってきたひとびとや、町から村からいろんなひとが集まり、公子《きみこ》とはちがった、町風《まちふう》の、どことなくすれた感じの生意気《なまいき》な子どもたちも多かった。

　麻子《あさこ》が転校してきたころは、全校生徒は百二、三十人で二年生は二十人もいなかった。転校生は麻子《あさこ》たちきょうだいだけで、めずらしがられたけれど、すぐに仲よくなれたと麻子《あさこ》は思う。麻《あさ》子《こ》は知らない子どもたちや新しい先生のふえた今の学校より、二年生のころがなつかしかった。

川上村の社宅《しゃたく》では、にいさんたちはともかく、小さな麻子《あさこ》は社宅《しゃたく》の丘《おか》しか知らなかった。内川へ来てはじめて部落の中に住んで、いろんな子と友だちになれた。そうして、まわりの家は、材木屋の利枝《としえ》をのぞいて、どの子も決してゆたかなくらしではなかった。そのころは世界的な不況《ふきょう》の時代で、農村では娘《むすめ》が売られ、都会には失業者があふれていた。だが、麻子《あさこ》にはそんなことはわからなかったし、自分より貧《まず》しい生活をしているひとびとを見ても、なんとなく見過《みす》ごしてしまっていた。自分がさっぱりした服装《ふくそう》をし、ランドセルやスキーや、玩具《おもちゃ》のたぐいまでその子たちとちがうのを、ごくあたりまえに考えていた。学校の成績《せいせき》もまずまず優《ゆう》の部であったから、女の子たちは麻子《あさこ》を尊敬《そんけい》さえしてくれたのだ。

そこへ、公子《きみこ》が転校してきた。麻子《あさこ》に対するみなの態度《たいど》は変わらなかったけれど、公子《きみこ》は麻子《あさこ》にとってさえ、まぶしい存在《そんざい》だった。すてきな勉強机《づくえ》や学用品や持ちもののほかに、いかにも子ども中心の明るく幸せそうな家庭を持つ公子《きみこ》がうらやましかった。そして自分が今までなんとも思わなかったことが、友だちにとっては決してそうではなかったろうことに、麻子《あさこ》ははじめて気づく思いだ。そうして、その思いは公子《きみこ》の側にも部落の子どもたちの側にも近づけることをしないで、麻子《あさこ》自身をひどく宙《ちゅう》ぶらりんのよるべない気持ちにさせるのだった。

みどりがいたころから、麻子《あさこ》はよくひとりで山や野原へ行ったものだった。忘《わす》れな草の野や、しずかな池のほとりで時を過《す》ごすことはたのしかった。今は学校も部落も、どことなくざわついて落ち着かなかった。社宅《しゃたく》の丘《おか》にはタコ人夫たちが入りこみ、大工たちが一日じゅう、鋸《のこぎり》や金槌《かなづち》の音をひびかせていた。新しい道は丘《おか》からまっすぐ下にのびて、そこを、工事のひとや社宅《しゃたく》の奥《おく》さんたちが通った。

丘《おか》の中途《ちゅうと》にポンプ小屋があって、そこには人の幅《はば》の小道が通じていた。麻子《あさこ》はこの近道を通るのが好きだった。木苺《きいちご》や野ばらの斜面《しゃめん》をくだると、その下は東の谷へ続くやや湿《しめ》った谷地《やち》で、子どもたちが蛇《へび》の枕《まくら》とよんでいる水芭蕉《みずばしょう》の花があちこちに咲《さ》いていた。大きなひろい葉もその花の青白さも妙《みょう》に気にかかった。それでも、草むらを歩いてふっとその花に出会うとき、ふしぎなおののきを感じるのだ。野花の中には米粒《こめつぶ》ほどの白い雨ふり花もあったが、この花は不気味なほど大きく、いかにもその茂《しげ》みからじっとひとを見ているような感じがあった。夕ぐれの草むらなどで、それは死者をとむらう灯籠《とうろう》のようにも見えるのだった。

しかし、その谷地も男の子たちのあそび場にうばわれ、ひっそりとひとりでいるわけにはいかなかった。かといって、もう、苔《こけ》におおわれたしずかな池のほとりに行くこともできなかった。木苺《きいちご》や野ばらのとげに、肘《ひじ》や膝小僧《ひざこぞう》を刺《さ》され、草藪《くさやぶ》をくぐりぬけてやっと見つけた秘密《ひみつ》の池は、新校舎建設《しんこうしゃけんせつ》のために整地されて、藪《やぶ》を切りはらわれたむきだしの、ただの池となってしまっていた。そうして、あのビロードのような苔《こけ》におおわれた倒木《とうぼく》の橋にのって、男の子たちが棒切《ぼうき》れをふりまわしてうたっていたりした。


「日本勝った　日本勝った　ロシャ負けた　ロシャの軍艦《ぐんかん》　底抜《ぬ》けた……」

男の子たちは喚声《かんせい》をあげ、女の子たちを敵兵《てきへい》のように追い散らしたり、パチンコで打ったりした。

麻子《あさこ》はだれもいないところへ行きたかった。高い高い木のてっぺんまで木のぼりしたかった。さわさわゆれる木の葉と風の中で、流れる雲を見ていたかった。縞《しま》りすのようにかるがると枝《えだ》から枝《えだ》へとび移《うつ》り、ちゅりちゅりとうたってみたかった。

「みっともないから女は自転車にのらない」

「みっともないから女は喧嘩《けんか》をするな」

こんなことが堂々と多数決できまってしまう学校の生徒自治会で、麻子《あさこ》は情《なさ》けない書記の役をつとめていた。縞《しま》りすも小鳥たちも男女の区別なく木のぼりをたのしみ、大空を翔《か》けているのだろうと思うのだった。

志尾《しお》さんと勝姫《かつひめ》はもとどおり馬小屋に住んでいた。勝姫《かつひめ》は今年、子馬をうんだが、子馬は双子《ふたご》で死んでうまれた。馬につききりでいたとうさんは落胆《らくたん》し、うっすらぬれた目をしていた。麻子《あさこ》はとうとう死んだ子馬を見せてもらうこともできず、ときどき青草を持って勝姫《かつひめ》を見舞《みま》った。麻《あさ》子《こ》たちの住んでいた家はもとどおりのこっていて、今はだれかが住んでいるらしかった。

ある日の夕方、幸《さち》とあそんで馬小屋からもとの家の畑のほうへまわると、思いもかけず露天《ろてん》に風呂桶《ふろおけ》がすえられて、裸《はだか》の男たちが湯を浴びていた。男たちは、麻子《あさこ》たちを見て洗《あら》い場に仁王立《におうだ》ちになったまま、大声でからかいのことばを投げてよこした。湯舟《ゆぶね》の中の男までわざと立ちあがって声をあげた。

「なにさ、酔《よ》っぱらい！　来たくて来たんじゃないよ！」

幸《さち》はどなり返し、「いくべし、いくべし」と麻子《あさこ》の手をひっぱっていっさんにかけぬけた。が、麻子《あさこ》は知らぬとはいえ、そんな場所に足を踏《ふ》みこんだことの恥《は》ずかしさと怒《いか》りで熱くなった。もうそれから、二度とあの家へ近づくことをしなかった。なつかしい座敷《ざしき》も子ども部屋も、庭のぶらんこも、あの男たちに汚《よご》された無念の思いがした。そうして、時おり、公子《きみこ》や幸《さち》たちと学校の南へフレップとりにでかけるほかは、保《たもつ》がいないのをさいわい、屋根裏《うら》の子ども部屋で本を読んだり、帳面にいたずらがきをしたり、また、ぼんやり考えごとをしたりしていた。

屋根裏《うら》部屋の同居人《どうきょにん》である弟の保《たもつ》は、まずこの部屋に落ち着いていることはなかった。保《たもつ》は相変わらず、夕ぐれまで外をとびまわり、晩《ばん》ご飯にも遅《おく》れることがたびたびであった。そうして彼《かれ》がかあさんの悩《なや》みの種をふやしていることは確実《かくじつ》であった。ときどき学校の先生が訪《おとず》れ、長いことかあさんと話しては帰っていった。先生はひどくいいにくそうにしゃべるのだが、保《たもつ》がわるいことをしていることにはまちがいなかった。

学校でなにか事件《じけん》のおこるたび、その中にかならず保《たもつ》がいるという。何人かのわるい仲間のうちに入っていた。学校をさぼって魚釣《つ》りにいったり、女の子に石を投げて怪我《けが》をさせたり、畑のものを荒《あ》らしたり、いたずらには限《かぎ》りがなく、露見《ろけん》してはしかられた。ひとりでするより仲間といっしょのときが多かったが、ほかの友だちにはもっともないいわけができたのに、保《たもつ》にはできなかった。

「保《たもつ》ちゃんは、おだてられるとすぐ調子にのるんだから」

と、みどりは手きびしかった。

かあさんにしかられると保《たもつ》は家をとびだした。行く先は豆腐屋《とうふや》の龍《りゅう》さんの店……それから、部落ではだれも相手にするもののない、眼病《がんびょう》やみのろれつのまわらぬ九平《きゅうへい》じいさんの汚《きたな》い小屋だったりした。だれもつきあわない、頭がわるくて汚《きたな》い定次《さだじ》とあそぶのも保《たもつ》ひとりだった。友だちがよくないと先生にいわれたかあさんが、定次とあそぶなといくらいってもやめなかった。保《たもつ》は先生にもかあさんにも反抗的《はんこうてき》であった。

運動会の日も、かあさんだけがほかの父兄とは別に教員室に席を作られ、先生方にお茶を接待《せったい》されたりしているのを見ると、保《たもつ》はいくらたべてゆけといわれても、がんこにかぶりをふった。だれよりもこの日の弁当《べんとう》をたのしみにしていたはずなのに、おむすびだけをつかんで外へとびだしていった。麻子《あさこ》にしても、ござの上で友だちといっしょにたべたかったのに、麻子《あさこ》はぎこちなく椅子《いす》に腰《こし》をかけたままだった。あのときの保《たもつ》の目は、先生を、かあさんをにらんでぎらぎらしていたのに、かあさんは気づかなかったのだろうか。

麻子《あさこ》は自分がいつも優等賞《ゆうとうしょう》をもらうのがあたりまえだと思っていた。けれど、保《たもつ》は自分がもらう優等賞《ゆうとうしょう》のうそを知っていた。麻子《あさこ》がへたなくせに全校体操《たいそう》のときひとり壇上《だんじょう》で旗をふらされたように、保《たもつ》も屈辱《くつじょく》と怒《いか》りを感じ、それが彼《かれ》をいっそうめちゃくちゃな行動にかりたてるらしかった。

いつもいつも食卓《しょくたく》にならんでいても、肘《ひじ》で押《お》し合ったり、喧嘩《けんか》ばかりしていたふたりだった。けれど、麻子《あさこ》が病気で寝《ね》ているときお菓子《かし》をくれたり、麻子《あさこ》の好きそうな本を持ってきてくれるのは保《たもつ》だった。神妙《しんみょう》なすこし気恥《きは》ずかしそうな弟の顔を、麻子《あさこ》もちょっと気恥《きは》ずかしく、それでも素直《すなお》にうれしく見たものであった。病気の九平じいさんの薬をとりに角田《つのだ》医院へ行っていたことが知れて、「保《たもつ》ちゃんもやさしいねえ」といわれたこともあった。あの定次とあそぶのも、定次にはだれも友だちがないせいなのだろうか。麻子《あさこ》は、おできができたとき、にいさんたちに腫《でき》物屋敷《ものやしき》とからかわれて自分だってつらかったくせに、虱《しらみ》たかりやおできの子はどうしても敬遠《けいえん》してしまうのだ。

そう思ってみても、今度ばかりはどう弁解《べんかい》のしようもない事件《じけん》がもちあがった。それはなんとも恥《はじ》知らずの情《なさ》けない悪業であった。あそびまわって宿題をだしたことのない保《たもつ》は、たぶん、先生に注意されたのだろう。同じ組のよくできる坑夫《こうふ》の子に自分の宿題をしてこいと命じた。いったん、ひきうけた子が考えなおして、「いけないことだからするわけにはいかない」とことわりにきたのを、あろうことかズボンのベルトで打ちすえたという。

あまりのことにかあさんは色を失った。とうさんの出張中《しゅっちょう》の出来事であった。とうさんの耳に入ったらどのようなことになるかわからなかった。かあさんはその子のうちへあやまりにいくことにきめた。反抗《はんこう》する保《たもつ》をかあさんひとりでつれていくのは無理だったから、清喜《せいき》がつきそっていった。だが、社宅《しゃたく》をでて丘《おか》をくだり、坑夫《こうふ》たちの住宅《じゅうたく》が棟《むね》を連ねた東の丘《おか》へ着く前に、保《たもつ》はしっかりつかんだ清喜の腕《うで》にかみつき、泣きながら逃《に》げだしてしまったのだ。なにが保《たもつ》を狂暴《きょうぼう》な行いへかりたてるのだろう。拓《たく》にいさんの癇癪《かんしゃく》とはまたちがった保《たもつ》の悪業は、男の子のいたずらを踏《ふ》みはずし、心を凍《こご》えさせるものがあった。

男の子はわからない……と麻子《あさこ》は思った。やさしく、かと思えば、ひどく残酷《ざんこく》なことを平気でする弟の心が、麻子《あさこ》にははかりかねた。

火の粉《こ》

敷香郡《しすかぐん》の小学校が集まって、競技《きょうぎ》をきそう連合運動会が近づいた。

六年生の麻子《あさこ》は短距離《たんきより》と幅《はば》とびの選手にえらばれ、同じ選手の幸《さち》たちと毎日その練習でいそがしかった。一年の平均《へいきん》気温が零度《れいど》以下になる敷香《しすか》にくらべて、内川《ないかわ》はいくらか内陸にあるので大陸的気候に近い。運動場をかけまわると汗《あせ》びっしょりになった。

六年生の女子は幸《さち》と利枝《としえ》と麻子《あさこ》の三人で、五年生からは久代《ひさよ》の妹のみちるが加わった。高等科の益子《ますこ》と弓枝《ゆみえ》たちもいっしょに走るので、麻子《あさこ》はいつもびりに近い。放課後、石川先生に励《はげ》まされながら麻子《あさこ》たちが練習するのを、いのこり勉強をしている公子《きみこ》や伸也《しんや》たちが教室の窓《まど》から見ていた。六年生の男子選手は司《つかさ》と由雄《よしお》と喜《き》八郎《はちろう》だ。大柄《おおがら》で体格《たいかく》のいい司《つかさ》はいつも一番だ。高等科では勇《いさむ》がいた。みどりの組だった斎藤七三《さいとうしちぞう》もいる。勇はそれほど大きくないけれど、七三《しちぞう》はぐんと背《せ》がのびて、おとなのように見える。

麻子《あさこ》たちはひと汗《あせ》かいてから、運動場のクローバーの茂《しげ》った上に腰《こし》をおろし、足を投げだす。高等科の益子《ますこ》の足は太股《ふともも》から膝《ひざ》にかけてきゅっと細くなって、膝《ひざ》がぴんとのびている。それから脛《すね》に自然にすんなりふくらんだかたちだ。石川先生がその膝《ひざ》をついて、

「こういう足が速いんだ」

という。陽《ひ》に焼けたたくさんの足のうち、そんなかたちの足は益子《ますこ》だけだ。みんなの足は細すぎたり、棒《ぼう》みたいにずんどうだったりする。

（あんなに膝《ひざ》のところが細かったら、ほんとに速く走れるのかしら）

麻子《あさこ》はごりごりした自分の膝小僧《ひざこぞう》をなでながら、益子《ますこ》の足ばかり見ていた。

毎日みんなで練習していると、男の子たちとも親しみがわいて、いっしょにわらい声をあげたりした。

運動会の前日、麻子《あさこ》たち代表選手は先生に引率《いんそつ》され、小さなトラックにのって運動会場のある泊岸村《とまりぎし》へ向かった。樺太《からふと》鉄道の最北の駅のある新問《にいとい》と、内路《ないろ》の間にあるこの村は、オホーツク海に面し、背後《はいご》に京都帝大《ていだい》の演習林《えんしゅうりん》を負う、どこといって変わったところのない炭坑《たんこう》の村であった。

けれど、仲よしの幸《さち》や利枝《としえ》たち、子ども同士で宿屋に泊《と》まるのがめずらしくうれしくて、麻子《あさこ》は心がはずんだ。

宿屋には他校の選手たちも泊《と》まっていた。先生ばかりでなく、母親までついてきているところもあるのだ。内川校はこのごろ大きくなったとはいえ、よその小学校にくらべると、やはりとても小さい小学校にちがいなかった。よその子どもたちの中にまじると、みんなはいっそう心が寄《よ》りそうようであった。

翌朝《よくあさ》早く、麻子《あさこ》たちが波のとどろく浜《はま》べへかけていくと、浜《はま》べにはもう勇や司《つかさ》たちが先に来ていて浜《はま》にふせた磯舟《いそぶね》にのったり、海草を拾って海へ投げたりしていた。

「おはよう」

「おはよう」

と、みんなは手をあげて挨拶《あいさつ》しあった。麻子《あさこ》たちは波に足を洗《あら》われながら、砂浜《すなはま》に散らばる貝殻《かいがら》を拾った。小さな角笛のようなかたちをした白い貝や、巻貝《まきがい》やさくら貝がめずらしくて、夢中《むちゆう》でさがした。なにをするにもすばしこい幸《さち》は、もうくりくりとしたまるっこい手のひらにたくさん集めているのに、麻子《あさこ》の見つけるものはこわれたり色の美しくない貝殻《かいがら》ばかりだ。べそをかきかけていると、

「こんなのがあったよ」

勇がきれいなさくら貝を見せ、

「あっ、ちょうだい」

と、幸《さち》やみちるが手をだした。勇はだれにわたそうとちょっと迷《まよ》ってから、

「杉本《すぎもと》はなにもとってないんだな」

と、麻子《あさこ》の手のひらに入れてくれた。

「わあ、いいんだ」

と幸《さち》たちが声をあげ、司《つかさ》までがわらい、麻子《あさこ》は恥《は》ずかしかった。そうして、麻子《あさこ》をえらんでくれたのはいかにも不器用な麻子《あさこ》を気の毒がった、勇らしい公平さだと思うのに、それでも麻子《あさこ》はうれしかった。

だが、しっかりがんばろうなと励《はげ》ましあったその日の運動会で、麻子《あさこ》はさんざんの成績《せいせき》であった。他校の選手はいずれも見あげるように大きくりっぱな体格《たいかく》をしていて、麻子《あさこ》のようにやせっぽのちびはまるで子どもに見えた。大きな町の学校の選手たちは、その校の色である赤や緑の鉢《はち》巻《まき》をしめ、ガムをかみながら運動場のあちこちを平気で歩いていた。黒いブルマーからむきだしになった太股《ふともも》や、おとなびた顔つきに麻子《あさこ》はもう気をのまれていた。内川校の色は黒で、黒い帽《ぼう》子《し》も黒鉢巻《くろはちまき》も、そしてうちふる応援《おうえん》の黒い旗もいっこうにぱっとせず、まるで、陰気《いんき》な葬式《そうしき》のように見えるのだった。

最初の百メートル競走のとき、麻子《あさこ》は幸《さち》といっしょに出場した。選手たちははやってピストルの鳴る前にとびだしては、なんべんもスタートをやりなおした。いよいよ本番となり、黒い鉢巻《はちまき》

をしめた麻子《あさこ》は大勢の選手たちとならんでかけだした。トラックの曲がり角まではほとんどだれも優劣《ゆうれつ》がなかった。選手たちがカーブめがけていっせいに殺到《さっとう》したとき、麻子《あさこ》は気おくれしてそこで足踏《ぶ》みして選手たちのかけぬけるのを待つ格好《かっこう》になった。ほっとして走りだすのと、しまったと思うのが同時であった。選手たちと麻子《あさこ》の差はもういくらちぢめようとしても無理なほどはなれすぎていた。麻子《あさこ》は駒問《こまとい》校のやはり小柄《こがら》な少女とふたり、びりでゴールインした。幅《はば》とびも等外であったし、最後に近い対校リレーのときはころんで、バトンを落とし、益子《ますこ》の力走もかいなく内川校は完敗した。ともかく麻子《あさこ》の成績《せいせき》は惨《みじ》めなものであった。

選手席の片隅《かたすみ》で、すりむいた膝《ひざ》から血が玉になって吹《ふ》きでるのを手のひらでおさえていると、

「痛《いた》いんだろ。救護《きゅうご》さ行って薬つけてもらうといいよ」

あっ、と顔をあげると勇であった。のぞきこむようにして、

「ずいぶん勢いよくころんだものな」

ううんと麻子《あさこ》は気まりわるく首をふり、足をひっこめた。そうでなくてもやせてごぼうのような足はみっともなくて、人前にはだせないのだ。幸《さち》や利枝《としえ》のようにつやのいいつるつるした足ならいいのに……。勇がそういってくれるのはうれしいのに、麻子《あさこ》は困《こま》ってむっとした顔になってしまい、それでも無理やり大きい子につれられて、救護班《きゅうごはん》の天幕《てんまく》で、膝《ひざ》にヨードチンキを塗《ぬ》られた。

ひりひりする膝《ひざ》をかかえて運動場にしゃがんでいると、風にはためく万国旗もひとびとの喚声《かんせい》

もすべてが妙《みょう》に遠々しく思われた。傷《きず》がしみて不意に涙《なみだ》がこぼれた。涙《なみだ》がでたことで、リレーでころんで味方に不利をまねいたことへの申しわけなさの、つらく張《は》りつめていたものがくずれたようであった。

どうしてこう、することなすことまずいのだろうと思う。

それに百メートルのとき、カーブでいつもだめなんだと思う。内川とちがってここへ来ては賞に入るのは無理だったろう。それにしたって、あのカーブをたじろがずにのりきったらよかったのに……。

でもやっぱりだめだと、麻子《あさこ》は思う。

いつだって選手の殺到《さっとう》するカーブでとまどい気おくれしてしまうのだもの。これからだっていつもきっとそうなんだ……。ひとびとの喚声《かんせい》の中でテープを切り、晴れがましく賞状《しょうじょう》をもらうのはいかにも自信に満ちたあのひとたちなのだ。そんなことはこのわたしには決してないのだ……。自分でもはがゆいほどどうしようもないと思う。これから先も生きている限《かぎ》り、自分はそんなふうなのだろうと、麻子《あさこ》はぼんやり膝《ひざ》をかかえていた。涙《なみだ》は膝《ひざ》の痛《いた》みのせいであったのに、今は涙《なみだ》をこぼしていることが、味方の選手へのおわびのように涙《なみだ》をこぼしつづけていた。

運動会はおわった。各校の選手たちの集まる競走では、内川勢《ぜい》はとても彼《かれ》らの敵《てき》ではなかった。敷香《しすか》や内路《ないろ》の小学校、上敷香《かみしすか》や泊岸《とまりぎし》の選手たちにくらべると、いくらがんばっても得点はあがらなかった。高等科の勇や益子《ますこ》が賞をとってもどうにもならず、黒い応援旗《おうえんき》はしょんぼりたれたままで、内川校はとなりの部落の小さな駒問校《こまとい》とともに、びりから二番三番の成績《せいせき》であった。

「いいんだ、いいんだ。みんなよくやった」

石川先生はみんなを元気づけ、応援《おうえん》にかけつけた勇や七三《しちぞう》のにいさんたちや、運送屋の鈴木《すずき》さんたちはみんなにサイダーをのませ、キャラメルをくれたりした。

「内川は去年もびりから二番目だったべさ。今年だけじゃねぇんだ。がっかりすんなよ。来年はもっといいとこまでいくべ。なあ、おい」

肩《かた》をたたかれて一同はトラックにのりこみ、内川へ向かった。そして、先生も友だちもへまばかりしている麻子《あさこ》をとがめず、菓子《かし》をわけあい、肩《かた》組み合って、

「敷香岳《しすかがたけ》を背《せ》に負いて
オホーツクの海見おろせば」

と、声を合わせて内川応援歌《おうえんか》をうたったりした。幸《さち》がうたい、益子《ますこ》がうたい、七三《しちぞう》もそれに和した。おさげを肩《かた》にたらし、うたう益子《ますこ》のそりあがった唇《くちびる》の端《はし》が唾《つば》でぬれて、薄桃色《うすももいろ》の歯茎《はぐき》がきれいにひかる。トラックがゆれると、幸《さち》はとびあがってわらいだし、わらいながらうたを続ける。

「勇ちゃんもうたってよ」

そして、勇も声を張《は》りあげる。

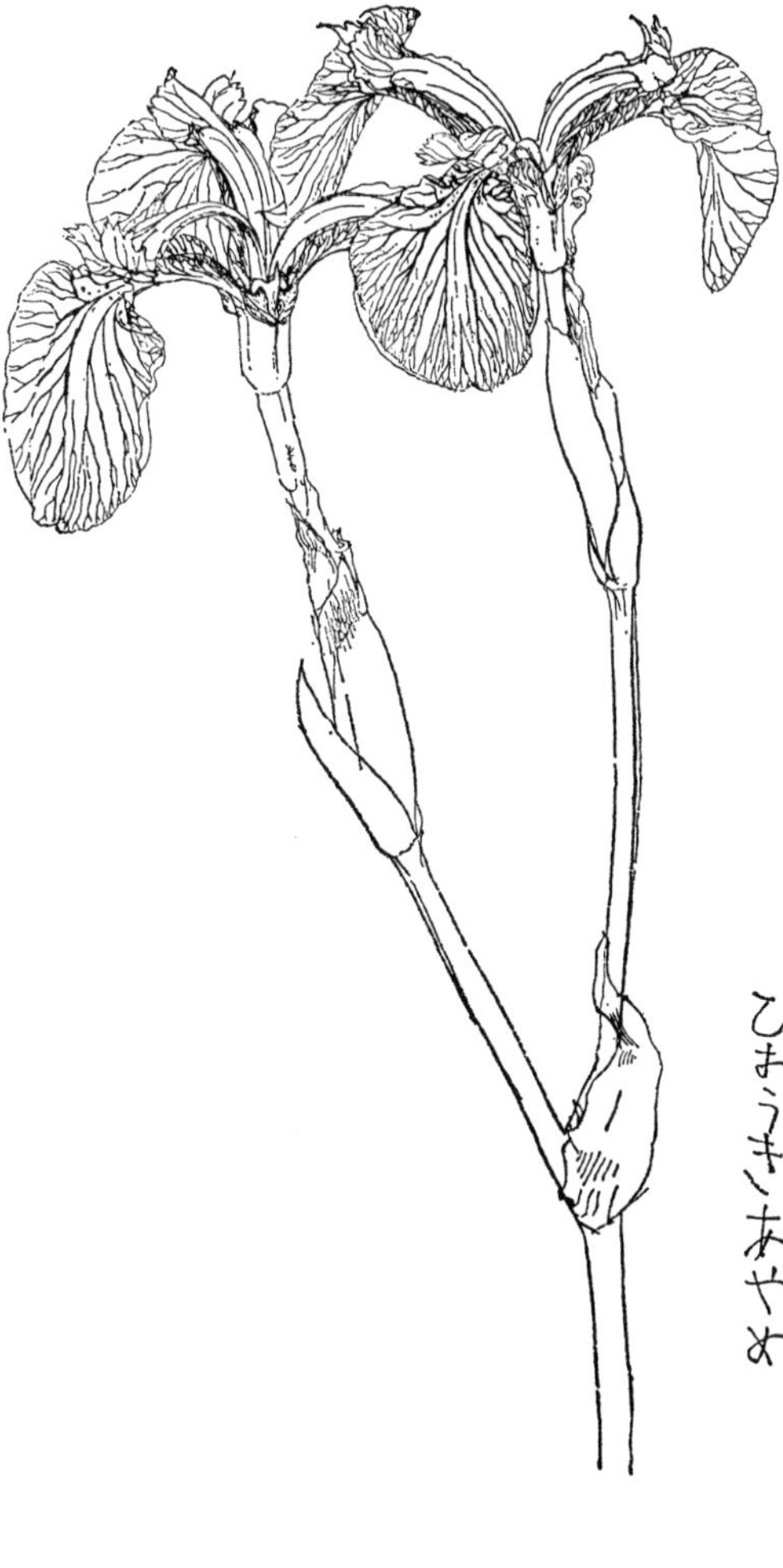

ひおうぎあやめ

「雄々《おお》し勇まし　わが選手
フレー内川　フレー内川
フレー　フレー　フレー」

少年と少女のうた声をのせて、トラックはあやめや萱草《かんぞう》の咲《さ》く野を走った。

こんなひとときがいつまでも続いたら……と麻子《あさこ》は思った。男の子も女の子もいつもこんなふうにどちらも仲よくうちとけて過《す》ごせたなら……ああ、これからもずっとそうであったなら……。

だが、麻子《あさこ》のひそかなねがいにもかかわらず、内川へもどってからの少年たちは、泊岸《とまりぎし》でのことは忘《わす》れたようによそよそしくふるまい、麻子《あさこ》たちは運動場で二度と練習することはなかった。

みんなは別々の教室にもどった。運動会は過《す》ぎたのであった。そうして、樺太《からふと》の短い夏も過《す》ぎていった。麻子《あさこ》だけがまるでだまされたような気がして、急に冷たさをましてきた風が空《から》っぽの運動場を吹《ふ》き過《す》ぎ、つむじ風のようにくるくると落ち葉を追いかけていくのをながめていた。

麻子《あさこ》たちが放課後も勉強をして帰ると、短い冬の日はすぐに暮《く》れた。

それでも冬の日を惜《お》しむように麻子《あさこ》たちはスキーにのった。学校へ行くのも帰るのも、スキーで行った。登校時は社宅《しゃたく》の丘《おか》からひと息に新橋まですべりおり、そこからたいらな道を学校まで約《やく》七百メートル。

学校の休み時間は西の丘《おか》から運動場めがけてすべってあそび、帰りは帰りですべって帰る。だが、往《ゆ》きとちがって帰りは、スキーをハの字を逆《さか》さにしたかたちに足をひろげて社宅《しゃたく》の丘《おか》をのぼらなくてはならない。ストックをついて、よいしょよいしょと麻子《あさこ》たちが丘《おか》をのぼるころ、スキー場ですべる人影《ひとかげ》が蟻《あり》のように小さく見えた。

裏山《うらやま》の木を伐採《ばっさい》し、木の根を掘《ほ》りおこして作ったスキー場は内川唯一《ゆいいつ》のものであった。それまで麻子《あさこ》たちは山ですべっていたから、林の間をくぐりぬけ、切《き》り株《かぶ》をとびこえたり、片足《かたあし》あげてまたいだりしてすべっていたので、こんなのっぺらぼうな斜面《しゃめん》はなんだかものたりないような気がしたものだ。だが、社宅《しゃたく》の子どもたちはむろんのこと、合宿所の若《わか》い社員たちも、日曜日になるとこのスキー場を縦横《じゅうおう》にすべりまくった。その中には麻子《あさこ》や公子《きみこ》たちの家庭教師《かていきょうし》をしてくれる横山さんもいたし、その友だちでスキー選手の菅井《すがい》さんというのっぽの青年もいた。彼《かれ》らはスキー場の一角に学校のすべり台の何倍もあるようなジャンプ台を築《きず》きあげ、次々にまぶしい青空に跳躍《ちょうやく》するすがたが遠くからもくっきりと見てとれた。そうして少年たちはジャンプ台のそばに集まり、彼《かれ》らの妙技《みょうぎ》に感嘆《かんたん》の声をあげるのだった。

少女たちはジャンプ台からずっとはなれたところですべっていた。台湾《たいわん》から来た公子《きみこ》や妹の田《た》鶴子《ずこ》があぶなっかしい腰《こし》つきですべってはころび、きゃあきゃあ大声をあげているのを横目で見て、麻子《あさこ》はスキー場のてっぺんから下の疎林《そりん》までひと息にすべる。冷たい風が麻子《あさこ》の両側にしゅうしゅうと音をたて、麻子《あさこ》の体は眼下《がんか》の白い大地めがけて突進《とっしん》する。はずみをくって雪の上に放りだされるときでさえ、ほてった頬《ほお》に雪は冷たく心地《ここち》よく、さわやかなよろこびが体じゅうにひろがった。

けれど、ジャンプ台をとぶ少年たちの中に勇がいると思うと、麻子《あさこ》はすこし落ち着かなかった。五年生のときいっしょだった教室も今は別れていたし、あのあと、勇とことばをかわすこともなくすぎていたのだ。


二戸建ての社宅《しゃたく》から、新しくできた一戸建ての社宅《しゃたく》へ引越《ひっこ》したのは初雪のころであった。

丘《おか》の東際《ぎわ》のその家は、今までのどの家ともちがって南側の庭もひろく、東もひろびろと開けていたし、表玄関《おもてげんかん》の壁《かべ》が薄桃色《うすももいろ》のモルタル仕上げなのが、ひどくモダンな感じがして麻子《あさこ》はうれしかった。離《はな》れになった奥座敷《おくざしき》に八畳《じょう》と六畳間《じょうま》が続き、西南の角にもうひとつ部屋があって南にひろい縁側《えんがわ》がついていた。北側は台所と茶の間と友枝《ともえ》の部屋で、やはり屋根裏《うら》に四畳間《じょうま》と一段《いちだん》高く舞台《ぶたい》のようになって二畳《じょう》があった。

麻子《あさこ》と保《たもつ》は西南の角の部屋を子どもたちの部屋にしていいというかあさんの申し出をありがたくことわって、さっさと屋根裏《うら》に引越《ひっこ》しした。子どもばかり四人もくらしていたときとちがって今はふたりきりだし、なんといっても子ども部屋はおとなたちとはっきり別れた場所のほうがのびのびするのだ。

今年は前よりはひろく新しい家で正月が迎《むか》えられる。みどりも至《いたる》も帰ってきてかあさんの手料理をよろこんでたべるだろうと、かあさんは思いながら、ひとり鎌倉《かまくら》にいる拓《たく》のことが気にかかった。拓《たく》が療養《りようよう》生活に入ってもう二年あまりになる。快復《かいふく》したとはいえ、まだいつ復学《ふくがく》できるかはわからなかった。サナトリウムの藤棚《ふじだな》の下で静臥《せいが》椅子《いす》にならんでいた病人たち。その中には拓《たく》と同じ年ごろの少年で、この二年の間に亡《な》くなったものが何人もいるのだ。この病気に特効薬《とっこうやく》はほとんどなく、時をかけなくてはならなかった。叔母《おば》さんの家にも至《いたる》くらいの従弟《いとこ》たちがいたから、病人をあずかるのは迷惑《めいわく》でないことはなかった。ただでさえ神経質《しんけいしつ》で気むずかしい拓《たく》であったし……。樺太《からふと》へ呼《よ》びもどすことはまだ早いだろうと、かあさんひとりの胸《むね》のうちで決めかねているとき、鎌倉《かまくら》の拓《たく》は弟の至《いたる》から思いがけない激《はげ》しい手紙を受けとっていた。

「にいさん、ぼくだって中学三年です。もう子どもではありません」

手紙はそうかきだしていた。

「自分の能力《のうりょく》については自分がいちばんよく知っているつもりです。にいさんだって小さいときからぼくがどんな人間か知っているはずです。それを敢《あ》えてぼくに要求するなら、ぼくにも考えがあります」

なんてことだ！　読みながら拓《たく》は手がふるえてきた。なにかといえばすぐ涙《なみだ》ぐむあのおとなしい至《いたる》とは思えなかった。

その前、拓《たく》は至《いたる》へ手紙をだしていた。その中で拓《たく》はいくぶん気弱な調子でこう書いていた。

「長男の自分が学業なかばで病気で倒《たお》れ、いつ再起《さいき》できるかおぼつかないふがいないありさまだから、どうか、至《いたる》よ、君《きみ》だけでもしっかり勉強してくれ。不孝《ふこう》な自分のかわりにがんばってくれ。妹たちや弟たちを励《はげ》ますいい手本になってやってくれ」

それは遠く肉親をはなれて病を養う十七歳《さい》の少年の、たぶんに感傷《かんしょう》をまじえたものであった。事実、拓《たく》は弟へかつてないほど涙《なみだ》ぐみたくなるような素直《すなお》であまやかな思いで綴《つづ》ったものであったのに……。

だが、至《いたる》はその手紙を自分を追いつめるものと受けとったらしかった。おさえられていた弟が不意に歯をむいたようで、拓《たく》は愕然《がくぜん》とした。

(ちがうんだ、至《いたる》。そんなつもりでいったんじゃない)

拓《たく》は弟の肩《かた》をゆすぶりたかった。

(自分のいちばん近い肉親の弟にあまえたくていっただけなんだ。そんなことがわからないのか、至《いたる》!)

顔を見てことばをかわすのであったら、誤解《ごかい》はうまれなかったろうと思う。拓《たく》は弟に向かって手紙をかき、かきながらもどかしかった。こうしていくらかいたとて、紙に綴《つづ》った文字で心を伝えることができるだろうか。かくはしからむなしくなり、なんどかかいては破《やぶ》りすてた。

その後、些細《ささい》なことで叔母《おば》さんと衝突《しょうとつ》した拓《たく》は、やもたてもたまらず帰りたくなり、電報《でんぽう》で帰島をつげると、とうさんの送金を手に、わが家へ旅立ったのだ。おどろいたとうさんは、北海道まで丸井《まるい》運送の丸田《まるた》八郎《はちろう》を出迎《でむか》えにだし、拓《たく》は幼《おさな》いときからなじんだ丸田さんにつきそわれて雪降《ふ》る樺太《からふと》へもどってきたのだ。

突然《とつぜん》なことだったのでかあさんはおろおろし、とうさんはとうさんで、じゅうぶんな打ち合わせのないまま帰ってくる息子《むすこ》のやり方を、わがままだと不機嫌《ふきげん》さをかくそうとはしなかった。そんな中に、釣鐘《つりがね》マントに身をつつんで背《せ》ばかりひょろりと高い拓《たく》が、凍《こお》りついた硬《かた》い表情《ひょうじょう》で帰ってきたのだった。

「いやあ、拓《たく》さんは大きくなりなさった。二年前とは見ちがえるごとある。どげんうまかもんばたべよんなさったとな」

丸田さんがにぎやかにわらい声をあげ、かあさんはもう泣き声であった。そうして、たしかに拓《たく》にいさんは麻子《あさこ》が見ても、まるで知らないひとのように面変《おもが》わりして見えた。

拓《たく》にいさんの部屋は西南の角の部屋にきまり、そこで午後の安静時間を守るほかは自由に本を読んだり散歩したりするのが、にいさんの日課であった。時おり、屋根裏《うら》部屋へあがってきてごろりと寝《ね》ころんだりされると、せまい部屋はそれだけでいっぱいになってしまう、保《たもつ》はこそこそ逃《に》げだし、麻子《あさこ》はなにを話したらよいかわからず当惑《とうわく》した。

それでも、にいさんから届《とど》いた鎌倉《かまくら》だよりの愛読者だった麻子《あさこ》は、にいさんのスケッチブックを見せてもらったり、由比《ゆい》ガ浜《はま》や鎌倉宮《かまくらぐう》や、八幡《はちまん》さまの話を聞くのがおもしろかった。

「頼朝公三歳《よりともこうさんさい》のときのしゃれこうべがございます」という観光ガイドの口上をにいさんはまねし、麻子《あさこ》たちがわらわないのでがっかりして、

「ばかだなあ。頼朝《よりとも》が三歳《さい》で死ぬわけないじゃないか」

と、麻子《あさこ》たちのうすぼんやりを嘆《なげ》いた。だが、にいさんは下のふたりにくらべると、すっかりおとなだった。ひとりで英語や数学の勉強をしたり、夜更《よふ》けまで外で星を見ているにいさんには、どことなく近よりがたいものがあった。


樺太《からふと》の冬は昼も夜もストーブをたき通すので、ひと冬に何トンもの石炭を使う。社宅《しゃたく》の各戸の裏口《うらぐち》の前に石炭置き場があって、その囲いの内に、馬橇《ばそり》が運んできた石炭をあける音がたえずがらがらとひびいていた。それを漏斗型《じょうごがた》の石炭バケツに小出しして、各部屋のストーブの横におくのは友枝《ともえ》の仕事だった。煙突《えんとつ》から風《ふ》が吹きこんだりすると、いがらっぽい煙《けむり》が室内にたちこめ、まるで機関車が通ったようだ。かあさんはよくせきこんで、デレッキでストーブの灰《はい》を落とす。するど、くすぶっていた石炭が息をついたように赤く燃《も》えあがり、ごおごおと風のような音をたてはじめる。もうだいじょうぶと、かあさんは頭に灰《はい》をかぶったまま、ひと息つく。

「内川の炭《たん》は、どうも川上炭坑《かわかみたんこう》のよりもわるいねえ」

と、かあさんはときどきこぼした。たしかに川上炭坑《たんこう》の石炭は黒ダイヤということばにふさわしく黒びかりしていたのにくらべて、内川炭《たん》には光沢《こうたく》がなく白茶けたものが多かった。聞こえない

つもりでいたのに、とうさんは無念の表情《ひょうじょう》になり、手のひらに石炭をのせてつくづくながめながらいうのであった。

「内川の炭《たん》だってそうそうわるくはないぞ。六番層《そう》と九番層《そう》に坑道《こうどう》ができたし、もっといいのがとれるはずだ。今年はせいぜい三万トンばかりでも、来年は十万は出炭できる。東海岸の国境《こっきょう》にかけて、まず内川ほどの炭坑《たんこう》はないはずだからな」

かあさんはそうですともというように、あわてて相づちをうったが、お得意先のパルプ工場では、もっと良質《りょうしつ》の石炭をよこせと苦情《くじょう》が多かった。とうさんはそのたびに頭をさげ、坑道《こうどう》を掘《ほ》りすすめて、よい石炭を敏速《びんそく》にかつ多量に届《とど》けることを約束させられているにちがいなかった。そうして、とうさんはたびたび、敷香町《しすかちょう》に出張《しゅっちょう》と称《しょう》して、パルプ会社のお偉方《えらがた》を酒席に招《まね》いていた。ハクツルのおじさんと麻子《あさこ》たちがよんでいる敷香《しすか》会館の主人が経営《けいえい》している料亭《りょうてい》などで、芸者をあげて外泊《がいはく》することも多くなっていた。


冬休みも間近な夕ぐれ、社宅《しゃたく》の坂を公子《きみこ》たちと橇《そり》にのってあそんでいた麻子《あさこ》が、不意に鳴りだした半鐘《はんしょう》におどろいて部落のほうを見ると、川よりやや北側の畑のあたりに黒い煙《けむり》がたちのぼっている。

「火事だよ」

「どこかしら。さかえ座《ざ》の裏《うら》のほうかねえ」

「豆腐屋《とうふや》の近くじゃない？　でも畑のほうらしいよ。あんなとこに家があった？」

風がつよいのでふたりは心配になった。社宅《しゃたく》からもひとがでてきて、崖《がけ》の縁《ふち》に立って火事をながめている。

「おれ、どこか見てくるっ」

スケートをはいて固い雪の上をすべっていた保《たもつ》が、もう坂をすべりおりていき、

「あぶないよ。よしなさいってば」

麻子《あさこ》が呼《よ》んだのに保《たもつ》はふりむきもしなかった。半鐘《はんしょう》が激《はげ》しく鳴り、風の間にちらちら炎《ほのお》が見え、炎《ほのお》に照らしだされて右往左往《うおうさおう》する人影《ひとかげ》が黒く浮《う》きあがった。どこの家が燃《も》えているのか、麻子《あさこ》はなぜか胸《むね》がさわいだ。橇《そり》をひいて帰ると、かあさんも友枝《ともえ》も縁側《えんがわ》から火事を見ていたらしかった。

日が落ちて暗くなった空に炎《ほのお》だけが赤あかとして、やがて、それも消えると、ようやく保《たもつ》が煤《すす》に汚《よご》れた顔をしてもどってきた。

「焼けたの、李《りい》さんちだった」

保《たもつ》は息をはずませていた。

「えっ、李《りい》さんのうち？」

麻子《あさこ》はうわずった声になった。

さかえ座《ざ》よりやや北側の裏《うら》の畑地に三軒《げん》ならんだ朝鮮人《ちょうせんじん》の家があって、火もとがその一軒《けん》であったという。乾燥《かんそう》していたうえに風がつよかったので、あっという間に二軒《けん》が焼け落ちた。

保《たもつ》がかけつけたときは、消防《しょうぼう》ポンプの筒先《つつさき》からほとばしる水が黒焦《こ》げの柱や棟《むね》にあたってぶすぶす煙《けむり》をあげ、滝《たき》のような水に半焦《こ》げのふとんも戸棚《とだな》も水浸《みずびた》しになっていた。

「哀号《あいごう》、哀号《あいごう》」

という泣き声にふり返った保《たもつ》が見たのは、髪《かみ》ふり乱《みだ》した女と、おびえた目をした幼《おさな》い女の子をかばうようにして雪の上に立っている李鐘徳《りしょうとく》のすがただった。蒼白《そうはく》な顔をした李鐘徳《りしょうとく》は大きな目を見開いて立ち、保《たもつ》は彼《かれ》が今にも倒《たお》れるのではないかと気になったという。

「そう、朝鮮人《ちょうせんじん》の小屋だったの……それでも通りでなくてよかったね。この風だから、たてこんでいるところだったらあぶなかったよ」

かあさんが保《たもつ》のことばをさえぎり、麻子《あさこ》はぐっと胸《むね》がつまった。なにかいうと声がふるえそうであった。

その夜、いつものように伸也《しんや》の家に集まっての勉強のときも、話題は火事のことになった。ひとりだけ遅《おく》れてやってきた富男《とみお》のつげるところでは、隣家《りんか》の揚《あ》げものの油に火がついて燃《も》えあがり、鐘徳《しょうとく》の家も丸焼けになったのだという。保《たもつ》の見た幼《おさな》い女の子は妹ではなく、となりの子なのだといった。寝《ね》ていたのを鐘徳《しょうとく》が救いだしたのだ。つねづね、おにいちゃんといってなついていた子は、親たちが警察《けいさつ》の取り調べをうける間も、鐘徳《しょうとく》のそばからはなれなかったそうだ。

焼けだされた鐘徳《しょうとく》一家はこれからどうするのか、それは、富男《とみお》も知らない。角田《つのだ》さんが火もとの女の子の母親の火傷《やけど》の手当てをし、鐘徳《しょうとく》の父親も火傷《やけど》を負ったことを知っているだけだ。

「おれんちに泊《と》まれとかあさんもいったんだけど、南《なん》さんとこに今晩《こんばん》は泊《と》まるらしいよ」

お医者さんの奥《おく》さんの、富男《とみお》のおかあさんは気さくで温かな人柄《ひとがら》なのだ。同じ同級生でも麻子《あさこ》や伸也《しんや》たちのかあさんは、焼けだされた一家に絶対《ぜったい》にうちに泊《と》まれなどとはいわないだろう。そうして、麻子《あさこ》自身にしてもそんなことは考えもしなかったのに……。耳のぴんと張《は》った富男《とみお》の赤い顔を見ながら、麻子《あさこ》はひどく恥《は》ずかしかった。

勉強をおえて凍《こお》った雪を踏《ふ》んで帰ると、家々の煙突《えんとつ》からどっどっと、まっ赤な煤《すす》が舞《ま》いあがり、雪の屋根や地上に吹《ふ》き散った。

「ただいま」

裏口《うらぐち》の戸をあけると、いきなり奥《おく》からとうさんの怒気《どき》を含《ふく》んだ声がひびいて、麻子《あさこ》ははっと立ちすくんだ。

「今度だって、なんだ。叔母《おば》さんの立場も考えずにかってにとびだしてきて。わがままものだぞ、おまえは！」

なにかいい争うにいさんのたかぶった声がして、それをおさえつけるようにとうさんが、

「二年三年がなんだ。なんのために鎌倉《かまくら》まで行って養生したか考えてみろ」

「お医者さんがまだ無理だといってるのでしょう。辛抱《しんぼう》しなけりゃ」

かあさんの声がからんだ。突然《とつぜん》、奥《おく》から足音荒《あら》くにいさんが顔をそむけるようにしてでてきた。麻子《あさこ》を押《お》しのけるように戸をあけて外へとびだした。戸ががたんと閉《と》じられ、軒《のき》から雪がどどっ

となだれ落ちた。

「拓《たく》ちゃん！」

かあさんが追いかけ、それからあきらめたふうにふたたび戸をしめた。勉強道具をかかえたまま、麻子《あさこ》は身の置き場がない気持ちだ。やっぱり、ひとりで身をすくめているだろう友枝《ともえ》のいる茶の間へ入っていった。

「おお寒い、寒い。寒いよ、外は」

「ご苦労さん、あこちゃん。そんなにしばれるかい」

友枝《ともえ》は編《あ》みものをしながら読んでいた本を閉《と》じ、ストーブの火をかき立てた。かあさんがぼんやり入ってきて、麻子《あさこ》とならんでストーブに手をかざした。

「にいさん、四月から学校へ行きたいといってね。二年も休んでいたら、なかなかもどるのも大変なの。それに学校へ通うならまた寄宿舎《きしゆくしや》だものね、とても無理なのに……」

自宅通学ならなにもせず、大事にして通うこともあるいはできたかもしれない。気をつけて無理のないように休ませることもできる。だが、北辰寮《ほくしんりよう》は、元気な少年たちでさえ音《ね》をあげる軍隊式のきびしい生活だ。下宿を考えても、親の目をはなれて、不健康な生活に流れそうで安心ができなかった。ストーブの上の金《かな》だらいからたちのぼる湯気の中で、かあさんの顔はゆがんだ。

「外、寒いだろうね……」

「うん、鼻がつんとするよ。頭も鼻もきーんと氷になったみたい」

三人は思い思いにだまりこみ、やがて、友枝《ともえ》が思いきったように顔をあげ、

「あの……」

と、いいさし、麻子《あさこ》もたぶん、同じ思いを口にだす。

「衿巻《えりまき》……持っていってあげようか」


拓《たく》にいさんは丘《おか》の縁《ふち》に立って空を見ていた。

雪山の上にひろがる大空に、星がこわいほど輝《かがや》いていた。にいさんは動かず、麻子《あさこ》は声をかけるのがためらわれた。部落のどこかで長く尾《お》をひいて犬が吠《ほ》え、その遠吠《とおぼ》えにほかの犬が声を合わせ、絶《た》え入るようにおわったかと思うと、またしても声を張《は》りあげる。

犬たちはなにかをうったえているにちがいないのに、自分にはそのことばがわからないのがつらくて、遠吠《とおぼ》えを聞くたび麻子《あさこ》はいつも胸《むね》がしめつけられるようになる。星空の下に立ちつくすにいさんのやせたすがたは、ひどく頼《たよ》りないものに見えながら、くっきりとひとりの影《かげ》をしるしていた。狼《おおかみ》も鼻づらを天へ向けて遠吠《とおぼ》えするという。天狼星《てんろうせい》とにいさんの教えたシリウスが、青に赤に狼《おおかみ》の目のように燃《も》えて輝《かがや》き、麻子《あさこ》はにいさんが傷《きず》ついた稚《わか》い狼《おおかみ》のような気がする。

星の下に部落は眠《ねむ》っていた。

南《なん》さんの家で鐘徳《しょうとく》も眠《ねむ》ったろうか、と、麻子《あさこ》は思った。

それとも、鐘徳《しょうとく》も眠《ねむ》られずに凍《い》てつく空の下に立ちつくしているのではないだろうか。焼け焦《こ》

げた教科書が足もとに風にあおられていたという。昨日《きのう》まで学校でのこって勉強していた鐘徳《しょうとく》、この冬、どこかの中学を受けるものだとばかり麻子《あさこ》は思っていたのに……。

オリオンは高くのぼり、その下にシリウスがあまりぎらぎら輝《かがや》くので麻子《あさこ》はこわくなりそうだ。立っていると歯ががちがちふるえてくるほど冷たい。不意に大空に尾《お》をひいて星が流れ、「あ」と麻子《あさこ》は声をあげた。にいさんがふり返った。麻子《あさこ》は続けざまにくしゃみがでて口をおさえた。ぱちぱち目ばたきして、にいさんに衿巻《えりまき》をさしだした。

その夜、長いこと外に立っていた拓《たく》は風邪《かぜ》をひかずに、反対に麻子《あさこ》のほうが熱をだして学校を休んだ。拓《たく》にいさんに風邪《かぜ》がうつっては大変と、かあさんはにいさんにマスクをさせ、麻子《あさこ》を離《はな》れの奥座敷《おくざしき》に隔離《かくり》した。いつも使わないこの客間はどこか寒々としていたが、今は、部屋の隅《すみ》の角型をしたユンケルのストーブに石炭がくべられ、湯沸《ゆわ》かしからたちのぼる湯気で、室内はむっとするほど暖《あたた》かだった。麻子《あさこ》は氷枕《こおりまくら》をして寝《ね》かされたが、氷はすぐとけて水になり、寝《ね》返りするたびに、たぷんたぷんと音をたてた。麻子《あさこ》の頬《ほお》の下で魚が跳《は》ねたり、あざらしの子が水を跳《は》ねてあそんでいるような気がした。

うとうとしては目をさまし、ぼんやり座敷《ざしき》を見まわしていると、床《とこ》の間《ま》に敷《し》いた金色の熊《くま》の毛皮が不意に身ぶるいしたり、襖《ふすま》を細目にあけたすきから、お化けがのぞいているような気がしたりした。そして、お化けは麻子《あさこ》がじっと見ていると、すこしずつ襖《ふすま》をあけて保《たもつ》の顔になって、小さな声でいった。

「通信簿《つうしんぼ》もらってきたよ」

ああそうか、明日《あした》から冬休みなんだと麻子《あさこ》はうなずいた。通信簿《つうしんぼ》はたいてい見当がついた。裁《さい》縫《ほう》が乙《おつ》にきまっていた。

「公子《きみこ》さんもさ、裁縫乙《さいほうおつ》だったって、たあちゃんがいってたよ」

保《たもつ》は麻子《あさこ》が公子《きみこ》の成績《せいせき》を気にしていると思うのか、妹の田鶴子《たずこ》に聞いたらしくそんなことをいい、もうひとつつけ加えた。

「李《りい》さん、あやまってたよ」

焼けだされた李鐘徳《りしようとく》のことらしかった。

「李《りい》さんが？」

あやまるって、なにを李鐘徳《りしようとく》があやまるのだろう。麻子《あさこ》は聞きちがいかと耳を疑《うたが》った。

「うん、おれにそういってくれってさ。のらくろの漫画《まんが》焼いちゃったんだって。気にしてたぞ。おれ、いいっていったけど、あこちゃん、のらくろなんか貸《か》したのか」

え？　と麻子《あさこ》はおどろいて、そんなはずはないと思う。のらくろ二等兵から上等兵までの漫画《まんが》の本は、麻子《あさこ》のというより、至《いたる》やみどりやだれかがとうさんに東京の出張《しゆっちょう》みやげに買ってもらった本だった。内川では新しい本は友だちから友だちへわたって、ひとめぐりしてやっとうちへもどることになっていたから、麻子《あさこ》たちの忘《わす》れている間に、茂政《しげまさ》や喜《き》八郎《はちろう》やいろんな友だちをへて、鐘徳《しょうとく》の手にわたったのだろう。そうして鐘徳《しょうとく》は火事で焼いてしまい、本にかいた麻子《あさこ》の名前をおぼえていて、持ち主にあやまってよこしたのだろう。ほんとうは、とてもそれどころではないはずなのに……。

(李《りい》さん、元気そうだった? 今、どうしてくらしているの)

ほんとうはそうたずねたいのに、麻子《あさこ》は声がでない。漫画《まんが》の本なんかほんとうにどうでもいいのにあやまったりしてと、麻子《あさこ》はつらくて、ふとんの衿《えり》から目をのぞかせたままうなずいた。保《たもつ》はこそこそと話をして襖《ふすま》をしめ、麻子《あさこ》はまた目をつぶった。

目の裏《うら》はオレンジ色の夕やけであった。大空をひたす夕やけの中で、透《す》きとおって火のように燃《も》えていた少年の耳たぶと、舞《ま》いとぶ火の粉《こ》が重なり、麻子《あさこ》は息が苦しかった。

夜明け

熱がさがって起きられるようになった麻子《あさこ》は、帰省したみどりに、

「はい、なおったごほうび」

と、おみやげのばらの花籠《はなかご》の刺繍《ししゅう》をしたハンカチと、リリヤンで編《あ》んだしおりをもらった。

「小さいにいさんは？」

「今年は帰らないんだって。あっちでも風邪《かぜ》がはやって、寝《ね》ているひとが多いらしいの。にいさんも同室のひとと寝《ね》てるらしい。佐伯《さえき》さんの春男《はるお》さんがいってたよ」

みどりは春男と汽車でいっしょだったという。

「おかしいんだよ。小さいにいさんね、寮《りょう》でのあだ名が〝伊豆《いず》の踊り子《おど》〟っていうんだって」

「踊《おど》り子だって？」

麻子《あさこ》はびっくりした。踊《おど》り子とは女だと思うのに、なぜにいさんがと思う。

「ほら、活動写真であったでしょう。田中絹代《たなかきぬよ》が旅まわりの踊《おど》り子で、大日方伝《おおひなたでん》が一高生になって。あれ、ほんとは川端康成《かわばたやすなり》というひとの小説なんだよ」

ああ、それなら知っている。釣鐘《つりがね》マントに白線を巻《ま》いた帽子《ぼうし》をかぶった高校生。踊《おど》り子の日本髪《がみ》に結《ゆ》ったかわいい笑顔の写真は、雑誌《ざっし》にものっていたし……。麻子《あさこ》はひょっとしたら色白な至《いたる》が女のようにすぐ頰《ほお》を染《そ》めるのをからかわれて、「おい、踊《おど》り子」なんて友だちにいわれてるのかと思う。恥《は》ずかしいだろうなと麻子《あさこ》はにいさんに同情《どうじょう》した。けれど、みどりは首をふって、

「豊原《とよはら》中学の帽子《ぼうし》は一高の帽子《ぼうし》に似《に》てるでしょう。にいさんはきっと大日方伝《おおひなたでん》に似《に》てるんだよ。背《せ》が高いし、眉毛《まゆげ》だって濃《こ》いし」

と、至《いたる》にひいきした。その俳優《はいゆう》のほうがずっと男らしく見えるので、そうだろうかと麻子《あさこ》は心配だったが、拓《たく》にいさんは眉根《まゆね》を寄《よ》せ、不機嫌《ふきげん》にいい放った。

「くだらないことをいうな、おまえたちも」

あだ名をつけたのは中学生なのに、と、いかにも女どもはといいたげなにいさんに、妹たちはしかられたのが不満だった。

「そんなことよりみどりは今度、豊原《とよはら》高女の編入《へんにゅう》試験を受けるんだろう。勉強しないとだめだ

ぞ」

にいさんがいい、

「そうね、にいさんに勉強を見てもらうといいね」

かあさんが相《あい》づちをうち、みどりはうらめしい顔をした。みどりは泊居《とまりおる》の小さい家族的な寮《りょう》と、海を見おろす段丘《だんきゅう》の上にある女学校が好きだった。すこしも豊原《とよはら》へ行きたいとは思っていないのだ。けれど、とうさんたちは、樺太庁《からふとちょう》の所在地《しょざいち》である豊原《とよはら》町の女学校こそ一流校なのだと思っていた。この間、失敗したのは運がわるかったのだ。かあさんが大事なときに家を留守《るす》にしていたのだし、その間にみどりには初めてのことがあったのだから……。

かあさんはそのつぐないをする気でいた。

「女は女学校が大事なんだよ、お嫁《よめ》にいくときだってちがうのだから……」

かあさんは福岡《ふくおか》の県立高女をでたのだが、小さいときから黒い線の入った県立高女の袴《はかま》に憧《あこが》れていたという。けれど、みどりは別に憧《あこが》れていた学校はなかったのだ。それにお嫁《よめ》だなど口にだされるのもいやだった。みどりは結婚《けっこん》なんていやだと思う。むきになって怒《おこ》った目をしているみどりは、このごろ、肉づきもやわらかになり、木のぼりや雪合戦をやめて刺繍《ししゅう》や編《あ》みものの似合《にあ》う娘《むすめ》らしくなったくせに、まだどことなく、むかしの少年っぽさをのこしていた。

いくらそういっていても、と、かあさんはのみこんだわらい顔をしていた。

「だれだって年ごろになればお嫁《よめ》にいくのだから。サダちゃんだって今年は桃割《ももわ》れに結《ゆ》って写真をうつすのだって。サダちゃんは三年生でしょう」

サダちゃんは川上《かわかみ》の社宅《しゃたく》から越《こ》してきた佐藤《さとう》さんのうちの子で、豊原《とよはら》高女の三年生なのだ。

「みどりもすぐに三年だよ。至《いたる》はもう四年だし……」

といいかけて、かあさんははっと口をつぐんだ。拓《たく》にいさんの頬《ほお》がぴくりとした。

「ともかく、みどりの勉強はぼくが見てやるよ。しばらく休んでいても、まだそのくらいはできるからな」

にいさんがうすい唇《くちびる》をそらせてわらい、みどりはなにかいいたいのにいえないで、硬《かた》い顔になっておしだまってしまった。


だが、その至《いたる》が喀血《かっけつ》したという寄宿舎《きしゅくしゃ》からの知らせでかあさんは顔色を変えた。二年前は拓《たく》が、そして今度は次男の至《いたる》が……。手《て》遅《おく》れになってはいけなかった。考え、嘆《なげ》くひまさえなかった。一刻《いっこく》も早く至《いたる》のそばへ行ってやらねばならなかった。かあさんは目のつりあがった青白な顔で、きりきりと荷物をまとめ、とうさんの馭《ぎょ》す馬《ば》橇《そり》にのった。

「いいかい、無理をしないこと。風邪《かぜ》をひかないようにじゅうぶん気をつけてね。大切な体だからね。みんなもにいさんのいうことを聞いてね。至《いたる》ちゃんのほうはかあさんがしっかり看病《かんびょう》してきます」

かあさんは拓《たく》に念をおし、拓《たく》にいさんはうなずいた。

「至《いたる》のやつ、動転してると思うけど、落ち着いて腰《こし》をすえるように、いってやって……」
ひとことだけ拓《たく》は至《いたる》に伝言した。はじめての喀血《かっけつ》に気を転倒《てんとう》させているにちがいない弟の顔が目にうかんだ。拓《たく》自身、体の血が一時にひいていく思いであった。あのたかぶった手紙も感じやすい年ごろというより、病気のせいであったかもしれないと思う。それなのに、長男のおれはこのとおりだめだから、至《いたる》、おまえはしっかりして、と、そう自分はかいたのだと、拓《たく》は激《はげ》しく胸《むね》を刺《さ》されていた。

おれはだめになどなるものか。おい、至《いたる》、おまえもがんばれよ。この先何年かかってもへこたれるなよ。おれにかみついた元気を忘《わす》れるな！

拓《たく》は唇《くちびる》をかみ、勝姫《かつひめ》のひく緑色の橇《そり》が鈴《すず》を鳴らして丘《おか》をかけおりていくのを見送った。行ってしまった、と、麻子《あさこ》もみどりも思う。とうさんもかあさんもいない家にもどり、保《たもつ》も泣きそうな顔をしていた。

いつもよりがらんとひろい座敷《ざしき》で、拓《たく》はあぐらを組み、トランプを切りだした。トランプをふたつに分けて、両方からぱらぱら相互《そうご》に向けてはじくようにして合わせたり、すこしはなして双《そう》方《ほう》から一枚《まい》ずつまん中にとばして合わせたりした。それは妹たちのだれにもまねのできないことだった。

夜の空を風がうなって過《す》ぎ、麻子《あさこ》は小さいにいさんがどうしているか心配だった。小さいにいさんもまた、学校を休学して入院しなくてはならないのだろうか。せっかく、拓《たく》にいさんが帰ってきたばかりなのに……。麻子《あさこ》はにいさんの長い指が、手品師《てじなし》のように器用にトランプを切るのをながめていた。突然《とつぜん》、にいさんが手をとめた。

「今日《きょう》は勉強はやめだ。みんなで絵札《えふだ》とりしないか」

「うん」と、保《たもつ》が目を輝《かがや》かせ、

「神経衰弱《しんけいすいじゃく》と、七ならべがいいよ。友枝《ともえ》ちゃんも呼《よ》んでくる」

と、立ちあがった。にいさんがトランプをくばり、麻子《あさこ》はトランプを一枚《まい》一枚《まい》拾いあげては手のひらに集めた。いつもはなんとなくけむたいにいさんが、そこにそうしてすわっているだけでうれしかった。


かあさんは豊原《とよはら》へ行ったまま帰らず、病院の至《いたる》につきそい、看護《かんご》の日を送っていた。

今年の餅《もち》つきは志尾《しお》さんと山村さんがいっしょに麻子《あさこ》の家の分もついてくれた。みどりと麻子《あさこ》は友枝《ともえ》を手伝って、いつもかあさんの作るお重詰《じゅうづめ》を作った。大晦日《おおみそか》をお年取りといって、秋田では元旦《がんたん》より大晦日《おおみそか》の夜を盛大《せいだい》に祝《いわ》うのだそうだ。それにこの日はとうさんの誕生日《たんじょうび》でもあった。

奥《おく》の間《ま》の座敷《ざしき》に大きなテーブルをふたつつけてならべる。それは子どもたちがすぐこわしてしまうので特別に作らせたせんのきの一枚板《いちまいいた》でできていた。麻子《あさこ》たちはそれをひっくり返して船にしてあそび、斜《なな》めに椅子《いす》にかけてすべり台にし、横に立ててその上で出初式《でぞめしき》のはしごのりのまねをしてあそんだものだった。がんじょうなテーブルはさすがに北海道、樺太《からふと》と旅をしてきてもびくともしていない。テーブルの上に白布《はくふ》をかけて、鯛《たい》の焼き物、黒豆や、小さな氷の破片《はへん》がきらきらひかっているおなますを運ぶ。そして、いつもかあさんが作ってくれるゆで卵《たまご》のだるまさんを、麻子《あさこ》が食紅《しょくべに》で染《そ》めた。ところどころ紅《べに》のにじんだだるまさんがにぎやかに勢ぞろいした。

お年取りの晩《ばん》の赤飯とお屠蘇《とそ》は、いちばんはじめに妙見菩薩《みょうけんぼさつ》と仏壇《ぶつだん》にお供《そな》えする。厨子《ずし》の中の妙見《みょうけん》さまはいつもと変わらぬ葡萄色《ぶどういろ》の瞳《ひとみ》であった。人形などひと形《がた》をしたものはみな、どこか不気味で恐《おそ》ろしい感じがあった。妙見《みょうけん》さまがほんとうにわが家の守護神《まもりがみ》なら、どうかにいさんたちを守って早く元気にしてほしいと麻子《あさこ》は祈《いの》りたかった。でも、手を合わせても、これは人間の作った像《ぞう》で、ほんとうの神とか仏《ほとけ》とかはちがうような気もする。そして、そのほんとうの神や仏《ほとけ》さえ、つかみどころのない思いの麻子《あさこ》は、お祈《いの》りも中途半端《ちゅうとはんぱ》で、だからよけいきくはずのない気がしてくるのであった。

風がうなり声をあげて原野を吹《ふ》きまくる日、保《たもつ》はストーブのそばで寝《ね》ころんで、立川《たちかわ》文庫の『荒木又右衛門《あらきまたえもん》』や『岩見重太郎《いわみじゅうたろう》』を読んでいた。それからまた、それを持ってでていったかと思うと、いきなり、どしんと音をたてて勝手口の戸にぶつかり、すぐに凍《こお》りついてあけにくい戸をがたがたさせて引きあけ、風といっしょにとびこんでくる。腕《うで》には別の本をはさんでいる。保《たもつ》は、明《あきら》や啓《ひろし》と本の交換《こうかん》をして読んでいるのだ。それは、『亜細亜《あじあ》の曙《あけぼの》』や『豹《ジャガー》の眼《め》』や、『冒険《ぼうけん》ダン吉《きち》』の漫画《まんが》だったりした。ストーブのそばで、ひとりで声をたててわらったり、みかんをたべながら夢中《むちゅう》で本を読んでいる弟は、目ざわりだった。

入学試験が近いというのに麻子《あさこ》もつい、保《たもつ》の本に手をのばしてしまう。『幼年倶楽部《ようねんくらぶ》』の愛読者だった麻子《あさこ》は、「小太郎《こたろう》と小百合《さゆり》」という連載《れんさい》の挿絵《さしえ》が、岡本帰一《おかもときいち》の死で、突然《とつぜん》ほかの画家の挿絵《さしえ》に変わったときの失望を昨日《きのう》のようにおぼえている。山口将吉郎《やまぐちしょうきちろう》の勇ましい挿絵《さしえ》も好きで、ひまさえあればまねをしてかいたものだった。

麻子《あさこ》の愛読する本は、とうさんの東京みやげの冨山房《ふざんぼう》の豪華《ごうか》な絵物語――武井武雄《たけいたけお》のイソップや、小村雪岱《こむらせったい》の絵の『源氏《げんじ》と平家《へいけ》』や、アンデルセンに支那《しな》童話集があった。だから、麻子《あさこ》の中には、人魚姫《にんぎょひめ》も、支那《しな》の水仙《すいせん》の精《せい》の娘《むすめ》も、孫悟空《そんごくう》も、日本の大国主《おおくにぬし》や後藤又兵衛《ごとうまたべえ》も、なにもかもが入りまじってつめこまれて、そのどれもに心をうばわれているのだった。

そうしてまた、軍歌調の「独立守備隊《どくりつしゅびたい》」のうたや、「国境《こっきょう》の町」などの流行歌も好きなら、北原白秋の、

「この道はいつか来た道
ああ　そうだよ」

というアカシヤと時計台のうたわれた童謡《どうよう》や、「みそっちょ」「ゆりかごのうた」「あわて床屋《どこや》」など、よくうたう童謡《どうよう》のほとんどは白秋のものばかりだった。麻子《あさこ》は童謡《どうよう》、軍歌、流行歌もまたごちゃまぜに好きなのだった。

ストーブの室内は汗《あせ》がでるほど暖《あたた》かくても、一歩、部屋をでるとふるえあがりそうな寒さだ。発電所ができるのはまだまだ先なので、石油らんぷを使っていたが、その石油さえ凍《こお》った。地下の室《むろ》に貯蔵《ちょぞう》したビールやウイスキーのたぐいまで凍《こお》りついて、罎《びん》が割《わ》れると罎《びん》のかたちのビールがのこった。かあさんのいない家に、よく、志尾《しお》さんや山村さんがたずねてきた。煙突掃除《えんとつそうじ》をしたり、風でゆがんだ煙突《えんとつ》をささえなおしたり、焚《た》きつけにする薪《まき》を割《わ》ったり、いくらでも用事はあったのだ。志尾《しお》さんたちは台所のストーブで干鱈《ひだら》をあぶって、凍《こお》ったビールをかじったりして拓《たく》や友枝《ともえ》相手にひとしきり世間話をして帰った。

風が吹《ふ》きすさび、積雪を吹《ふ》き散らす冬には、いくつもの雪の丘《おか》が原野にうまれ、いくつものくぼみができた。風が雪を片寄《かたよ》せるので、道路は家よりも高くなったり低くなったりする。あるところはまったく雪がなく凍《こお》りついた裸《はだか》の土が露出《ろしゅつ》していて、馬橇《ばそり》が通るとき、ぎしぎしとこすれていやな音をたてた。

風がおさまると雪が降《ふ》った。

まるで、手のひらほどもあるような雪が、あとからあとから際限《さいげん》もなく降《ふ》ってくるのだ。魂《たましい》の抜《ぬ》けた白い鳥のなきがらのように、雪は灰色《はいいろ》に茫《ぼう》とうす明るい空から、次々に重なりあって落ちてきた。みるみるうちに家が埋《う》もれ、ひと夜あけると、煤《すす》や馬の尿《にょう》で汚《よご》れた道も野山も、新しい雪をかぶって白一色に変わっていた。雪はまだ降《ふ》りつづき、子どもたちはおもしろがってさわいだが、やわらかな新雪に足をとられ、馬も立ち往生《おうじょう》して動かなかった。どこの家でも必死な雪掻《か》きがはじまったが、なによりも困《こま》ったのは石炭の輸送《ゆそう》であった。

人絹《じんけん》パルプ工場への輸送《ゆそう》をとどこおらせるわけにはいかなかった。炭坑《たんこう》の坑内外《こうないがい》の運搬《うんぱん》は人力、馬の双方《そうほう》を使い、石炭は馬橇《ばそり》でほうぼうへ運ばれていた。

「この雪じゃ、ぬかって馬の動きがとれねぇ」

運送屋の鈴木《すずき》さんが、まっ赤な顔をゆがめていう。除雪《じょせつ》人夫をふやし、徹夜《てつや》の除雪《じょせつ》作業がはじまった。

防寒帽《ぼうかんぼう》に革《かわ》の上着を着たとうさんは、たびたび除雪現場《じょせつげんば》へ出向いては帰ってきた。とうさんの口髭《くちひげ》は銀色にひかり、顔色はいつもより赤黒く沈《しず》み、目ばかりがするどくなっていた。勉強しながら、麻子《あさこ》もみどりも、拓《たく》までが息をつめるようにしていた。パルプ工場へ石炭が送れなかったら……と、とうさんの苦衷《くちゅう》がわかるようであった。

除雪《じょせつ》作業は夜昼続けられたが、二日目の朝、内川《ないかわ》部落のひとびとは部落じゅうの犬の吠《ほ》えたてる声におどろき、炭坑《たんこう》へ行く道を埋《う》めた馴鹿橇《となかいぞり》のすがたに目を見張《みは》った。オタスから救援《きゅうえん》の橇《そり》がやってきたのだ。

「来たか」

とうさんはしかけた食事もそのまま、長靴《ながぐつ》をはいてすぐさま橇《そり》を迎《むか》えに出向いた。麻子《あさこ》たちも夢中《むちゅう》で丘《おか》をかけおりていった。

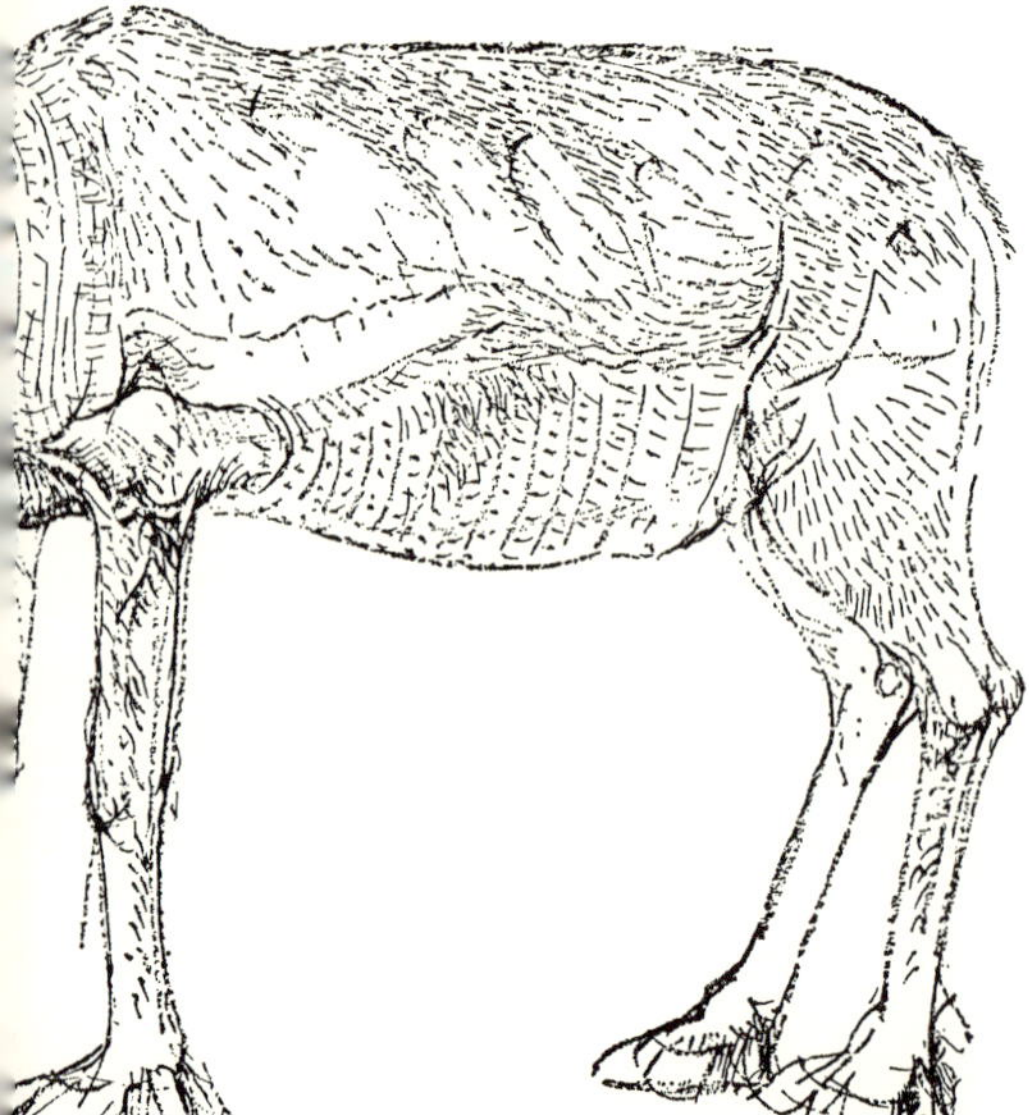

となかい

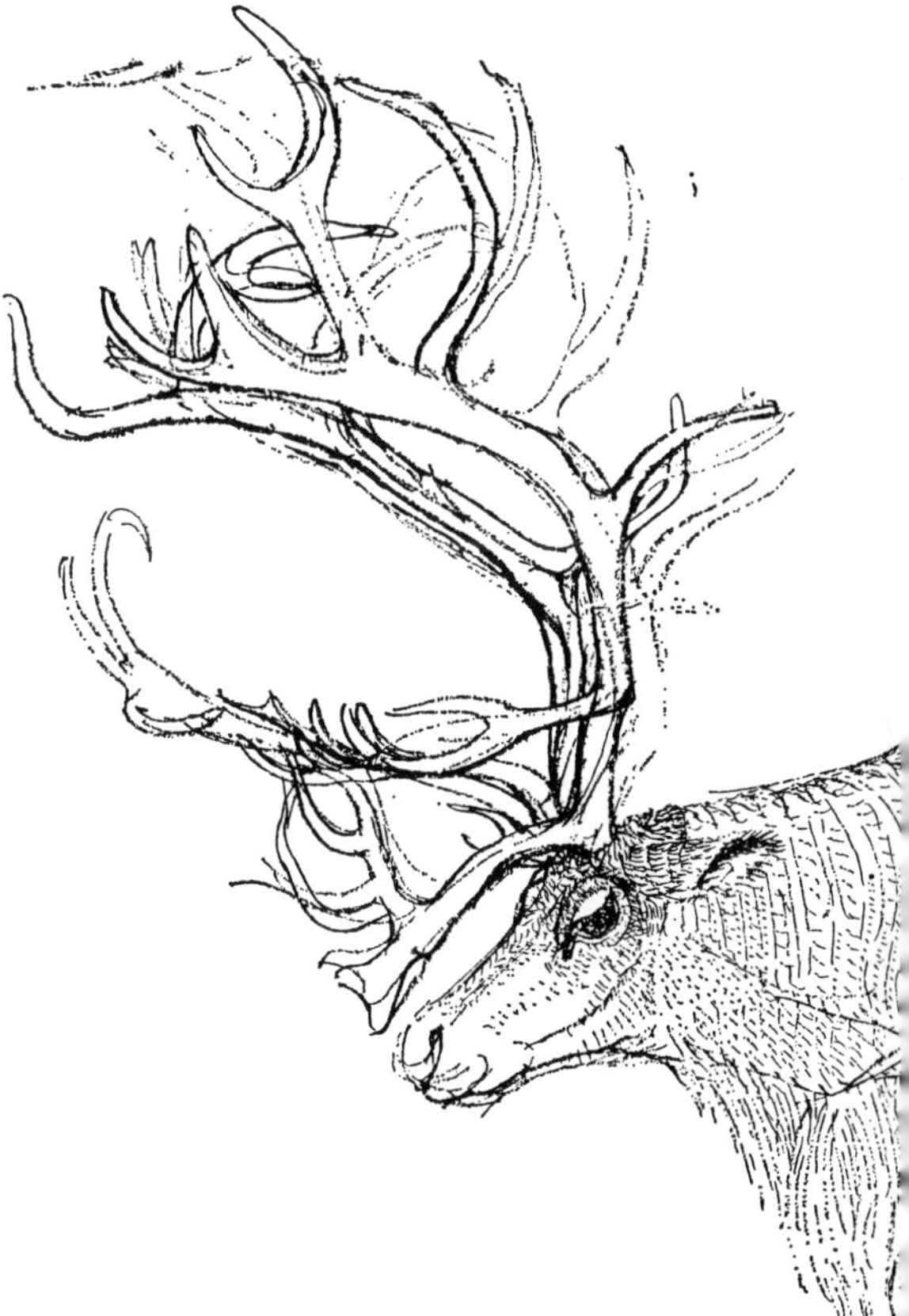

丘《おか》の下、炭坑《たんこう》へ向かう川沿《ぞ》いの道を、灰色《はいいろ》の、褐色《かっしょく》の、灰《はい》まだらの、さまざまな馴鹿《となかい》が林のような角をならべてすすんでいた。馴鹿《となかい》の角の触《ふ》れあう音、かちかちという蹄《ひづめ》の音が鳴りひびいた。馴鹿《となかい》の鼻から吹《ふ》きだす息は機関車の煙《けむり》のように白く、息は彼《かれ》らの鼻のまわりやあごに凍《こお》りついた。きらきらと輝《かがや》く小さな氷柱《つらら》をあごにさげながら、馴鹿《となかい》の群《む》れは麻子《あさこ》たちの目の前をすすんでいった。橇《そり》にのるのは毛皮の帽子《ぼうし》に革《かわ》の服を着こんだオロッコやツングースの男たち……彼《かれ》らの頰《ほお》も馴鹿《となかい》と同じように凍《こお》りついて、銀の針《はり》のような髭《ひげ》がひかっていた。

会社のひとたちが、泣くようなわらうような顔をして立っていた。手をあげ、大声でなにかいっているとうさんの背中《せなか》が見えた。男たちの掛《か》け声とともに馴鹿橇《となかいぞり》の群《む》れは、あとからあとから炭坑《たんこう》へとすすんでいった。獣《けもの》のはく息や尿《にょう》や、それらの入りまじったにおいが雪煙《ゆきけむり》とともに彼《かれ》らをつつんでいた。

あの発動艇《はつどうてい》の通う幌内川《ほろないがわ》を、オタスを、麻子《あさこ》は思った。凍《こお》る川をわたり、一路、内川へとすすんできた馴鹿《となかい》たち……。熱いものがこみあげてくるのに声がでなくて、麻子《あさこ》は手袋《てぶくろ》の手をにぎりしめているだけであった。

何百頭もの馴鹿《となかい》は雪を踏《ふ》んで炭坑《たんこう》に到着《とうちゃく》し、待ちかねていたひとびとは橇《そり》に石炭を積みあげ、そうして、橇《そり》はふたたび敷香《しすか》に向けて出発した。部落の犬たちの吠《ほ》え声と、部落のおとなや子どもたちに見送られて、灰色《はいいろ》の雲たれこめる原野のかなたへ、長い列はすすんでいった。

馴鹿《となかい》は、馬の足がぬかるんで歩行できないツンドラの奥地《おくち》をもかけるのであった。彼《かれ》らの大きくひろげることのできる趾《あしゆび》は、やわらかな新雪の上でもかんじきの役目を果たすのだ。馬橇《ばそり》が使えないと知ってのとうさんの決断《けつだん》であった。幌内《ほろない》の地から、急拠《きゅうきょ》、集められた馴鹿群《となかいぐん》とその牧人《ぼくじん》たちは、とうさんの期待にこたえ、無事、石炭運搬《うんぱん》の任務《にんむ》を果たしたのであった。

やがて灰色《はいいろ》の雲が切れ、オホーツクの海のかなたから、じょじょに青空がひろがってきた。もう二月であった。

階下の部屋でみどりは拓《たく》にいさんの特訓をうけ、ときどき、つよい声でしかられていた。麻子《あさこ》はみどりを気の毒に思い、自分が横山さんに習っているのをつくづくよかったと思う。横山さんはだれかがまちがってもあんなにしかったりしないし、生徒は四人もいるのだから、どうかするとおとなしい先生よりも、こちらのほうが優勢《ゆうせい》になった。拓《たく》にいさんに習ったら、麻子《あさこ》は緊張《きんちょう》してわかることまで答えられなくなりそうだった。

お手伝いの友枝《ともえ》も、にいさんがどうも気づまりらしかった。台所で鼻うたをうたっていても、にいさんを見るとうたいやめ、急にぎこちなく硬《かた》くなった。

夜など、階下でみどりが勉強しているとき、友枝《ともえ》は屋根裏《うら》部屋へあがりこんで編《あ》みものをしたりしていた。そして、みんなの勉強に刺激《しげき》されてか、自分も分厚《ぶあつ》い本を開き、ときどきのぞきこんでは、ぶつぶつ暗誦《あんしょう》していた。いつもそばにひき寄《よ》せている手《て》さげ袋《ぶくろ》には、三種類の編《あ》みかけのものが入っていて、友枝《ともえ》は中のものをかわるがわるとりだして編《あ》むのだ。青い下穿《したば》きは麻子《あさこ》のもので、らくだ色のセーターは保《たもつ》、緑と茶の混《ま》ぜ毛糸の手袋《てぶくろ》は友枝《ともえ》の弟の清喜《せいき》のものだった。減《へ》らし目や増《ま》し目をするとき、ひとつふたつみっつと、編《あ》み目を数えながら、友枝《ともえ》の目は本をのぞいていた。数えまちがえては頭をふって、またはじめから数えなおしたりした。

「友枝《ともえ》のやつ、両方ば見て、いったい頭さ入るんだべか」

と、保《たもつ》は首をひねった。

「なに夢中《むちゅう》で読んでるんだ」

友枝《ともえ》の後ろからそっとのぞきこみ、それから本をひったくってさけんだ。

「友枝《ともえ》ってば、へんなもの見てるんだぞ。勉強だなんていってなんだ、これ」

「だめだってば。こらっ、返しなさい、保《たもつ》ちゃん!」

友枝《ともえ》はまっ赤になってとり返そうとし、保《たもつ》は逃《に》げまわりながら、「そらっ」と本を投げてよこした。麻子《あさこ》の足もとに投げだされた本の、ぱらりと開かれたページを見て、麻子《あさこ》はあっと思う。そこにのっているのは相撲《すもう》とりのようにふくれたおなかをした裸《はだか》の女の横向きの写真だ。

「いやらしいんだぞ。こんなの、こそこそ見てるんだから」

保《たもつ》がとがめるようにいい、友枝《ともえ》はけんめいにいい返す。

「いやらしいなんてなにさ。これは勉強の本なんですからね。友枝《ともえ》は今に試験受けて産婆《さんば》さんになるんだから」

もと看護婦《かんごふ》見習いをしていた友枝《ともえ》は、開業している伯母《おば》のあとをついで、産婆《さんば》になりたいという夢《ゆめ》を持っていたのだ。

「これはおなかの大きいひとなんだよ。あかちゃんがおなかにいると、だれだってこんなふうになるんだよ。皇后陛下《こうごうへいか》だってさ」

友枝《ともえ》は本を保《たもつ》につきつけ、保《たもつ》はその勢いにたじろいで、

「なんだい、横綱《よこづな》よりでかいや。みっともないよ」

と、捨《す》てぜりふをのこして逃《に》げだした。

横綱《よこづな》といっても、女の裸《はだか》は相撲《すもう》とりのようにあけひろげな感じではなく、どこか秘密《ひみつ》めいた重苦しいものを感じさせた。おおうものもない真裸《まはだか》なのはセルロイドのキューピーと同じなのに、それがぎょっとするように異様《いよう》なのは、奇妙《きみよう》にふくれあがった腹《はら》の下の部分が、子どもたちとははっきりちがうおとなの女の、あの黒いもやもやした茂《しげ》みになっているせいであるのかもしれなかった。麻子《あきこ》は目をそむけたいのに、反対にそれにひきつけられていた。

友枝《ともえ》はもう、今はかくそうともせず、ゆっくりページをめくった。そこには卵型《たまごがた》の枠《わく》の中に背《せ》中《なか》をまるめたあかんぼうが逆《さか》さまに描《か》かれていた。両手で胸《むね》を抱《だ》き、足を交差させてしっかり目をつぶったあかんぼうのおなかと卵《たまご》の壁《かべ》は、ふとい管《くだ》でつながれていて、ちょうど生卵《なまたまご》を割《わ》ったとき、黄身をつないでいる透《す》きとおったからざのようであった。大きな卵型《たまごがた》の絵の横に、四列に上から順番に三か月、四か月というように犬や豚《ぶた》や人間たちの胎児《たいじ》の成長のさまが描《か》かれていた。

頭の上が偏平《へんぺい》で大きく、下半身が蝦《えび》のようにまがっている、虫ともなんともつかぬ妙《みよう》なものを

さして、友枝《ともえ》がいう。

「あこちゃん、見てごらん。人間も犬も三か月ごろはまるで同じみたいでしょう。それがだんだん変わってきて、うまれるころにはちゃんと、ひとはひと、犬は犬らしくなるんだから、えらいもんだね」

自分もこんな蝦《えび》の子みたいなかたちをして、かあさんのおなかにいたのだろうか。麻子《あさこ》はへんな気がする。もちろん、麻子《あさこ》にそんな記憶《きおく》はない。麻子《あさこ》は気がついたときに、もうちゃんと小さな女の子のかたちをしてこの世に生きていたのだ。どういうわけで自分がとうさんとかあさんの子として、拓《たく》やみどりたちのきょうだいとしてうまれてきたのかよくわからないのだ。あのオタスのツンドラの上にゆうゆうと苔《こけ》を食う馴鹿《となかい》の子であっても、また、いつか、うまれてすぐ川へ流されたあの子犬としてうまれてきてもふしぎはなかった気がする。

この夏、山村さんのおばさんは大きなおなかをもんぺにつつんで、だるそうに歩いていた。娘《むすめ》のきよ先生は黒田先生と結婚《けっこん》し、おばさんは麻子《あさこ》のかあさんよりも、ずっと年をとっていた。そのおばさんが男のあかちゃんをうみ、麻子《あさこ》はあかちゃんを見せてもらいにいったことがある。

うまれたばかりの子は、体が赤いからあかちゃんというのだと麻子《あさこ》は聞かされていたのに、そのあかちゃんはほんとうにちっぽけで、うす黒い毛がはえたねずみの子のようであった。麻子《あさこ》はなんとか、「かわいいね」といわなくてはと思うのに気味がわるくて、口にだす勇気はなかった。

裸《はだか》の写真の女も、見ていて決していい気持ちのものではない。あかちゃんができるということは、うれしいおめでたいことだろうに、空恐《そらおそ》ろしく緊張《きんちょう》した印象をあたえるのだ。女は無表情《むひょうじょう》な硬《かた》い顔をしていて、牛のまねをして自分自身をとてつもなくふくらませてしまったイソップの蛙《かえる》のようにも見えた。

「みっともないよ」

男の子はひと口でいえばすむ。

けれど、女の子の麻子《あさこ》はそれで片《かた》づけるわけにはいかない。麻子《あさこ》たちは大きくなったらだれでもおかあさんになることを、ごくあたりまえなこととして受け入れていたから、こだわってしまうのだ。

どうして、こんなに変てこな、みっともない格好《かっこう》にならなくてはいけないのかしら。どうして、女だけ……。

女はつまらないと思うことが麻子《あさこ》にはいくつかある。そのひとつはおしっこのことだ。男の子は人前で平気で立ち小便ができる。したくなればどこででも、ズボンをぬぐことさえしないで、友だちとしゃべりながらでも気楽に実行できる。彼《かれ》らはならんでおしっこのとばしっくらをするし、それについて、おとなたちは別にとがめだてもしない。彼《かれ》らは許《ゆる》されていて、女の子にはタブーが多すぎた。女の子だって同じようにおしっこがしたくなる。それでも、どこでもさりげなくというわけにはいかない。かくれることのできそうな場所をさがし、ものかげや草の中にしゃがみこむ。おしりを丸出しにする動作は、男の子のように日常的《にちじょうてき》なことではないのだ。警戒《けいかい》しながら用を足すのに、子どもは子どもなりに神経《しんけい》を使う。おしりをだすのは恥《は》ずかしいという単《たん》純《じゅん》なものより、どこか屈辱的《くつじょくてき》な感じがともなった。

麻子《あさこ》は卵《たまご》のような部屋の中で逆《さか》さまになって、じっと自分を抱《だ》きしめているあかんぼうも気味わるかったし、裸《はだか》の女もどこか恐《おそ》ろしかった。いやだ。あんな格好《かっこう》になるのは……。だれかに救いを求めたいような気持ちであった。そして、いちばん身近な姉のみどりに、麻子《あさこ》はそんなことを話せなかった。

浅黒い皮膚《ひふ》の奥《おく》からなにかがひかりだしてくるように、すこしずつふっくらと娘《むすめ》らしくなってきたみどりなのに、みどりはかたくななほどそういう話はきらいなのだ。けがらわしいと一蹴《いっしゅう》されそうであった。

星の好きな拓《たく》にいさんにならって、麻子《あさこ》もこのごろはよく星を見る。にいさんの本、野尻抱影《のじりほうえい》の『星座巡礼《せいざじゅんれい》』には四季の星座《せいざ》や、星座《せいざ》にまつわる神話や伝説がかいてあった。空の星座《せいざ》がそのままギリシア神話のさまざまな英雄《えいゆう》や、女や動物たちにかたどられていることに麻子《あさこ》はびっくりした。にいさんはおぼえやすい星をえらんで教えてくれた。

「見ろ、早稲田《わせだ》のWがひかってるぞ」

それはカシオペアという星座《せいざ》で、まったくローマ字のWそっくりだった。

エチオピアの王妃《おうひ》カシオペアが椅子《いす》に腰《こし》かけたすがたがあの星座《せいざ》だとも教えられ、麻子《あさこ》はまたたまげてしまう。エチオピアの皇太子《こうたいし》のもとへ、日本の華族《かぞく》の黒田雅子姫《くろだまさこひめ》がお嫁《よめ》にいく話があったのは、二年も前のことだ。それからすぐイタリーとエチオピアの戦争がはじまり、それは今も続いていた。イタリーはエチオピアにどんどん兵を送り、攻《せ》めたてて、世界じゅうの気をもませているのだ。カシオペアの椅子《いす》はいつも空に不安定に傾《かたむ》いていて、それは椅子《いす》に縛《しば》られた王妃《おうひ》が腕《うで》をあげて、空から助けを求めているように見えた。

麻子《あさこ》はカシオペアと北斗《ほくと》なら、どんなときでもすぐにわかると思う。小さいときから北斗七星《ほくとしちせい》ばかり見て育ったような気がするのだ。夏でも冬でも一年じゅう空に輝《かがや》く柄杓《ひしゃく》のかたちをしたこの星は、どんなひとにも親しかった。どこの家のかあさんでも、またおじいさんおばあさんでも、幼《おさな》い子に指さして教えるのはこの星にちがいなかった。

そしてまた、北から南、南から北へと磁石《じしゃく》も持たずおどろくほど遠い旅をするわたり鳥たちのつぶらな瞳《ひとみ》にも、この星ははっきり映《うつ》っていただろうと思う。鴨《かも》がわたり、せきれいが、白鳥がわたる。鈴《すず》のような声で鳴きつれて黄連雀《きれんじゃく》の群《む》れがわたる春に、秋に、北斗《ほくと》はいつも銀河《ぎんが》とともに空に輝《かがや》いていたのだから。

空をあおいでいると頬《ほお》も足も凍《こご》えてくるのに、麻子《あさこ》は立ち去ることができなかった。時のたつとともに北斗《ほくと》はしだいに空にかしいでくる。麻子《あさこ》はあの巨大《きょだい》な柄杓《ひしゃく》は夜をかけてなにを汲《く》もうとするのだろうと思う。きらきらときらめきあふれる銀河《ぎんが》の水を汲《く》もうとして、ゆっくりめぐっているのだろうか。

麻子《あさこ》は『星座巡礼《せいざじゅんれい》』をのぞき見して、ピタゴラス派《は》の天体音楽説ということばを知った。むずかしいことはまるでわからない麻子《あさこ》も、空をあおいでいると、星々がめぐるときに奏《かな》でる音楽が降《ふ》ってくるような気がして、耳を澄《す》ますことがあった。北辰《ほくしん》とよばれる北極星を中心に星々はめぐり、雪山の上に北斗《ほくと》がかしぐとき、時おり、薄雲《うすぐも》が夜空をよぎった。天女の羽衣《はごろも》のように透《す》きとおった雲の影《かげ》で、星のひかりはそのときだけすこし淡《あわ》くなる。なんとはるかなところから来るひかりなのだろう。

ひかりが一年でとどく距離《きょり》を一光年とした単位で、星の距離《きょり》は測《はか》られる。ひかりは一秒間に地球を七まわり半するのだから、一光年の距離《きょり》はただでさえ数に弱い麻子《あさこ》にはとらえどころもない遠さだ。シリウスは八・七光年という。麻子《あさこ》が今見ているシリウスは八・七年前の星だ。麻子《あさこ》はもう十二歳《さい》だから、これは自分が三つのころのひかりだと思う。三つの冬、麻子《あさこ》は札幌《さっぽろ》でなにをしていたろう。このひかりが宇宙《うちゅう》を横ぎり、はるかな地球へたどりつく間に、麻子《あさこ》は少女になってしまったのだ。今、ここにきらめいている星の中には、何年か前に消えてしまった星だってあるかもしれない。オリオン座《ざ》のリゲル、あの三つ星をかこむ、四つの星の中でもうつくしい青白色の星は六百光年、そして、カシオペアのWのまん中の星は千光年……。

かあさんもおばあちゃんもだれもまだうまれないむかし、それは江戸《えど》三百年、戦国時代を通りこし、もっとむかし、平将門《たいらのまさかど》の生きている時代だ。麻子《あさこ》は知らないけれども、星々の中にはもっともっと遠い星があるはずだから、なんというひろい宇宙《うちゅう》の、なんという時の流れだろう。

果てもない宇宙《うちゅう》に麻子《あさこ》は心がおののいた。だが果てとはなんだろう。果てとはたぶん……境界《きょうかい》のことだと思う。宇宙《うちゅう》は無限《むげん》ではなく、たくさんの宇宙《うちゅう》が集まっていると、いくらにいさんが教えても麻子《あさこ》の理解《りかい》はもうおよばない。それでも時には果てがないだろうと思う。時の目盛《めも》りを、年月日時分秒と定めたのは人間の方便で、がんらい、時はくぎりなく流れるものなのだ。

星にも誕生《たんじょう》と死があると思う。そして、地球という星にうまれた最初のいのちはなんだったのだろう。伊弉諾《いざなぎ》、伊弉冉《いざなみ》の国生みは、聖書《せいしょ》のアダムとイブと同じように「お話」なのだと、拓《たく》も至《いたる》も麻子《あさこ》に教えた。「人間の先祖《せんぞ》は神さまじゃない。猿《さる》に近いものだよ」という。

医者の息子《むすこ》で科学の好きな富男《とみお》は、幽霊《ゆうれい》はこわがるくせに、最初の生物、三葉虫《さんようちゅう》のことや恐竜《きょうりゅう》の話は大好きだった。

麻子《あさこ》の知っている神話には恐竜《きょうりゅう》はでてこない。それでも深い大洋のような夜空を見ていると、大海《わだつみ》から来て子をうみ、そのすがたを夫にのぞき見られたことを恥《は》じて、海の底へ帰っていったという豊玉姫《とよたまひめ》を思う。八尋《やひろ》わにのすがたになって波をわけていったという豊玉姫《とよたまひめ》は、あの本の中の異様《いよう》にふくらんだ腹《はら》をした女の写真と重なって、麻子《あさこ》は見られた豊玉姫《とよたまひめ》の恥《はじ》と怒《いか》りとかなしみが胸《むね》にこたえるようだ。

麻子《あさこ》はかあさんからうまれ、かあさんはおばあちゃんからうまれ、おばあちゃんはまたその母親からうまれ、さかのぼる果てにいるのは、豊玉姫《とよたまひめ》のように海に棲《す》むやからかもしれない。そうして、また、麻子《あさこ》のうんだあかちゃんが大きくなって子どもをうみ、その子がまた子どもをうんで、麻子《あさこ》の前にも後にもいのちはどこまでも続いていく。

いのちのはじまりがどこと見えないように、まだうまれない麻子《あさこ》の子どもの先の先の未来を麻《あさ》子《こ》は見ることができない。川の源《みなもと》が山陰《やまかげ》のどこからどのように湧《わ》いて流れくるものか、麻子《あさこ》はいつもふしぎであった。源《みなもと》が見えないように、川の流れる果ても麻子《あさこ》の場所からは見えない。麻子《あさこ》の足をぬらす川はいつも途中《とちゅう》であって、始めでも終わりでもないのだ。

しゅうしゅうと青白いガスを噴《ふ》いている星や、きらめき流れる銀河《ぎんが》をあおいでいると、麻子《あさこ》はその中に吸《す》いこまれてしまいそうだった。星をながめて星日記をつけていた麻子《あさこ》は、このごろ、空の下に立つだけでもこわいようだ。たくさんの星の目、三十年むかしの、百年むかしの、八百年むかしの無数の星のひかりに射《い》すくめられるようだ。大空に弧《こ》を描《えが》く流れ星も、星が流れるときひとが死ぬというのはもちろん根も葉もないことと知っていながら、ひどく心細く恐《おそ》ろしかった。

川波を見ていると体が浮《う》きあがってめまいしてしまうように、宙《ちゅう》に浮《う》いている星は不安で、自分がやはり地球という星に立って、宇宙《うちゅう》の空間に浮《う》かんでいるのも、体が浮《う》きあがってくるような心もとなさだ。理屈《りくつ》ではなしに、ただもう身も世もなく心細い気がする。麻子《あさこ》は空をあおぐことをやめ、いつとはなく星日記は綴《つづ》らぬままに日が過《す》ぎた。

そして、あるときにいさんは、学校へだすその星日記をぱらっとめくって、麻子《あさこ》の顔を見た。

「麻子《あさこ》、おまえもそう思うのか……」

いや、にいさんも、ときどき恐《おそ》ろしくなって空が見られなくなるのだ……と、にいさんの目はすこし、意外そうに、そしていくぶん恥《は》ずかしそうに麻子《あさこ》を見ていた。

大きな、おとなのようなにいさんが？　と麻子《あさこ》はどぎまぎし、にいさんの心もちうす赤くなった顔をふしぎな気持ちで見あげた。

「二月は逃《に》げる」と、かあさんはよくいったものだった。

二月の月はふだんの月より短いので、あっというまに日がたつというのだ。二月ももうなかば、東京の女学校を受ける公子《きみこ》が、みんなよりひと足先におばさんにつれられて内川を発《た》った。次は麻子《あさこ》たちの番だ。中学を受ける伸也《しんや》と富男《とみお》は、敷香《しすか》町の臨時《りんじ》の試験場で入学試験を受けることができるが、女学校の編入《へんにゅう》試験は豊原《とよはら》高等女学校で行う。みどりは豊原《とよはら》まで行かねばならない。そこで、麻子《あさこ》もいっしょに行き、豊原《とよはら》で入学試験を受けるのだ。そして、とうさんは娘《むすめ》ふたりをつれていき、豊原《とよはら》にいるかあさんと至《いたる》に会わねばならなかった。かあさんは退院《たいいん》した至《いたる》に、よく効《き》くという注射《ちゅうしゃ》を続けさせるためにホテルに滞在《たいざい》していたが、費用もかさむので素人《しろうと》下宿に移《うつ》っていた。とうさんは、かあさんに医療費《いりょうひ》と生活費を届《とど》けねばならなかったのだ。

そうして、いよいよその出発の日が来た。

なんどとなく拓《たく》や至《いたる》やみどりがそうしたように、この日、麻子《あさこ》は未明に起きた。

家の中にはらんぷが赤あかとともり、ストーブには湯たんぽが激《はげ》しく湯気をたてていた。白いかっぽう着を着た友枝《ともえ》が湯たんぽの栓《せん》をして袋《ふくろ》に入れた。

みどりはもうおさげの髪《かみ》を編《あ》んで先を黒いゴム紐《ひも》できっちりとめ、紺《こん》のオーバーを着こんでいた。裏口《うらぐち》のほうで馬のいななく声と、拓《たく》にいさんがだれかと話している声が聞こえた。麻子《あさこ》は十二時すぎに一度目をさまし、そのとき服を着てしまったので、起きてもすぐまにあう格好《かっこう》だ。友《とも》枝《え》の編《あ》んでくれた下穿《したば》きをはいて、ぶくぶく着ぶくれてオーバーを着こみ、毛糸の帽子《ぼうし》をかぶった上からまた衿巻《えりまき》をまきつけた。筆記の用具だけ持てばいいので、荷物はあまりいらなかった。

「用意できたな」

とうさんはいつもの革《かわ》の上着を着て、耳覆《みみおお》いの部分を上でとめた革《かわ》の帽子《ぼうし》をかぶり、精悍《せいかん》な目つきをしていた。

「おっす。やあ、みどりちゃん行くかね。あこちゃんもがんばってな」

大きな声で清喜《せいき》が入ってきて、かあさんにわたす衣類がつめてある鞄《かばん》を、「さて」と、かついで橇《そり》に運んだ。

「あら、志尾《しお》さんは?」

と、麻子《あさこ》がたずねると、

「志尾《しお》さんは用事で内路《ないろ》さ行ってる。あとから新問《にいとい》さ追いかけて、馬つれて帰るって」

ああ、そうか、とうさんは汽車にのっていくから、勝姫《かつひめ》をつれて帰れないのだ、と麻子《あさこ》はうなずいた。とうさんが(まだか)というように裏口《うらぐち》をのぞいた。長靴《ながぐつ》をはいているみどりと麻子《あさこ》を見くらべ、なにもいわずに腰《こし》をかがめ、ひょいと麻子《あさこ》を抱《だ》きあげた。あっと、麻子《あさこ》はさらわれたように外にでた。頰《ほお》がぴりりとする。まだ空は暗くて星がまぶしい。麻子《あさこ》は橇《そり》の中におろされて、ふとんの中に沈《しず》みこんだ。続いて雪を踏《ふ》んででてきたみどりが、長靴《ながぐつ》をぬいで馭者台《ぎょしゃだい》のほうから橇《そり》にあがって、麻子《あさこ》の横にならんだ。拓《たく》にいさんが、

「心配することはないぞ。みどり、絶対《ぜったい》だいじょうぶだから安心して受けろよ」

と、みどりを励《はげ》ました。

「麻子《あさこ》もな、ふたりいっしょだから心強いだろ」

麻子《あさこ》のほうへは付けたりのように聞こえたが、麻子《あさこ》は「うん」と返事をする。眠《ねむ》っていたのか、やっと現《あらわ》れた保《たもつ》がにいさんとならんで橇《そり》の横に立って、寒そうな顔で見おろしていた。背高《せいたか》のっぽとちびのふたりを見て、とうとう、一番上と一番下がのこっちゃったと、麻子《あさこ》は思う。

麻子《あさこ》たちが寄宿舎《きしゅくしゃ》に入ったら、この家にのこるのはふたりなのだ。このところ、いたずらもしばらく鳴りをひそめた保《たもつ》だが、このあと、年のちがうにいさんと向き合ってくらすのは、保《たもつ》にもきびしいだろう。がんばって！　と、あべこべに保《たもつ》を力づけたいようだ。そう思うのはまた拓《たく》にいさんにうしろめたい気もして麻子《あさこ》は困《こま》った。

「忘《わす》れものなかったよね。豊原《とよはら》で奥《おく》さんと至《いたる》ちゃんに会ったら、早く元気になってっていってね。しっかりやってきなさいね」

友枝《ともえ》がふたりをのぞきこみ、とうさんは帽子《ぼうし》の耳覆《みみおお》いをおろして紐《ひも》をあごの下で結んだ。

至《いたる》が試みにうけている新しい注射《ちゅうしゃ》は、北大の先生が発明したという高価《こうか》なもので、一本うつごとに金がとんだ。なんとも弱い息子《むすこ》たちであった。跡《あと》つぎの拓《たく》といい、次男の至《いたる》といい……。しかし、弱ければ弱いなりになんとしても癒《なお》してやらねばならないのだ。秋田のおじいちゃんからもらったものを、ただひとりで好きなように使いはたしてと、かあさんからも鎌倉《かまくら》の叔母《おば》さんたちからも思われているとうさんは、なにかに挑《いど》むような目をしていた。

馴鹿《となかい》の皮の防寒靴《ぼうかんぐつ》をはいたとうさんは馭者台《ぎょしゃだい》にのり、友枝《ともえ》が足もとの湯たんぽを整え、膝《ひざ》に毛《もう》布《ふ》をかけた。とうさんは自分で毛布《もうふ》をくるみなおした。清喜《せいき》が馬の轡《くつわ》をとり、橇《そり》がきしんだ。拓《たく》にいさんがカンテラを高くあげて道を照らした。とうさんは手綱《たづな》を締《し》め、ゆるく一方にたれた手《た》綱《づな》の端《はし》で馬のしりに軽く鞭《むち》をくれた。勝姫《かつひめ》は首を上下にふり、激《はげ》しく白い息を吹《ふ》きながら歩きだした。

橇《そり》は丘《おか》をいっきにかけおりて新しい木橋をわたり、川に沿《そ》って古い木橋のほうへすすんだ。麻《あさ》子《こ》はのびあがるようにして川を見た。川は星空の下に凍《こお》り、雪あかりの白い道となって遠く続いていた。

内川《ないかわ》とはこの川の名前だった。ポロナイと同じように、ナイはアイヌ語で川をさす。アイヌ語と日本語の双方《そうほう》から「川」とよばれるこの川は、どことといって変わったところのない、ごくありふれた川にちがいなかった。どこにでも見かけるような川だからこそ、何々川、とはいわずに、ただ、「川」とだけよばれたのかもしれなかった。

凍《こお》って眠《ねむ》る川の、そのいく層《そう》もの氷の下に水は流れているのだと麻子《あさこ》は思う。氷穴《こおりあな》からのぞいた川水は青黒く、冷たい風が吹《ふ》きあげ、川はとどろいていた。海へとひたすら流れていくその流れに、きらきらと氷の破片《はへん》のような小さな魚たちも生きているのだ。はるかな天から降《ふ》りそそぎ、この地上を埋《う》めつくしている雪も水ならば、大地の下にひそかにたたえられていて、あのぜいぜいとのどを鳴らす暗緑色のポンプの呼《よ》び声とともに、筒先《つつさき》からほとばしりでるのも水なのであった。草の中に、木の中に、水は満ちていて、麻子《あさこ》の皮膚《ひふ》の下に流れる赤い川もまた……。そうして、春の雪どけのように、あるいはまた、ポンプの呼《よ》び声に、その水がいつどのように噴《ふ》きだしてくるのか麻子《あさこ》はまだ知らない。

かたわらでみどりはおとなしく目を閉《と》じ、反対に麻子《あさこ》は大きく目を見開いていた。内川のほとりをはなれ、橇《そり》は部落をぬけた。針《はり》のような切っ先をならべた針葉樹《しんようじゅ》の林を橇《そり》はかけていく。麻子《あさこ》の息が頬《ほお》のまわりに白い湯気となってまつわり、すぐに凍《こお》りついた。林の雪が音をたててなだれ落ち、眠《ねむ》っている大地、森林の奥《おく》で呼吸《こきゅう》している梟《ふくろう》や雷鳥《らいちょう》たち、そうして巨大《きょだい》な熊《くま》たち、鹿《しか》や兎《うさぎ》や、小さなアムールねずみたちの息吹《いぶ》きを全身に感じていた。

みどりの澄《す》んだ額《ひたい》と、陶器《とうき》の人形のような唇《くちびる》を横にながめ、麻子《あさこ》は不意に激《はげ》しく思った。

(あたし、おとなしくなりたくない)

きかん気のおてんばだったくせに、おとなしくなってしまったみどり。編《あ》みものも刺繡《ししゅう》もじょうずで人形を大切にしているみどりは「独身主義《どくしんしゅぎ》」だなどという。けれど、麻子《あさこ》はちがう。不器用にぶつかったりころんだりしながら大きくなって、おかあさんになるだろう。

でも、あたし、女らしく、ただおとなしくはなりたくない。麻子《あさこ》は自分の思いがうまくことばにまとまらない。いっしんに考えようとする。

「みっともないからよしなさい」

麻子《あさこ》たちは、なにかあるとそういってしかられた。あらゆることにそのことばはつかわれて、それがどういうことかを考える前に、みずから禁《きん》じてしまう癖《くせ》がついたような気がする。

みっともないからよしなさいということばをおとなしく守っていれば、その子は女らしくいい子なのだ。姉のみどりとちがって美人とだれにもいってもらえない麻子《あさこ》にとって、みっともないということばは、なんだか悲しくいやなひびきがある。

おとなしくなりたくないと、突然《とつぜん》思った気持ちは、みっともないといわれるもの、そういうことによって封《ふう》じようとするもの、そう思うことを強いられてしまったものたちを、もっとはっきり見つめたいという思いにつながっているようであった。

だが、それがどういうことか、まだ麻子《あさこ》の中ではっきりしたかたちをとってはいないのだ。流れのほとりの小さな部落で過《す》ごした子どもの生活から、春には町の女学校の寄宿舎《きしゅくしゃ》の生活に入っていく。上級生や女ばかりの友だちの中で、ぐずで不器用でひと見知りする麻子《あさこ》はどうやってくらしていくか、先のことはわからなかった。うすっぺらな胸《むね》がいつのころか、かすかにかすかにふくらんできて、身体検査《しんたいけんさ》のとき、辰子《たつこ》や幸《さち》や公子《きみこ》たちと、胸《むね》をそっと見合う。みんなの胸《むね》のふくらみはまるでうまれたての双子《ふたご》の丘《おか》のようだった。

その丘《おか》の奥《おく》で、心臓《しんぞう》がことこと鳴っている。こと、こと、こと、ごと、ごっと、ごっと……

その音は氷の下を流れる川のとどろきのようでもあった。

駆者台《ぎょしゃだい》のとうさんの背中《せなか》が大きくゆれた。橇《そり》は林をぬけ、切り立つ蝦夷松《えぞまつ》の林の間を深い谷底へ突進《とっしん》した。未明の、まだ群青《ぐんじょう》の色濃《こ》い大空の星々が奔流《ほんりゅう》となってなだれ、麻子《あさこ》は、あっ、と息をつめた。

やがて橇《そり》はきしみながら山をのぼり、白一色の原野をゆっくりとすすんでいった。空の色がすこしずつ、すこしずつ明るんできて、麻子《あさこ》はようやく目をつぶった。

あとがき

北海道のすぐ北にある樺太島《からふととう》は、北蝦夷《えぞ》ともよばれ、古くから日本と交流のあった島です。樺太《からふと》について多くのひとに知られていることは、一八〇八年、二回にわけて樺太《からふと》を探検《たんけん》し、そこが島であることを確認《かくにん》し、はじめて正確《せいかく》な地図を作ったのが、間宮林蔵《まみやりんぞう》という日本人であったことでしょう。

しかし、それ以前にも、一六三六年、甲道庄左衛門《こうどうしょうざえもん》というひとが樺太《からふと》にわたって越年《えつねん》し、翌年《よくとし》タライカ（敷香《しすか》地方）まで行っています。一七五二年、松前藩《まつまえはん》が久春古丹《クシュンコタン》に漁場を開いてから、次々に各地に漁場が開けました。一八〇七年、蝦夷地《えぞち》（樺太《からふと》を含《ふく》む）は幕府《ばくふ》の直轄《ちょっかつ》となり、函館奉行《はこだてぶぎょう》、のちに松前奉行《まつまえぶぎょう》の統治《とうち》下におかれました。その後、通商条約《じょうやく》の締結《ていけつ》を求めるロシアと日本の間に、千島《ちしま》・樺太《からふと》の国境《こっきょう》を画定《かくてい》しようとしての談合が持たれましたが、双方《そうほう》が自国の領土《りょうど》であると主張《しゅちょう》してゆずらず、一八五四年の下田《しもだ》談判《だんぱん》において樺太《からふと》は日露《にちろ》両国民の雑居《ざっきょ》の地と定められました。明治政府《せいふ》になってから一八七五年、樺太千島交換条約《からふとちしまこうかんじょうやく》が結ばれ、樺太《からふと》は正式に日本からはなれロシア領《りょう》となりましたが、日露《にちろ》戦争ののち、南半分が日本領《りょう》になりました。

この物語は、太平洋戦争によって、樺太《からふと》がふたたびロシア領土《りょうど》になる前の、一九三〇年代の敷香《しすか》町近くの小さな炭坑《たんこう》村で過《す》ごした子どものころをかいたものです。今、敷香《しすか》はポロナイスクとよばれています。この町は過去《かこ》において敷香《しすか》とよばれたり、ポロナイスクとよばれたりしてきたわけです。

敷香《しすか》は目《シシ》、上《カ》で、オタスの目の前の村、とする説もありますが、西鶴定嘉《にしづるさだよし》氏によると、シーは大、カはほとり。シーは幌内川《ほろないがわ》をさし、大河《たいが》のほとりの意であるといいます。ポロナイスクのポロナイも大河《たいが》の意味で、両方ともアイヌ語による地名に変わりありません。わたしはふたつの地名を見ながら、この島がアイヌ人たち先住民にはなんの相談もなく、日本領《りょう》になったりロシア領《りょう》になったりしてきたことに考えさせられています。また、幌内《ほろない》の住民であるオロッコとギリヤークは、それぞれ自分たちのことを、オロッコはウィルタ、ギリヤークはニブフとよんでいますが、ここでは、日本で一般的《いっぱんてき》に通用していた従来《じゅうらい》のよび名にしたがいました。

これは『子どもの館』（一九七三年から八三年にかけて、福音館書店で刊行していた雑誌）の連載《れんさい》に手を加えたもので、事実をもとにしながら構成《こうせい》しましたが、多少ちがうところもあります。たとえば一九三二年夏の山火事は、翌《よく》一九三三年五月、閑院宮《かんいんのみや》来島の折のことで、全島九十件《けん》におよぶ山火事はこの年のことです。

取材のために樺太《からふと》へ行くことができないので、風土の似《に》ている北海道までたずねてくださった瀬《せ》川《がわ》康男《やすお》氏、当時の敷香《しすか》やオタスについて教えてくださったオロッコの人権《じんけん》を守る会（のちのウィルタ協会）の金喜多一《こんきたいち》氏、資料《しりよう》をこころよく見せてくださった樺太連盟《からふとれんめい》の旗手《はたで》哲夫《てつお》氏、北海道開拓《かいたく》記念館、そのほかたくさんの方にお世話になりました。厚《あつ》くお礼申しあげます。なお、文中には、「さすらいの唄《うた》」「豆の葉」（北原白秋）、「流浪《るろう》の旅」（後藤紫雲《ごとうしうん》）、「国境《こっきょう》の町」（大木《おおき》惇夫《あつお》氏）などのうたを引用させていただきました。

一九七六年十月

神沢利子《かんざわとしこ》

文庫版のための「あとがき」——〈〃流れのほとり〃をさかのぼって〉

『流れのほとり』は、童話を十年あまり書いてきて五十代にさしかかったわたしが、次の一歩を踏《ふ》みだすために、自分の源《みなもと》をさぐり確《たし》かめるべく筆をとったものです。今度読み返して、当時の日本の辺境《へんきょう》の地、樺太《からふと》が、わたしの根っこにのっぴきならぬものとして在《あ》ることを、あらためて思い知りました。今でも折にふれて思うことは、もし、樺太《からふと》で育っていなかったら、自分の作品はよくもわるくも、まったく異《こと》なるものになっていただろうということでした。

幼年《ようねん》のなかにこそ人間の「核《かく》」があると、つねづね思っていたわたしは、『流れのほとり』をさらにさかのぼり、『いないいないばあや』(一九七八年、岩波書店刊《かん》)のころの「幼時《ようじ》」へと筆をすすめました。幼時《ようじ》の記憶《きおく》は幻《まぼろし》と奇妙《きみょう》に入りまじって、そこに展開《てんかい》されるのは、一種不可思議《ふかしぎ》な神話的世界につながるものでした。それはまた、老年と通底するのでした。次の作品『むかしむかしおばあちゃんは』(八五年、福音館書店刊《かん》)では、前世の記憶《きおく》ともいえる世界がひろがり、おばあちゃんは、かつては恋《こい》する「カヤネズミ」であったこともあれば、屋根にかんざしのように野の花を咲《さ》かせた「カヤぶきの家」だったこともあったのです。いのちあるもののないもの、万象をおのれのうちに見るおばあちゃん……。わたし自身の源《みなもと》をさぐる旅は、一応ここでおわりました。

ところで、樺太《からふと》での子どものころ、わたしは北方少数民族のひとびとと出会いました。出会ったといっても、この物語に書いたように、交流することはなく、ただその生活をかいま見たにすぎないのです。しかしこのことは、のちのちまで、わたしに深い影響《えいきょう》をあたえるものとなりました。

わたしの最初の作品『ちびっこカムのぼうけん』（初出「母の友」。のちに書き加えて、六一年、理論社刊《りろんしゃかん》）の舞台《ぶたい》は、カムチャツカながら、馴鹿《となかい》と生きる主人公カムには、オタスのウィルタ族の少年の面影《おもかげ》が重なっています。この物語を書くにあたって、アルセーニエフの名著《めいちょ》『デルスウ・ウザーラ』（長谷川四郎訳《はせがわしろうやく》）を読み、深い感銘《かんめい》をうけたこともまたわすれられません。ここにはゴルド族（現《げん》ナナイ族）の案内人デルスウが生きいきと描《えが》かれ、彼《かれ》ら少数民族の魂《たましい》ともいうべきものを、わたしに教えてくれました。それは、文明とひきかえにわたしたちが失ってしまった、大切なものでありました。わたしは少数民族のウィルタ族やニブフ族の民話を漁《あさ》り、その民俗《みんぞく》を知ろうとしましたが、わたしの読めるものはほんのわずかでした。すこしばかりの資料《しりょう》をもとに、それらの子どもを主人公に幾編《いくへん》かの童話を書き、それは、『タランの白鳥』（八九年、福音館書店刊《かん》）へつながりました。

そしてその間、わたしは樺太《からふと》へ訪《おとず》れ、オタスのひとびとと会っています。最初の旅は、じつに十三歳《さい》の夏に離島《りとう》して以来、五十年ぶりの訪問《ほうもん》でした。

その折、ポロナイスク（敷香《しすか》）の地で、オタス育ちの婦人《ふじん》たちが、民族のうたをうたってくれました。歌詞《かし》はまったく理解《りかい》できなかったにもかかわらず、そのなかの「マンゴー　マンゴー」というくり返しは、わたしの胸《むね》をとどろかせました。

「マンゴー」とは、マンゴー川？　かつて、間宮林蔵《まみやりんぞう》が『東韃紀行《とうたつきこう》』に黒龍江《こくりゅうこう》、つまりアムール川をさして、「マンコー川」と記していたからです。通訳《つうやく》のひとにたしかめると、まさしくそのうたは「アムール川」のうたでした。

わたしは深くうなずきました。樺太《からふと》に住む北方少数民族の多くは、大陸のアムール川沿岸地方《えんがんちほう》からやってきたのだと聞いていました。ポロナイ川に魚を採《と》り、舟《ふね》を浮《う》かべ、結氷した川の上を馴鹿《となかい》の橇《そり》でかけ、あざらし狩《が》りにもでかけたオタスのひとびと。彼《かれ》や彼女《かのじょ》たちはポロナイ川の流れに、アムール川を、故郷《こきょう》を、しのんだにちがいないのです。「マンゴー　マンゴー」とよぶこのうたこそ、望郷《ぼうきょう》のうたなのだと思いました。そうしてこのとき、わたしのなかで、大陸のアムール川と、海峡《かいきょう》をへだてた樺太《からふと》のポロナイ川がひとつになったのです。

わたしはこの本に記すように、「内川《ないかわ》」という小さな部落で、「内川《ないかわ》」という川のほとりで育ちました。この川がオホーツク海へそそぐところを見たことはなく、また、この川が、ポロナイ川のあまたある支流《しりゅう》のひとつであると確《たし》かめたこともありません。しかし、内川《ないかわ》の名は、ポロナイ川のなかに、まるで母の懐《ふところ》にだかれるみどりごのように、いだかれているではありませんか。漢字にすれば、ポロナイ川は「幌内川《ほろないかわ》」です。どちらにしても同じことです。

わたしはポロナイ川を、わたしの川「内川《ないかわ》」の母なる川と思い、その思いははるかなアムール川へとつながりました。アムール川のゆたかな水は海へとそそぎ、冬、オホーツク海は厚《あつ》い氷に閉《と》ざされます。そして、春ともなれば氷はゆるみ、流氷となって樺太沖《からふとおき》から北海道の岸辺《きしべ》へと押《お》しよせます。わたしも網走《あばしり》や知床《しれとこ》を訪《おとず》れて、いくどとなく流氷をながめては樺太《からふと》を思い、アムール川に思いをはせました。

そのアムール川畔《かはん》の村をたずねたのは、九五年の夏のことです。ナナイ族のその村で、民族服をまとった小柄《こがら》な老女が聞かせてくれたうたのなかに、「マンゴー　マンゴー」とくり返しのあるうたがあって、わたしははっとしました。

「樺太《からふと》のポロナイスクでも、そのうたをきいた」というと、まわりのひとびともうなずき、

「わたしの姪《めい》もポロナイスクにいるの」

と、話がはずみだしたのです。

わたしたちの滞在《たいざい》している家の裏手《うらて》を、マンゴー川が流れていました。ここがそのうたの川のほとりだったのです。そうして、樺太《からふと》はこの地のひとびとにとって、さほど遠い土地ではないようでした……。そういえば、かのデルスウ・ウザーラもナナイ族でした。わたしはひとつにはデルスウの足跡《そくせき》に近づきたい思いもあって、ここをたずねてきたのでした。

翌日《よくじつ》、旅の一行とともに、アムール川の支流《しりゅう》ウスリー川のさらなる支流《しりゅう》、ビキン川のほとり、ウデゲ族の村に泊《と》まりました。ウデゲの猟師《りょうし》のあやつる川舟《かわぶね》で、ビキン川をさかのぼったのです。猟《りょう》

師《し》たちは、うっかり日本語で話しかけそうになるほど、わたしたちに似《に》ていました。ナナイやウィルタやニブフ族のひとびとも、となりに住んでいるおじさんおばさんとなにひとつ変わらぬ顔かたちです。不思議《ふしぎ》とも、当然とも思われました。

大河《たいが》アムールは、じつに二百余《よ》の支流《しりゅう》を持つといいます。ビキン川にしても、支流《しりゅう》は数えきれないそうでした。わたしたちもまた、枝分《えだわ》かれした支流《しりゅう》のひとつにすぎないのです。もとをたどれば、同じひとつの源《みなもと》にたどりつくのだと思わずにいられませんでした。

二〇〇三年六月

神沢利子《かんざわとしこ》

著者　神沢利子（かんざわ　としこ）
1924年、福岡県にうまれ、北海道、樺太（サハリン）で幼少期をすごす。著書に『ちびっこカムのぼうけん』（理論社）、『くまの子ウーフ』（ポプラ社）、『はらぺこおなべ』『神沢利子コレクション　全5巻』（あかね書房）、『おやすみなさい　またあした』（のら書店）、『銀のほのおの国』『タランの白鳥』（福音館書店）、『おばあさんになるなんて』（晶文社）など多数。95年、それまでの作品、業績に対し、巌谷小波文芸賞、路傍の石文学賞、モービル児童文化賞を受賞する。

画家　瀬川康男（せがわ　やすお）1932～2010年
1932年、愛知県岡崎市にうまれる。60年に処女作『きつねのよめいり』を出版以来、その仕事は日本及び海外で高く評価されている。絵本に『ふしぎなたけのこ』『ことばあそびうた』『ぼうし』（福音館書店）、『ふたり』（冨山房）など多数。挿絵に『西遊記』（福音館書店）がある。

福音館文庫　N-6

流れのほとり

2003年4月15日　初版発行
2021年9月10日　第 2 刷

著者　神沢利子
画家　瀬川康男
発行　株式会社 福音館書店
〒113-8686 東京都文京区本駒込6-6-3
電話　営業 (03) 3942-1226
　　　編集 (03) 3942-2780
装丁　辻村益朗＋大野隆介
印刷　精興社
製本　積信堂

NDC 913／480ページ／17×13センチ
ISBN978-4-8340-0631-5　https://www.fukuinkan.co.jp/
＊この作品は、1976年に小社より単行本として出版されました。

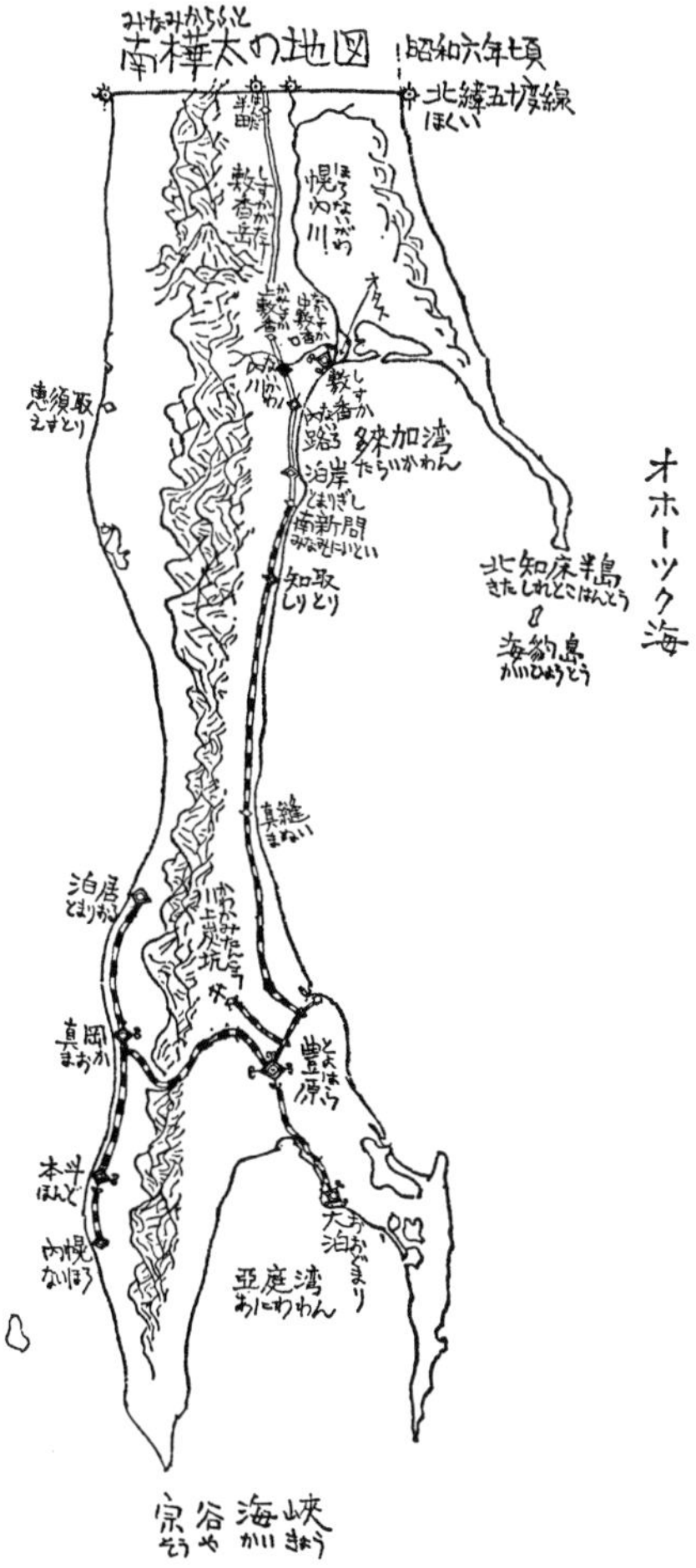

南樺太《みなみからふと》の地図
昭和六年頃
北緯《ほくい》五十度線
半田《はんだ》
敷香岳《しすかだけ》
幌内川《ほろないがわ》
上敷香《かみしすか》
中敷香《なかしすか》
オタス
内川《ないかわ》
敷香《しすか》
内路《ないろ》
多来加湾《たらいかわん》
泊岸《とまりぎし》
南新問《みなみにいとい》
知取《しりとり》
恵須取《えすとり》
北知床半島《きたしれとこはんとう》
海豹島《かいひょうとう》
オホーツク海
真縫《まぬい》
泊居《とまりおる》
川上炭坑《かわかみたんこう》
真岡《まおか》
豊原《とよはら》
本斗《ほんど》
内幌《ないほろ》
大泊《おおどまり》
亜庭湾《あにわわん》
宗谷海峡《そうやかいきょう》